【臺灣現當代作家 研究資料彙編】27

李 喬

國立台灣文學館
出版

主委序

　　近年來，臺灣文學創作與出版的旺盛能量，可說是國內讀者與華人文化圈有目共睹的事實；然而，文學之花要開得繁麗燦爛，除了借助作家們豐沛文思的澆灌，亦需仰賴評論者的慧眼與文學史料的積累。是以，國立臺灣文學館「臺灣現當代作家研究資料彙編計畫」第二輯的出版，格外令人振奮。

　　為具體展現臺灣現當代文學的發展與既有研究成果，奠定詳實、深入的臺灣文學史料基礎，國立臺灣文學館於 2010 年規劃並執行「臺灣現當代作家研究資料彙編計畫」，秉持堅毅而勤懇的馬拉松精神，在卷帙繁浩的文獻史料中梳理 50 位臺灣現當代重要作家的生平資料、年表、評論文章，各自彙編成冊，以期呈現作家完整的存在樣貌、歷史地位與影響。此計畫首先在 2011 年完成第一階段，包括賴和等 15 位作家的研究資料彙編，歷經將近一年的悉心耕耘，在眾人引頸期盼中，於 2012 年春天再度推出 12 位臺灣文學前輩作家：張我軍、潘人木、周夢蝶、柏楊、陳千武、姚一葦、林亨泰、聶華苓、朱西甯、楊喚、鄭清文、李喬的研究資料彙編。

　　這群主要出生於 1920 年代的作家，雖然時間座標相近，然因歷史軌跡、時代局勢與身處地域的殊異，而演繹出不同的生命敘事；無論成長於日治時期的臺灣，或是在 1949 年前後由中國大陸渡海來臺者，他／她們窮畢生之力，筆耕不輟，在詩、散文、小說、戲劇、兒童文學、文學評論等方面作出貢獻，共同形塑出臺灣文學紛繁多姿的面貌。

　　由於有執行團隊地毯式蒐羅及嚴謹考證，加上多位專家學者的戮力協助，我們才能懷抱欣喜之情，向讀者推介這一套深具實用價值的臺灣文學工具書，提供國內外關心、研究臺灣文學發展者參考使用；我們期待以此為基礎，滋養臺灣文學綻放出更為璀璨亮麗的花朵。

行政院文化建設委員會主任委員　龍應台

館長序

　　作家是文學的創作主體，他在哪些主客觀因素的影響下，走上了寫作之路？寫出了什麼樣的作品？而這些作品，究竟對應著什麼樣的心靈狀態以及變動中的客觀環境？一般所說的作家研究，即是要解答這些問題。進一步說，他和同時代，或同世代的其他作家之所作，存有什麼樣的異同？和前行代的作家之所作，又有什麼樣的繼承與創新？這些則是有關文學史性質的討論。著名的、重要的作家，從其自身的文學表現，到文壇地位，到文學史的評價，是一個值得全方位開挖的寶庫。

　　現當代臺灣文學的討論，原本只在文壇發生，特別是在文藝性質的傳媒上，以書評、詩話、筆記、專訪等方式出現；隨著這個文學傳統形成且日愈豐厚，出版市場日漸活絡，媒體編輯也專業化了，於是我們看到了各種形式的作家專（特）輯，介紹、報導且評論他的人和文學，而如何介紹？如何報導？如何評論？所形成的諸多篇章形式，竟也逐漸規範化：包括小傳、年表、著譯書目（提要）；人和作品的總論、分期和分類的作品群論、單一作品集和個別獨立文本的個論；其他更有比較分析，或與他人合論等，都有相對比較嚴謹的學術要求。

　　將臺灣現當代作家的研究資料加以彙編，應是文壇及學界很多人的期待。2010 年，在《臺灣現當代作家評論資料目錄》（16 開，8冊）的基礎上，國立臺灣文學館再度委託臺灣文學發展基金會組成

顧問群及工作小組，進行《臺灣現當代作家研究資料彙編》的工作，準備出版 50 位作家的研究資料彙編（一人一冊），第一批計 15 冊於 2011 年 3 月出版，包含賴和、吳濁流、梁實秋、楊逵、楊熾昌、張文環、龍瑛宗、覃子豪、紀弦、呂赫若、鍾理和、琦君、林海音、鍾肇政、葉石濤。我仔細看過承辦單位的期中、期末報告書，從其中的工作手冊、顧問會議的紀錄等，可以看出承辦諸君是如何的敬謹任事。

　　現在，第二批 12 冊也將出版，他們是：張我軍、潘人木、周夢蝶、柏楊、陳千武、姚一葦、林亨泰、聶華苓、朱西甯、楊喚、鄭清文、李喬。由於有工作小組執行資料的蒐集整理，且又由對該作家嫻熟者主編，各書都相當完整，所選刊的評論文章皆極富參考價值；我個人特別喜歡包含影像、手稿、文物的輯一「圖片集」，以及輯三的「研究綜述」，前者頗有一些珍品，後者概括性強，值得參考。這是臺灣文學研究界的大事，相信有助於這個學科的擴大和深化。

國立臺灣文學館館長　李瑞騰

編序

◎封德屏

緣起

1995 年 10 月 25 日，在臺灣師範大學教育大樓的 201 室，一場以「面對臺灣文學」爲題的座談會，在座諸位學者分別就臺灣文學的定義、發展、研究，以及文學史的寫法等，提出宏文高論，而時任國家圖書館編纂張錦郎的「臺灣文學需要什麼樣的工具書」，輕鬆幽默的言詞，鞭辟入裡的思維，更贏得在座者的共鳴。

張先生以一個圖書館工作人員自謙，認真專業地爲臺灣這幾十年來究竟出版了多少有關臺灣文學的工具書，做地毯式的調查和多方面的訪問。同時條理分明地針對研究者、學生，列出了十項工具書的類型，哪些是現在亟需的，哪些是現在就可以做的，哪些是未來一步一步累積可以達成的，分別做了專業的建議及討論。

當時的文建會二處科長游淑靜，參與了整個座談會，會後她劍及履及的開始了文學工具書的委託工作，從 1996 年的《臺灣文學年鑑》起始，一年一本的編下去，一直到現在，保存延續了臺灣文學發展的基本樣貌。接著是《中華民國作家作品目錄》的新編，《臺灣文壇大事紀要》的續編，補助國家圖書館「當代文學史料影像全文系統」的建置，這些工具書、資料庫的接續完成，至少在當時對臺灣文學的研究，做到一些輔助的功能。

2003 年 10 月，籌備多年的「台灣文學館」正式開幕運轉。同年五月《文訊》改隸「財團法人台灣文學發展基金會」，爲了發揮更大的動能，

開始更積極、更有效率地將過去累積至今持續在做的文學史料整理出來，讓豐厚的文藝資源與更多人共享。

於是再次的請教張錦郎先生，張先生認為文學書目、作家作品目錄、文學年鑑、文學辭典皆已完成或正在進行，現在重點應該放在有關「臺灣現當代作家評論資料目錄」的編輯工作上。

很幸運的，這個計畫的發想得到當時臺灣文學館林瑞明館長的支持，於是緊鑼密鼓的展開一切準備工作：籌組編輯團隊、召開顧問會議、擬定工作手冊、撰寫計畫書等等。

張錦郎先生花了許多時間編訂工作手冊，每一位作家的評論資料目錄分為：

（一）生平資料：可分作者自述，旁人論述及訪談，文學獎的紀錄。

（二）作品評論資料：可分作品綜論，單行本作品評論，其他作品（包括單篇作品）評論，與其他作家比較等。

此外，對重要評論加以摘要解說，譬如專書、專輯、學術會議論文集或學位論文等，凡臺灣以外地區之報刊及出版社，於書名或報刊後加註，如中國大陸、香港、新加坡等。此外，資料蒐集範圍除臺灣外，也兼及中國大陸、香港、新加坡、日本、韓國及歐美等地資料，除利用國內蒐集管道外，同時委託當地學者或研究者，擔任資料蒐集工作。

清楚記得，時任顧問的學者專家們，都十分高興這個專案的啟動，但確定收錄哪些作家名單時，也有不同的思考及看法。經過充分的討論後，終於取得基本的共識：除以一般的「文學成就」為觀察及考量作家的標準外，並以研究的迫切性與資料獲得之難易度為綜合考量。譬如說，在第一階段時，作家的選擇除文學成就外，先考量迫切性及研究性，迫切性是指已故又是日治時期臺籍作家為優先，研究性是指作品已出土或已譯成中文為優先。若是作品不少而評論少，或作品評論皆少，可暫時不考慮。此外，還要稍微顧及文類的均衡等等。基本的共識達成後，顧問群共同挑選出 310 位作家，從鄭坤五、賴和、陳虛谷以降，一直到吳錦發、陳黎、蘇

偉貞，共分三個階段進行。

　　張錦郎先生修訂的編輯體例，從事學術研究的顧問們，一方面讚嘆「此目錄必然能成爲類似文獻工作的範例」，但又深恐「費力耗時，恐拖延了結案時間」，要如何克服「有限時間，高度理想」的編輯方式，對工作團隊確實是一大挑戰。於是顧問們群策群力，除了每人依研究領域、研究專長認領部分作家外（可交叉認領），每個顧問亦推薦或召集研究生襄助，以期能在教學研究工作外，爲此目錄盡一份心力。

　　「臺灣現當代作家評論資料目錄」專案計畫，自 2004 年 4 月開始，至2009 年 10 月結束，分三個階段歷時五年六個月，共發現、搜尋、記錄了十餘萬筆作家評論資料。共經歷了三位專職研究助理，近三十位兼任研究助理。這些研究助理從開始熟悉體例，到學習如何尋找資料，是一條漫長卻實用的學習過程。

接續

　　「臺灣現當代作家評論資料目錄」的專案完成，當代重要作家的研究，更可以在這個基礎上，開出亮麗的花朵。於是就有了「臺灣現當代作家研究資料彙編暨資料庫建置計畫」的誕生。爲了便於查詢與應用，資料庫的完成勢在必行，而除了資料庫的建置外，這個計畫再從 310 位作家中精選 50 位，每人彙編一本研究資料，內容有作家圖片集，包括生平重要影像、文學活動照片、手稿及文物，小傳、作品目錄及提要、文學年表。另外每本書分別聘請一位最適當的學者或研究者負責編選，除了負責撰寫五千至一萬字的作家研究綜述外，再從龐雜的評論資料中挑選具有代表性的評論文章，全文刊載，平均 12～14 萬字，最後再附該作家的評論資料目錄，以期完整呈現該作家的生平、創作、研究概況，其歷史地位與影響。

　　由於經費及時間因素，除了資料庫的建置，資料彙編方面，50 位作家分三個階段完成。第一階段出版了 15 位作家，此次第二階段出版了 12 位作家的資料彙編。體例訂出來，負責編選的學者專家名單也出爐了，於是

展開繁瑣綿密的編輯過程。一旦工作流程上手，才知比原本預估的難度要高上許多。

首先，必須掌握每位編選者進度這件事，就是極大的挑戰。於是編輯小組在等待編選者閱讀選文的同時，開始蒐集整理作家生平照片、手稿，重編作家年表，重寫作家小傳，尋找作家出版品的正確版本、版次，重新撰寫提要。這是一個極其複雜的工程。還好有認真負責的宇霈、雅嫻、蹇婷，以及編輯老手秀卿幫忙，讓整個專案維持了不錯的品質及進度。

在智慧權威、老練成熟的學者專家面前，這些初生之犢的年輕助理展現了大無畏的精神，施展了編輯教戰手冊中的第一招——緊迫盯人。看他們如此生吞活剝地貫徹我所傳授的編輯要法，心裡確實七上八下，但礙於工作繁雜，實在無法事必躬親，也只好讓他們各顯身手了。

縱使這些新手使出了全部力氣，無奈工作的難度指數仍然偏高，雖有第一階段的經驗，但面對不同的編選者，不同的編選風格，進度仍然不很順利，再加上整個進度掌控者雅嫻遭逢車禍意外，臥病月逾，工作小組更是雪上加霜。此時就得靠意志力及精神鼓舞了。我對著年輕的同仁曉以大義，告訴他們正在光榮地參與一個重要的文學工程，絕對不可輕言放棄。

成果

雖然過程是如此艱辛，如此一言難盡，可是終究看到豐美的成果。每位編選者雖然忙碌，但面對自己負責的作家資料彙編，卻是一貫地認真堅持。他們每人必須面對上千或數百筆作家評論資料，挑選重要或關鍵性的評論文章，全面閱讀，然後依照編選原則，挑選評論文章。助理們此時不僅提供老師們所需要的支援，統計字數，最重要的是得找到各篇選文作者，取得同意轉載的授權。在第一階段進度流程初估時，我們錯估了此項工作的難度，因為許多評論文章，發表至今已有數十年的光景，部分作者行蹤難查，還得輾轉透過出版社、學校、服務單位，尋得蛛絲馬跡，再鍥而不捨地追蹤。有了第一階段的血淚教訓，第二階段關於授權方面，我們

更是如臨深淵、如履薄冰，希望不要重蹈覆轍。

　　除了挑選評論文章煞費苦心外，每個作家生平重要照片，我們也是採高標準的方式去蒐集，過世作家家屬、友人、研究者或是當初出版著作的出版社，都是我們徵詢的對象。認真誠懇而禮貌的態度，讓我們獲得許多從未出土的資料及照片，也贏得了許多珍貴的友誼。遠在中國大陸的張我軍的長子張光正；潘人木的女兒黨英台及在她身後一直持續整理她的遺作及資料的周慧珠；陳千武的長子陳明台、後輩友人吳櫻；姚一葦的女兒姚海星；林亨泰女兒林巾力、兒子林于竝；遠在美國的聶華苓、女兒王曉藍；朱西甯的夫人劉慕沙、女兒朱天文；住得很近卻常常被我們打擾的鄭清文、女兒鄭谷苑；在苗栗的李喬，以及幫了很多忙的許素蘭……，我們和他們一起回憶、欣賞他們或父祖、前輩，可敬可愛的文學人生。

　　研究綜述部分，許俊雅敘述在中研院臺史所楊雲萍數位典藏建置完成後，她才讀到一封 1946 年 5 月 12 日張我軍在上海給楊雲萍的一封信，不僅感受到一位離家 20 年的臺灣遊子，熱切盼望返鄉的心情，也印證了張我軍與楊雲萍早在 1920 年代相識，1943 年再度於京都相逢。林武憲在〈縱橫於小說創作與兒童文學之間〉一文中，對潘人木研究資料的謬誤提出細部的更正及檢討，對她小說創作、兒童文學的貢獻及價值再度給予肯定；曾進豐寫周夢蝶，已超越一個學者的研究論述，情動於中而發為文，情理交融，令人動容。

　　林淇瀁論柏楊，短短一萬字，對其豐富的創作類型、多樣的文風、浩瀚如海的研究概述，鞭辟入裡；阮美慧揭示陳千武一生的文學志業及作品精神樣貌，讓陳千武那種質樸、更貼近普羅大眾語言風格的特殊價值彰顯出來；王友輝將姚一葦的研究分為「人、文、理、育」四方面來檢視、探索的同時，也充分顯示姚一葦一生春風化雨、提攜後進，並專注尋找自己創作和研究上新出路的特質。

　　呂興昌在〈林亨泰研究綜論〉中，特別舉出劉紀蕙〈銀鈴會與林亨泰的日本超現實淵源與知性美學〉一文所言：紀弦為林亨泰提供延續銀鈴會

現代運動的管道，而林亨泰則成為紀弦發展現代派的支柱，此觀察「可謂機杼別出，言人之所未言」；應鳳凰將聶華苓研究的三個時期，與聶華苓文學事業的三個時期，相互呼應與比較，也凸顯了聶華苓研究領域幅員遼闊，有待來者；陳建忠開宗明義即謂「朱西甯及其文學在臺灣當代文學史上的定位，仍有待重估」，當抽絲剝繭的評析朱西甯研究不同的研究路徑後，期待「朱西甯研究的進展，也實在到了朝更有彈性而務實的方向轉變的時機」。

　　須文蔚在〈唱出土地與人們心聲的能言鳥——臺灣當代楊喚研究資料評述〉一開始，就將 24 歲楊喚遇難當天驚悚的故事錄下，從此許多年輕早慧的心靈中，在閱讀楊喚天才的、靈巧的詩篇同時，也都記得了詩人早夭與不幸的命運。楊喚留下的作品不多，須文蔚認為他的作品得以傳世，除了友人的幫忙與努力，楊喚真誠的創作與動人的人格，應該是另一項重要的原因；李進益寫鄭清文，一句「他所有作品都在寫臺灣」，道盡鄭清文一生創作，所描繪與建構的文學世界，正是來自他立足的臺灣；彭瑞金在細分李喬研究概述後，輕輕帶上一筆「欲知李喬文學究竟，得閱讀近千萬字文獻」，真實反映出李喬評論及創作的豐盛，但他最終希望選文能「掌握李喬創作脈絡，反映李喬各階段的重要作品成果」。

　　1987 年 7 月臺灣解嚴，臺灣文學研究的風潮日漸蓬勃。1990 年 4 月 23 日，《民眾日報》策劃「呂赫若專輯」，標題為〈呂赫若復出〉；1991 年前衛出版社林文欽出版「臺灣作家全集・短篇小說卷・日據時代」；1997 年自真理大學開始，臺灣文學系所紛紛成立，臺灣文學體制化的脈動，鼓舞了學院師生積極從事日治時期臺灣文學史料的蒐集。這股風潮正如陳萬益所言，不只是文獻的出土，也是一種心態的解嚴，許多日治時期作家及其家屬，終於從長期禁錮的氛圍中解放。許俊雅認為，再加上當初以日文創作的作家作品，也在 1990 年代後被逐漸翻譯出來，讀者、研究者在一個開放的空間，又免除語文的障礙，而使臺灣文學研究開始呈現多元的風貌。

　　1990 年開始，各地縣市文化中心（文化局），對在地作家作品集的整理出版，以及台灣文學館成立後對日治時期作家以迄當代重要作家全集的編纂，對臺灣文學之作家研究，也有了很好的促進作用。《龍瑛宗全集》、《吳新榮選集》、《呂赫若日記》、《楊逵全集》、《葉石濤全集》、《鍾肇政全集》，如雨後春筍般持續展開。「臺灣意識」的興起，使本土文學傳統快速的納入出版與研究行列。

　　經過近二十年的努力，臺灣文學的研究與出版，也到了可以驗收或檢討成果的階段。這個說法，當然不是要停下腳步，而是可以從「臺灣現當代作家評論資料目錄」所呈現的 310 位作家、10 萬筆資料中去檢視。檢視的標的，除了從作家作品的質量、時代意義及代表性去衡量外、也可以從作家的世代、性別、文類中，去挖掘還有待開墾及努力之處。因此在這樣的堅實基礎上，這套「臺灣現當代作家研究資料彙編」，每位編選者除了概述作家的研究面向外，均有些觀察與建議。希望就已然的研究成果中，去發現不足與缺憾，研究者可以在這些不足與缺憾之處下功夫，而盡量避免在相同議題上重複。當然這都需要經過一段時間、去發現、去彌補，因此，有關臺灣文學研究的調查與研究，就格外顯得重要了。

期待

　　感謝台灣文學館持續支持推動這兩個專案的進行。「臺灣現當代作家評論資料目錄」的完成，呈現的是臺灣文學研究的總體成果；「臺灣現當代作家研究資料彙編」套書的出版，則是呈現成果中最精華最優質的一面，同時對未來的研究面向與路徑，做最好的建議。我們可以很清楚的體會，這是一條綿長優美的臺灣文學接力賽，我們十分榮幸能參與其中，我們更珍惜在傳承接力的過程，與我們相遇的每一個人，每一件讓我們真心感動的事。我們更期待這個接力賽，能有更多人加入。誠如張恆豪所說「從高音獨唱到多元交響」，這是每一個人所期待的。

編輯體例

一、本書編選之目的，爲呈現李喬生平、著作及研究成果，以作爲臺灣文學相關研究、教學之參考資料。

二、全書共五輯，各輯內容及體例說明如下：

輯一：圖片集。選刊作家各個時期的生活或參與文學活動的照片、著作書影、手稿（包括創作、日記、書信）、文物。

輯二：生平及作品，包括三部分：

1.小傳：主要內容包括作家本名、重要筆名，生卒年月日，籍貫，及創作風格、文學成就等。

2.作品目錄及提要：依照作品文類（論述、詩、散文、小說、劇本、報導文學、傳記、日記、書信、兒童文學、合集）及出版順序，並撰寫提要。不收錄作家翻譯或編選之作品。

3.文學年表：考訂作家生平所進行的文學創作、文學活動相關之記要，依年月順序繫之。

輯三：研究綜述。綜論作家作品研究的概況，並展現研究成果與價值的論文。

輯四：重要文章選刊。選收國內外具代表性的相關研究論文及報導。

輯五：研究評論資料目錄。收錄至 2011 年 6 月底止，有關研究、論述臺灣現當代作家生平和作品評論文獻。語文以中文爲主，兼及日文和英文資料。所收文獻資料，以臺灣出版爲主，酌收中國大陸、香港、日本和歐美國家的出版品。內容包含三部分：

1.「作家生平、作品評論專書與學位論文」下分爲專書與學位論文。

2.「作家生平資料篇目」下分爲「自述」、「他述」、「訪談」、「年表」、「其他」。

3.「作品評論篇目」下分爲「綜論」、「分論」、「作品評論目錄、索引」、「其他」。

目次

主委序　　　　　　　　　　　　　　　龍應台　　3

館長序　　　　　　　　　　　　　　　李瑞騰　　4

編序　　　　　　　　　　　　　　　　封德屏　　6

編輯體例　　　　　　　　　　　　　　　　　　13

【輯一】圖片集

影像・手稿・文物　　　　　　　　　　　　　18

【輯二】生平及作品

小傳　　　　　　　　　　　　　　　　　　　43

作品目錄及提要　　　　　　　　　　　　　　45

文學年表　　　　　　　　　　　　　　　　　65

【輯三】研究綜述

李喬研究綜述　　　　　　　　　　　　彭瑞金　91

【輯四】重要評論文章選刊

與我周旋寧作我　　　　　　　　　　　李　喬　109

繽紛二十年　　　　　　　　　　　　　李　喬　115

　　　──我的筆耕生涯（上、下）

一位臺灣作家心路歷程　　　　　　　　李　喬　125

《飄然曠野》裡的李喬　　　　　　　　鍾肇政　135

在修羅的道場　　　　　　　　　　　　　　　許素蘭　139
　　——雙面壹闡提

李喬印象記　　　　　　　　　　　　　　　　鍾鐵民　147

偉大的同情與大地的鄉愁　　　　　　　　　　洪醒夫　153
　　——李喬訪問記

人性的探討者　　　　　　　　　　　　　　　黃武忠　167
　　——李喬印象記

論李喬小說裡的「佛教意識」　　　　　　　　葉石濤　173

從大地走進歷史的李喬　　　　　　　　　　　高天生　181

回首看李喬的短篇小說　　　　　　　　　　　彭瑞金　191

鋼索的高度　　　　　　　　　　　　　　　　鄭清文　203
　　——李喬的文學成就

李喬的《恍惚的世界》　　　　　　　　　　　鄭清文　213

試論《孤燈》　　　　　　　　　　　　　　　三木直大　227
　　——李喬小說的歷史敘述與文學虛構

人、妖交纏，佛法解不開的人間情慾　　　　　彭瑞金　243
　　——解讀李喬的《情天無恨》

現代的浮世繪　　　　　　　　　　　　　　　張素貞　259
　　——評李喬的《共舞》

小說哲學的建構　　　　　　　　　　　　　　歐宗智　265
　　——《藍彩霞的春天》的反抗意識與象徵意義

歷史文學的掙扎與蛻變　　　　　　　　　　彭瑞金　269
　　　——拒絕在虛構、真實間擺盪的《埋冤一九四七埋冤》

母親的形象和象徵　　　　　　　　　　　　陳萬益　287
　　　——《寒夜三部曲》初探

寫給土地的家書　　　　　　　　　　　　　齊邦媛　301
　　　——讀李喬《寒夜三部曲》

脫出《咒之環》　　　　　　　　　　　　　李永熾　309

他者的文化、文化的自我　　　　　　　　　李永熾　315
　　　——李喬的文化論述

【輯五】研究評論資料目錄
作家生平、作品評論專書與學位論文　　　　　　　　333
作家生平資料篇目　　　　　　　　　　　　　　　　343
作品評論篇目　　　　　　　　　　　　　　　　　　361

輯一◎圖片集

影像◎手稿◎文物

1941年，李喬（右一）國
小一年級，與家人合影。
前排左二起：父親李木
芳、抱著妹妹李信娘的母
親葉舟妹；後排左起：大
哥李能青、二哥李德水。
（翻攝自《李喬短篇小說
全集1》，苗栗縣立文化
中心）

1943年6月1日，李喬國小
三年級，與家人合影。（典
藏藝術家庭公司提供）

1955年，李喬任南湖國校教師，時年21歲。（翻攝自《李喬短篇小說全集1》，苗栗縣立文化中心）

1958年10月，李喬於「八二三砲戰」後二個月於金門太武山留影。（翻攝自《李喬短篇小說全集1》，苗栗縣立文化中心）

1966年，李喬與妻子蕭銀嬌合影。（李喬提供）

1968年4月14日，李喬（前排右四）獲「第三屆臺灣文學獎」，
應邀出席於國賓飯店舉行的《臺灣文藝》四週年紀念暨頒獎典
禮。前排左一林海音、前排左三巫永福、前排左五吳濁流、前
排右三洪炎秋。（新竹縣縣史館提供）

約1971年，李喬與文友們合影。前排左起：吳瀛濤、吳濁流、鄭世璠；後排左起：黃文相、葉石濤、李喬、林鍾隆、鄭清文、鍾肇政、鍾春芳。（新竹縣縣史館提供）

1974年，李喬與文友合影於鹿港。左起：張秀民、洪醒夫、黃文相、林碧雲、鍾肇政、李喬、吳濁流、尤增輝。（典藏藝術家庭公司提供）

1979年，李喬參加屏東縣高樹鄉廣興村的作家訪問團。左起：鍾鐵民、葉石濤、楊逵、紀剛、李喬。（鍾鐵民提供）

1980年，李喬全家合影。前排左起：蕭銀嬌、李舒林、李喬；後排左起：李舒亭、李舒中、李舒琴。（典藏藝術家庭公司提供）

1981年5月20日，李喬參加新聞局於高雄中船舉辦的作家
聯誼之旅。左起：康寶村、鍾鐵民、林瑞明、李喬、葉石
濤、彭瑞金、柳愈民。（文學臺灣基金會提供）

1981年，李喬（右二）獲「第四屆吳三連文學獎」小說類，
應邀出席於國賓飯店舉行的頒獎典禮。（翻攝自《李喬短
篇小說全集3》，苗栗縣立文化中心）

1982年6月，李喬與文友合影於大溪資生
花園。左起：洪醒夫、李喬、楊逵、鍾肇
政。（楊逵文物數位博物館提供）

1982年8月10日，《文學界》舉辦李喬寒夜三部曲討論會。前排左起：謝松山及其友人、鍾肇政、王幼華、鍾延豪；後排左起：鄭烱明、彭瑞金、黃樹根、許振江、葉石濤、李喬、林瑞明、吳錦發、莊金國。（文學臺灣基金會提供）

1984年，李喬（右）與鍾肇政（中）、楊青矗（左）合影於美國。（翻攝自《鍾肇政全集38影像集》，桃園縣政府文化局）

1986年，李喬（右）與德國馬漢茂教授合影。（翻攝自《李喬短篇小說全集4》，苗栗縣立文化中心）

1988年，李喬（中）與林瑞明（左）、林濁水（右）合影於南投牛耳石雕公園。（許素蘭提供）

1991年，李喬（左）與鍾肇政（中）、吳晟（右）合影。（翻攝自《鍾肇政全集38影像集》，桃園縣政府文化局

1993年9月，李喬夫婦遊歐，合影於義大利佛羅倫斯。（李喬提供）

1993年，李喬與兄妹合影。左起：李能青、李德水、李喬、李信娘。（翻攝自《李喬短篇小說全集5》，苗栗縣立文化中心）

1995年11月25日，李喬（左）獲「第九屆臺美基金會人才成就獎」，於頒獎典禮會場與鄭清文合影（翻攝自《李喬短篇小說全集9》，苗栗縣立文化中心）

1996年8月4日，李喬於高雄美濃朱邦雄宅與文友合影。前排左起：李喬、葉石濤、鍾肇政、蕭銀嬌；後排左起：曾貴海、鄭炯明、陳凌、彭瑞金。（文學臺灣基金會提供）

1997年，李喬（左）主持大愛電視節目「客
家周刊」，與另一主持人宋金鈴合影。（典
藏藝術家庭公司提供）

1999年7月，李喬（左）與若林正丈合影
於烏來。（李喬提供）

1999年11月6日，李喬應邀出席於真理大學舉行的「福爾
摩莎的文豪──鍾肇政文學會議」。左起：李喬、鍾鐵
民、鍾肇政。（典藏藝術家庭公司提供）

2001年6月，李喬（左）應邀出席於臺灣大學舉行的「閱讀李喬——主體性的裸露與對話」系列活動，與齊邦媛合影。（典藏藝術家庭公司提供）

2002年2月25日，李喬（左）出席二二八新書發表會，與鄭欽仁合影於臺大校友會館。（李喬提供）

2002年，李喬（前排左三）留影於苗栗北河「寒夜」拍攝場景。（李喬提供）

2005年6月13日，李喬（前中坐者）主持客家電視節目
「圓桌五士打嘴鼓」。（典藏藝術家庭公司提供）

2006年10月1日，李喬應邀出席國家臺灣文學館主辦的「臺
灣大河小說家作品學術研討會」，作專題演講。左起：鄭炯
明、鄭炯明夫人、鍾逸人、李喬、彭瑞金、許素貞。（文
學臺灣基金會提供）

2006年10月19日，李喬（右）獲「第十屆國家文藝獎」，與鄭清文合影。（翻攝自《李喬文學文化論集（二）》，苗栗縣文化局）

2007年6月16日，李喬（左）、鍾肇政（右）獲陳水扁總統頒贈客家終身貢獻獎。（李喬提供）

2008年春節前，李喬夫婦（左三、左二）與來訪的彭瑞金夫婦（右二、左一）及其女彭萱（右一）合影。（李喬提供）

2008年1月，李喬（右）出席於國家教育研究院籌備處豐原院區舉行的「與課本作家面對面──國、高中教師研習營」，擔任講師，與陳彥斌合影。（李喬提供）

2009年9月28日，李喬夫婦（左一、左二）與來訪的黃惠禎
（左三）、明田川聰士（右一）合影。（李喬提供）

2010年春節，李喬夫婦（左一、左二）與來訪的鍾鐵民夫婦
（右二、右三）及其女鍾舜文（右一）。（李喬提供）

2010年4月10日，李喬近照。（李喬提供）

2011年5月23日，李喬（左）擔任文訊雜誌社主辦的「百年小說研討會」臺南場專題演講，右為國立臺灣文學館李瑞騰館長。（文訊資料室）

2011年6月12日，李喬出席文學臺灣基金會於高雄文學館舉行的「多角探索李喬的兩本新作
——《格里弗Long Stay臺灣》及《咒之環》」文學座談會，擔任主講人。前排左一鄭炯
明、前排左二曾貴海、前排中彭瑞金、前排右一李喬。（文學臺灣基金會提供）

2011年7月，李喬（左）與來訪的陳偉智（中）、黃英哲（右）合影。（李喬提供）

約九〇年代，李喬與文友合影。左起：龍瑛宗、王昶雄、
李喬、郭啟賢、黃正平。（王奕心提供）

李喬與文友合影，拍攝時間不詳。左起：曾貴海、李
喬、岡崎郁子。（典藏藝術家庭公司提供）

「我的心靈簡史」上篇

一、成長風雨　李喬

我1934年，昭和9年出生。

出生地是苗栗大湖山區，大湖街之東叫「蕃仔林」的地方。這裡分上下蕃仔林兩區塊。上蕃仔林，朝西就是茶林巨巖山區，中間是一山泉小溪；南塊就我李家茅屋一棟，北塊還多相對著有一小屋，住五六家人。

我家是「獨立家屋」，無左鄰右舍，家父經常失蹤。大哥長我十三歲，二哥大八歲，妹妹小我五歲。記憶中，雨夕風晨黑夜，相伴茅屋的是媽媽、妹妹、我和一隻大黃狗。

這個孤苦的圖像是爸爸一手繪製的：一個僅識幾個漢字的山農（他說童年在某書房當「掌中」，偷聽學到的），

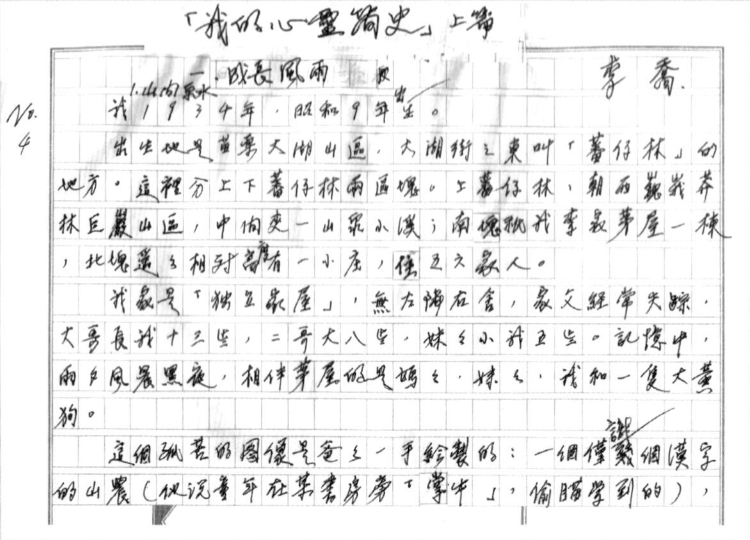

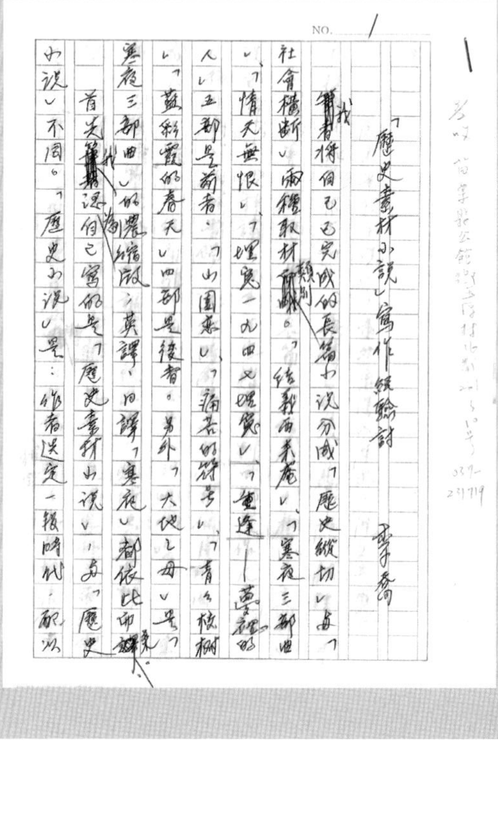

李喬〈我的心靈簡史（上篇）〉手稿。（李喬提供）（上圖）

李喬〈「歷史素材小說」寫作經驗討〉手稿。（文訊資料室）（左圖）

李喬手稿，敘述全家合照。（文訊資料室）（左圖）

李喬〈大地之子·洪醒夫〉手稿。（國立臺灣文學館提供）（下圖）

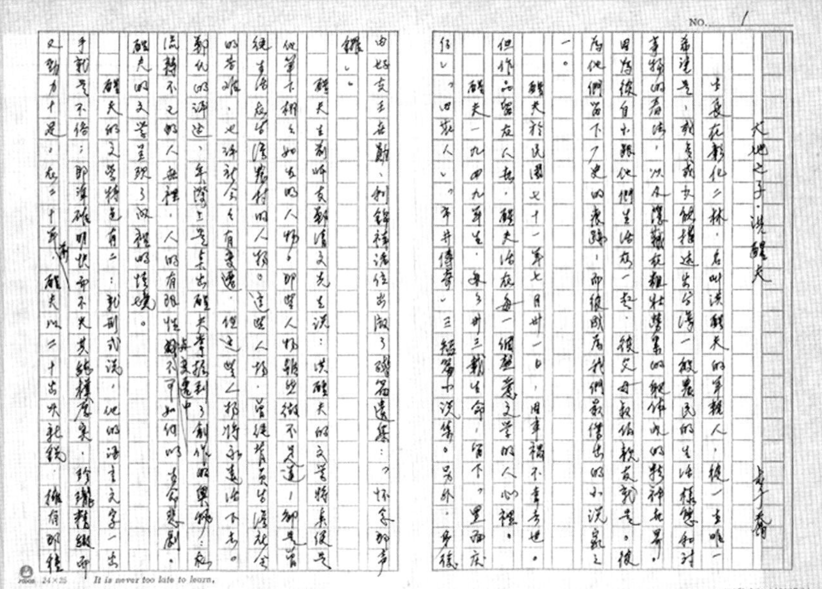

It is never too late to learn.

李喬〈臺灣文化概論〉手稿。（國立臺灣文學館提供）

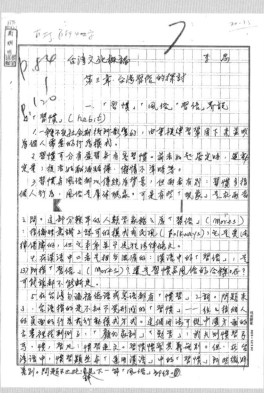

李喬〈泰姆山記〉手稿。（翻攝自《李喬短篇小說全集——資料彙編》，苗栗縣立文化中心）

輯二◎生平及作品

小傳◎作品◎年表

小傳

李喬（1934～）

　　李喬，男，本名李能棋，另有筆名壹闡提，籍貫臺灣苗栗，1934 年 6 月 15 日生。

　　新竹師範學校畢業。曾任教於南湖國小、大湖國小、私立大成中學、頭屋初中、苗栗農工職校等共 28 年，1982 年退休後，專事寫作。曾任《臺灣文藝》主編、臺灣師範大學駐校作家、淡水工商管理學院臺灣文學系兼任副教授、臺灣筆會會長、總統府國策顧問等。曾主持大愛電視臺「客家週刊」節目、公共電視臺「文學過家」節目等，推動客家文化及文學。曾獲臺灣文學獎、吳三連文藝獎、巫永福評論獎、臺美基金會社會科學人才成就獎、臺灣文學獎長篇小說成就獎、鹽分地帶臺灣新文學特殊貢獻獎、國家文藝獎、客家貢獻獎終身貢獻獎等獎項。

　　李喬創作文類以小說為主，兼及論述、散文。自 1959 年發表第一篇短篇小說〈酒徒的自述〉開始，陸續發表超過兩百篇短篇小說，描繪各形各色的人事物，和隱藏在生命之下無止無盡的痛苦。其短篇小說寫作背景有二：一為以童年故鄉蕃仔林為背景，二為以現代社會生活為背景。自言是個對「形式」敏感的作家，因此追求形式與技巧的多變，部分運用心理方析、意識流等西方寫作技巧的作品，帶有現代主義的色彩。評論家彭瑞金認為：「李喬文學在進入長篇創作時期之前，他的短篇小說已經是一個圓滿完熟的文學世界了……他在這裡完成了他生命哲學的演繹。」

　　1978 年開始投入長篇《寒夜三部曲》的創作，之後逐漸以長篇小說的創作為主。《寒夜三部曲》堪稱李喬成就最高之著作，包括《孤燈》、《寒夜》、《荒村》三部分，是一部以臺灣人受日本殖民統治為歷史背景的大河小說，分別以先民拓土開山與武裝抗日的過程、農民的非武裝抗日活動、太平洋戰爭下人民的生活為主題，結合土地與時代的描寫，勾勒半個多世紀臺灣人民對鄉紳地主、殖民統治者的抵抗運動史，表現出對土地的認同與眷戀，亦反映李喬對於文學創作的自我期許：「呈現、表達臺灣人 400 年的苦難歷史；寫其中生之悲苦、生之莊嚴；寫族人的慘境絕望，也寫其如縷光明。」

　　李喬亦有不少文學與文化評論作品，反省臺灣人的集體性格與文化內涵，提出臺灣文化的建設與改造。除此之外，亦用行動實踐理念，以建立「臺灣新文化」為目標，演說、講課、主持電視節目，為一身體力行的文學運動者。國家文藝獎的獎辭總結李喬的文學成就：「作品從生活及族群的基點出發，寫作面向擴及臺灣群體生活、歷史內涵與人性的普遍性和獨特性，其作品具多元文化意義，是一位關懷土地、充滿歷史感、超越族群局限，視野寬闊的小說家。」

作品目錄及提要

【論述】

時報文化出版公司

大安出版社

小說入門
臺北：時報文化出版公司
1986 年 3 月，32 開，312 頁
人間叢書 43

臺北：大安出版社
1996 年 2 月，25 開，302 頁

本書為李喬 1982 年 9 月 10 日～1985 年 4 月 11 日於《臺灣日報》副刊撰寫之「小說・小說」專欄文章結集，以豐富的創作經驗為基礎，為小說做出多面向的解剖。全書分「認識小說」、「寫作實務」、「其他思考」三輯，收錄〈小說是什麼？〉、〈長篇小說概說〉、〈誰來寫小說〉、〈主題的經營〉、〈小說的社會責任〉等 86 篇文章。正文前有葉石濤〈序〉，正文後有李喬〈「小說人」應讀書書單〉、〈「小說人書單」的解說〉、〈「小說・小說」後記〉。

1996 年大安出版社改版重排，改為 25 開，新增〈文學語言之辨〉、〈寬廣的語言大道〉二篇文章，並增刪〈人物描刻〉一文為〈小說人物塑造〉。正文前新增李喬〈新版自序〉，正文後刪去〈「小說人」應讀書書單〉、〈「小說人書單」的解說〉二篇，新增〈作者研究舉例——鄭清文作品專題〉、〈作品評論舉例——評許振江的小說〉、高天生〈臺灣文學的過去與未來〉。

臺灣人的醜陋面

臺北：前衛出版社
1988 年 6 月，25 開，238 頁
新臺灣人叢書 2、臺灣人文庫 12

本書臺灣人對於自身的反省，指出臺灣族群、社會有待改進的缺失。全書分九章，收錄〈自甘做長不大的孤兒〉、〈欠缺宗教情操，信奉「賄賂一貫教」〉、〈臺灣人太多「雞棲王」〉、〈有腦無漿健忘症，悲劇布偶死生由人〉、〈輕輕采采，不求精緻〉、〈殘酷自私，不具現人德性〉、〈行業道德淪喪，欠缺可大可久的胸襟眼光〉、〈自大的福佬人，自卑的客家人，自棄的原住民〉、〈結論：創造尊重生命的「臺灣新文化」——臺灣文化的過去、現在與未來〉。正文前有〈臺灣人文庫緒言〉、黃文雄〈海外版序言〉、張炎憲〈序〉、李喬〈前言〉，正文後附錄宋澤萊〈臺灣人的自我追尋及文化再生〉、李喬〈從文學作品看臺灣人的形象〉。

臺灣運動的文化困局與轉機

臺北：前衛出版社
1989 年 11 月，25 開，235 頁
新臺灣人叢書 16

本書為李喬的文化相關論述結集，針對臺灣文化進行反思，並提出臺灣新文化的建設與創造。全書分「文化短論」、「文化論述」、「文化演講詞」、「對談」四輯，收錄〈文化是什麼？〉、〈「臺灣運動」的文化困局與轉機〉、〈文學與歷史的兩難〉等25 篇文章。正文前有李喬〈代序〉。

臺灣文學造型

高雄：派色文化出版社
1992 年 7 月，新 25 開，351 頁
白鴒鷥文庫 2009

本書提出對臺灣文學的看法，並針對臺灣當代作家及作品做分析與評論。全書分三輯，收錄〈我看臺灣文學——臺灣文學正解〉、〈介評《賽跑》〉、〈「文學語言」之辨〉等 29 篇文章。正文前有彭瑞金〈現身說法—序李喬的《臺灣文學造型》〉、李喬〈小說之外——代序〉。

臺灣文化造型

臺北：前衛出版社
1992 年 12 月，25 開，365 頁
臺灣國民文庫 1

本書為李喬哲學與文化思想之結集，內容觸及哲學、宗教、音樂、物理、歷史、政治等方面。全書分「談人生」、「說文化」、「文化演講稿」三輯，收錄〈生命的創新〉、〈柔軟的心〉、〈臺灣的大與小〉、〈臺灣正在形成新的海洋文化〉、〈文化創造的理論與實際〉等 67 篇文章。正文前有鄭欽仁〈哲學與文化心靈的結晶〉、李喬自序〈告白與道別〉，正文後附錄〈「半糟仔」中國人〉、〈臺灣人民破網而起〉二篇文章。

文化心燈——李喬文化評論選粹

臺北：望春風文化公司
2000 年 10 月，25 開，207 頁
望春風文庫 7

本書為李喬對臺灣政治、文化、社會、宗教現象的觀察、反思與評論結集。全書分三卷，收錄〈「臺北觀點」初探〉、〈臺灣的文學文化〉、〈臺日恩仇錄〉、〈大家來面對象徵符號〉等 46 篇文章。正文前有林哲雄〈望春風——二度文藝復興〉、林衡哲〈文化心燈序〉、李喬〈「臺灣新文化」的基礎〉。

文化、臺灣文化、新國家

高雄：春暉出版社
2001 年 3 月，25 開，363 頁
文學臺灣叢刊 20

本書從文化角度探討臺灣的主體性，以及臺灣如何透過文化建立新國家。全書收錄〈臺灣文化概說〉、〈文化臺獨論〉、〈「臺灣主題性」的追尋〉等 13 篇文章，正文前有曾貴海〈改革者的臺灣文化革命行動宣言——序李喬《文化‧臺灣文化‧新國家》〉、李喬〈自序〉，正文後有李喬〈後記〉。

李喬文學文化論集（一）
苗栗：苗栗縣文化局
2007 年 10 月，25 開，358 頁

本書為李喬的文學與文化評論結集，反映出李喬於 1980、1990 年代的政治、宗教、文學與文化思想。全書收錄〈「臺灣運動」的文化困局與轉機〉、〈臺灣文化的過去與未來〉、〈二二八事件死難人數初探〉等 27 篇文章。正文前有劉政鴻〈縣長序〉、林振豐〈局長序〉、李喬〈桐花（代序）〉、照片，正文後附錄〈本集論文目次〉。

李喬文學文化論集（二）
苗栗：苗栗縣文化局
2007 年 10 月，25 開，328 頁

本書為李喬的文學與文化評論結集，反映出李喬於 1980、1990 年代的政治、宗教、文學與文化思想。全書收錄〈千言序遠行〉、〈臺灣人在曠野——李總統、司馬遼太郎對談讀後〉、〈愛恨憎望集於一身〉、〈歷史鍛鑄的臺灣人——馬關條約後的胎動〉、〈樸素的真學問——《二十世紀臺佛轉型與發展》讀後〉等 90 篇文章。正文前有劉政鴻〈縣長序〉、林振豐〈局長序〉、李喬〈我的「文化追尋」（代序）〉、照片，正文後附錄〈本集論文目次〉。

我的心靈簡史——文化臺獨筆記
臺北：望春風出版社
2010 年 12 月，25 開，248 頁
望春風文庫 13

本書為李喬以自身經驗為經，文化思考為緯，藉由自傳式的書寫方式，表達其對於文化獨立與臺灣獨立之相關思想。全書分上篇「行程與鍛鍊」、下篇「文化與獨立」，收錄〈成長風雨〉、〈從文化層面啟動〉、〈臺灣共和國的描述〉等 11 篇文章，另收有〈我的宗教體會〉一篇。正文前有林衡哲〈望春風——二度文藝復興〉、黃昭堂〈臺灣文化的導航書〉、張良澤〈我的朋友李喬〉、林衡哲〈臺灣文化的獨立宣言〉，正文後附錄〈臺灣「無色差殖民」的文化現象〉、〈生命與土地結合，型塑在地美學〉、〈延伸閱讀〉。

【詩】

臺灣，我的母親

臺北：草根出版公司
1995 年 9 月，新 25 開，156 頁
臺灣文學名著 6

本書爲李喬改寫其大河小說《寒夜三部曲》而成的長篇史詩，以客語描繪先民艱辛墾荒的生活、遭遇日人殖民的磨難。全書收錄〈我們，來去蕃仔林喔〉、〈人禍天災〉、〈寒夜漫漫〉等 16 首詩作。

【小說】

飄然曠野

臺北：幼獅文化公司
1965 年 10 月，40 開，204 頁
幼獅文藝叢書 14

短篇小說集。全書收錄〈誓〉、〈苦水坑〉、〈報復〉、〈阿妹伯〉、〈德星伯的幻覺〉、〈鱒魚〉、〈採荔枝〉、〈前塵〉、〈月光下〉、〈拜拜〉、〈小京園〉、〈烏石壁〉、〈鬼纏身〉、〈床前〉、〈報到〉、〈飄然曠野〉16 篇。正文前有李喬〈序〉。

戀歌

臺北：水牛出版社
1968 年 6 月，48 開，198 頁
水牛文庫 48

短篇小說集。全書收錄〈橋下〉、〈多餘的下午〉、〈問仙〉、〈桃花眼〉、〈晴朗的心〉、〈明月之章〉、〈醉之外〉、〈夢與愛〉、〈招婿郎〉、〈多心經〉、〈全體肅立〉、〈那棵鹿仔樹〉、〈綠色記憶〉13 篇。正文前有鍾肇政〈序〉。

晚晴

臺北：臺灣商務印書館
1968 年 10 月，48 開，271 頁
人人文庫 822－823

短篇小說集。全書收錄〈痴痴童年〉、〈山之戀〉、〈吵架〉、〈喜貴嫂〉、〈歸〉、〈錢公的故事〉、〈香茅寮〉、〈阿鳳嬸〉、〈隱形牆〉、〈山上〉、〈債〉、〈愉快的故事〉、〈心刑〉、〈歷險記〉、〈鹹茱婆〉、〈晚晴〉、〈龍岩〉、〈媽媽〉18 篇。正文前有〈編印人人文庫序〉、〈作者簡介〉。

人的極限

臺北：現代潮出版社
1969 年 7 月，32 開，217 頁
現代潮文庫 4

短篇小說集。全書收錄〈現代別離〉、〈人的極限〉、〈蜘蛛〉、〈四十歲的球〉、〈裸裎的夢〉、〈家鬼〉、〈負後像〉、〈飛翔〉、〈林老與妻子〉、〈天來嫂〉、〈玉梅〉、〈老何與老鼠〉、〈德星伯的幻覺〉13 篇。正文前有蕭蕭〈寫在前面〉。

山女——蕃仔林故事集

臺北：晚蟬出版社
1970 年 1 月，32 開，231 頁
晚蟬叢書 5

短篇小說集。本書為李喬以自己生長的山村為背景，描寫一群小人物的悲歡故事。全書收錄〈哭聲〉、〈山女〉、〈呵呵，好嘛！〉、〈阿妹伯〉、〈鱸鰻〉、〈鬼纏身〉、〈竹蛤蛙〉、〈我沒搖頭〉、〈蕃仔林的故事〉、〈如夢令〉、〈下午六點鐘〉、〈飄然曠野〉12 篇。正文前有李喬〈序〉。

山園戀

臺中：臺灣省新聞處
1971 年 5 月，32 開，272 頁
省政文藝叢書之卅四

長篇小說。本書以中部山地聚落為小說背景，主角為根福村
（瓦旦洛辛）與林阿香（攸娃恩）夫妻，故事雙線並敘，寫妻
子至都市闖蕩、丈夫留守家園打拚，最後終於團聚的過程，細
膩描寫男女主角雙方的心理。小說展現了臺灣社會變遷、山區
農地重劃之時代背景下，原住民的生活情形。

痛苦的符號

高雄：三信出版社
1974 年 3 月，32 開，262 頁

長篇小說。本書以認真奮發的小學老師莊時田為主角，描寫其
經歷未婚妻的背叛、失手殺死情敵、牢獄之災、母親過世一連
串的痛苦事件後，又因車禍喪失記憶，成為作惡多端的尤金
利，並幾經波折，仍無法恢復記憶，最終進了精神病院。全書
旨在描繪痛苦的面貌，表達痛苦即是生命的符號之概念。正文
前有李喬〈序〉。

恍惚的世界

高雄：三信出版社
1974 年 4 月，32 開，317 頁

短篇小說集。本書為李喬 1970 至 1973 年間發表的作品結集，
描繪現代人因各種現實壓力而造成心靈的扭曲，使生命充滿了
恍惚與痛苦。全書收錄〈人球〉、〈一種笑〉、〈小菊花與我〉、
〈兇手〉、〈鏡中〉、〈修羅祭〉、〈捷克‧何〉、〈婚禮與葬禮〉、
〈迷度山上〉、〈今天不好玩〉、〈會場〉、〈故鄉　故鄉〉、〈我不
要〉、〈殷匡石與我〉、〈流轉〉、〈大蟒〉、〈孟婆湯〉、〈恍惚的世
界〉18 篇。正文前有李喬〈序〉。

李喬自選集

臺北：黎明文化公司
1975 年 5 月，32 開，302 頁
中國新文學叢刊 34

臺北：黎明文化公司
1978 年 4 月，32 開，302 頁

短篇小說集。全書收錄〈飄然曠野〉、〈哭聲〉、〈山女〉、〈蕃仔林的故事〉、〈採荔枝〉、〈秋收〉、〈劉土生〉、〈老何與老鼠〉、〈修羅祭〉、〈大蟳〉、〈寂寞雙簧〉、〈蜘蛛〉、〈人球〉、〈婚禮與葬禮〉、〈恍惚的世界〉、〈火〉16 篇。正文前有作者素描、照片、手跡及自傳，正文後附錄〈作品書目〉、〈作品評論引得〉。1978 年由國防部總政治作戰部出資，黎明文化公司重印新版。正文前新增〈印補國軍官兵文庫叢書前記〉。

青青校樹

臺中：臺灣省新聞處
1978 年 11 月，32 開，206 頁
省政文藝叢書 71

中篇小說。本書以高中的輔導老師唐樹仁為主角，敘述其輔導、幫助校園中的問題學生，終使誤入歧途的學生回歸正途之經歷。書中著重探討學生吸食強力膠的問題，並寫出師長面對問題學生的難為、無力與沉痛。

心酸記

臺北：東大圖書公司
1980 年 10 月，25 開，296 頁
滄海叢刊

短篇小說集。全書收錄〈火車上〉、〈心事〉、〈瑗兒形狀〉、〈阿憨妹上樹了〉、〈心酸記〉、〈生命之歌〉、〈一段相聲〉、〈抉擇〉、〈大敵〉、〈我不要〉、〈猴子‧猴子〉、〈烏蛇坑野人〉、〈山河路〉13 篇。正文前有李喬〈自序〉。

遠景出版公司　　　中國廣播電視出版社

孤燈

臺北：遠景出版公司
1979 年 10 月，32 開，518 頁
遠景叢刊 149

北京：中國廣播電視出版社
1986 年 11 月，25 開，454 頁
寒夜三部曲第三部

長篇小說。本書描寫二戰結束前後，臺灣山村人民困苦的生活，以及臺灣青年前往南洋作戰之經過，刻畫出大時代下臺灣人血淚交織的面貌。正文後有李喬〈後記〉。

遠景出版公司　　　中國廣播電視出版社

國書刊行會

寒夜

臺北：遠景出版公司
1980 年 10 月，32 開，441 頁
遠景叢刊 194

北京：中國廣播電視出版社
1986 年 11 月，25 開，385 頁
寒夜三部曲第一部

美國：哥倫比亞大學
2001 年 3 月，18 開，291 頁
劉陶陶、John Balcom 英譯

東京：國書刊行會
2005 年 12 月，32 開，407 頁
新しい臺湾の文学
岡崎郁子、三木直大日譯

長篇小說。本書描寫早期農民拓土開山之艱辛，及其在臺灣被日本統治後，武裝抗日之過程。全書圍繞著對土地一份執著的依戀。正文前有李喬〈序〉。
2005 年東京國書刊行會出版日文版，正文前有李喬〈幸運な苗――日本語版序文〉、正文後附錄〈人物相関図〉、〈地図（一）蕃仔林とその周边〉、〈地図（二）フイリピン・臺湾広域図〉、〈知己に謝し、書を後人に送る――『大地の母』序文〉、〈「寒夜」（寒夜三部曲）序文〉、〈「孤灯」（寒夜三部曲）後記〉、三木直大〈姐説〉。

遠景出版公司　　　中國廣播電視出版社

荒村

臺北：遠景出版公司
1981 年 12 月，32 開，524 頁
遠景叢刊 211

北京：中國廣播電視出版社
1986 年 11 月，25 開，455 頁
寒夜三部曲第二部

長篇小說。本書以抗日農民劉阿漢爲主角，
描寫日據時代中期，文化協會的分裂、農民
組合成立等非武裝抗日活動的經過。正文後
有李喬〈後記（荒村之外）〉。

前衛出版社　　　　人民文學出版社

草根出版公司（左爲精裝，右爲平裝）

情天無恨——白蛇新傳

臺北：前衛出版社
1983 年 9 月，32 開，308 頁
前衛叢刊 7

北京：人民文學出版社
1992 年 2 月，32 開，316 頁
臺灣當代名家作品精選集小說系列

臺北：草根出版公司
1996 年 4 月，25 開，418 頁
臺灣文學名著 7

長篇小說。本書爲李喬重新編寫民間故事
《白蛇傳》，沿用原故事架構，及白素貞、
許宣、法海等人物，進而注入李喬對情與法
的思索、以人爲本位的文化反思。全書分
〈西湖情有〉、〈如夢似幻〉、〈多變人間〉、
〈無限有限〉、〈空竟相空〉五篇。正文前有
胡萬川〈一番隨喜——序《情天無恨》〉、宋
澤萊〈李喬宗教思想摸象——爲李喬《白蛇
新傳》點眼〉、李喬〈緣起〉，正文後有李喬
〈後記〉。
1996 年草根出版公司重排新版，改爲 25
開，正文前新增李喬〈宗教內外，謙卑敬畏
——序新版《情天無恨》〉，正文後新增林濁
水〈族類、律法與悲劇——試論李喬《情天
無恨》〉。

情天欲海

北京：中國華僑出版公司
1989 年 9 月，32 開，308 頁

本書為《情天無恨》改版更名而成。

臺灣文藝社

自立晚報社文化出
版部

告密者——李喬短篇小說自選集

臺北：臺灣文藝社
1985 年 7 月，25 開，311 頁
臺灣文藝叢書 10

臺北：自立晚報社文化出版部
1986 年 12 月，新 25 開，397 頁
自立文庫 26

短篇小說集。本書為李喬所謂「觀念小說」之作品結集，中心主旨為闡揚維護人性的尊嚴、愛護鄉土之思想觀念。全書收錄〈丈夫日記〉、〈阿完姊別記〉、〈演出〉、〈孟婆湯〉、〈捷克·何〉、〈昨日水蛭〉、〈尋鬼記〉、〈某種花卉——致山狗鮎〉、〈告密者〉、〈小說〉、〈泰姆山記〉11 篇。正文前有陳永興〈對臺灣作家的敬愛和期待——序李喬短篇小說集《告密者》〉，正文後有李喬〈後記〉。
1986 年，自立晚報社文化出版部重排新版，改為新 25 開，除更動篇目順序、分為三卷外，另新增〈孽龍〉一篇小說。正文前新增李喬〈再版序〉。

五千年出版社　　　　春風文藝出版社　　　　遠景出版公司

藍彩霞的春天

臺北：五千年出版社
1985 年 12 月，32 開，327 頁

瀋陽：春風文藝出版社
1995 年 1 月，25 開，359 頁
港臺經典書庫

臺北：遠景出版公司
1997 年 7 月，32 開，327 頁
臺灣文學叢書 11

長篇小說。本書以藍彩霞、藍彩雲姊妹為主角，敘述兩人被父親和繼母賣入妓女戶之經歷，並以藍彩霞之行動表現李喬的反抗哲學。全書詳實描寫了雛妓的心酸與苦難，被譽為「臺灣第一部妓女文學」。正文前有彭瑞金〈打開天窗說亮話〉、阿圖〈春天在鐵窗裏〉。
1997 年遠景出版公司重排新版，正文前新增李喬〈《藍彩霞的春天》新版序〉。

共舞

臺北：學英文化公司
1985 年 11 月，32 開，246 頁
學英叢書 15

短篇小說集。本書為李喬 1974 至 1983 年發表的作品結集，題材多樣，比前期作品更明顯地呈現出李喬對社會的關注。全書收錄〈爸爸的新棉被〉、〈共舞〉、〈病情〉、〈阿扁悲歌〉、〈退休前後〉、〈太太的兒子〉、〈經營者〉、〈休閒活動〉、〈恐男症〉九篇。正文前有鄭清文〈李喬的變貌 ——序《共舞》〉。

強力膠的故事

臺北：文鏡文化公司
1985 年 12 月，50 開，211 頁
文鏡文庫 44

中、短篇小說集。本書融合李喬熱愛鄉土的天性及對職業、環境的體會感受，形成眾多的小說面貌，與同時出版的小說集《兇手》幾乎涵蓋李喬小說的所有類型。全書收錄〈德星伯的幻覺〉、〈如夢令〉、〈那棵鹿子樹〉、〈看戲〉、〈醉俠〉、〈強力膠的故事〉六篇。正文前有李喬〈出版前記——寫在《強力膠的故事》、《兇手》出版之前〉。

兇手

臺北：文鏡文化公司
1985 年 12 月，50 開，217 頁
文鏡文庫 48

中、短篇小說集。本書與《強力膠的故事》為「姊妹篇」小說集，內容具體表現了李喬的實際生活和對環境、鄉土之觀察與思索。全書收錄〈浮沙與漩渦〉、〈兄弟〉、〈含笑遠山〉、〈兇手〉四篇。正文前有李喬〈出版前記——寫在《強力膠的故事》、《兇手》出版之前〉。

慈悲劍

臺北：自立晚報社
1993 年 6 月，新 25 開，302 頁
自立文庫 2066

短篇小說集。本書為李喬實驗之作，書中試圖發展新的小說創作方法與特色語言，並融合歷史、文學、傳說作為創作素材。全書分兩輯，收錄〈慈悲劍——度化李白〉、〈馬拉邦戰記〉、〈水鬼‧城隍〉、〈第一手資料〉、〈一個男人與電話〉、〈共同事業戶〉、〈「死胎」與我〉、〈主席‧三角街〉、〈罪人〉、〈立委自決〉、〈阿壬嫂這個人〉、〈關於存在的一些信息〉12 篇。正文前有李喬〈實驗與好看——自序〉。

李喬集

臺北：前衛出版社
1993 年 12 月，25 開，357 頁
臺灣作家全集・戰後第二代 3

短篇小說集。全書分三卷，收錄〈蕃仔林故事〉、〈哭聲〉、〈皇民梅本一夫〉、〈蜘蛛〉、〈退休前後〉、〈太太的兒子〉、〈恐男症〉、〈昨日水蛭〉、〈尋鬼記〉、〈泰姆山記〉、〈孽龍記〉11 篇。正文前有照片、手稿、鍾肇政〈緒言〉、林瑞明〈愛恨分明的大地之子——李喬集序〉，正文後有葉石濤〈論李喬小說裏的「佛教意識」〉，並附錄〈李喬小說評論引得〉、〈李喬生平寫作年表〉。

埋冤 1947 埋冤

基隆：海洋臺灣出版社
1995 年 10 月，25 開，587 頁、644 頁

苗栗：苗栗客家文化廣播電臺
2003 年 2 月，25 開，587 頁、644 頁

長篇小說集。本書為描寫二二八事件之歷史小說，分成上下兩冊，上冊題為《埋冤・一九四七》，寫二二八事件發生之始末；下冊題為《埋冤・埋冤》，寫二二八事件後，臺灣人民與社會所受到的影響。上冊正文前有李永熾〈序——臺灣古拉格的囚禁與脫出〉、李喬〈自序之（一）〉、〈自序之（二）〉；下冊正文前有李喬〈前言〉，正文後有李喬〈後記〉。
2003 年苗栗客家文化廣播電臺重排新版，上冊正文前新增李喬〈三版序〉、〈二二八在臺灣人精神史的意義〉；下冊內容與海洋臺灣版相同。

李喬短篇小說精選集

臺北：聯經出版公司
2000 年 11 月，25 開，281 頁
聯副文叢 45

短篇小說集。本書為苗栗縣立文化中心所出版的十冊《李喬短篇小說全集》精選部分結集。全書收錄〈人球〉、〈修羅祭〉、〈昨日水蛭〉、〈小說〉、〈恐男症〉、〈泰姆山記〉、〈孽龍記〉、〈「死胎」與我〉、〈玉門地獄〉、〈回家的方式〉、〈耶穌的眼淚〉11 篇。正文前有李喬〈悠然向黃昏——自序《李喬短篇小說精選集》〉。

大地之母

臺北：遠景出版公司
2001 年 7 月，25 開，482 頁
臺灣文學叢書 A 26

長篇小說。本書為修訂《寒夜三部曲》中《寒夜》及《孤燈》的精華版長篇小說集，描述先民來臺生活墾殖的艱辛及歷經戰亂傷痛歸鄉的過程。全書分「寒夜」及「孤燈」兩部分，收錄〈序章：神秘的魚〉、〈彭家闖入蕃仔林〉、〈隘勇的日子〉、〈插薯，燒烌，人禍〉、〈冒出「墾戶」來〉、〈兒女情〉、〈人禍天災〉、〈變〉、〈東洋蕃來了〉、〈漫漫寒夜〉、〈哭聲〉、〈送行〉、〈海天萬里〉、〈雲和月〉、〈劫〉、〈離別的草叢〉、〈濃霧中的春天〉、〈祭之什〉、〈山之女〉、〈鱒魚的行程〉、〈不滅孤燈〉21 章。正文前有齊邦媛〈鱒魚還鄉了麼？〉、李喬〈恩感知己，書貽後人〉。

重逢——夢裡的人

臺北：印刻出版公司
2005 年 4 月，25 開，300 頁
文學叢書 86

長篇小說。本書為李喬回顧自己的數十篇短篇小說作品，以虛實交替的手法，描寫作品寫作之動機、謀篇與剪裁等內容，並將之串連成一部長篇故事，為小說之「後傳」。全書共 23 章。正文前有李喬〈序章〉，正文後有李喬〈飄然曠野（代後記）〉

咒之環

臺北：印刻出版公司
2010 年 7 月，25 開，352 頁
文學叢書 266、印刻叢書 266

長篇小說。本書為李喬最後一部長篇歷史小說，全書分上下兩篇，上篇寫清代埔里郭拜壇事件、大甲割地換水事件、西螺三姓械鬥事件；下篇則寫近年紅衫軍事件等政治亂象，描述臺灣遭受詛咒，造成歷史一再重演，期許臺灣人終能脫出此「咒之環」重生。正文前有李永熾〈序——脫出「咒之環」〉、李喬〈序篇〉，正文後有李喬〈後記〉。

「格理弗」Long Stay 臺灣

高雄：春暉出版社
2010 年 11 月，25 開，183 頁
文學臺灣叢刊 93

中篇小說。全書分上、下二篇，以愛爾蘭作家綏夫涅筆下的小
說人物「格理弗」爲主角，藉格理弗來到臺灣 Long Stay 的所
見所聞，諷刺臺灣政治社會的亂象。書中運用實驗性的小說語
言，或參雜外國或本土詞語，或不循文法規則，作爲作者「後
殖民書寫的策略」。正文前有李喬〈自序〉。

【劇本】

情歸大地

臺北：行政院客家委員會
2008 年 10 月，29.7x21 公分，160 頁
文化藝術

電視劇本。全劇描寫 1985 年甲午戰後，臺灣割予日本，竹苗
客家青年姜紹祖、徐驤、吳湯興三人領導抗日的過程。本書分
爲「客語劇本」與「華語劇本」兩部分，正文前有李喬
〈序〉、〈人物簡介〉。

【傳記】

近代中國出版社

結義西來庵——噍吧哖事件

臺北：近代中國出版社
1977 年 10 月，25 開，272 頁
近代中國叢書・先烈先賢傳記叢刊
（署名李能棋）

臺南：臺南縣文化局
2000 年 5 月，25 開，269 頁
南瀛文化叢書 84
（署名李喬）

臺南縣文化局

本書以「噍吧哖事件」為背景，描寫余清芳、羅俊、江定等人武裝抗日的過程，為博採史料所寫成的傳記體歷史小說。全書分〈結義西來庵〉、〈前塵往事〉、〈山雨欲來〉、〈氣吞寇讎〉、〈深山祭旗〉、〈烽火處處〉、〈總攻擊〉、〈青山長恨〉八章。正文前有〈先烈先賢傳記叢刊序言〉、照片、李喬〈序〉。
2000 年臺南縣立文化局版，正文前新增陳唐山〈結義西來庵噍吧哖憶忠魂〉、葉佳雄〈讓歷史重現顯影〉二篇文章。

【合集】

李喬短篇小說全集
苗栗：苗栗縣立文化中心
1999 年 8 月；2000 年 1 月，25 開

共 11 冊，精裝，1～10 冊為短篇小說，第 11 冊為資料評論卷，共收錄 180 篇作品。各冊正文前有照片、手稿、傅學鵬〈縣長序〉、周錦宏〈主任序——給作家溫情〉及彭瑞金〈李喬短篇小說全集序〉。

李喬短篇小說全集 1・桃花眼
苗栗：苗栗縣立文化中心
1999 年 8 月，25 開，245 頁

短篇小說集。全書收錄〈酒徒的自述〉、〈香茅寮〉、〈前塵〉、〈代用教員〉、〈入贅之夜〉、〈賣藥的人〉、〈阿妹伯〉、〈喜貴嫂〉、〈苦水坑〉、〈報復〉、〈牛老大〉、〈桃花眼〉、〈歷險記〉、〈山蘭花〉、〈小京園〉、〈全體肅立〉、〈惡夢〉、〈愉快的故事〉、〈誓〉、〈山之戀〉、〈拜拜〉21 篇，正文後有李喬〈短篇小說全集後記〉。

李喬短篇小說全集 2 · 飄然曠野
苗栗：苗栗縣立文化中心
1999 年 8 月，25 開，268 頁

短篇小說集。全書收錄〈晴朗的心〉、〈天來嫂〉、〈月光下〉、〈債〉、〈報到〉、〈烏石壁〉、〈兇手〉、〈夢與愛〉、〈鱒魚〉、〈採荔枝〉、〈德星伯的幻覺〉、〈鬼纏身〉、〈床前〉、〈橋下〉、〈阿鳳嬸〉、〈飄然曠野〉、〈心刑〉、〈阿壬嫂這個人〉、〈多心經〉、〈川榮牛肉麵〉、〈歸〉21 篇。

李喬短篇小說全集 3 · 醉之外
苗栗：苗栗縣立文化中心
1999 年 8 月，25 開，326 頁

短篇小說集。全書收錄〈羊仔的變奏〉、〈山上〉、〈明月之章〉、〈綠色記憶〉、〈龍岩〉、〈隱形牆〉、〈現代別離〉、〈招婿郎〉、〈人的極限〉、〈素色夢〉、〈晚晴〉、〈媽媽〉、〈吵架〉、〈多餘的下午〉、〈鹹茱婆〉、〈問仙〉、〈醉之外〉、〈死的過程〉、〈那棵鹿仔樹〉、〈痴痴童年〉、〈錢公的故事〉21 篇。

李喬短篇小說全集 4 · 老何與老鼠
苗栗：苗栗縣立文化中心
1999 年 8 月，25 開，340 頁

短篇小說集。全書收錄〈乾乾伯〉、〈猴子‧猴子〉、〈祈家灣之秋〉、〈鱸鰻〉、〈故鄉‧故鄉〉、〈兩座山〉、〈生命之歌〉、〈烏蛇坑的野人〉、〈殷匡石與我〉、〈心賊〉、〈迎師記〉、〈四十歲的球〉、〈裸裎的夢〉、〈林老與妻子〉、〈下午六點鐘〉、〈一種笑〉、〈二十歲的球〉、〈老何與老鼠〉、〈石水伯〉、〈救人記〉20 篇。

李喬短篇小說全集 5・人球
苗栗：苗栗縣立文化中心
1999 年 8 月，25 開，352 頁

短篇小說集。全書收錄〈浮沙與漩渦〉、〈家鬼〉、〈蜘蛛〉、〈玉梅〉、〈山女〉、〈竹哈蛙〉、〈負後像〉、〈飛翔〉、〈呵呵，好嘛！〉、〈我沒搖頭〉、〈蕃仔林的故事〉、〈哭聲〉、〈如夢令〉、〈一段旅程〉、〈今天不好玩〉、〈人球〉、〈鏡中〉、〈婚禮與葬禮〉、〈迷度山上〉、〈恍惚的世界〉20 篇。

李喬短篇小說全集 6・休羅祭
苗栗：苗栗縣立文化中心
2000 年 1 月，25 開，466 頁

短篇小說集。全書收錄〈樂得福之晨〉、〈會晤〉、〈兇手〉、〈兄弟〉、〈大敵〉、〈小菊花與我〉、〈修羅祭〉、〈含笑遠山〉、〈阿敏姐別記〉、〈大蟳〉、〈歲月如流〉、〈秋收〉、〈流轉〉、〈挨餓的腦袋〉、〈會場〉、〈我不要〉、〈火車上〉17 篇。

李喬短篇小說全集 7・昨日水蛭
苗栗：苗栗縣立文化中心
2000 年 1 月，25 開，350 頁

短篇小說集。全書收錄〈捷克・何〉、〈一種心情〉、〈浪子賦〉、〈寂寞雙簧〉、〈孟婆湯〉、〈劉士生〉、〈一段相聲〉、〈阿完姊〉、〈心事〉、〈看戲〉、〈庚叔的遠景〉、〈醉俠〉、〈火〉、〈病情〉、〈自圓其說〉、〈阿憨妹上樹了〉、〈心酸記〉、〈果園故事〉、〈瓔兒行狀〉、〈抉擇〉、〈昨日水蛭〉21 篇。

李喬短篇小說全集 8・某種花卉
苗栗：苗栗縣立文化中心
2000 年 1 月，25 開，326 頁

短篇小說集。全書收錄〈山河路〉、〈強力膠的故事〉、〈尋鬼記〉、〈達瑪倫・尤穆〉、〈皇民梅本一夫〉、〈尾椎骨風波〉、〈共舞〉、〈經營者〉、〈退休前後〉、〈休閒活動〉、〈阿二妹的契哥〉、〈某種花卉〉12 篇。

李喬短篇小說全集 9・泰姆山記
苗栗：苗栗縣立文化中心
2000 年 1 月，25 開，331 頁

短篇小說集。全書收錄〈新年憶舊〉、〈小說〉、〈馬拉邦戰記〉、〈太太的兒子〉、〈罪人〉、〈告密者〉、〈阿扁悲歌〉、〈爸爸的新綿被〉、〈慈悲劍〉、〈恐男症〉、〈泰姆山記〉、〈共同事業戶〉、〈孽龍〉13 篇。

李喬短篇小說全集 10・耶穌的眼淚
苗栗：苗栗縣立文化中心
2000 年 1 月，25 開，208 頁

短篇小說集。全書收錄〈水鬼・城隍〉、〈一個男人與電話〉、〈立委自決〉、〈第一手資料〉、〈死胎與我〉、〈主席・三角街〉、〈關於存在的一些信息〉、〈玉門地獄〉、〈窯變〉、〈回家的方式〉、〈母親的畫像〉、〈耶穌的眼淚〉12 篇。

李喬短篇小說全集 11・資料彙編
苗栗：苗栗縣立文化中心
2000 年 1 月，25 開，382 頁

本書為李喬相關資料及評論結集，全書分五輯，輯一收錄李喬生平與文學自述；輯二及輯三為他人對李喬短篇小說的評論，輯四為多人合評的紀錄或訪問錄和印象記，輯五為年表、軼失的小說和評論引得。全書收錄〈童年夢・夢童年〉、〈評李喬的兩本書：《飄然曠野》、《戀歌》〉、〈我讀〈婚禮與葬禮〉〉、〈忿忿不平的冥府冤魂〉等 36 篇文章。正文前有彭瑞金〈資料評論卷編者序〉。

文學年表

1934 年 （昭和 9 年）	6 月	15 日，生於苗栗縣大湖鄉，本名李能棋。父親李木芳，母親葉冉妹。上有兩兄，下有兩妹（其中一妹早夭），排行第三。
1939 年 （昭和 14 年）	本年	罹患瘧疾。
1941 年 （昭和 16 年）	9 月	就讀大湖國民學校。
1947 年	7 月	大湖國民學校畢業。
	9 月	就讀大湖初級蠶絲職業學校。
1950 年	7 月	大湖初級蠶絲職業學校畢業。
	9 月	就讀苗栗高級農業學校農藝科。
1951 年	9 月	轉考入新竹師範學校普師科。
1952 年	本年	發表〈墳墓〉於《野風》雜誌。
1954 年	7 月	新竹師範學校普師科畢業，至入伍止。
	8 月	分發至南湖國校任教。
1957 年	7 月	入伍服「空軍高砲」兵役三年。
	本年	普考教育行政及格。
1958 年	本年	高考教育行政及格。
		調至金門服役。
1959 年	8 月	15 日，發表短篇小說〈酒徒的自述〉於《教育輔導月刊》。
1960 年	7 月	退伍。

	10 月	擔任大湖國校教師。
		結婚。
1961 年	8 月	擔任大成中學教師。
	本年	長女李舒琴出生。
1962 年	6 月	24 日，發表短篇小說〈香茅寮〉於《公論報》副刊。
	7 月	28 日，發表短篇小說〈代用教員〉於《公論報》副刊。
	8 月	22 日，發表短篇小說〈入贅之夜〉於《公論報》副刊。
	9 月	14 日，發表短篇小說〈賣藥的人〉於《公論報》副刊。
	10 月	14～15 日，短篇小說〈阿妹伯〉連載於《中央日報》副刊。
	12 月	30 日，發表短篇小說〈喜貴嫂〉於《中華日報》副刊。
	本年	次女李舒亭出生。
1963 年	1 月	1 日，小說〈苦水坑〉獲《自由談》徵文首獎。
	3 月	〈海峽的兩岸〉獲《自由青年》徵文二獎。
		離婚。
	5 月	28 日，發表短篇小說〈歷險記〉於《中華日報》副刊。
	6 月	22 日，發表短篇小說〈小京園〉於《中央日報》副刊。
	7 月	17 日，發表短篇小說〈全體肅立〉於《徵信新聞報》副刊。
	7 月	27 日，發表短篇小說〈噩夢〉於《中華日報》副刊。
	8 月	9 日，發表短篇小說〈愉快的故事〉於《中華日報》副刊。
	11 月	11 日，發表短篇小說〈拜拜〉於《中華日報》副刊。
1964 年	1 月	父親李木芳逝世。
		擔任頭屋初中教師。
	3 月	1 日，發表〈創記錄的人〉於《臺灣新生報》副刊。
		發表〈故鄉・明月〉於《自由青年》第 357 期。

4 月	11 日，發表短篇小說〈晴朗的心〉於《中華日報》副刊。
	刊。
5 月	26 日，發表短篇小說〈天來嫂〉於《聯合報》副刊。
	28 日，發表短篇小說〈月光下〉於《中華日報》副刊。
7 月	21 日，發表短篇小說〈債〉於《臺灣新生報》副刊。
8 月	擔任苗栗農工教師。
9 月	與蕭銀嬌結婚。
10 月	23 日，發表短篇小說〈報到〉於《中央日報》副刊。
	29 日，小說〈烏石壁〉獲《幼獅文藝》徵文首獎。
12 月	12 日，發表短篇小說〈夢與愛〉於《中華日報》副刊。

1965 年	3 月	1 日，發表短篇小說〈鱒魚〉於《中華日報》副刊。
	4 月	1 日，發表短篇小說〈採荔枝〉於《中華日報》副刊。
		15 日，發表〈一個人的成長〉於《臺灣新生報》副刊。
	6 月	25 日，發表短篇小說〈床前〉於《臺灣新生報》副刊。
	7 月	20～21 日，短篇小說〈橋下〉連載於《中央日報》副刊。
		刊。
	8 月	4 日，發表〈啊！父親〉於《臺灣新生報》副刊。
		15 日，發表短篇小說〈飄然曠野〉於《徵信新聞報》副刊。
		刊。
		26～27 日，短篇小說〈心刑〉連載於《中華日報》副刊。
		刊。
	10 月	短篇小說集《飄然曠野》由臺北幼獅書店出版。
	11 月	1 日，發表短篇小說〈川榮牛肉麵〉於《徵信新聞報》副刊。
		刊。
	本年	初中國文教師檢定及格。
		母親葉冉妹逝世。

| 1966 年 | 4 月 | 18～19 日，短篇小說〈山上〉連載於《中華日報》副 |

		刊。
6月	2日，發表短篇小說〈明月之章〉於《中華日報》副刊。	
7月	14〜15日，短篇小說〈綠色記憶〉連載於《中華日報》副刊。	
8月	2〜4日，短篇小說〈龍岩〉連載於《中華日報》副刊。	
10月	2日，發表短篇小說〈現代別離〉於《徵信新聞報》副刊。	
12月	31日，發表短篇小說〈素色夢〉於《自立晚報》副刊。	
本年	長子李舒中出生。	

1967年	1月	10日，發表短篇小說〈晚晴〉於《中華日報》副刊。
	3月	發表短篇小說〈媽媽〉於《幼獅文藝》第159期。
	4月	13日，發表短篇小說〈多餘的下午〉於《中華日報》副刊。
		高中國文教師檢定及格。
	5月	14日，發表短篇小說〈問仙〉於《臺灣新生報》副刊。
	6月	13日，發表短篇小說〈醉之外〉於《中華日報》副刊。
	7月	發表短篇小說〈那棵鹿仔樹〉於《臺灣文藝》第16期。
	8月	24日，發表短篇小說〈痴痴童年〉於《臺灣新生報》副刊。
	9月	1日，發表短篇小說〈錢公的故事〉於《幼獅文藝》第165期。

1968年	1月	9〜10日，短篇小說〈老頭子〉連載於《中華日報》副刊。
	2月	18日，發表短篇小說〈猴子・猴子〉於《臺灣新生報》副刊。
	3月	1日，發表短篇小說〈祁家灣之秋〉於《幼獅文藝》第171期。

18～19 日，短篇小說〈故鄉故鄉〉連載於《徵信新聞報》副刊。

4 月　20 日，發表短篇小說〈生命之歌〉於《中華日報》副刊。

7 月　4 日，發表短篇小說〈心賊〉於《中華日報》副刊。

短篇小說集《戀歌》由臺北水牛出版社出版。

8 月　12 日，發表短篇小說〈二十歲的球〉於《中華日報》副刊。

13 日，發表短篇小說〈迎師記〉於《臺灣新生報》副刊。

9 月　26 日，發表短篇小說〈裸裎的夢〉於《徵信新聞報》副刊。

10 月　21～22 日，短篇小說〈林老與妻子〉連載於《中央日報》副刊。

短篇小說集《晚晴》由臺北臺灣商務印書館出版。

小說〈那棵鹿仔樹〉獲臺灣文藝雜誌社「第三屆臺灣文學獎」。

11 月　12 日，發表短篇小說〈下午六點鐘〉於《中華文化復興月刊》第 8 期。

16 日，發表短篇小說〈一種笑〉於《徵信新聞報》副刊。

12 月　30 日，發表短篇小說〈救人記〉於《中華日報》副刊。

本年　應臺灣文藝雜誌社之邀擔任「臺灣文學獎」評選委員。

1969 年　1 月　發表短篇小說〈浮沙與漩渦〉於《臺灣文藝》第 22 期。

3 月　發表短篇小說〈山女〉於《青溪》第 21 期。

4 月　6 日，發表短篇小說〈負後像〉於《中國時報‧人間副刊》。

5 月　18 日，發表短篇小說〈飛翔〉於《中國時報・人間副刊》。

7 月　發表短篇小說〈我沒搖頭〉於《純文學》第 6 卷第 1 期。

短篇小說集《人的極限》由彰化現代潮出版社出版。

8 月　15～16 日，短篇小說〈蕃仔林的故事〉連載於《中國時報・人間副刊》。

9 月　1 日，發表短篇小說〈哭聲〉於《青溪》第 36 期。

10 月　發表短篇小說〈如夢令〉於《中央月刊》第 1 卷第 2 期。

12 月　4 日，發表短篇小說〈一段旅程〉於《中國時報・人間副刊》。

1970 年　1 月　8 日，發表短篇小說〈今天不好玩〉於《中國時報・人間副刊》。

短篇小說集《山女──蕃仔林故事集》由臺北晚蟬書店出版。

2 月　12～13 日，短篇小說〈人球〉連載於《中國時報・人間副刊》。

4 月　26 日，發表短篇小說〈婚禮與葬禮〉於《中國時報・人間副刊》。

6 月　1 日，發表〈評介〈晴天與陰天〉〉於《青溪》第 38 期

8 月　15～16 日，短篇小說〈恍惚的世界〉連載於《中國時報・人間副刊》。

1971 年　2 月　發表短篇小說〈兇手〉於《純文學》第 9 卷第 2 期。

3 月　21～22 日，短篇小說〈大敵〉連載於《中國時報・人間副刊》。

5 月　長篇小說集《山園戀》由臺中臺灣省新聞處出版。

7 月　22～23 日，短篇小說〈修羅祭〉連載於《中國時報・人間副刊》。

8 月　1 日，發表短篇小說〈挨餓的腦袋〉於《青溪》第 50 期。

9 月　5 日，發表短篇小說〈我不要〉於《中國時報‧人間副刊》。

因急性肝炎住院兩個多月。

10 月　25～27 日，短篇小說〈火車上〉連載於《中國時報‧人間副刊》。

1972 年　3 月　23～24 日，短篇小說〈捷克‧何〉連載於《中國時報‧人間副刊》。

4 月　發表短篇小說〈一種心情〉於《今日生活》第 67 期。

5 月　14 日，中篇小說〈遠山含笑〉連載於《中華日報》副刊。

6 月　發表劇本〈羅福星〉於《新文藝》第 193、194 期。

長篇小說〈痛苦的符號〉連載於《臺灣時報》副刊，至 12 月刊畢。

7 月　發表短篇小說〈阿敏姐別記〉於《臺灣文藝》第 36 期。

8 月　2 日，發表〈偉大的鳩摩羅什〉於《臺灣時報》副刊。

18～19 日，〈關於秋光〉連載於《臺灣時報》副刊。

10 月　22～23 日，短篇小說〈大蟳〉連載於《中國時報‧人間副刊》。

12 月　26～28 日，短篇小說〈流轉〉連載於《中華日報》副刊。

發表短篇小說〈歲月如流〉於《青溪》第 66 期。

發表短篇小說〈秋收〉於《中外文學》第 1 卷第 7 期。

本年　應邀擔任由救國團主辦的「復興文藝營」講師。

1973 年　1 月　發表短篇小說〈寂寞雙簧〉於《中外文學》第 1 卷第 8 期。

	3 月	9～10 日，短篇小說〈孟婆湯〉連載於《中國時報‧人間副刊》。
	5 月	發表〈我喜愛的書〉於《書評書目》第 5 期。
	11 月	25～28 日，短篇小說〈阿完姐別記〉連載於《中國時報‧人間副刊》。
		發表〈淺談佛經讀法〉於《書評書目》第 8 期。
	12 月	發表短篇小說〈看戲〉於《臺灣新生報》副刊。
	本年	獲全國特優教師獎狀。
1974 年	1 月	18 日，發表〈與我周旋寧作我〉於《中華日報》副刊。
	2 月	9～10 日，短篇小說〈醉俠〉連載於《臺灣新生報》副刊。
		17～19 日，短篇小說〈火〉連載於《中國時報‧人間副刊》。
		發表短篇小說〈庚叔的遠景〉於《軍民一家》第 6 期。
	3 月	長篇小說《痛苦的符號》由高雄三信出版社出版。
	4 月	短篇小說集《恍惚的世界》由高雄三信出版社出版。
	8 月	7 日，發表短篇小說〈自圓其說〉於《臺灣新生報》副刊。
	10 月	發表〈細品封神榜裡的哪吒〉於《書評書目》第 18 期。
	12 月	11 日，發表短篇小說〈阿憨妹上樹了〉於《中國時報‧人間副刊》。
	本年	三女李舒林出生。
1975 年	1 月	16 日，發表短篇小說〈果園的故事〉於《中央日報》副刊。
		發表短篇小說〈心酸記〉於《大同》半月刊第 57 卷第 2 期。
	5 月	短篇小說集《李喬自選集》由臺北黎明文化公司出版。

	12 月	20～22 日,〈小評〈插天山之歌〉〉(鍾肇政著)連載於《中華日報》副刊。
1976 年	3 月	25～26 日,短篇小說〈璦兒〉連載於《中華日報》副刊。
	8 月	翻譯紀野一義作品《給拙於生活的人》,由高雄文皇出版社出版。
1977 年	3 月	發表短篇小說〈選擇〉於《中華日報》副刊。
	8 月	31 日,發表短篇小說〈昨日水蛭〉於《臺灣文藝》第 56 期。
	10 月	2～9 日,短篇小說〈山河路〉連載於《中國時報・人間副刊》。
	12 月	《結義西來庵——噍吧哖事件》由臺北近代中國出版社出版。
1978 年	1 月	發表短篇小說〈尋鬼記〉於《民眾日報》副刊。
	4 月	長篇小說〈寒夜〉連載於《臺灣文藝》第 57～61 期。 長篇小說〈孤燈〉開始連載於《民眾日報》副刊。
	6 月	參加「楊青矗作品討論會」,與會者有洪醒夫等 11 人。
	11 月	中篇小說《青青校樹》由臺中臺灣省新聞處出版。
1979 年	6 月	與林海音、鍾肇政、葉石濤、鄭清文、張良澤聯名發起籌建「鍾理和紀念館」啟事。
	10 月	29 日,發表短篇小說〈短長之間〉於《民眾日報》副刊。
1980 年	6 月	發表〈《原鄉人》出現的意義〉於《臺灣文藝》第 67 期。
	10 月	短篇小說集《心酸記》由臺北東大圖書公司出版。 長篇小說《寒夜》、《孤燈》,由臺北遠景出版公司出版。
	12 月	發表〈窮山明月〉於《民眾日報》副刊。

1981 年	7 月	31 日，應邀擔任「第三屆鹽分地帶文藝營」講師，演講：「歷史素材小說寫作」。
		發表〈我看臺灣文學〉於《臺灣文藝》第 73 期。
	10 月	3～4 日，〈繽紛二十年〉連載於《自由日報》副刊。
		26～27 日，〈草莓、禪寺、古戰場〉連載於《臺灣時報》副刊。
	11 月	3～4 日，短篇小說〈某種花卉〉連載於《聯合報》副刊。
	12 月	長篇小說《荒村》由臺北遠景出版公司出版。
	本年	獲「第四屆吳三連文藝獎」文學獎小說類。
1982 年	1 月	23～24 日，短篇小說〈馬拉邦戰記〉連載於《臺灣時報》副刊。
		發表〈小說〉於《文學界》第 1 期。
	6 月	6～8 日，短篇小說〈太太的兒子〉連載於《臺灣時報》副刊。
		16 日，發表〈創作過程有機說〉於《臺灣時報》副刊。
	7 月	28～29 日，短篇小說〈罪人〉連載於《自立晚報》副刊。
	8 月	1 日，發表〈另一場「散戲」——洪醒夫的文學歷程〉於《聯合報》副刊。
		19～22 日，應邀擔任「第四屆鹽分地帶文藝營」講師，演講：「創作的奧祕」。
		自苗栗農工教職退休。
	9 月	14 日，發表短篇小說〈千夫子診所〉於《臺灣時報》副刊。
	10 月	25 日，發表短篇小說〈告密者〉於《文學界》第 4 期。
1983 年	1 月	發表〈文學的鄉土性與世界性〉於《臺灣文藝》第 80

期。

發表短篇小說〈爸爸的新棉被〉於《明道文藝》第 82 期。

擔任《臺灣文藝》主編。

2 月　發表〈我怕哭聲〉於《自立晚報》副刊。

3 月　26～27 日，短篇小說〈恐男症〉連載於《聯合報》副刊。

4 月　發表〈與現實結合的藝術——陳恆嘉〈一場骯髒的戰爭〉〉於《明道文藝》第 85 期。

5 月　第一次出國，赴日本蒐集二二八事件相關資料。

7 月　發表〈臺灣文學正解〉、〈臺灣鬼考〉於《臺灣文藝》第 83 期。

8 月　21～24 日，應邀擔任「第五屆鹽分地帶文藝營」講師，演講：「臺灣文學今後努力的課題」。

發表〈最後的信仰——小論《撥一個電話給我》〉於《文訊》第 2 期。

與高天生合編《臺灣政治小說選》，由臺北臺灣文藝雜誌社出版。

9 月　長篇小說《情天無恨——白蛇新傳》於臺北前衛出版社出版。

11 月　22 日，發表〈山路悠遠〉於《自立晚報》副刊。

發表〈譴責與情憫〉於《明道文藝》第 93 期。

12 月　10 日，發表短篇小說〈詩的社會化〉於《自立晚報》副刊。

發表〈《寒夜》心曲〉於《文訊》第 6 期。

1984 年　1 月　發表短篇小說〈泰姆山記〉於《臺灣文藝》第 86 期。

	3 月	主編《七十二年短篇小說選》，由臺北爾雅出版社出版。
	8 月	應「北美臺灣文學研究會」之邀，赴美國參訪。
	11 月	發表〈從文學作品看臺灣人的形象〉於《臺灣文藝》第 91 期。

發表〈一位臺灣作家的心路歷程〉於《亞洲人》第 7 期。

本年　短篇小說〈泰姆山記〉獲「第 15 屆吳濁流文學獎小說獎」。

1985 年　1 月　發表〈工人文學的回顧與前瞻〉於《臺灣文藝》第 92 期。

4 月　發表短篇小說〈共同事業戶〉於《聯合文學》第 6 期。

與鄭清文、陳映真作品選集《三本足の馬》，由日本東京研文出版社出版。

5 月　發表〈文化是研究人的學術〉於《自立晚報》副刊。

7 月　短篇小說集《告密者——李喬短篇小說自選集》由臺北臺灣文藝社出版。

11 月　發表短篇小說〈孽龍〉於《臺灣文藝》第 97 期。

短篇小說集《共舞》由臺北學英文化公司出版。

12 月　中、短篇小說集《強力膠的故事》由臺北文鏡文化公司出版。

中、短篇小說集《兇手》由臺北文鏡文化公司出版。

長篇小說《藍彩霞的春天》由臺北五千年出版社出版。

1986 年　3 月　《小說入門》由臺北時報文化出版公司出版。

5 月　發表〈文學與歷史的兩難〉於《臺灣文藝》第 100 期。

12 月　發表〈臺灣人的醜陋面〉於《臺灣新文化》第 4 期。

詩作〈臺灣，我的母親〉連載於《臺灣新文化》第 4～7 期，至次年 4 月刊畢。

與鄭清文、陳映真合著《三腳馬》，由臺北名流出版社出

版。

1987 年	2 月	20～24 日，短篇小說〈水鬼‧城隍〉連載於《臺灣時報》副刊。
	3 月	與高天生合編《1986 臺灣小說選》，由臺北前衛出版社出版。
	9 月	21～22 日，短篇小說〈一個男人的電話〉連載於《聯合報》副刊。
	10 月	發表〈歷史與文學之間——評朝鮮短篇小說選《地下村》〉（金東仁等著）於《聯合文學》第 36 期。
1988 年	2 月	13 日，發表〈文化短論〉於《自由時報》副刊。
	3 月	發表〈文學文化時代詩人與小說家對談〉於《臺灣文藝》第 110 期。
	6 月	《臺灣人的醜陋面》由臺北前衛出版社出版。
	8 月	13～17 日，應邀擔任「第 10 屆鹽分地帶文藝營」講師，演講：「臺灣新文化的素描」。
	11 月	15～18 日，短篇小說〈死胎與我〉連載於《中國時報‧人間副刊》。
		18 日，應邀出席由臺美文化交流中心舉辦的「臺灣現實文化講座」，與張恆豪進行「二二八的歷史與文學之間」對談，主持人為李敏勇。
1989 年	1 月	1 日，發表〈小論臺灣文化的危機〉於《臺灣時報》副刊。
	3 月	7 日，長篇小說〈埋冤，一九四七〉連載於《首都早報》副刊，至 8 月 28 日刊畢。
		11 日，發表〈視野與焦點——簡介《花蓮最後的探戈》〉於《臺灣時報》副刊。
	7 月	5～6 日，短篇小說〈第一手資料〉連載於《首都早報》

副刊。

16 日，應邀出席由臺美文化交流中心舉辦的「臺灣現實文化講座」，擔任「新文化新臺灣的素描」座談會主講人，主持人為彭瑞金。

8月　12〜16 日，應邀擔任「第 11 屆鹽分地帶文藝營」講師，演講：「臺灣人的性格」。

16〜17 日，〈臺灣人的成長史〉連載於《首都早報》副刊。

22 日，發表〈創造具有主體性的臺灣文化〉於《民眾日報》副刊。

30〜31 日，〈兒童文學的文化角色〉連載於《首都早報》副刊。

11月　《臺灣運動的文化困局與轉機》由臺北前衛出版社出版。

本年　與鄭清文合編《臺灣當代小說精選》（共四冊），由臺北新地文學出版社出版。

1990 年　2月　15 日，發表短篇小說〈主席，三角街〉於《中時晚報》副刊。

28 日，發表〈〈埋冤，一九四七〉種種〉於《臺灣時報》副刊。

4月　發表〈「反抗是最高美德」──反抗哲學簡說〉於《新文化》第 15 期。

9月　5日，發表〈文海星沉〉於《自立晚報》副刊。

1991 年　1月　9 日，發表〈「半糟仔」中國人──解讀陳映真的「夢」文〉於《自立晚報》副刊。

3月　30〜31 日，〈臺灣人民破網而起〉連載於《自立晚報》副刊。

6月　29 日，發表〈堅持一個自主的臺灣〉於《自立晚報》副

刊。

	10 月	29 日，發表〈大家來統一〉於《自立晚報》副刊。
1992 年	7 月	《臺灣文學造型》於高雄派色文化出版社出版。
	12 月	《臺灣文化造型》於臺北前衛出版社出版。
1993 年	2 月	6 日，應邀參加臺灣筆會於臺北陽明山嶺頭山莊舉辦的「第一屆臺灣文學營」。

28 日，發表〈寶血洗禮與臺灣〉於《自立晚報》副刊。

《臺灣文學造型》獲「第 14 屆巫永福評論獎」。

	3 月	發表〈莫傷來臺祖〉於《臺灣評論》第 5 期。
	4 月	參加由現代學術研究基金會舉辦的「國家認同學術研討會」，並發表論文〈臺灣（國家）的認同結構〉。
	6 月	發表〈我又回到蕃仔林〉於《幼獅文藝》第 474 期。

短篇小說集《慈悲劍》由臺北自立晚報社出版。

	8 月	19～23 日，應邀擔任「第 15 屆鹽分地帶文藝營」講師，演講：「小說家的條件」。
	12 月	短篇小說集《李喬集》由臺北前衛出版社出版。
	本年	獲北美臺灣客家社區社團「臺灣客家文學獎」。
1994 年	2 月	接任《臺灣文藝》負責人。
	5 月	發表〈母親的畫像〉於《幼獅文藝》第 485 期。
	8 月	11～15 日，應邀擔任「第 16 屆鹽分地帶文藝營」講師，演講：「文學隨想與文化思考」。
	12 月	發表〈理和文學不朽——從〈復活〉的救贖觀談起〉於《聯合文學》第 122 期。
1995 年	4 月	參加於臺灣師範大學舉辦的「第一屆臺灣本土文化學術研討會」，並發表論文〈臺灣主體性的追尋〉。
	9 月	詩集《臺灣，我的母親》由臺北草根出版公司出版。

	8 月	14～18 日，應邀擔任「第 17 屆鹽分地帶文藝營」講師，演講：「臺灣人的迷失與重建」。
	10 月	19 日，發表〈心情故事〉於《自立晚報》副刊。 長篇小說《埋冤一九四七埋冤》由基隆海洋臺灣出版社出版。
	本年	獲臺美基金會「1995 年度社會科學人才成就獎」。 應聘於新竹聖經學院授課，至 1997 年止。
1996 年	4 月	參加於臺灣師範大學舉辦的「第二屆臺灣本土文化學術研討會」，並發表論文〈當代臺灣小說的「解救」表現〉。
	5 月	應邀擔任臺灣師範大學 1996 年春季人文講席講師，期間舉辦兩次專題演講：「我的生命行程——文學與文化體驗」、「臺灣文化的批判與新文化建構」；另舉行兩場專題座談：「小說的世界」（與談者爲鍾肇政、陳若曦、鄭清文、許素蘭）、「戲劇的天地」（與談者爲汪其楣、鄭榮興）。 臺灣師範大學人文中心舉辦「李喬週」活動。
	6 月	發表〈當代臺灣小說的解救表現〉於《臺灣文藝》第 155 期。
1997 年	2 月	20～22 日，參加由財團法人吳三連臺灣史料基金會、臺北市政府、臺灣歷史學會共同舉辦的「二二八事件五十週年國際學術研討會」，發表論文〈二二八在臺灣人精神史上的意義〉。 發表〈老「青年作家」〉於《聯合文學》第 148 期。
	5 月	《臺灣，我的母親》由黃英雄改編爲舞臺劇「我們來去蕃仔林喔」，於「臺北市戲劇季」公演。
	8 月	應聘擔任淡水工商管理學院（今真理大學）臺灣文學系兼任教授。

	10 月	應邀擔任慈濟大愛電視臺「客家週刊」節目主持人，至 2000 年止。
	本年	應邀擔任行政院文化藝術基金會董事。
1998 年	7 月	發表〈臺灣文化概論 〉於《文學臺灣》第 27 期。
	8 月	4 日，赴高雄美濃參加鍾理和雕像揭幕式，與會者有鍾肇政、葉石濤、陳千武、彭瑞金、鄭烱明等人。
		21～25 日，應邀擔任「第 20 屆鹽分地帶文藝營」講師，演講：「小說創作實務」。
	10 月	發表〈美濃，創造出來的新鄉村〉於《新觀念》第 120 期。
	11 月	7 日，參加由淡水真理大學舉辦的「福爾摩莎的瑰寶──葉石濤文學學術研討會」，擔任論文講評人。
	本年	應邀出演公共電視「人生劇展」單元劇「過年」。
1999 年	4 月	擔任臺灣筆會第七屆會長。
	7 月	發表短篇小說〈耶穌的淚珠〉於《文學臺灣》第 31 期。
	8 月	發表〈追求精緻〉於《新觀念》第 130 期。
		《李喬短篇小說全集》1～4 冊由苗栗縣立文化中心出版。
		籌組「開典文化工作室」，策畫製作公共電視「文學過家──說演劇場」節目，並擔任主持人，於 2000 年 7 月開始播出。
		獲第 12 屆鹽分地帶文藝營「臺灣新文學貢獻獎」。
	9 月	發表〈民間信仰的再生〉於《新觀念》第 131 期。
	10 月	發表〈美麗臺灣，不美居民〉於《新觀念》第 132 期。
	11 月	1 日，發表〈土地的苦戀──從《寒夜三部曲》談臺灣的大河小說〉於《中央日報》副刊。

6 日，參加由淡水真理大學舉辦的「福爾摩莎的文豪——鍾肇政文學學術研討會」，發表專題演講：「鍾肇政文學面面觀」，並擔任專題座談「文學兩國論大家談」引言人。

13 日，參加由臺灣教授協會、臺灣基督長老教會共同主辦的「海內外臺灣人國是會議」，發表論文〈臺灣文化批判〉。

12 月　25 日，參加由臺灣師範大學國文系、中央日報共同主辦的「解嚴以來臺灣文學國際學術研討會」，並發表論文〈臺灣文學主體性探討〉。

本年　獲財團法人文學臺灣基金會「第三屆臺灣文學獎——小說成就獎」。

春暉電影公司拍攝「作家身影系列二——咱的所在、咱的文學」紀錄片，包括李喬在內共有 13 位作家，李喬部分為「站在大河交界處」。

2000 年　1 月　發表〈認知與行動———一種遺書〉於《新觀念》第 135 期。

《李喬短篇小說全集》5～10 冊、《李喬短篇小說全集・資料彙編》由苗栗縣立文化中心出版。

2 月　發表〈生態禪發想〉於《新觀念》第 136 期。

3 月　《臺灣，我的母親》由「河洛歌仔戲團」陳永明改編為歌仔戲，於國家戲劇院公演。

5 月　應邀擔任國策顧問。

10 月　《文化心燈：李喬文化評論選粹》由臺北望春風文化出版社出版。

11 月　4 日，參加由淡水真理大學舉辦的「福爾摩莎的心窗——王昶雄文學學術研討會」，擔任專題座談「全面本土化國策與臺灣文學發展」主持人。

短篇小說集《李喬短篇小說精選集》由臺北聯經出版公司出版。

本年　獲臺灣文化學院「臺灣文化榮譽博士」學位。

2001 年　3 月　《文化‧臺灣文化‧新國家》由高雄春暉出版社出版。

4 月　長篇小說《寒夜》英文版（譯名為 *Wintry Night*）由紐約哥倫比亞大學出版。

5 月　應邀於總統府國父紀念月會演講：「臺灣文學的發展」。

6 月　16～17 日，應邀出席由苗栗縣文化局、苗栗新故鄉協會共同舉辦的「閱讀李喬——主體性的裸露與對話」系列活動。活動內容包含新書發表會、作家身影影片欣賞及座談會，並舉行「李喬手稿與作品展」，分別於臺灣大學總圖書館地下一樓展覽室（6 月 16 日～6 月 29 日）、臺北市客家藝文中心（6 月 30 日～7 月 13 日）及苗栗縣文化中心（8 月 11 日～8 月 26 日）展出。

7 月　發表〈臺灣文學的發展〉於《文學臺灣》第 39 期。
長篇小說《大地之母》由臺北遠景出版公司出版。

8 月　11～12 日，應邀出席由苗栗縣文化局、苗栗新故鄉協會共同主辦的「關懷李喬」活動，與當地民眾、讀者進行文學交流。

10 月　發表〈臺灣文學中的鍾肇政〉於《文學臺灣》第 40 期。

2002 年　2 月　應聘擔任國立聯合技術學院駐校作家。
發表〈誰解傷心飲泣人——序新譯《亞細亞的孤兒》〉於《臺灣文藝》第 180 期。

3 月　3～4 日，〈寒夜孤燈〉連載於《中國時報‧人間副刊》。
長篇小說《寒夜》改編為同名電視劇，於公共電視頻道播出。

4 月　續任國策顧問。

	5 月	應邀出席由屏東美和技術學院舉辦的「客家學術研討會」，發表專題演講：「臺灣客家研究的觀察與展望」。
	6 月	發表〈桐花季祭文〉於《臺灣文藝》第 182 期。
2003 年	10 月	發表〈臺灣文學主體性的建構〉於《文學臺灣》第 48 期。
		主編《臺灣客家文學選集 1》，由臺北行政院客家委員會出版。
	12 月	長篇小說《荒村》、《孤燈》改編爲電視劇「寒夜續曲」，於公共電視頻道播出。
2004 年	4 月	應美國加州大學聖塔巴巴拉校區臺灣研究中心杜國清教授邀請，赴美擔任研究中心「賴和、吳濁流臺灣研究講座」之「臺灣作家短期駐校」首位駐校作家，至 6 月止。
		與許素蘭、劉慧真合編《客家文學精選集・小說篇》，由臺北天下遠見出版公司出版。
	6 月	12 日，應邀於紐約法拉盛臺灣會館發表專題演講：「臺灣當前的文化問題」。
	9 月	5～8 日，短篇小說〈難〉連載於《臺灣日報》副刊。
	10 月	17 日，發表〈暴力〉於《中國時報・人間副刊》。
		發表短篇小說〈牽手〉於《文學臺灣》第 52 期。
	11 月	19～21 日，應邀出席由臺灣筆會、成功大學臺灣文學系、文學臺灣基金會於國家臺灣文學館聯合舉辦的「走出殖民陰影：二〇〇四亞太文學論壇」。
		主編《臺灣客家文學選集 2》，由臺北行政院客家委員會出版。
2005 年	1 月	發表短篇小說〈來順伯婆事略〉於《文學臺灣》第 53 期。
	4 月	長篇小說《重逢——夢裡的人》由臺北印刻出版公司出

版。

5月　11 日，應邀出席由玄奘大學通識教育中心、玄奘大學客家研究中心共同主辦的「客家文學專題講座」，發表專題演講：「客家文學與我的文學經驗」。

發表〈最古早的闔家照〉於《文訊》第 235 期。

本年　應邀擔任臺北東門學苑講師，教授「臺灣文化」課程。

2006 年　1月　與曾貴海、劉慧真合編《臺灣文學導讀》，由臺北允晨文化公司出版。

2月　長篇小說《寒夜》日文版由東京國書刊行會出版。（岡崎郁子、三木直大翻譯）

4月　發表〈「歷史素材小說」寫作經驗談〉於《文訊》第 246 期。

10月　1 日，應邀參加由國家臺灣文學館舉辦的「臺灣大河小說家學術研討會」之綜合座談，主持人為彭瑞金，與會者有葉石濤、林鎮山等人，並發表專題演講：「歷史素材書寫心得」。

本年　獲財團法人國家文化藝術基金會「第 10 屆國家文藝獎文學類」。

應邀擔任客家電視臺「李喬現場」節目主持人。

2007 年　3月　2 日，應邀至中興大學演講：「歷史與文學之間——談二二八」。

14 日，應邀至聯合大學演講：「客家民間文學的探討」。

4月　25 日，應邀至清華大學演講：「歷史素材寫作的心得」。

27～29 日，應邀出席由臺灣師範大學臺灣文化及語言文學研究所、長榮大學臺灣研究所共同主辦的「第五屆臺灣文化國際學術研討會——李喬的文學與文化論述」。

5月　發表〈漫話踢毽子〉於《泉南文化》第 13 期。

	6 月	發表〈真正有影——陳燁《有影》歷史的虛實相融〉於《文訊》第 260 期。
		獲行政院客家委員會「第一屆客家貢獻獎終身成就獎」。
	10 月	《李喬文學文化論集》由苗栗縣文化局出版。
	11 月	19 日,應邀至臺灣大學演講:「歷史書寫的心得」。
	12 月	7 日,獲新竹教育大學「第 13 屆傑出校友獎」,並出席表揚大會。
		發表〈庭園的木瓜〉於《新地文學》第 2 期。
2008 年	1 月	29 日,應邀擔任由國家文化總會中部辦公室舉辦的「與課本作家面對面:國高中國文教師現代文學研習營」國中組講師。
	4 月	23 日,應邀至中正大學演講:「文學的救贖主題——以小說表現為場域」。
	6 月	11 日,應邀至花蓮教育大學演講:「故事改寫的探討——以《白蛇傳》、《情天無恨》為例」。
	7 月	發表〈羅成斷指悟道〉、〈黃賢妹情歸大地〉於《文學臺灣》第 67 期。
	10 月	劇本《情歸大地》由臺北行政院客家委員會出版。
	11 月	劇本《情歸大地》改編為電影「一八九五」。
	12 月	15 日,應邀至開南大學演講:「文學作品影像化面面觀——以『一八九五』電影為例」。
2009 年	7 月	中篇小說〈格理弗 Long Stay 臺灣(上)、(下)〉連載於《文學臺灣》第 71～72 期。
	11 月	28 日,參加由淡水真理大學舉辦的「第 13 屆臺灣文學家牛津獎暨鄭清文文學學術研討會」,發表專題演講:「鄭清文文學版圖與入口」。

| 12 月 | 12 日，應邀出席由文學臺灣基金會於高雄市政府文化局舉辦的「葉石濤文學學術研討會」，進發表專題紀念演講：「葉石濤小說欣賞」。 |

2010 年

1 月　發表〈生命與土地結合、形塑在地美學〉於《文學臺灣》第 73 期。

4 月　18 日，應邀參加於臺中市藥師公會舉辦的「阿米巴新文化講座」，發表專題演講：「臺灣危機的文化探討」。

26 日，獲靜宜大學「第一屆蓋夏論壇大師講座」殊榮，並發表專題演講：「我的成長、我的文學」。

發表〈葉石濤小說欣賞〉於《文學臺灣》第 74 期。

5 月　6 日，應邀出席由中興大學舉辦的「文學與歷史專題系列講座」，與彭瑞金進行對談：「詩比歷史更真實——以文學視角反思歷史敘事」。

13 日，應邀至臺中技術學院演講：「短篇小說自剖與讀書心得」。

7 月　4～5 日，長篇小說〈咒之環〉連載於《自由時報》副刊。

長篇小說《咒之環》由臺北印刻出版公司出版。

10 月　11 日，應邀出席聯合大學舉辦的「2010 人文季——大師面對面：Dr. Perron ？vs 李喬」座談會，主題爲「文學的在地性與國際性：臺灣經驗和魁北克經驗」。

11 月　中篇小說《格理弗 Long Stay 臺灣》由高雄春暉出版社出版。

12 月　18 日，獲淡水真理大學「第十四屆臺灣文學家牛津獎」，並參加「第十四屆臺灣文學家牛津獎暨李喬文學學術研討會」。

《我的心靈簡史——文化臺獨筆記》由臺北望春風出版社出版。

| 2011 年 | 4 月 | 27 日，應邀至新竹教育大學中國文學系演講：「小說書寫美學的研究」。 |

2011 年　4 月　27 日，應邀至新竹教育大學中國文學系演講：「小說書寫美學的研究」。

5 月　24 日，應邀出席由文訊雜誌社、趨勢教育基金會、國家圖書館、國立臺灣文學館及成功大學文學院共同舉辦的「百年小說研討會」，發表專題演講：「小說形式的追求」。

6 月　12 日，於高雄文學館舉辦「多角探索李喬的兩本新作品」座談會，與會者有曾貴海、彭瑞金等人。

參考資料：

‧莫渝，〈李喬生平暨寫作年表〉，《李喬短篇小說全集‧資料彙編》，苗栗縣立文化中心，2000 年 1 月。

‧臺灣客家文學館網站，李喬短篇小說全集目錄

‧臺灣客家文學館網站，李喬生平大事年表

輯三◎
研究綜述

李喬研究綜述

◎彭瑞金

一、李喬文學概述

　　李喬文學大約可以分成四大面向討論：一是他的短篇小說創作，一是他的長篇小說創作，一是他的文化論述，一是他的文學論述、詩及劇本等。除了「文學論述」，包括他對他人作品的評論、詩及劇本，由於數量較少，不易系統化討論之外，最主要的是，李喬文學創作就是他總體文學觀的呈現，不勞他人蛇足。其餘三者，分別概述如下：

　　短篇小說是李喬文學的出發，也是李喬文學的練功房，他在這裡練就他的文學表現技巧的基本功，也在功房裡建構一己的文學觀。根據 2000 年 1 月完成出版的《李喬短篇小說全集（資料彙編）》——莫渝整理的〈李喬生平暨寫作年表〉，李喬的短篇小說創作峰期在 1962 年至 1977 年之間的短短 15 年間。年表說他 26 歲（1959 年）時發表第一篇小說〈酒徒的自述〉及第一首詩〈墓〉。在這之前，雖也有未完成之作，但主要的精力都投注在「考試」，師範畢業任教、服役的期間，分別通過教育行政人員的普考及高考。26 歲初啼聲後，卻忙著初中教師檢定、轉任中學教師、結婚、生女，沒有作品。「全集」收錄李喬短篇 180 篇，是 1959 年～1999 年 7 月止的作品。不是李喬短篇小說的全部，計估計尚有 30 篇左右的作品「流落在外」，全集編竣出版後，李喬雖仍偶有短篇之作，但未結集。

　　李喬文學的前 20 年都投注於短篇小說的經營，從思索怎樣進行自己的文學到追求、探索文學的形式、價值、著手建構李喬文學，再從文學與一己生命聯結，到思考個人生與眾生的聯結與對照，他的短篇小說不僅是他

個人透過文學創作進行的生命探險記，也是他的生存哲學建構史。李喬常說，他的生命先天不足、後天失調。指的是他出生在窮鄉僻壤都不足以形容的荒山深野，家境又貧困，童年時代適逢太平洋戰爭，生活的開始和周邊，盡是因貧窮造成的饑餓、疾病、死亡的陰暗人間圖像。早期的作品，李喬並沒有把自己寫在裡面，實際上又是無所不在的，他不是以悲天憫人的高度看他身處的周邊世界，他不是周邊世界的代言人，他的文學出發是和周邊人一起面對人生、面對生命。以李喬出生的「蕃仔林」世界，絕大多數的人，恐怕只能以宿命的態度去面對生命的苦難，無奈地承接生命與具的病苦。

　　作爲知識分子的李喬，29 歲開始以文學創作去回省這個昔日世界時，事實上，他個人已考取教育行政人員高考、可以擔任教育行政的文官、通過中學國文教師檢定、娶妻生女，已經完全脫離那個悲苦大地。因此，寫小說時的兩個人生課題應是：一是回想自己以及所有蕃仔林人是怎樣從那樣的人生陰谷走出來的？一是眾生又是如何面對、看待與生並具的生命苦與難？坦白說，像李喬自己的例子，靠知識的力量，或社會訂下的遊戲規則（考試升學、任公職）超脫苦難，千中未必有其一，根本不足爲訓。那麼絕大多數的蕃仔林人依憑、活過來的力道在哪裡？李喬在〈窮山月明〉一文中，歷數他的讀書經歷，他讀歷史、中國的經書、西洋哲學、佛學、心理學、命理、社會學、政治學……莫說這些知識的力量，即使是宗教也無法把整個蕃仔林人象徵的人間苦海把人拯救出來。這促使李喬文學回頭去思索到苦難人間的救贖力量還在受苦者本身。

　　葉石濤說：「以李喬的觀點而言，這世界是一個廣大的大苦網；這大苦網是各種痛苦所織成的，這些痛苦有的來自內心世界，有的來自外在世界，人一生下來就註定被這大苦網捕獲，不管你用什麼方法也脫不了這大苦網的桎梏。」他把李喬視人的生命爲痛苦的符號，有痛苦才有生命的文學思惟，詮釋得最爲透闢。因此，李喬的短篇小說，差不多就是在思索、描述這種救贖的途徑和力量根源。首先是苦難生命的生存本能，在《山

女──蕃仔林故事集》裡，有不少驚人的生命故事，其力量都是源自生命的本能，當人決定要活下去時，無論內在、外在世界帶來的痛苦，並不必然就能擊倒生命。特別是人與人之間，一旦發揮相濡以沫的情操時，生命就往往從不可能變可能。如〈鹹菜婆〉、〈阿妹伯〉……都是人間不幸人，卻依然能讓生命發光發熱，帶給周邊的人愛與溫暖。其次，就是像〈孟婆湯〉、〈修羅祭〉裡，吞下苦難的「悲壯」人生。或者如《痛苦的符號》離開土地，抽離現實，把生命的意義、價值、痛苦，推進抽象、唯心的探索。

所以，李喬的短篇小說創作歷程，從蕃仔林世界存在的，人因天殘、貧窮、疾病、外力壓迫帶來的痛苦思索，到蕃仔林以外的世界裡，人因「現代」社會生活引發的經濟、職場、婚姻、社交、戀愛、性生活……產生的壓力、造成的痛苦探索、描述，及從而思索的救贖之道，所形成的生命思索網路，可以說是李喬短篇小說創作的總體描述。形式、內容是多樣多變的，但都不外是李喬個人生命本質的沉思錄，在這些短篇小說的創作歷程裡，他所完成的，不是小說形式、題材的各種可能的完整歷練，而是生命哲學的完全洗禮。

長篇小說是李喬文學的第二個重要觀察面向，他的長篇小說創作始於1977 年的《寒夜三部曲》之一的《孤燈》。雖然在此之前，他寫過《山園戀》（1971 年）、《痛苦的符號》（1972 年）、《青春校樹》（1976 年）以及《結義西來庵──噍吧哖事件》（1977 年）都可以稱作「長篇小說」，尤其是《結義西來庵》，實為李喬寫作以臺灣歷史為背景的創作的開端。但《寒夜三部曲》的寫作，是將從短篇寫作練成一身寫作「武藝」的李喬，原本獨行天下一俠士的作家李喬，蛻變成背上臺灣慈悲劍、行走臺灣大地、穿越臺灣時空的臺灣作家的轉捩點。是《寒夜》將李喬文學與臺灣大地、歷史與人像臍帶一樣聯結在一起。通過這樣的轉捩點，李喬的文學才算是真正打通任督二脈。他在寫完《結義西來庵》之後，感慨地說，經過這樣的磨練（從三、四百萬字史料中擷取小說素材的能力），發現歷史

素材「宛如一座高聳入雲的黝黑巨巖」，有取之不盡的長篇寫作的背景與素材，「那裡有我童年辛酸細碎的驚夢，那裡有苦難終生的我父我母的謦欬形容；那裡更有臺灣人列祖列宗斑斑滴滴的血汗留痕……」、「《寒夜三部曲》完成，這是一段生命的完成；……」

《寒夜三部曲》之後，陸續有：《情天無恨——白蛇新傳》、《藍彩霞的春天》、《埋冤一九四七埋冤》、《格理弗 Long stay》、《咒之環》等長篇創作，及長篇劇本《情歸大地》出版。連同之前的長篇凡 11 種 14 部。《寒夜》所以成為李喬文學的寫作，是因為李喬文學從此落腳臺灣大地、生根臺灣現實。昔日的大地鄉愁，因附魂於臺灣人列祖列宗的血汗滄桑史頁，得以不再飄浮游移，往日出自知識人良知的悲憫情懷，同樣也因落實人間，而不再虛懸。李喬在寫完《寒夜三部曲》之後，身與心都變得「忙碌」，都是由於他文學本身的進化。

文學論述是觀察李喬文學的第三個重要面向，包括他的文學論述，都是他在寫過「歷史小說」之後的「雄辯」。1981 年，李喬在《寒夜三部曲》寫完之後，寫了〈繽紛二十年〉，追述過去 20 年多彩的寫作歲月，文末有段玄機，他說：「一些人士認定我只能寫臺灣鄉土背景的小說，今後我將以事實否定他；我的下一部小說將是杭州西湖為背景的『白素貞逸傳』——改寫白蛇傳，並借以表達我接觸佛理近三十年來的人生觀、生命觀等。這是另一場自我挑戰，但我不畏縮，……」。「白素貞逸傳」就是後來的《情天無恨》，但《情天無恨》發表後（1982 年），似乎沒有收到預期的回響或辯論，再加上接續在鄉土文學之後的統獨論戰正如火如荼地展開，李喬變得雄辯滔滔。不僅同時期的短篇小說變得辯證性十足，諸如：〈告密者〉、〈小說、小說〉、〈爸爸的新棉被〉、〈恐男症〉、〈泰姆山記〉、〈孽龍〉，長篇小說《藍彩霞的春天》也隱含某種辯證的意味。足見《寒夜》過後的李喬並非十分篤定，從他的內心到與外在世界的聯結，仍有亟待自我反覆辯證之處。或許正如《寒夜》的序章〈神祕的魚〉——高山鱒的故事，神祕之處正是李喬與讀者玩的猜謎遊戲，在小

說，這是被允許的作者與讀者「各表」，任何小說作品都存在這樣的不同詮釋空間，但離開小說，統獨的認同、不是中國就是臺灣的文化認同，就不僅是小說家，就是所有的文化論述，就不容許有躲閃空間。雖然有些文化人仍存心曖昧、刻意模糊，不過，過不了這一關，休想成為「大師」。雖然不知道李喬是否成為大師的自負，但他在這樣的辯證氛圍中，加入文化論述的戰場，發表數量可觀的文化論述，未必和他的小說創作無關，則無庸置疑。

　　解嚴後的 1988 年，李喬繼若干臺灣文學論述之後，寫「臺灣人的醜陋面」，展開他的文化批判和論述。值得觀察的是，從此短篇、長篇小說的創作量驟減，可見投注之深。李喬在 1980 年代末以降的大量文化或文學論述，不論是用來彌縫他的臺灣歷史素材小說的斷裂或縫隙，還是意在延伸小說裡的臺灣論述，都顯示是他此一時期創作的重心，先後結集出版的有：《臺灣人的醜陋面》（1988 年）、《臺灣運動的文化困局與轉機》（1989 年）、《臺灣文化造型》（1992 年）、《文化心燈》（2000 年）、《文化、臺灣文化、新國家》（2001 年）、《李喬文學文化論集》（一、二冊，2007 年）、《我的心靈簡史》（2010 年），另有文學論集：《臺灣文學造型》（1992 年）、《重逢——夢裡的人》（2005 年）。誠如他在收錄文化評論選粹的《文化心燈》自序所言：「臺灣正處於『生存整體』的關鍵時刻。……由於扭曲悲情的歷史過程，型塑臺灣人為失去歷史記憶、失去自尊與自信、難以凝聚共同理念與意志的族群。……國人心靈上處於空洞荒蕪狀態。……凡此，就『生存整體』思考，那也就是落實為文化問題。……」李喬的文化論述是放眼臺灣人總體的文化問題思考，既是歷史的與現狀的批判，也是未來建構的憧憬。坦白說，臺灣人要有自己的文化？臺灣人要有怎樣的文化？臺灣人要如何擁有自己的文化？都茲事體大。李喬的文化論述體大思精，占去他的小說創作「時空」是可以想像的，他曾經深有感觸地說，百年之後，最希望留給世人的是他的文化論述，而不是小說，一則表示他對文化論述投注之深，一則顯示自己對這樣

的想望缺乏信心。

二、李喬文學研究概述

　　關於李喬文學的研究資料，大約可以分爲以下四大類：

　　第一類是研究李喬或其著作的專書專著，凡 19 種。本類又可分爲三種；第一種是國內外碩士生、大學生的研究學位論文，計有：賴松輝、劉純杏、紀俊龍、王綺君、吳慧貞、盧翁美珍、鄭雅文、張令芸、顏鳳蘋、陳鵬翔等人之碩論，徐碧霞、盧昶佐二人之學士論文，以李喬之長篇、短篇或文化論述爲研究對象，另有王淑雯、楊明慧、劉奕利等三人之碩論，以李喬作品與其他作家合併研究。第二種是關於李喬文學研究之論文或資料彙編，一是許素蘭編《認識李喬》，收入廖偉竣、葉石濤、鄭清文、彭瑞金、花村、張素貞、陳萬益、齊邦媛、林濁水等九家 11 篇有關李喬作品的評論文章，及鍾肇政主持的「寒夜三部曲」討論會紀錄，並附有李喬生平寫作年表及作品評論引得。另一則爲彭瑞金主編《李喬短篇小說全集資料彙編》，收入李喬《童年夢、夢童年》、〈與我周旋寧作我〉、〈窮山月明〉、〈繽紛二十年〉、〈一位臺灣作家的心路歷程〉、〈我看臺灣文學〉、〈臺灣文學正解〉、〈個人反抗與歷史記憶〉等八篇「自述」或重要代表論述。另有 1981 年獲吳三連文藝獎評定書，及 1995 年獲臺美基金會人文科學獎之獎詞。收入之他人評論，計有葉石濤、鄭清文、彭瑞金、張素貞、白冷、張恆豪、覃思、花村、吳錦發等九人的 11 篇短篇集或單篇作品評論，另有 15 篇李喬作品「集評」或訪問錄。此外，另附有「李喬生平暨寫作年表」、「軼失的小說」目錄、「李喬小說評論引得」等。第三種爲傳記；一是許素蘭寫的李喬傳記《給大地寫家書——李喬》。一是李喬「探訪曾出現其短篇小說中的人物」——《重逢——夢裡的人》，共收錄 23 篇書中人物「訪談錄」，作者在〈序章〉中認爲它是長篇小說或「類小說」，這裡以「重逢」具有解讀李喬短篇小說的功能看，把它歸類爲李喬文學研究資料，因爲除了導讀的功能，也有作者自己的自我創作省思。

　　第二類是有關李喬生平的自述、他述、訪談、對談、年表、報導、受獎獎詞、評定書等研究資料，計約二百二十餘筆，比較特別的是，「自述」（包括自序、後記、得獎感言）占了近百筆。顯示李喬是一位願意盡量透明的文學創作者。他在《重逢——夢裡的人——李喬短篇小說後傳》的〈序章〉中寫道：「從事小說寫作的人可分兩型，一是清楚自覺為小說人在創作小說，另一型是把寫作當作整理自己紛擾的內在，甚至於是一種心理治療療程。我，顯然是屬於第二類型。」這些堪稱研究李喬文學的第一手資料，可以充分填補迄今為止沒有「李喬回憶錄」的研究缺口。

　　對談，訪談也鮮少談的個人和生活，都談作品和創作觀，這些對、訪談錄，可以看出李喬創作受矚目的溫度。

　　第三類是有關李喬作品的評論。關於李喬作品全貌或風貌的綜合論數約百筆。主要是論李喬在臺灣文學史的地位、文學觀，以及作品之綜合印象。其次是有關李喬各類作品單行本、作品集、選集的評論，約 180 筆。收錄包括出版單行本、長篇小說、文學、文化評論集時，他人所寫的序記、導讀、評介，出版後之評論等各項資料。有關李喬多部作品的綜合論述約 60 筆。此外就是有關李喬單篇作品的評論，約一百筆。

　　總計有關李喬文學的自述和他人評論，約六百筆，合計可能超過二百五十萬字。出版「重逢」時的序章中，李喬自估平生所著三十幾部長、短篇小說，加上七本文學文化評論，合計是六百萬字。加計 2005 年以後的新作《格理弗 Long Stay 臺灣》、《我的心靈簡史》、《咒之環》等作，也不過是六百五十萬字左右。「彙編」告訴世人，欲知李喬文學究竟，得閱讀近千萬字文獻。

三、關於李喬研究資料彙編

　　在編選這本李喬研究資料彙編之前，臺灣文學界已經出版過兩本李喬文學的資料彙編。1993 年在苗栗縣文化局出版的、許素蘭編《認識李喬》，包括一篇訪問記在內，共收錄 12 篇他人論述李喬作品的論著。2000

年 1 月，同樣由苗栗縣文化中心出版，彭瑞金所編的《李喬短篇小說全集‧資料彙編》，收錄的是以李喬短篇評論爲主的資料彙編，除了序文、編者的全集序、資料彙編序，全書五輯中，輯一專收李喬「自述」八篇及二則得獎時他人撰寫的評定書。輯二收錄五篇短篇小說集評論。輯三收錄六篇單篇短篇小說評論，輯四收入 14 篇短篇「集評」及一篇印象記。輯二至輯四所收評論，有五篇已見於《認識李喬》，輯五爲年表及引得及軼失小說目錄。

　　本「李喬文學研究資料彙編」是從六百餘筆資料中挑選出來的 22 篇的自述、他論和訪問記錄。22 篇選輯資料中，有三篇已見於《認識李喬》。有兩篇已見於「彙編」。有三篇李喬的「自述」也都已見於「彙編」。由於李喬的文學創作，似乎可以截然劃分爲三個區塊討論，一是短篇小說創作，一是長篇小說創作，一是文化及文學論述。雖然各區塊創作中有時間重疊的情形，但文學的風格、訴求而言，卻各有歸趨，固然也有互文交替詮釋的功能，但分別論亦各有天地。本輯收錄的多篇和其他李喬研究資料彙編重覆的作品，旨在呈現不同年代、不同區塊創作的李喬文學風貌，如果要完整地看到李喬文學的全貌，就不能忽略這些早期的李喬研究和評論。此外，李喬的文化論述，無論分量和數量，都是他的文學重要的部分，所以只選一篇，不是疏忽，純就李喬寬闊的文學面向有許多更不可缺少、需要照顧的面向考量，而論述本身比較不需要他人去疊床架屋，以免畫蛇添足之誤。茲將選定之 22 篇分述如下：

　　1、李喬〈與我周旋寧作我〉（自述，1974 年）。

　　2、李喬〈繽紛 20 年——我的筆耕生涯〉（文學自述，1981 年）。

　　3、李喬〈一位臺灣作家的心路歷程〉（文學自述，1984 年）。

　　4、鍾肇政〈《飄然曠野》裡的李喬〉（作家論，作品論，1966 年）。

　　5、許素蘭〈在修羅的道場——雙面壹闡提〉（綜論，作家論，2001 年）。

　　6、鍾鐵民〈李喬印象記〉（綜論，作家論，1978 年）。

7、洪醒夫〈偉大的同情與大地鄉愁——李喬訪問記〉（綜論，訪問錄，1974 年）。

8、黃武忠〈人性的探討者——李喬印象記〉（綜論，訪談錄，1984 年）。

9、葉石濤〈論李喬小說裡的「佛教意識」〉（綜論，作家論，1978 年）。

10、高天生〈從大地走進歷史——論李喬的小說〉（綜論，作家論）。

11、彭瑞金〈回首看李喬的短篇小說〉（綜論，短篇小說作品總論，2000 年）。

12、鄭清文〈鋼索的高度——李喬的文學成就〉（綜論，作家論，2011 年）。

13、鄭清文〈李喬的《恍惚的世界》〉（短篇小說集論，1974 年）。

14、三木直大作；陳玫君譯〈試論《孤燈》——李喬小說的歷史敘述與文學虛構〉（長篇小說作品論，2006 年）。

15、彭瑞金〈人、妖交纏，佛法解不開的人間情慾——解讀李喬的《情天無恨》〉（長篇小說作品論，1996 年）。

16、張素貞〈現代的浮世繪：評李喬的《共舞》〉（短篇小說集論，1986 年）。

17、歐宗智〈小說哲學的建構——談《藍彩霞的春天》反抗意識與象徵意義〉（長篇小說作品論，2001 年）。

18、彭瑞金〈歷史文學的掙扎與蛻變——拒絕在虛偽、真實間擺盪的《埋冤一九四七埋冤》〉（長篇小說作品論，1995 年）。

19、陳萬益〈母親的形象和象徵——《寒夜三部曲》初探〉（長篇小說作品論，1988 年）。

20、齊邦媛〈寫給土地的家書——讀李喬《寒夜三部曲》〉（長篇小說作品論，1989 年）。

21、李永熾〈脫出《咒之環》〉（長篇小說作品論，書序，2010 年）。

　　22、李永熾〈他者的文化、文化的自我——李喬的文化論述〉（文化論述評論，2007 年）。

　　李喬的三篇自述或文學自述；〈與我周旋寧作我〉偏重於描述文學背後的李喬，是從事教學工作，由任國小、私中而縣中、高職教職的李喬，和念師範、當兵、參加教育行政普考、高考的李喬，以及認識教育界「黑幕重重、猙獰怕人」、從簡單的教書生涯到「潛心於文學」十年的李喬的綜合描述，是他寫作 15 年後、也是生平第一篇文學自述。結尾說：「我教書、我寫作、我讀書，天下便宜被我占盡，我該感謝社會、國家，以及天地間的所有！他對自己又教書又寫的這段歲月是知足而滿意的。〈繽紛二十年〉是 1981 年寫的，這時候《寒夜三部曲》已陸續出版或即將出版（《荒村》），「繽紛」不無春風得意的意味，它歷數了二十年來的創作，最初的「酸苦寂寞童年」、「成長經歷、師範教育，以及對生命的探索，都成為他的文學根源也是供給養分的母土。此外，他把自己的短篇創作分為：摸索期（1962 年～1967 年）和全盛期（1968 年～1976 年）。他認為「全盛時期」是他的作品由童年故鄉為背景的取材，邁向關心現實社會生活，多以心裡分析、潛意識的發掘，以比較新的技巧寫作的分流階段。「繽紛」的另一重點在交待的長篇創作歷程，除了未能刊載完全、成為失蹤作品的〈蒼白的春天〉之外，在寫「寒夜」系列作品之前，他寫作《山園戀》、《痛苦的符號》和《青青校樹》，但他有意無意地都要以《結義西來庵》為他的長篇小說的磨劍之作。「繽紛」以《寒夜三部曲》的寫作及命名經緯作結，充分應和李喬是時的繽紛心情。〈一位臺灣作家的心路歷程〉是 1984 年夏天，應邀赴美演講的講稿，雖有細數自己文學來時路的回憶錄，但重點還在交待如何從寫小說蛻變成寫「反抗來自生活，為生活而反抗」的小說家的心境轉換，結於是矢志再寫一部「歷史性小說」，也就是《埋冤一九四七埋冤》。

　　鍾肇政的〈《飄然曠野》裡的李喬〉，是鍾肇政為 1965 年主編的「臺灣省青年文學叢書」之一的《飄然曠野》所寫的推介文。「飄」是李喬寫

作七年後出版的第一本短篇小說集。這篇推介文也是最早的一篇「李喬評論」，除了介紹李喬的作品風格、特質，也介紹李喬這個人。文中說光復後不久李父即過世，由母親一手扶養長大，資訊有誤，李父在這篇文章發表前的 1964 年 1 月才過世，所以由母親撫養，是因李父參與農民和政治運動。

許素蘭的〈在修羅的道場──雙面壹闡提〉和鍾鐵民的〈李喬印象記〉都是寫他們對李喬的印象，只是前者是 21 世紀的印象，後者是 1970 年代的印象。許素蘭以文學後輩、研究者的角度、援引了不少文獻、文本資料，也不離文學史地位的視角去品評李喬的文學價值。鍾鐵民雖晚生許多，但文學的起步幾乎同時，以文友論交誼、論文學、談生活，偏重在人而不在文，呈現不同面向、不同年代的李喬。

洪醒夫和黃武忠的訪談紀錄，也是各有千秋。〈偉大的同情與大地鄉愁〉事李喬的第一篇被訪談紀錄，難免細說從頭。洪醒夫也是小說家，把訪談重點放在小說家怎麼活（過日子）怎麼寫（如何從生活中找到寫作的縫隙），也懷剌探寫作技巧、選取寫作題材、經營篇章等「職業」機密的意圖，於寫作者和閱讀、研究李喬，都是「原始」而重要的文獻。黃武忠的訪問記〈人性探討者〉，是一篇純粹的文學踏查，含有為讀者做「李喬文學解密」的積極目的，努力想求證李喬小說中的人、事、物的真實性。

葉石濤〈論李喬小說裡的「佛教意識」〉，是一篇很正式的作家論，以佛教意識切入，主要是李喬曾說他為了寫小說、潛心研究過佛學、佛書，也有人因此認定他是佛教徒。葉氏的文章則指出李喬的小說和佛教思想相同，認為人間、人生就是一座大苦海，生命就是「痛苦的符號」，生即是苦，生命的律動就是痛苦，這是生命的認識論。葉文指出李喬和佛教一樣，要人在這樣的認識基礎上，正面迎向人生，不以人擺脫逃避痛苦為人生正道，救贖才是正道，李喬的小說就是在傳達各種的生命救贖經驗。

高天生的〈從大地走進歷史──論李喬的小說〉，是篇綜合論述，分為兩個部分，一部分是綜合各家李喬短篇小說論述意見，一部分簡介《寒

夜三部曲》的內容。

　　彭瑞金的三篇李喬作品論，分別評論李喬的三種作品。〈回首李喬的短篇小說〉是《李喬短篇小說全集》的總序，除了歷數李喬 20 年短篇小說整體風貌，以及李喬短篇在李喬文學中的重要意義之外，就是李喬文學於臺灣文學史的觀照。〈人、妖交纏，佛法解不開的人間情慾〉，是論他的《情天無恨》。李喬在寫完《寒夜三部曲》之後，迫不及待地寫了此作，堪稱毀譽交加，有人認為既已陸封高山的鱒魚，不宜再淌「白蛇傳」的渾水。彭瑞金此文認為李喬從《結義西來庵》便一頭陷入臺灣歷史小說寫作的苦海，李喬除了不願意讓人誤認「鄉土小說」是他唯一的文學寫作面向之外，實際上，他對生命的探索熱情還在燃燒。本篇論文的題目暗示《情天無恨》無關佛法，也無關「白蛇傳」的新舊版本，而是人、妖兩種不同文化觀念的對決。其實，這兩種文化在李喬內心世界的對決，是象示李喬生命課題探索的短篇創作階段就已然發生卻未曾解決的衝突，在所謂歷史素材寫作及《寒夜三部曲》寫作，以為找到答案，實則正引發衝撞的文化衝突，才是《情天無恨》的寫作主題。法海和白素貞代表的兩種不同文化，既超越「白蛇傳」也無關佛法，而是寫過「寒夜」的李喬內心世界亟待解開文化糾結。在文化的結之外，歷史與李喬文學的結，也不易解。「寒夜」過後，李喬一方面要擺脫「只能寫鄉土（歷史）小說的誤解，另方面卻脫不開另一部更艱鉅的歷史小說寫作的徵召。所以，不僅受訪、受邀演講時，被指定談文學與歷史的相關問題，他也撰文表述自己的主張，他主張自己寫的是「歷史素材小說」，不是「歷史小說」，最後則是費了近十年功夫寫了《埋冤一九四七埋冤》。〈歷史文學的掙扎與蛻變——拒絕在虛構、真實間擺盪的《埋冤一九四七埋冤》，拒絕「擺盪」的結果是，上冊貼近歷史、下冊虛構，雖然別出心裁，卻將臺灣文學歷史文學的糾葛推回原點，也把李喬自陷入「余清芳抗日檔案」三百多萬字文獻泥淖以來的苦思苦想一腳踢翻，上冊不但不去思考文學與歷史的區隔問題，更放手寫得非常歷史，所有的人事、物，無不詳加考證時間地點，並一一

「詳註」資料出處。下冊「經營純文學，但不捨歷史情境之真。」可以說回到小說創作的常軌。毫無疑問的，這是小說創作的奇葩，也是小說形式的怪胎，彭文以為，如果李喬不能擺脫「文學與歷史的兩難」，就無能產出「埋冤」一作，是創作困境中的脫逃，畢竟對於一個有臺灣歷史背負的作家，二二八的史實要比已有很多孔道釋放過的余清芳檔案，沉重何止千萬倍。

鄭清文與李喬在文壇交稱莫逆，知鄭清文莫若李喬，知李喬莫若鄭清文。〈李喬的《恍惚的世界》〉是一篇書評。《恍惚的世界》收集李喬1970 年至 1973 年間的 18 篇小說。他說：「這本集子的作品內容，幾乎包括我的小說的所有類型，也是近年來，我的思想和人生態度逐漸坐定時，興趣所在與關心所在的一展示。」其實，是以欲露還羞的含蓄，要人知道，他是一個對形式敏感的人，所以形式和技巧上盡量以創新的手法去寫各階層各方面的故事，表達這些年來做為小說家求新求變的苦心。鄭清文的評論回應道：「變是每一個有雄心大志的作家的願望。」「所以一個小說家，必須不斷地追求變質，要求和以前作家不同也要求和以前的自己不同。因此，不知有多少作家，在求變的窄門裡擠身，也不知有多少作家，衝向無門的死巷。」直接以求變乃小說家天職回應老友的自鳴得意，並同是行家帶著「形式和技巧」的文學解剖刀、帶領讀者穿越李喬以形式與技巧佈下的閱讀迷宮，是《恍惚的世界》的閱讀指南。〈鋼索的高度——李喬的文學成就〉是為李喬獲 2010 年牛津文學獎發表的講稿修改而成，可以說是李喬文學成就的總論。像似印象式李喬文學評述中，往往能從一些李喬創作的細節扣住李喬文學的任督二脈。他以「走鋼索」傳達李喬文學最主要的特質，他說：「他（指李喬）不喜歡平凡，所以喜歡平凡的人不會喜歡他。他也不喜歡平凡，所以喜歡走鋼索。……走鋼索的人，喜歡把鋼索架高，把鋼索拉長，有一點風更好，因為有空中搖擺的樂趣。走鋼索的人，就要不斷的向高度和長度挑戰。」以走鋼索譬喻李喬的文學行程，真令人拍案叫絕。

　　張素貞的〈現代的浮世繪——評李喬的《共舞》〉和歐宗智的〈小說哲學的建構——談《藍彩霞的春天》的象徵意義與反抗意識〉，都是針對單集或單部作品的作品論。張素貞的評論是短篇小說集《共舞》中九篇短篇的導讀。這九篇作品都是中產階級的生活故事，作者以現代浮世繪總括它的共同主題。歐宗智的論述要旨是突顯《藍彩霞的春天》中的妓女藍彩霞，可以「解讀為近代屢經不同政權統治的臺灣島之象徵」，以及「反抗是最高美德」。

　　三木直大的〈試論《孤燈》——李喬小說的歷史敘述與文學虛構〉、陳萬益的〈母親的形象和象徵——《寒夜三部曲》初探〉以及齊邦媛〈寫給土地的家書——讀李喬《寒夜三部曲》〉都是關於《寒夜三部曲》的評論或研討論文。在日本的臺灣文學研究學者三木直大是《寒夜》日文版的翻譯者，因此，恐怕沒有多少人比他熟讀三部曲的每一個環結，他的研究論文從大家習以為常卻又往往不求甚解的「大河小說」定義切入，比較世界各地的大河小說定義，也比對了日本的「大河劇」、「大眾文學」的定義。首先得到的是「《寒夜三部曲》之所以得以成為長篇小說就是因為『土地』的『神話』」，也就是將土地「神話化」，「對『鄉土』的描述方式也是一種『神話』。」於多數的移民而言「鄉土這個用語讓人聯想到的並不是土著的土地而是被想像被創造出來的產物。」三木直大還特別見人所未見地注意到，臺灣文學界的怪現狀，一旦被冠上鄉土的就不是現代文學，把鄉土文學與現代對立。因此，他發人深省地提到：

> 《寒夜》之所以能稱做現代文學，當然是因為它的敘事法採用了應該命名為無意識敘事的『意識流』、『內心獨白』的形態。
> 使用『意識流』敘事法必然地會導致饒舌體的現象，……
> 饒舌體敘事法或許更適合「歷史小說」，但李喬卻運用於「歷史素材小說」。……在運用現代文學的多樣技巧這點上，《寒夜》是『歷史素材小說』的現代小說，但是因為「神話化作用」這個裝置的作用下，寒夜

　　也可以做為「歷史小說」風的「讀物」。這個雙重性讓《寒夜》得以成
　　為「大河小說」。

是一篇真正可以引為他山之石的外國學者的臺灣文學評論。

　　陳萬益把《寒夜》的土地、鄉土，視為母親的形象和象徵，再具體化
為小說的靈魂人物——燈妹，也因此《寒夜三部曲》就是「母親的故
事」。齊邦媛則以〈寫給土地的家書〉作為《寒夜三部曲》的總主題，不
論以「土地」為家，還是把鄉土當母親，意謂李喬都在訴說他的大地情
懷，也是畫龍點睛之論。

　　《咒之環》是李喬在 2010 年發表的新作，〈脫出《咒之環》〉是書
序，也是導讀。李永熾為《埋冤一九四七埋冤》所寫書序和導讀——〈臺
灣古拉格的囚禁與脫出〉一文中，認為「埋冤」是接續《結義西來庵》和
《寒夜三部曲》之後的作品，在這裡，他以為「《咒之環》是接續『埋冤』
的。」也就是說，李永熾認為，《咒之環》也是寫臺灣人為土地、為生活
的反抗經驗和歷史。其實，李喬的「反抗哲學」透過小說呈現的多屬個人
的經驗和體驗，巨量而完整的論述都在他的文化論述。李永熾的〈他者的
文化、文化的自述——李喬的文化論述〉，可以說與李喬的文化論述此呼
彼應、意氣相投之作。文學論述已是冷門，文化論述堪稱冷僻，文化論述
的論述則是難能一見。李永熾這篇文化論述的論述，不僅對李喬文化論述
細說從頭、如數家珍，並且為讀者整理出有助閱讀的脈絡，是進入李喬文
化論述的指針。

四、結論

　　名為李喬評論資料彙編，實為選樣。彙編工作小組蒐集到李喬評論資
料多達七百多筆，扣除不同出處的相同文章約百筆，實質上也超過 600
筆，其中有 18 筆是專書，總字數加起來恐怕和李喬平生創作的數量不相上
下，限於篇幅，從中選出 22 篇，只是這些天量評論文的「一隅」。在選文

時，最期許把握住的原則是掌握李喬的創作脈絡，希望選文能反應李喬各階段的創作情形，不要錯漏他每個階段的重要作品成果，但畢竟「彙編」有集合眾人智慧，講究包羅廣泛的全面觀照的編輯使命在，不容易取得整齊的評論代表作，有的偏重人（作者）、有的執持學理，有的是平易近人、只想把自己知道的李喬文學與眾生分享，有的或許想和李喬文學一較文學見識，做為廚師一樣的彙編編者，只有一種想法，只要透過彙集的文章，能讓李喬文學的舊雨新知，有更多的人因此認識李喬文學，或者引發更多、更深的討論，就不辱彙編使命。

輯四◎
重要評論文章選刊

與我周旋寧作我

◎李喬

　　放翁詩云：「走遍世間無著處，閉門鋤菜伴園丁」。園丁，有天真脫俗，化機隱隱的意味在。名教育家裴斯塔洛齊、福祿培爾等，自許是百年樹人的園丁；而印度大詩人泰戈爾挾《園丁集》風靡歐洲文壇。園丁和文學連在一起，更予人神聖崇高的感受，區區如我，當然不敢與這些巍巍賢哲沾親敘故，但是此生有幸，職業是教書，志趣是寫作；我將以雙重園丁身分終此生，倒是可以預言的。「園丁」，大者可以活死榮枯，培養奇花異卉；小者，不妨澆水施肥，清除牆角蕪雜；我雖小者，還是不敢稍存輕忽的。何況生命有限，學海無涯，有情人世，倘能盡性於斯，成果成績云云，又豈足以論定名位？

　　就這一念，敢以園丁自居；我已年屆不惑，頭上已生幾許華髮，肩臂總是一片霜白。「我的生活」如何？硃筆、墨筆孤燈下，捻鬚搜腸年復年，讓我摘要寫來吧：

　　到明年八月，我就教滿 20 年書了。教書的對象，由國小而私中、縣中，而目前的高職。這期間，也曾有幾之當「小官」的機會，當時是頗受自我煎熬之苦後才放棄的。現在想起來，總算自己的抉擇並沒有錯。

　　教書多年，長期接觸教書書籍後，我最大的收穫──自私的收穫是：發現自己的資材平凡而又十分偏頗。資材平凡，使我時時警惕，不敢多生妄念貪心，永遠是一段時間內集中腦力只做一種事情；資材偏頗，使我專力發掘這可憐的小小「偏才」，讓它補償求通才之不能。

　　在這裡我提出兩件影響我一生的往事談談：

　　我數學能力奇差，讀新竹師範時，數學「照例」補考；二年級下學期，補考不及格，導師知我甚詳，領我到代數老師處。他說：這個學生唯獨數學能力低劣；憑他各方面，當一小學老師應該可以的，如果讓他留級，明年還是再留，他畢不了業（師校留級兩次便退學）。結果代數老師「送」我60分。也可以說，我的教書行業，是這位老師成全的。

　　我當兵那年參加教育行政高考，其中統計學一科，是我生死對頭；因為是專業科目，非50分以上不可。高等統計學的後半部，關於統計分析、證明公式、修正分配、趨勢研究等，有些要用到微積分，我不可能自修學會。試卷下來，四大題中有兩題「未曾謀面」，一題可得滿分，另一題是五個解釋名詞，其中一個名詞和對數有關，於是我把對數如表列上——它是費我八個月每日兩小時硬背下來的。「解釋名詞」五題不扣一分幾乎不可能；扣了一分，其他幾科再優異也得落在孫山之外。結果我得分50，及第了！很顯然，那近於悲壯的死功夫感動了魁星老爺！

　　教書三、五年後的人，大都是諸多感慨，甚至憤慨——尤其學校行政、校長嘴臉等，幾乎十九被描為黑幕重重，猙獰怕人。這方面我是一個幸運者，先後盤桓於六所不同性「級」的學校，所見所聞所感，大都是一片祥和；只聞書聲琅琅，未睹鬼影幢幢。同事之間，也是相處和諧，十分愉快。使我感慨的是，師範、師專畢業生，比起任何其他學校出身的教師，一般說來，其專業精神確實高出一籌。（不是賣瓜者言）他們大都是聰明才智特出的貧家子弟，至於他們的進取心、向上心，尤令人欽佩。可惜能開花結果的畢竟少數，抑鬱之士到處都是；這是值得教育當局深思，並應予妥善安排的。「教學相長」，是教育的完美境地，也是紓解許多教育行政問題的基本所在，希望能給予這些「半自動地」將畢生獻身教育的人們「成長」的機會。

　　回憶近二十年的教書生活，最使我慚愧痛心的事有一件：

　　在國校任教期間，一個失去母親的吳姓學生，天資極好，可是刁頑不馴。我想加倍管教他，結果被我打跑了，他從此失學遊蕩，不知後來如

何。另一椿是，爲了爭取班級成績，我體罰了絕不該體罰的學生——一個低能兒童。在國校四年中，酷打學生的惡行，迄今午夜夢迴偶一想及，還是疚怍難安；這，夠我懺悔終生的。年輕氣盛時，或不覺得，到了像我中年後，一定會有這份「內傷」的。願後來者不致像我。

教育，只是人生長過程中，小小的助力而已；這個助力縱使發揮到極致，也依然居於輔助的位置，何況總是未能發揮到極致，也依然居於輔助的位置，何況總是未能發揮到……那個境界呢！這不是悲觀論調，而是多年體會的話。所以經師尚可求，人師實難得；教師難當，教書不易。有人設 19 層地獄，準備收容誤人子弟的教師。我心惴惴，不知來日落何下場？回顧多惆悵，前瞻亦茫然。算來還有十多年教書歲月，不敢奢談如何如何，只是盡心而已，只是多求些心安而已。

我的生活內容很單純，除教書之外，就是寫稿和讀書。就有形空間說，我每日只走一個等腰三角形：由家裡出發，到達學校辦公室後，進入教室；然後又回到家裡。然而，無形的空間卻是廣闊無際的；寫作讓我化身萬千，與殘丐爲伍，和老嫗談天；讀書導我置身曠古聖域，訪「巴克萊」談心，隨「須菩提」聽禪；寫作，使愛的範圍擴大，讀書，使生的意義加深。這是粉筆生涯之外，與頑童糾纏之後，我的另一天地。我常想：沒有它，生活將是不可思議的，我不曉得要怎麼活下去。

我 17、18 歲就有過寫作的意念，但真正潛心於文學，卻在十年之後。在近「而立」之年才枯坐燈下，搜腸捻鬚，確實是很苦的。這樣老大學文，成績與年齡不成比例，心境夠蒼涼的。這時候文學上的朋友太重要了。讓我透露一個祕密：我剛走上嚴肅的文學長途之際，如果不是有一、二友朋指引鼓勵，我現在很可能是「武林名宿」或「言情大家」了。雖然我現在仍在摸索中，但有一點把握：大的方向是不會迷失的。

在我開始習作那幾年，正是所謂文藝「現代化」口號很熱鬧時期。對於「舊」的，我認爲直接有助於寫作的是詩（尤其詩經、楚辭、樂府古詩），詞曲三部分。對於「新」的，我的原則是：絕不以不懂爲懂——看

不懂，假裝作懂；同時也不以無知爲知——自己學識不夠不了解，就說自己不了解的東西是「鬼畫符」。老實說，目前要分辨藝術上的真假，不是一件容易的事。我是否被騙了許多，我不知道，但我絕不騙人。

十年前想寫作，實際上爲名一念還是很重。現在名心淡盡，倒是稿費成了熬夜苦寫的原因之一，因爲我要它補貼家用。如果常看拙作的朋友將會發現，我的作品起伏良窳之別很大。在我是無可奈何的事。一位只在同仁雜誌發表作品的朋友勸我：放棄爲稿費寫作。我想我沒法做到，但我絕不完全賣給「商人」。不管如何，每年我總要寫些商品之外的東西。

有時候看到自己欽敬的好友，居然在發表「商品」，我忍不住會去信責怪；可是反觀自己的呢？啞然、悵然！

寫作的滋味如何？我要重複說：「實在很苦」。據說有些人靈感來時，往往一瀉千里，倚馬萬言。我未曾有過這種愉悅：十年來，我始終陷入苦寫苦改而不能自拔。縱使是一些編者的「命題作文」亦然。其中原因我想有二：一是前面說的，我的資材問題。二是我在追求行雲流水清暢明白之外的另一種文體。若有人反詰：既然這樣痛苦，何不另覓副業，貼補家計？關於這個質難，我只能避重就輕地說：「解除內心的痛苦」！

大家都了解，有一個寫作的丈夫或爸爸，實際生活上，她們將被犧牲很多的。也許名作家的家人，還有在交際場上揚眉瞬目的一些時分；像我這輩的妻兒，只有陪著受苦寂寞而已。

在產量最多的那幾年，我每夜工作兩三小時，另外星期天和寒暑假都是全天埋首書室。近年，我不敢再過分勞累，只在星期天或一、二個下午寫稿。週末「規定」陪家人閒話或散步。最近又因在學校擔任指導活動工作，不能用下午寫稿，所以試著晚上工作一、二小時；多產的時日永不再來了。

我是一個對「形式」比較敏感的人。我試著寫各階層各方面的故事，在形式與技巧上，盡量創用新的手法；我曾經約束自己：不許在連續五篇短篇小說中出現兩篇類似的技法。這也是很苦的，但苦中有趣。近年來這

方面漸漸遲鈍了；以我這個年齡來說，追求作品主題的深刻博大，是今後最應著力的吧。我相信這也是寫作的人一輩子都應鍥而不捨的。

寫作，有苦有樂，也有苦中之樂，和樂中之苦。運詞欠靈，力不從心，意念表達不全，這是苦。一個涵泳多時的理念，被某一現實事象所激發，一閃之間「活生生」地成形，這是樂。一篇艱苦完成的力作，到處碰壁不能變成鉛字；有朝一日被慧眼所識，結果讀者交讚，知己點頭，這是苦中之樂。完成得意作品後，陶然之餘，還會「迷戀」起來。這時要毅然捨棄這份「成就」，再苦思苦熬，奔向前程，這時意遲筆滯，全不能和原先那滿意作品相比。但絕不能灰心，也不許退回到原先的窠巢；一定得脫胎換骨，臻入新的境界。這是樂中之苦。這也是最苦處。但，苦盡處，甘還是會來的。不過，這個甘仍不可持續啊！

所以有人說，一份藝術品，一篇文學作品，它本身就是一個小宇宙。我想這句話不妨縮小些說：每一作品，就是作者人格的符號，其生命的縮影，（我寫過「商品」，亦正證明我人格內涵的欠純粹！）一呼一吸絲絲入扣。在一篇小說裡，主題的營巢製蜜，醞釀醇醪，形式的創新與破壞，語言的無限追求：這些無一不像人生那樣繁茂繽紛，同其玄奧莊嚴；也同樣地無可奈何！這是沒有止境的跋涉，無窮盡的攀登。所以，每一作者，應該會有一份悲劇的自覺。

回顧十年來寫作生活的種種，又豈能以苦樂參半形容而已。但是深一層地考查這段生命行程後，我卻霍然醒悟，這三千多日子裡，除了八本集子和厚厚一堆未結集作品外，我又存下了什麼？得到了什麼？雖然這些作品並不高明，但卻是唯一保存下來的生命痕跡！

前年生一場大病，病床上的日子，正是反省檢討與「奢望」未來的時刻。我已再度獲得健康。我覺得目前的環境，很夠讓我們自由創作了。我已下定決心，將在有生之年，為我篳路藍縷開啓臺灣的偉大祖先們，描繪點滴形跡來龍去脈，算是給未來生活越來越舒適的子孫，留下一些閒談資料；同樣地，也算是對自己一生煮字行為的補過。

　　對於我的生命行程，最後還盼望有這樣一段日子──哪怕是三幾年也好；退休下來，不教書了，也不再寫稿；在平靜悠然的日子裡，專心讀書。我愛杜甫的詩，我敬威廉・福克納的小說，我要好好讀它，「進入」它，最後，橫剖面的生活，縱切面的生命，愛恨憫哀，瞋念思憂，一切一切歸之於一；百花叢裡過，片葉不沾身。我將貝葉為伴，皈依我佛。

　　這雖然是未來的事將來的生活，但它總要來的。我這平淡的生活，平淡的一生，我很滿意的。「與我周旋寧作我」。放翁流離一生尚作斯語；我教書、我寫作、我讀書，天下便宜被我占盡，我該感謝社會、國家，以及天地間的所有！

──原載 1974 年 1 月 18 日，《中華日報》副刊

──選自《李喬短篇小說全集・資料彙編》
苗栗：苗栗縣立文化中心 2000 年 1 月

繽紛二十年

我的筆耕生涯（上、下）

◎李喬

　　我睡性不好，卻是一個夜短夢多的人。

　　由於經常作夢，近年來我發覺到，我的夢時空內容似乎有一個週期性：大約三四年一小週期，十年左右一個大週期；由童稚歲月的黝黑細碎的畸夢，而少年繽紛喜夢，而青年緊張促迫的美夢，而哀樂中年的無力幻夢。它們就照上列時間，依次出現流轉不已。

　　最近，我又常常夢到酸苦寂寞童年。有一場清晰完整的夢境是這樣：殘月西掛冷風沁人的凌晨，一個瘦弱小男孩，拎一小包袱，悄悄推開大門，溜出籬笆門，急步走下石階斜坡。當他走到坡底轉彎處──將見不著那烏葉竹園和茅草老屋的輪廓時，他站住了。他回頭悵然仰望；腦海浮現的卻盡是憔悴老母憂急的模樣。這時殘月的影子，滿山草木搖晃著，現出一片朦朧。原來小男孩他淚流滿面了……。

　　這個夢境，實際上是我國校畢業時，因為家父無意讓我升學，我傷心之餘，在剩餘的國語筆記上寫下的幻想罷了。實際上我是沒有那份膽量豪情的。

　　我認為這一段「東西」，應該是我的第一篇「作品」。當然「真蹟」早毀，而今只記存在幽夢之中而已。

　　大部分的人，一生走的路，往往變遷百十種，然後才認定一條繼續走下去的路，我卻是單純之至；18、19 歲所想像的、期盼的人生方向，直到今天──可以預見的未來，我的一生，我始終就是一線單行道。當然其中有些迂迴曲折之處，逆風順風的變調，但並未改變我的基本。

　　我非來自高文化階層人家的子弟，相反的，環境周遭的人都是識字不多的山村婦，現在想起來，童年歲月裡給我一些「文事」影響的大概有二人。一是家父。家父識字不多，但好像強記了不少歪詩渾聯笑話奇譚之類。另一位是孤獨的老人——「長山人」。他熟記三國水滸等章回小說，又深通草藥命理，他給了我一些在童年來說是神祕奇奧的東西。這簡陋的文事夙緣，加上那深山荒村，莽莽森林，淵谷音籟，猿狐聲響：這些居然匯成我文學的深緲而又豐盛的資產。

　　說起來，我最幸運的該是選擇了讀師範學校這一途。並不是說當教員這一行，令我滿意十分，而是我有機會讀到教育方面的書籍。後來為一時「名念薰心」準備了教育行政的高普考試。我一生最大得意事是並未憑而追求名位陷入官場；得以讀遍當時在臺灣所能看到有關教育方面的書籍，尤其心理學方面的智識，對我一生影響尤大。

　　另外要補充說明的是，師範學校三年中，由於偶然的因緣，我和二三位碩學老師私下來往頗勤，由於老師的引導，我涉獵了一些反省愛智的東西。一個脆弱傷感衝動暴躁的青少年，置身黑格爾、笛卡爾、巴格萊、叔本華、尼采等呼嘯而成的強烈罡風裡，那完全的投入，絕對的擁抱，我似乎是到達「身形俱滅」的境地。至於那一縷幽魂為如來所接引，那是後來的事。凡此這些，都是在師範三載中造就成全了的。

　　歸納起來，這段生命的狂飆期我的大獲得是：一、我得以相當深刻正確理解了自己：我的心性裡潛藏可怕的對立事體：強烈的神性與獸性，而我天資平平；我擁有的只是小小偏才，唯有發展偏才才是我一生唯一的可能。這一點，後來成為我作業寫作的重要取捨準則。例如：許多事務我不敢插手，許多野心我不敢行動；在寫作上，我永遠守著一心不二用，一段時間只執著單一作品之上等等。

　　其次是，給予我寫作上最重要的本錢：哲學思維的訓練，有助於作品主題的探索與深刻的追求；心理學的智識與方法，直接支援了寫作技巧的拓展。

由此看來，也可知在寫作上我最欠缺的就是自然科學方面的東西。所以近年來，除了經常淺讀佛書之外，我閱讀的重點放在物理、化學、生物，以及民族學人類學上面。關於寫作的準備，今天我的體會是：那些立派成套的所謂「文學理論」並非一定要的；相對的，「基本學識」——哲學、心理學、社會學、政治學、經濟學，以及自然科學等才是重要的植基要務。甚至於有志於文學評論的亦然。四海心同理同，人生人事之道理既通，文學大道自然無往不利矣。這些似乎是題外，卻也是我文筆生涯中不能不提的。

我真正和文學「接觸」，是在 16 歲那一年——我就讀苗栗農校高一那一年，文學形式是傳統古詩。我是個一遇所愛就會陷入狂熱的人；後來又因緣際會拜識了一位古詩名師，在以後四五年裡，我竟塗鴉了二百多首絕律古體等。現在這一「堆」畸形兒，成了我的精神負擔：燬之不忍，又怕被誰見到……。

我的第一篇變成鉛字的文字卻是一首新詩。大約是民國 41 年左右，我 18、19 歲時，發表於《野風》，詩題是〈墳墓〉。原來新竹師範宿舍南面是「客雅山」，山腰有一些古墓；朝晚於夕陽殘照下眺望這些「建築」，而這時我正迷醉於中西哲學森林之中，於是〈墳墓〉一作產生了。這個詩題真是充滿象徵意義：埋葬了我的詩情。我的不羈本性，畢竟無法接受詩這種高貴形式的諸多約束精緻形式哪！我的第一篇小說，大約在民國 46 年——我任教國校三年後快當兵時寫的，發表卻延在民國 48 年 8 月 15 日，我 25 歲。當時正在軍中。文題曰：〈酒徒的自述〉，約五千字，發表在《教育輔導月刊》上。是第三人稱單一觀點的作品。

我真正摒棄一切「誘惑」，決心終生投入艱辛文學之途是在民國 51 年，28 歲，在苗栗私立大成中學任教的時候。那時遇上其他二位志同道合的朋友，於是瘋狂地寫起來。這是一段難忘的歲月，也是我文筆生涯上具有特殊意義的時光；雖然二年後，其中一位放棄了，又十年之後，另一位也改了行，而今只剩下我在繼續拼命……。

　　民國 70 年，算是我筆耕 20 年的紀錄日子。回顧 20 年的歲月，如果依心路歷程與作品的性質傾向來分，大約可以分割三個時期。

　　民國 51 到 56 年是第一期：這是我的摸索期，主要作品是短篇小說；以小說為終身努力目標，也在這時候決定的。

　　這一年四月起到年底，我發表了九篇短篇小說，一篇散文，約四萬六千字。其中八千字的〈阿妹伯〉於 10 月 14、15 兩日在《中央日報》副刊刊出，接著民國 52 年元月的「自由談」徵文公布，我那八千字短篇〈苦水坑〉居然獲得首獎：這兩件事於卑微初學的我，意義是石破天驚的。第一，鼓起我昂揚的鬥志與全副的寫作熱情；第二，堅定我一生全力以赴的決心；第三，啟示我往後文學之旅的可能方向。說起來，我是夠僥倖，夠幸運的。

　　在這時期內，其他比較重要的作品有〈桃花眼〉（華副連載八天，後來收入《中國現代文學大系》中）、〈小京園〉（中副）、〈烏石壁〉（9000 字，民國 56 年《幼獅文藝》學藝競賽首獎）、〈採荔枝〉（華副）、〈德星伯的幻覺〉（《臺灣文藝》）、〈飄然曠野〉（《人間》這是被人談論最多，轉載最多的所謂意識流小說。）、〈現代別離〉（《人間》）、〈人的極限〉（《人間》）、〈問仙〉（新生星期小說）、〈那棵鹿仔樹〉（一萬二千字，民國 56 年 7 月，《臺灣文藝》，我以此篇獲得次年頒發的第三屆「臺灣文學獎」。）這一期間發表的中短篇小說 69 篇，未發表與「打入地下」的約五、六篇。民國 54 年 10 月，出版第一本小說《飄然曠野》。

　　民國 57 年到民國 65 年是第二期。民國 57 年起，一因已考試取得高中國文教師資格，生活真正安定下來，二因倖獲「臺灣文學獎」——我真正重視的獎——我的作品與方向算是初步被肯定了。這算是我的短篇小說「全盛時期」，民國 54 年內我發表了 20 篇中短篇小說，迄今這是紀錄數目。這段時期的作品，如果算是某一境界的成熟，那麼也正是一個動搖時間，分化時期的來臨。明白地說，這時的作品趨向，已有明朗的不同方向發展：

　　第一是以童年故鄉為背景為素材來源的小說群。例如〈猴子猴子〉、〈山女〉、〈我沒搖頭〉、〈竹蛤蛙〉、〈呵呵！好嘛！〉、〈蕃仔林的故事〉、〈哭聲〉等。這些作品，大都收入《山女》一書裡。

　　第二是關心與取材的重心，轉向現實社會生活上，多以心理分析，潛意識的發掘，運用比較新的技巧寫作小說。這一類小說占了這一時期的主要部分。例如〈故鄉、故鄉〉、〈兩座山〉、〈四十歲的球〉、〈裸裎的夢〉、〈一種笑〉、〈蜘蛛〉、〈飛翔〉、〈今天不好玩〉、〈人球〉、〈婚禮與葬禮〉、〈兇手〉、〈修羅祭〉、〈我不要〉、〈捷克〉、〈何〉、〈大蟳〉、〈孟婆湯〉、〈火〉、〈恍惚的世界〉等等。

　　這時期，有一關節似乎應該一提：這段時間，因為多注視社會生活的現實，又取材於現實的內容，我的小說裡，「人間煙火」難免逐漸濃烈起來。就在這時，楊青矗先生的作品出現了。他的作品是一枝「直尺」，直量現實的中心。我霍然以驚，凝然沉思。一個作者，我認為「潔癖」是很重要的；我的「尺」沒那麼他「直」，我想我該避開他，我應讓出這條「路」，於是我開始在作品中轉彎扭曲，變形，改換形式，化裝演出，《恍惚的世界》一書裡所收作品十九都是這樣的作品。現在回想起來，我這種轉變，到底是進抑是退？我不敢自我肯定，那要由後來者認定的。

　　第三，我逐漸涉及中長篇小說的寫作了。至此，我已寫下 150 篇以上短篇小說，很自然地希望有更大的篇幅來耕耘一番。

　　我的第一部長篇小說名曰《雲琪》，後來被編輯改為《蒼白的春天》，12 萬字，寫的是一問題家庭中一個少女成長過程的故事。這部長篇，曾被兩家雜誌連載過——一家連載兩期，一家連載三期，後來連餘稿都一起失蹤了。《蒼白的春天》，書名成讖吧？

　　我的另外兩部長篇是《山園戀》15 萬字（原名《歐姆喔瑪哈》），民國 60 年省新聞處出版，寫的是山地土地問題和山地青年的出路與心態問題。《痛苦的符號》，12 萬字，《臺灣時報》連載，民國 63 年三信出版社出版，寫的是探索「痛苦」的意義及感受的小說。這本書也是那段時間

中我的形而上的表露。我認為痛苦是生命的符號，或者說生命就是痛苦的形式；因為生命的第一特徵是「動」；「動」就是痛的形式啊！然則，痛苦唯「不動」才能消除，而不動是什麼？

第四，為了給默默寫作的朋友一點聲援，或者說是精神鼓勵，我開始寫些介評的文字。我啟用了「壹闡提」這個筆名。第一篇作品對象是臺灣文壇最受委屈最被冷落的大家——葉石濤先生的作品：〈介評晴天與陰天〉。其他如〈介評賽跑〉（李篤恭作品），〈小評插天山之歌〉（鍾肇政作品），〈細品封神榜裡的哪吒〉（奚淞作品）等。另外我還寫了介紹佛經讀法、福克納的作品，以及評論《臺灣時報》每月小說的文字，也到過數所大專院校去作小說創作的演講。還有數篇雜文等。

這一時期，我出版的集子有《戀歌》、《晚晴》、《人的極限》、《山女》、《山園戀》、《恍惚的世界》、《痛苦的符號》、《李喬自選集》等。這是我最忙，收穫最豐的一個時期吧。

民國 66 年到民國 70 年是第三期。民國 65 年春我寫完探討中學教育和強力膠為害青少年的長篇小說《青青校樹》之後（此書在民國 67 年由省新聞處出版），由於一個機緣，把我的寫作生涯推進到另一境地裡去。那就是應某出版社之請，寫作《臺灣先賢傳》。因為家父在世時日，經常提及「噍吧哖事件」，我耳濡目染之餘，對那慘絕人寰事已有概括的認識，所以當即選擇了《余清芳傳》為目標。

寫作余清芳傳略——噍吧哖事件——是一項嚴酷的考驗，也可稱之為挑戰。我除熟讀三百多萬字有關中日文資料之外，還到臺南高雄四鄉一市去作田野調查，勘戰場訪遺烈的工作，另外就是製作大事紀，人物，古今地名對照，陰陽曆對照，情節大綱等圖表。《結義西來庵》一書於民國 66 年秋由「近代中國出版社」出版。

我經過《結義西來庵》一書的磨練，才具有了向歷史事件擷取小說素材的能力，以及一些概念。至此，我那已然攫取一百多份短篇小說素材的故鄉與童年時空，赫然兀突地浮現出來了。宛如一座高聳入雲的黝黑巨

嚴——它，不就是我此生最大最繁富的長篇小說的背景與素材嗎？那裡有我童年辛酸細碎的驚夢，那裡有苦難終生的我父我母的謦欬形容；那裡更有臺灣人列祖列宗斑斑滴滴的血汗留痕……。

　　我取材於開拓臺灣以及歷史事件為經，一家三代生活風貌為緯的大長篇小說的雛形於焉逐次形成。那就是《寒夜三部曲》的誕生因緣。起初我不敢用「三部曲」之名，因為怕有比附前賢，僭越名家之嫌；後來是由亦師亦友的鍾肇政先生堅持而採用的。

　　《寒夜》於民國 66 年 6 月起稿，民國 68 年完成，全書三十餘萬字，寫的是臺灣陷日前後背景下，一群農民開山拓土的種種。土地是人的根本依靠，而土地往往也是人類痛苦紛爭的淵源；《寒夜》的故事是無奈的。

　　《寒夜》於民國 67 年元月起在《臺灣文藝》連載，至民國 69 年 6 月刊完，將於年底或明年初，由遠景出版社出版。

　　《孤燈》於民國 67 年 2 月起稿，民國 68 年 3 月完成，全書 32 萬字，寫的是臺灣光復前後，臺灣山村的非人生活，以及十萬青年赴戰南洋的事跡；前者敘述漢人的堅忍生命力，後者是為冤死異國的臺灣青年譜一闋悲壯的鎮魂曲。《孤燈》是國人難忘也不應忘卻的痛苦經驗。《孤燈》於民國 67 年夏起在《民眾日報》連載一年，已於民國 68 年 10 月由遠景出版社出版。

　　《荒村》，在時空系列中應是第二部，但因材料收集與其他必須深刻思索的問題而延遲落筆。此書於民國 68 年 7 月起稿，民國 69 年 9 月完成，全書 32 萬字。寫的是臺灣近代史上最重要的年代，也是充滿迷霧的時刻——民國 15 年到民國 18 年，文化協會分裂前後，農民組合前期到左傾為止的幾件重大事件。這是謎一般的公案，我試著去抖開歷史的帷幕，展示真象，並予個人的註釋。這是寫得最苦的一部，也必然是最多疑案的一部，我不敢自許什麼，希望高明的師友讀者學者有以教正，歷史本身給予答覆。《荒村》於民國 69 年 10 月起在《自立晚報》連載，至民國 70 年 9 月刊完，將和《寒夜》同時出版。

我把民國 66 年起，列爲寫作的第三期，在這期間，雖有零星短篇出現，事實上，我的全副精神都專一灌注在這部九十餘萬字的大書上。我的才華實實在在是不夠的，憑藉的是這段歷史英雄與百姓的英魂冤魂的感召，以及狂熱激烈的使命感。現在書已完成，我有死去活來的感受，也有力盡而竭的茫然。

回想 20 年來的寫作生涯，雖然極苦卻也極樂。最難忘的是：1.寫作上論交的朋友個個都誠摯而絕對無私的；在其他行業裡，大概很難有這種「福分」吧？寫作長途是寂寞艱辛的，尤其你如果不阿附世俗，你就得承擔一生一世的寂寞。然而，形單影隻執筆疾書間，抬頭吁氣振臂摀腰際，只想到世上有二三文學上的好友關心你，知道你、欣賞你，那麼任何怨尤之念都消散盡淨了。2.我很幸運，20 年來遇上好幾位無私而愛我的副刊編輯。我是純粹的「投稿人」，絕不與老編稱兄道弟；一些寫作朋友描繪下的老編嘴臉我沒見過。那些「當權」的老編，我向不接觸，在他下臺後我才藉機拜訪。如此這般，我對於作品見報可無「良心負擔」，後來許多老編卻成了朋友。這不能說不是人生一得意事。

民國 70 年，對我來說，是重大時刻：《寒夜三部曲》完成，連載完畢，並在近中將要出版。這是一段生命的完成；成敗不計，總算對自己，對愛我的師友妻兒，已有個交代。但我還不願就此擱筆，也絕不能不往前邁進。在以後的一段年月中，我要和歷史素材的小說告別；我不甘心被釘在一個定型的格局裡。當然這類小說我還會寫——例如乙未抗日爲背景的《吳湯興傳》，噍吧哖事件的純粹小說化作品，臺灣光復初期爲背景的小說等等。但那是以後的事。一些人士認定我只能寫臺灣鄉土背景的小說，今後我將以事實否定他；我的下一部小說將是杭州西湖爲背景的《白素貞逸傳》——改寫白蛇傳，並藉以表達我接觸佛理近 30 年來的人生觀，生命觀等。這是另一場自我挑戰，但我不畏縮，人生之道盡心而已，我將全力以赴。

另一方面，我還向自己施了一道陰謀詭計：爲了打破中年輟筆的「慣

例」，我決定年底辦理退休。拿月退休金是不夠維持家計的；同時又不得再任公務。如此這般，我逼迫自己走上唯一的道路：繼續寫下去。我冒這個大險，未來將是如何？且待作品來作答吧。

——選自《自由時報》，1981 年 10 月 3～4 日，10 版

一位臺灣作家的心路歷程

◎李喬

本文是小說家李喬於 8 月 25 日應邀在美國哥倫比亞大學演講的內容，據
錄音整理，並經李喬本人過目修訂。

——（略）我想在今天談談自己對文學的追尋。這可以講是很實際
的，也可能是很零碎的。我從二十幾年前到現在追求文學的歷程，可以說
是我的成長歷程，也是我生命中的小風大浪、是風是雨的一種成長過程。
因為我的任何活動，一定是臺灣這個小小區域的社會活動的一部分，所以
我要講我個人的創造過程，必須先將臺灣 30 年來小說的創作背景先報告一
下。

臺灣 30 年來小說的創作背景

不管從那個角度來看，1945 年是臺灣經濟、政治、文化重大轉變的時
刻。文學是社會現象之一，我們從這裡談起較好。整體而言，從 1945 年開
始到目前為止，最先出現的是，在大動亂的情形下，以流離苦難為主題的
創造。最重要的作家要算那些有親身體驗的軍中作家。由於強大故鄉戰亂
及時代的背景已經深刻的印在他的腦海裡，在他的作品中很自然就表現一
幅流離苦難圖。在這些人當中，我們或可把白先勇先生也算進去。他應該
是在這些流離苦難大族群中走到最高處的人。他具有冷靜的沉思，也經過
學院的訓練，所以所表達的東西不受一刻一地限制，發生很大的影響，他
在文學史上的地位應該受到肯定。

　　第二部分是從以流離苦難爲主題的小說轉入政治小說，也就是澎湃所謂的反共小說。我想他們那些研究社會或研究文學思潮的人，必定會出現這種高潮。我認爲這是一種政治小說，所反映的是時代的背景及各種弊病。第三部分是表現在省籍處理上的小說。1945 年臺灣光復後，大家原本期望一個光明、美好春天的來臨，沒想到卻來了一場意外的風雪，就像是春天過去，夏天應該來臨的時候，接著到來的卻是冬天。在那段將近十年的時間內，大家對此問題連碰都不敢碰，但也有些人運用技巧及形式上的轉變，處理這種省籍的問題。第四部分是鄉土性的小說，這和 1977 年鄉土文學論戰後所說的鄉土小說，在定義的範疇上有所不同。我這裡所說的鄉土性小說，由鍾理和開始，較著名的作家包括鍾肇政及黃春明等。

我像未被柏油覆蓋的小草

　　接著要提的是，現代主義及現代意識小說的出現。在國內，常聽人提到現代主義的影響及現代主義的風靡，我從創作的角度看，個人對此表示懷疑。那一時段的現代主義或現代小說，曾經在臺灣造成影響是事實。但若是說，受此影響後，臺灣出現很多正統的現代主義作品及潮流，則我對此表示存疑。我的根據是，要這麼說，必須拿出作品來證明。因爲從嚴格學術觀點看來，很少作品能被稱的上是純粹現代主義的小說。在我們社會或政治上存在某些禁忌的情況下，文學必須以某種形式表現出來。現代主義的出現，我們用一個並不很恰當的比喻「借屍還魂」，或可加以說明。

　　也就是說在這個關鍵時刻內，剛好有人提出這個名詞，形成一股風潮。第六部分是 1977 年後出現的鄉土小說。主要是以《文季》爲主的諸公所推動，曾經發生很多的影響，所造成的震撼及對創作的刺激很大，像宋澤萊的《打牛湳村》就是一個很具體的成績。目前在國內，還有一種將臺灣現實社會生活作中性敘述的小說，專拋開可能出現的尖銳意識形態，可算一種時代小說。最有名的時代小說家要算黃凡，他將政治排開，專寫現實，其一系列的作品目前在臺灣頗受歡迎。

　　以上，是我對臺灣小說界的一個了解。在這種情況下，如果說臺灣文學是一條大河流，我算是一條大河流中的小支流，靠在岸邊一搖一晃。鄉土小說以我的了解，是整個文學創作活動到了某個重要的凸起點所產生的，如說它是平地一聲雷，我個人是反對的。以自己為例，我的短篇小說到目前已近 200 篇，在 1977 年前，我的短篇小說有 100 篇。要是平地一聲雷的話，我這些 100 篇作品要擺在那裡去放呢？若要歸類，我只是由成長的特殊環境中引導出來，就像是大路邊未受柏油覆蓋的泥土上，所長出的一朵小草小花。

　　其次，我要剖析自己創作的心路歷程。苗栗縣最窮困的鄉鎮是大湖鄉，大湖鄉最窮困的一部分叫「香林村」，過去叫「蕃仔林」，這就是我出生的地方，在《寒夜三部曲》中曾經出現過。我出生在蕃仔林的一處深山中，由於我的上一代和政治有糾葛，一輩子被限制居住，離開深山住所 30 公里外就要向警察局報備。由於如此，我這一代很怕政治。我記得當父親臨死時，還不忘要我們後代子子孫孫永遠不要碰政治。我家是標準的佃農，我從小在深山長大，知識水準是很低的。我的求學過程，多是從讀臺灣歷史和寫作當中沉思得來。我個人認為，一個寫作的人會自成風格是受幾個要素所影響，其中包括成長過程中的社會、經濟及文化條件。我從個人的作品中檢視自己的痕跡，發現要了解一個人的作品，必須從作者的成長歷史背景去找尋，以了解他的社會、經濟及文化背景，在分析長篇小說時這種情況尤然。因此，對我個人的交代，是有必要的。

兩個刻骨銘心的經驗

　　我從小生長在貧窮的家庭，身體健康狀況又差，可說是「先天不足，後天失調」。我很早就遭遇到死亡的經驗，這對我一生影響極大。我母親告訴我，我應該有七個兄弟、四個妹妹，但只有三個兄弟、一個妹妹活下來，其他的兄弟姊妹皆因醫藥不足或營養不良而夭折。小時候所經歷過的幾個深刻經驗，使我感受一種不安定的感覺，對我影響極大。我兩歲的時

候，當時正值 1935 年中部大地震發生後，我家土牆倒掉，第二年用同樣的泥土牆蓋起來，上面塗上一層石灰，還未乾的時候，我就靠在上面，結果被媽媽抓起來打了一個耳光。這是我第一個記憶及經驗，對我是會發生影響的。另一個重要的記憶發生在六歲的時候，我有一個兩歲的妹妹，患了肺炎。當時我們鄉下治病的方式很嚇人，譬如感冒了，就燉蟑螂來吃，用它的汁來治感冒。我個人幼年就吃過蟑螂。我妹妹患肺炎，在未獲治療的情況下就死掉了，這件事對我整個人生觀、生命觀及文學觀影響極大。

反抗來自生活・為生活而反抗

我記得當她過世時，我媽媽正背著另一個還沒滿月的妹妹下山辦手續，由我守住患肺炎的妹妹。當時我對「死」還沒有什麼概念，只知道「死」的意思就是全身冰冷。因此那天早上當我發現這個妹妹全身逐漸冷卻，心臟部分也極冰冷時，簡直不知如何是好。當時我便抱起她，想讓她的身體恢復暖和，沒想到竟然愈抱愈冷卻。我記得在那天受盡折磨，從早到晚在屋內走來走去，想救活妹妹，直到晚上媽媽才舉著火把回來。這一段時間，對我一生影響很大。我所寫的小說的傾向，一方面是描寫現實面，另一方面是對生命本身的思索，這是受上述經驗的影響。也許各位聽起來不覺得什麼，但對我而言卻是很大的一件事情。由這種取樣，可看出我的成長歷程。

至於我的創作歷程，籠統的說起來，也是很浪漫的、詩情畫意的。我沒有很完整的求學經驗，只唸到師範而已，但我很幸運的碰到幾位很好的老師。而且我在 20 歲左右，對於一些基本的知識讀得不少。當時覺得自己很浪漫，帶有一種頹唐、唯美的傾向，但由於我具有上述的成長背景，慢慢的使我走上對現實的凝視。從另個角度來講，我的作品完全是從生活中出發，環繞在這個事實上。舉例說，當我在處理有關臺灣歷史的大型小說，我總覺得，多難的臺灣從荷蘭、鄭成功、清朝到日本，歷經幾個朝代的變化，對於那些所謂的民變、叛亂、戰亂及混亂，我幾乎都可歸納出這

樣一個通則：每件反抗都來自生活，他們為生活而反抗。這句話將會貫徹我既有的及未來的作品的主題。人們必須生活，並選擇最好的生活。寫作的人所面對的是左右最親愛、密切的人們，必須從這裡出發。一篇由鄉土出發的作品，能否具備整個族群、整個民族、整個國家、整個人類的共通性，完全要看作者是不是一個很真誠的文學從事者，對文學有無認識而定。如果一個對文學很真誠、有認識的作者作不到這一點，這是才能的問題，而不是認識的問題。我想，由這個角度來解釋一些事物將會更真實。臺灣發生一些由政治導致的糾紛及意識形態的辯解，那是站在政治、社會學研究的角度來看。文學和人們是最接近的，我只要看到這點就夠了。反抗來自生活，為生活而反抗。此足以解釋臺灣幾次重大事件。我並不想一個一個去證明，因為那不是我研究的範圍，但我感覺得到。這在我的心路歷程及思考上是很重要的，我從未向外吐露這項心聲，因為我認為應該用作品來吐露個人。我今天會這麼講，主要是各位都是研究者，我願意充作實驗臺上的解剖品，將這些事講出來。

撰寫余清芳發生決定性影響

　　一般而言，短篇小說的素材來自兩處，一是故鄉的童年，另一是現實的凝視。十年前我寫短篇小說時發現兩個問題。以現實為體材的東西。可以寫的大部分都寫掉了，留下來的是一些不太適合寫或是按我的氣魄及勇氣所不敢寫的。至於有關故鄉童年的背景，那一片黑漆渾厚的背景，本身不就是很好的小說題材嗎？我有這種認識後，又碰到一次很好的機會。當時某出版社準備撰寫臺灣先賢先烈傳，第一批計劃為十位臺灣人立傳，他們找來十名臺灣作家，我也是其中之一。當時，十人都是寫小說的，而且對臺灣歷史全部一竅不通。主持單位開了很多名單，由大家自由選擇，我馬上選擇為余清芳立傳。我的父親當過隘勇，就是防先住民的人，以現在的眼光來看是罪人，但從生活的角度來看，則是莫可奈何之事。他的生活中和文化協會及農民組合都扯上一些關係，所以老年以後常向我談這些故

事，其中以噍吧哖事件談得最多。這多少在我腦海中留下印象，而且我知道余清芳案有很多史料可參考。所以我選擇寫作余清芳，結果對我一生發生決定性的影響。

《寒夜三部曲》創作背景

因為，有關余清芳的檔案大概有三百多萬字，我如果沒有寫余清芳案，從中獲得一些史料，以後可能沒有能力完成後來的一些作品。我讀余清芳的資料時，發現每個人的口供都有，結果我在反覆研讀余清芳革命檔案的 300 萬字資料中，慢慢摸索到一些技巧，即由每人不同的口供中，可整理出屬於他個人的故事背景來。後來我開始列人物表、地名表、時間表、進行表等方式來整理資料。但後來發現碰壁了，因為這種方式終究隔了一層。我於是決定到當地去做實際調查。有一次我碰到當時在成功大學教書的張良澤，向他提起這件事。他找了 20 幾名學生，到南化、玉井一帶做搭椿的工作。隨後我到這些地方住了兩個禮拜，見到一些在檔案中被判死刑，但倖免於死的人。從他們的口述中，使我獲得不少資料。我也到過南化鄉公所的忠魂塔，打開塔門後，看到裡面陳列著一個個骷髏，對我造成很大的震撼。我發現有的骷髏左右各有一個洞，左邊的洞較整齊，有子彈穿過的痕跡；另邊的洞較大，是子彈穿出來的洞。我又觀察到有些骷髏上，從頭顱到脊椎骨處，有一個 45 度光滑的橫切面，這絕不可能是摔斷的，很顯然是用刀砍的。看到這些東西，加上已經閱讀了 300 萬字的史料，連我這麼遲鈍的人，也油然生起一股難以自抑的激情及意識。對我而言，這是一個很重要的經驗，不但是文學經驗，也是生命的經驗。當時的南化警察局前面為掩埋所，光復後才將屍骨挖出來。據當地的一名警察表示，他們都不敢單獨守夜，常常兩個人一起守夜。而且在夏天守夜時，冤鬼會給你扇涼，冬天守夜冤鬼會拉你被子。這種事聽來很荒唐，但當你看到那些史料及看到他們講這種話的認真神態，你會笑不出來。我從這裡獲得的啟示是：人間的存在是什麼的問題。由於搜集這麼多資料，我終於寫

成一本以史實爲背景，以小說演義爲方式，長達 16 萬字的噍吧年事件。

　　有了這次經驗，我覺得如果能把自己家族三代到我兄弟爲止的一些狀態寫出來，不是很好嗎？當初我心中有兩幅構圖：一是一群失去工作園地的長工，爲了生計，攜妻帶子往深山開墾；第二項構圖是在民國 33 年到民國 35 年間，有一批多達五萬人的臺灣人，爲日本人到南洋群島打聯軍。當時出現的景象是，一群在生死線上掙扎的人由南呂宋往北呂宋跑，也就是一幅逃亡的過程。我的《寒夜三部曲》，就是先有這兩幅畫，然後再寫出來。開始撰寫時，帶點浪漫色彩，描述開墾景象時，筆尖常帶瀟灑之意，有點『牧歌』的味道。當時，我是邊看書邊寫。寫到五萬字左右，我讀到臺灣銀行經濟研究室所發行的 100 本關於臺灣政治、經濟、文化的叢書。其中有一本對於臺灣土地問題，有詳盡的敘述，當時我心理吶喊著「啊！我找到了！這才是我要的。」我決定把這部小說落實於臺灣土地的性質及由它所牽連的恩恩怨怨血淚史上。於是，我把原有的小說毀掉，重新再寫。所以《寒夜三部曲》第一部書《寒夜》中，所處理的就是有關人類與土地糾纏的關係。人不能離開土地，但是土地卻給人帶來不少痛苦。

　　我寫《寒夜》的背景是從割讓臺灣前兩年到割讓臺灣後一年爲止。下部《荒村》是描述文化協會的成立、分裂、左傾，到農民組合成立、消滅的經過。由於我從父親那裡獲得不少史料，因此寫起來相當直接真實。海外有人問我，《荒村》是不是根據高雄事件及中壢事件的史料寫成？其實這並不正確。書中，我曾描述「臺南墳墓事件」其中有關「接棒演說」這一段很精彩，現在黨外還沒有用過。所謂「接棒演說」就是一篇演講詞，由每人講一兩句，連續接力完成。雖然，講完的人隨即被銬住，但當十幾個人都被銬完後，這篇演講詞也講完了。這篇演講詞在《荒村》中可找到。再接下去的《孤燈》中，其背景爲戰前到終戰爲止，這是一個重大時期。

探討生命的一系列著作

　　我將自己的小說分成兩類，一是形成鄉土意識、社會意識，以抗議性為主題的系列小說，包括《寒夜三部曲》、《人球》、《尋鬼記》、《孟婆湯》等。另一系列，是探討生命之苦，和對生命情調的描摹，其中包括《大蟳》、《修羅祭》、《痛苦的符號》等。我個人對痛苦有特別的經驗，據說每個人對痛苦的忍受力不同，但以女性較強。我已活到 50 歲，我並不怕死，但如果死時要痛苦，我絕不接受。因為痛苦就是一種生命的符號，生命的現象是「動」，「動」就是一種「痛苦」，解除痛苦就是不動，不動就是死亡。我還寫過一篇〈大蟳〉，描述一個患了癌症的病人，他同一病房的患者要出院時，買了一隻大蟳，將它的螯一根一根折下來烤著吃。這位犯絕症的病人就將這隻大蟳偷走，想帶到大海放生，不幸在途中為卡車輾過，血流滿地。但他在尚未斷氣前仍掙扎跑到海邊，最後在朝陽上升時，他看到自己滿身的血，也看見一個生命歸到大海裡。我本身對這篇小說很喜歡。我也寫過一篇〈修羅祭〉，引起很大爭論。我描述一條倔強的狗，被人殺掉，對方還把牠燉成香肉要我吃掉。在小說裡我以祭文的方式開始寫，對著狗講話。我說「你這種性格的狗只有這種下場，讓我悲傷萬分。我沒有辦法救你，唯一的辦法就是把你吃進去。」所以，最後我就很生氣的把這碗狗肉吃下去。所謂「修羅」是佛家用語，有一種人是從修羅道出來，屬於女性的特別漂亮，男性則很容易猜忌、受傷、憤怒。這種性格的人容易在現實裡受傷。當時兩個同屬修羅性格的人物碰到這麼悲哀的生命時，是無法救助的，最後只有相互擁抱。因此在小說中，我把同屬修羅道的這條狗吃下去了。不管這種想法通不通，以上是我探討生命的系列作。

還要再寫一部歷史性小說

　　以上所講的是我的創作歷程。我目前就像是過河卒子，這輩子不會再

從事其他行業。依我的健康情況而言，能再從事創作的生命不會超過十年，這是相當短暫的。我希望能以歷史的背景及史料再寫一篇小說，然後盼望有一個較悠遊的生命，寫些形式探討及較具思考性的作品，我很希望能有這段歲月。這種卑微的希望就這樣坦露在諸位面前，希望大家不要見笑。

——選自《亞洲人》第 7 期，1984 年 11 月 15 日

《飄然曠野》裡的李喬

◎鍾肇政*

　　一頭蓬鬆的髮，一付近視眼鏡，清清秀秀的臉，大約 170 公分不到的適度身材，隨隨便便的衣著——李喬的外表大體如此，不過明眼人將不難看出，他那雙在鏡片背後閃爍著光芒的眼睛，蘊含著一股不可言說的深沉。

　　李喬剛 30 歲出頭，新竹師範學校畢業，任國校教師七年，中學教師四年，現在是苗栗農校國文教員。他開始寫作是在民國 51 年下半年。這麼遲才開始從事寫作，大概是因為他師範畢業後參加了好多考試，在這方面，他的成績相當輝煌，計有教育行政高、普考及格，初中國文教員檢定及格。但是我願意說，他從事寫作的歷史雖短，而成績則更其不凡，更其輝煌，即以歷次參加文賽得首獎者有民國 52 年自由談元旦徵文，民國 53 年全國青年學藝大競賽等兩次，其他得優勝獎七、八次，得獎專家，李喬可以當之無愧。

　　我首先說出這些，也並不就是認為這是特別值得稱道的事，而是藉此以表明李喬靈性煥發，不鳴則已，一鳴驚人的「作歷」，事實上李喬更令人稱道的事，在於他那雙深沉的眼光。他是受過人間苦的洗禮的人，他的父親是位抗日志士，大半輩子在日人監獄中渡過，臺灣光復不久就過世了，李喬是由母親一手撫養長大的，他從小吃過多少苦頭，這兒是沒法說清楚的，好在李喬有幾篇作品已提到了，讀者們不妨從他的著作去體會。在那樣的環境當中，李喬的那雙眼睛漸漸變亮，他接受了苦難，他凝視苦

---

*發表文章時為龍潭國小教師，現專事寫作。

難，進而發掘人生的苦難，李喬的文學便是從這人間世的苦難出發的。

　　非哭過長夜的人，不足以語人生；在那接受、凝視與發掘的過程中，李喬不僅僅領略了人生的況味，而且對人性的醜惡鄙劣也有了深入的體會。發而為文學作品，自然不可避免地要歸到悲憤與譴責。但是，也正如那些嚐過人生苦味的人們一樣，他的襟懷是悲天憫人的。於是他筆下出現的人物多半是善良而愚昧的，只因愚昧，他們命中註定是悲劇角色，只因善良，所以常受命運的欺凌。他替他們喊出不平之鳴，也替他們掬同情之淚。然而光明也正隱藏在善良與愚昧之中，儘管醜惡與鄙劣能得意一時，畢竟不會是永遠的。我們從許多李喬的小說作品看到這些，這兒不妨歸納成一句話：從苦難到積極，從譴責到奮進——這也是貫串李喬的文學的色彩。我們不必再來談什麼因果報應之說，不過李喬的文學的這種色彩，對於正常的人生可以說是一種很富於啟示的。「小說家是人類靈魂的工程師」這似乎也就是李喬所追求的最高目標了。

　　李喬的文學上的技巧有幾點頗值得注意。他從人生社會擷取題材，橫的寬度，縱的深度，都能兼籌並顧。一篇小說的情節演變，在時間上往往都是拖得很長，但他善於穿插，運用倒敘，而這些穿插與倒敘都能自出機杼，不同流俗，隨著文中角色的意識的流動，忽前忽後地次第湧現，說起來這是很不凡的手法了。

　　其次，是人物心理的把握異常準確。意識流技巧雖已不算新，但至今仍然是現代小說家所喜用的手法，我們文壇上近年來也討論了不少。李喬屢次地在其作品中擷取了各種意識流手法，加以嘗試性的運用，成績都相當圓滿。他曾就一篇作品向筆者談起這事：「一、試試真正意識流小說境界的展現——世人多把小說役於意識流狀態，而不知意識流云者，實亦以精密計畫，以役意識流，使其成為有效工具而已。二、『新派』小說往往洋典故太多，而且筆下的黃帝子孫都令人懷疑是變種的，我想表現一份純中國人的情操試試。」這是何等地自負，何等地認真。李喬是個勤於探索的人，好學深思，努力追尋，並且還廣事涉獵。文學之外，宗教、哲學、

心理學，甚至命理相術的領域都曾涉足，是很令人敬佩的。

另外一點，李喬的文字風格也很特別，其一是善於運用方言。在有些作品中，他不惜驅遣大量客家方言，以釀造特殊風格。其二是盡量把句子截短，減少形容詞句，以求簡練有力。這兩點自然也都不脫嘗試性質，其成其敗，爲功爲過，也許不免有仁智之分，不過我們從此亦可明瞭他是怎樣地在探尋一種嶄新的表現手法。

不久前，李喬的第一本著作《飄然曠野》以臺灣省青年文學叢書之一印行，那是一本短篇小說集，是從這些年來所寫的作品精選結集的。這是一本極值向讀者們推薦的好書，在這兒附帶一筆，權作義務宣傳。

李喬是幾個孩子的父親了，太太也是個賢內助，提供意見，幫忙繕稿，都是她份內之責。李喬有此賢內助，真是如虎添翼了。到目前爲止，他的技巧與風格尚在醞釀與凝聚的途上，不過憑他的勤於探討努力追尋的一貫精神，我們可以相信，他的寫作前途必定是光明燦爛的。這是筆者的祝禱，想來也是讀者們的期望吧。

——選自《自由青年》第 35 卷第 4 期，1966 年 2 月 16 日

在修羅的道場
雙面壹闡提

◎許素蘭*

一、昇華與轉化‧型塑李喬

1992 年 8 月，夏日炎熱的南臺灣。

紀念鍾理和逝世 32 週年學術研討會，才剛剛結束；到處晃動的人影，熱絡地交換彼此久違或初識的話語；溫馨與熱情，在冷氣微弱的空間流盪……。

「第一次見面！」陽光燦然的笑容，在李喬額眉開闊、雙頰略瘦的臉上，緩緩漾開。

「您第一次看到我，我卻已見您多次。」在 1992 年之前，李喬早已是出版 12 本短篇小說集、九部長篇、五本文化、文學論述的前輩作家，聲名已令人「仰望」許久，在許多文學活動裡，經常可以看到他敏健的形影。

然而，眼前近距離出現，有著長者溫文慈祥面容的李喬，以及在研討會上，思考犀利、語氣堅定，以理性、自信的神情，傳道士般宣揚臺灣文學、爲臺灣文化塑型的李喬，卻不像現實中我來不及認識，尙未寫下以臺灣歷史爲素材的長篇《結義西來庵》、《寒夜三部曲》、《埋冤一九四七埋冤》……等，44 歲之前，隱藏在早期作品裡，我所熟悉的李喬……。

如果說，眼前，以及往後我日漸熟識，在已然成熟穩健的年歲裡，時時以生死無悔的意志，爲文化理念、建國理想到處奔波，熱情風趣、充滿

---

*發表文章時爲新竹聖經學院講師，現爲國立臺灣文學館研究典藏組研究助理。

活力的李喬，展現的是春天般，繁花璀璨、生意盎然的生命景象；那麼，在 44 歲之前作品裡糾結、嘶喊暗鬱生命的李喬，則恰似伊塔羅·卡爾維諾（Italo Calvino）在《給下一輪太平盛世的備忘錄》裡所說，是屬於「在內部激盪不已的情況下仍能維持穩定的外部形體」的「火焰」象徵。

　　雖然不是「酒徒」，但是 1956 年完成，遲至 1959 年才發表的第一篇小說，彼時 23 歲，即將入伍當兵、猶然單身的李喬，卻以〈酒徒的自述〉命名；在這篇作品裡，李喬透過在父母不和的陰影下成長、婚後因經濟壓力走上酗酒之路的主角，夢囈般痛苦的內心表白，寫出年輕生命對失業的恐懼、貧窮的害怕、婚姻的焦慮，對於未來不確定、不安穩，充滿疑懼、惶惑……。

　　「醉酒」，是將自身從現實抽離、自層層理性、道德、禮俗……的制約中脫困，放任自己、解除壓力的精神狀態；如果說，這是一種潛意識的反射作用，23 歲，剛要探索寫作之路，開始敲扣文學門扉的青年李喬，是否早已蓄積如許生命不可承受之重呢？

　　李喬，本名李能棋，1934 年出生於苗栗縣大湖鄉蕃仔林，一個貧寒的農家，兄弟三人，李喬排行第三，下有一妹。母親葉冉妹女士為典型任勞任怨、一生為子女無悔奉獻的客家婦女。父親李木芳先生為日據時代大湖地區農民組合領導人，與日本官員時有抗爭，被「限定居住」於蕃仔林，不得隨意搬遷。戰前意氣風發，積極而富正義感的李木芳先生，戰後遭受「二二八」災難摧折，個性與行事作風發生劇變，而致潦倒終生。而不論是戰前為鄉土終日奔波在外，或是戰後因意志消沉而行為頹喪，李木芳先生終究彷如《寒夜三部曲》裡的劉阿漢，是一位「心懷天下」而無暇顧及家庭的人；家庭重擔幾乎完全落在葉女士薄瘦卻有著無比堅韌意志的雙肩。尤其是對於自小體弱多病、敏感活潑、「硬頸」的厶子，葉女士更是用盡心力呵護、養育，也因此，在李喬生命底層，「母親」不僅是記憶的源頭，也是情感的初始與終極；幼時屢屢叫喚乳名「阿泉水！阿泉水！」的母親的聲音，始終是李喬心頭不滅的明燈；寬容、堅強、慈悲、溫暖的

母親身影，也一直是李喬文學中重要的形象與象徵。

1965 年，李喬母親逝世；同年，李喬出版第一本短篇小說集《飄然曠野》，集中所收同名小說〈飄然曠野〉，採取意識流第一人稱觀點寫作，在形式上經常被當作戰後第二代作家受現代主義影響的例子。小說內容所寫即是對母親深濃、強烈的感恩與懷恩，以及面對無常，人子無法奉養母親的遺憾、悔恨與傷痛。然而，在往後的作品裡，李喬並未讓失母的傷痛，繼續氾濫成淺薄的感傷，也未讓思母的孺慕情懷，「佛洛依德化」成「戀母情結」，而是透過昇華與轉化，將個體生命對母親的依戀、仰賴，擴充為對土地的愛護、疼惜，以及對國族幸福的追尋、奉獻——在《寒夜三部曲》裡，燈妹由一家之母提昇為大地之母，而具有觀音菩薩普渡眾生之悲願的形象轉變，代表的不僅僅是小說人物的成長與蛻變，同時也是作家李喬面對無可奈何之生命悲情的自我提升。而在出版《飄然曠野》30 年之後的 1995 年，李喬更直接以《臺灣，我的母親》，作為脫胎於長篇小說《寒夜》的客語長詩的書名，強烈表達其將「母親」與「臺灣」劃上等號，視臺灣島嶼為「永恆母親」的思想情意。

綜觀李喬文學，在作品裡，李喬不僅藉「昇華與轉化」，撫平失母的傷痛；同時，也以「昇華與轉化」，填補生命中難以圓滿的情愛追尋的缺憾——長篇《情天無恨》裡，白素貞由「女性」轉而成為「母性」的蛻變過程，傳遞的也正是一種昇華與轉化的訊息。

昇華與轉化，塑造了作家李喬的莊嚴形貌，卻也壓抑了幽深的生命意欲，反映出前行代臺灣作家難以解除的道德宿業。

二、歷史也李喬‧文學也李喬

貧窮的童年、多病的體質，似乎先天註定將成為作家的敏感心靈與矛盾性格，以及曾經挫折的情感與婚姻，未能進入學院門牆的教育遺憾……，如夢魘般，曾經是李喬現實生活中揮不去的暗影，也是李喬生命底層幽結深沉的痛；如果說，「本名」代表的是一個人無法自己決定的先

天秉性與無可選擇的境遇,「筆名」或「別號」象徵的則是自我為突破先天局限與後天困境所做的努力與期許;那麼,在漫長、孤寂、心靈備受煎熬,至今已超過 40 年的寫作歷程裡,執筆的李喬,正是不斷地以其銳利的刀筆,一筆一刀奮力劃開李能棋先生秉性的對立與矛盾、後天境遇糾結的暗影與傷痛;一筆一刀揮斬李能棋業力的鎖鍊,逐漸走向清明開朗的彼岸……。

自 1954 年新竹師範畢業,被分發在南湖國校任教開始,李喬即重重馱著經濟的重擔,為改善生活而不停思索解困的途徑,即使在 1957 年至 1960 年當兵期間,李喬仍利用餘暇,分別通過普考、高考「教育行政」考試,以「備不時之需」;退伍之後,更在四年之間,陸續通過初中、高中國文教師檢定,成為合格教師。這一段為了生活不得不撕裂自己的歲月,雖然事後回想起來,李喬認為是「白白虛擲」了。「直到人生旅途上受盡折磨,才恍然徹悟往日的懵然可笑,決心交付自己給最合性情的文學。」(見 1974 年,洪醒夫〈李喬訪問記〉)。然而,仔細對照李喬生平寫作年表,卻發現發表〈酒徒的自述〉之後十年,特別是從 1962 年至 1969 年之間,李喬除了倉惶、努力地「生活」之外,還以驚人的創作力,量產約一百篇短篇小說。這些後來陸續收集在《飄然曠野》、《晚晴》、《戀歌》、《人的極限》等書中的早期作品,雖然在李喬以歷史素材小說成名之後,逐漸被超越、被忽略。然而,寫作《結義西來庵》,以及之後的《寒夜三部曲》、《埋冤一九四七埋冤》,甚至《藍彩霞的春天》的李喬,多少帶著臺灣作家的歷史使命感與社會義憤落筆,將來李喬在臺灣文學史的地位,也勢必因這幾部長篇而奠定。但是,源自生命內在真誠的寫作,原不必為將來文學史的定位而躊躇;如果說,後期的歷史長篇,表現的是李喬對臺灣的大愛大恨,那麼早期充滿人間小愛小恨的短篇,正是李喬以血肉生命躍入人間火宅的見證;這些作品所呈現充滿虛無、不安、憤恨、混亂、絕望的小說世界,以及瀕臨崩潰與新生、瘋狂與清醒、解脫與毀滅之失魂掙扎的人物面貌,釋放的正是李喬從童年,以至中年之前,孤

獨敏感、痛苦挫敗、寂寞焦慮……等生活經驗，所蓄積糾結晦暗、神魔交纏、駭人的、不可承受之重的生命能量……。

　　早期近乎瘋狂、夢囈般的意識流手法與心理分析，對照後期清朗開闊的歷史書寫與理論演繹，更可看出作家血淚斑駁的蛻變過程。

　　閱讀出版距今已二十多年，甚至更早之前的李喬舊作，昔日神情恍惚，似乎已陷入半瘋狂狀態、極端自責、自恨、自棄、自憐，將滿腹悲苦酸痛，盡化作如刀刻鏤的筆劃，在暗昏中迅疾落筆的書寫者姿影，彷彿依然留存在早已泛黃陳舊的書頁間……。透過紙頁，彷彿依然可以看到一朵熾熱至極、冰冷至極的心靈火焰，在絕望中，不停地、冰冷地燃燒、灰滅、燃燒……。

　　在瘋狂寫作的同時，李喬也以驚人的意志力與強烈的求知慾，大量閱讀各種書籍，包括：哲學、人類學、自然科學、心理學、宗教思想……等，這些知識，日復一日，從青澀的少年時代、狂熱的青壯年時期，以致於現在，持續不斷地逐日豐富、深化李能棋先天生命的質地，而成為作家李喬寫作上重要的滋養來源。這些長期閱讀所累積深厚的知識「內力」，不僅使李喬的小說作品，能以感性的語言句式，承載豐富的思想內涵，在戰後臺灣小說中，形成獨樹一格的風格特色，更使得「文學的李喬」，幾乎是「命定」地，不得不分身而同時扮演「歷史的李喬」與「文化的李喬」。

三、修羅道場・入世李喬

　　根據李喬在 1981 年所發表〈繽紛二十年〉文中的告白，遠在就讀師範學校期間，李喬即「相當深刻正確理解了自己：我的心性裡潛藏可怕的對立事體——強烈的神性與獸性。」其實，「人性」無所謂「神性」與「獸性」的對立存在，卻有「自然本性價值認定」與「社會群體行為標準」的矛盾與衝突；李喬「心性」的對立，某些部分，或許正是寒夜三部曲中，劉阿漢與彭燈妹人生價值觀之矛盾衝突的顯現——漂浪不羈、視野開闊、

熱情奔放的父系遺傳，以及勤儉顧家、渴望安定、風華內斂的母系影響，在李喬血肉中交錯成多情敏感、脆弱衝動、激進、善良溫和……的生命特質，在現實生活中，雖有「社會化」傾向，其生命內在卻極爲孤僻、寂寞；此身雖在紛擾多歧的人間街路，逆風昂首、艱難前進，心頭卻有翻身躍落萬丈深淵的強烈意念，寧願讓脆弱的肉身，以及不滅的千思萬念，俱化作冷冽的寒風，消失在空曠寂靜的天地間……。

如此悲涼，充滿自憐、悲憫、疼惜……等複雜情念之無可奈何，恰如1971 年所發表〈修羅祭〉裡，敘述者「我」之凝視主角「洛辛」……。

在佛教的說法裡，「修羅」（即「阿修羅」）是性情嗔慢、好鬥善妒，雖聞佛法亦難教化的鬼神；因爲執著之念深，其「生命」的存在幾乎就是一場場永無休止、永無安寧、永不妥協的戰鬥。對一般有情眾生而言，「好鬥善妒」或許正是生命痛苦的根源，但是，對「修羅」而言，卻是與生命俱在的「本性」，是推動其生命活動的原始動力，若不依「生命本然」而行，反而痛苦，因此，阿修羅經常是不自覺地一再投入戰鬥的狂飆，而具有「悲劇英雄」的生命基調。李喬的〈修羅祭〉便是借用此一「修羅造型」，將受內在狂暴動力驅策，無法像一般「家犬」享受安穩舒適的生活，只能在外過著自由卻危險日子的流浪犬──「洛辛」，塑造成「修羅狗」。

然而，小說的主題並不在於表現「洛辛」的修羅性格，而是透過洛辛，呈現同樣具有修羅性格的敘述者──「我」的內心觀照。基本上，洛辛的暴躁難馴、焦慮不安……是不自覺的，其「思想」與「行爲」統一而協調；而有著強烈叛逆性格、渴望自由，在現實生活裡卻只能規規矩矩過著規律日子的「我」，透過洛辛的反照，卻是清楚而痛苦地「看到」從現實中分裂出來的「另一個自己」──「我」有時寧願自己像洛辛那樣，爲了堅持自己的生活方式，放棄既有的安穩與舒適；有時卻又害怕失去好不容易建立起來的平衡與穩定，因而一再反覆不斷地陷入抗拒與妥協、鬥爭與屈服、自憐與自棄……的矛盾與對立之中。

　　雖然佛法難渡修羅，吃下洛辛的肉的「我」，在淚光中，或許寧願自己是洛辛、是修羅吧！寫下〈修羅祭〉、如今已皈依長老教會的李喬，也寧願自己終生駐守修羅道場，永無休止地與諸天爭討人間公義吧！而這樣的「修羅悲願」，或許也正是李喬另一具有歧義解釋的筆名「壹闡提」的隱喻吧——自認為「入世太深、太執、迷戀、沉溺於人世的有形有色世界太深」，縱使上山茹素也無法接近佛的李喬（見 1960 年代末期，李喬給鄭清文信），雖取「壹闡提——斷絕一切善根之極惡人不成佛者」的義涵為筆名命意；但是，近幾年來拋卻人間小愛小恨，懷著與臺灣島嶼生死與共的大愛大恨，積極入世的李喬，不也正是壹闡提尋找「濟度一切眾生之大悲菩薩不成佛者」此一義涵的顯現嗎？

四、尋找李喬

　　人的生命雖是一條不可逆溯的河流，作家刻寫思想、心靈成長痕跡的作品，卻是後來的閱讀者、研究者逆溯作家生命之河的渡船。然而，在交錯著與當代作家來往的「進行式」，與閱讀往昔作品的「過去式」之中，閱讀者、研究者自身的思想與心靈狀態，有時卻難免陷入時空混淆的錯亂裡；尤其是像李喬這樣一位與過去的自己曾經「嚴重絕裂」、與真正的自己「嚴重分裂」的作家，在反覆閱讀其作品之餘，有時難免要反問：「李喬到底是怎樣一位作家？怎麼的一個人呢？」那隱藏在李喬自己所說：**「今天染滿時代色彩，時作切齒怒目狀的李喬，實際上不該是真正的我：那是被時代扭曲了的浪漫作家的『奇形怪狀』罷了。」**（見 1989 年〈我的文學行程與文化思考〉）之外，真正浪漫作家李喬在哪裡呢？

　　這樣的疑惑，彷彿《痛苦的符號》（1974 年）裡迷失心神、意識分裂的尤金利（或莊時田？），時時提出的疑問：「我是誰？我是誰呢？」有時，我也難免問自己：「李喬是誰？是李能棋？或是壹闡提呢？」而當時寫作《痛苦的符號》，40 歲的李喬，在「借小說的形式，企圖描繪人間幾種痛苦的面貌，以及面對它的心靈震顫」（見《痛苦的符號》序）之餘，是

否也曾反覆地問自己：「我是誰？我是誰？」而一再逼迫自己去尋找真正的自己呢？

而文學之於人生，不也正是在於啓蒙閱讀者、研究者，「面對自我」、「尋找自己」的生命課題嗎？

——選自林衡哲主編《廿世紀臺灣代表性人物（上）》
臺北：望春風文化公司，2001 年 4 月

李喬印象記

◎鍾鐵民*

　　如果說李喬跟我都是很標準的病夫，大概不會太離譜。說來慚愧，每次見面，在各種話題之後，總還要互相看看面色，彼此打趣或鼓勵一番。李喬很少提到自己的病苦，只有在我們探詢的時候才透露一些，這跟我的態度大不相同。我從小病弱，所以很早就養成借病推托的習性，常常不由自主的要歎歎苦，贏取一些同情和安慰。記得是畢業後第一年，我回到家鄉的學校任教，每週 20 堂課，兩班作文，每班都有 46、47 人。於是我給李喬寫信時不免也要把工作吃力的情形告訴他，我原也不過說說而已，沒有想到他竟然用限時信叫我立刻辭職轉到他那兒去，他說看了我的信心痛不已，而他那兒剛有缺。捧著他的來書，我百感交集，既感激又慚愧。其實那時我初執教鞭，工作充滿了熱情，偶爾必須一天上五節課，固然在體力上是重大的負擔，但絕無抱怨的意思。從此以後我再不敢對他歎苦了。

　　李喬感情豐富，而且易激動。他鄭重其事的對我表示，有兩樣東西他不敢看，一個是他令慈的遺照，另一個則是我先父理和先生的作品。「看了這兩樣東西，我真會痛哭，實在受不了。」他的神情是認真的。

　　感情這麼脆弱，除開天性多情外，跟生活體驗也有關係吧！我喪父時才高二，不管小說或電影中，凡有抒寫父子親情的情節總是使我心弦震動，看洋片「史家山」甚至淚如雨下，所以李喬的心情我可以體會。他也是多病之軀，由母親細心呵護才得長成，李喬如此深切的懷念母親，是很自然的。在他的作品〈飄然曠野〉和〈問仙〉等文字中，把孺慕之情發現

*鍾鐵民（1940～2011）散文家、評論家、小說家。高雄人。發表文章時為旗美高中教師。

得十分真切動人。尤其〈問仙〉一文，很顯然是李喬自傳式的作品，讀來真可令天下失去母親的人同聲一哭。

　　李喬對母親如此的依戀，奇怪的是我們研讀他的作品，卻沒有發現他對父親也有類似的感情。在他的文章中，父親的形象都是模糊的，甚至是殘缺不完整的。即前述兩篇文章中，「爸爸」也幾乎不存在。看鄭清文作品，則會發覺他筆下的「爸爸」總是慈愛可親，兩個人真是很奇特的對比。李兄和鄭兄的家我都多次拜訪過，鄭清文兄在家對待幾個孩子如同朋友，在孩子心目中應是慈父，正如他筆下「爸爸」的模樣；而李喬兄卻略為嚴厲，對孩子的要求比較嚴格，屬嚴父型。這跟兩人生活體驗是不是有連帶關係呢？其實他們都是很疼愛孩子的。從《李喬自選集》作者序文中，我們知道李喬父母都享有高齡，父親在日據時期即因抗日行動而坐牢，應該是相當值得尊敬的有識人士。或許是母親持家勞苦，在他的眼中是一個受苦犧牲的象徵吧。母親為他們兄弟和父親而可以奉獻出一切，他說：

> 她的愛，簡直到了『瘋狂』的程度。媽——這位瘦瘦矮矮、乾乾的婦，如果濾除了『母愛』、餘下的，一定是個零！……。
>
> 　　　　　　　　　　　　　　　　　　　　——〈問仙〉

　　有人施予愛，也要有人能承受啊！

　　李喬很著力在探索人類心靈，研究現實生活與潛意識及行為的連帶關係。他的作品，除早期較偏重鄉土色彩，記敘鄉友們的艱苦、歡樂外，其餘都在反映現實，描述心理掙扎歷程。他力求脫俗新異，選材時則常利用變態心理，例如〈大蟳〉、〈蜘蛛〉、〈人球〉、〈恍惚的世界〉及長篇《痛苦的符號》等等。有一次我批評他的某些短篇小說往往會有一些回顧式的多餘的插敘，將從前片段的生活突然接插在現在正在進行的事件或思路上，而且總是用對話方式接入。我個人以為如此寫法會破壞文氣，短篇

小說的氣勢很重要，不能予人有鬆散凌亂的感覺。李喬解釋說，為了加強可信的程度，這樣寫法顯得比較真實。主要是他自己也覺得自己小說中的故事往往都難以令人置信。記得他在寫〈人球〉前曾跟我們談起他的構想。他最先想到的是胎兒形成時，在母親的子宮內牠呈的是球形，可以在有限的空間內自在的滾來滾去，那時牠應該是最安全和舒適了。而球形正是最原始的形態，直到胎兒出生以後才慢慢向外伸展開他的手足呈大字形，這大字便是一種生活領域的占有形態，很表現了一個人的自我意識。接著李喬又想到了，如果這個人伸展出去的手足碰到了許多痛擊，在百般無奈之後會不會想到要縮回成他最原始的形態，再躲進母親子宮內求取安全舒適？

「人縮成圓球，意識衰退回到胎兒時期，這樣由心理的病態變成生理的病態，在醫學上是不是可以說得過去呢？」他當時向我們提出了這樣的問題。

終於〈人球〉中的「靳之生」很快便誕生了。宇宙之大無奇不有，人類潛意識的力量仍然是神祕不可測的，好好的人只因為失去自信而聾啞或癱瘓的例子並不罕見。那麼一個偉壯的男人縮成人球為什麼不可能呢？〈人球〉令我拍腿叫絕。

李喬天才橫溢，滿腦子奇特的思想，當他有了一個觀念後，他就能很快的表現出來。他可以隨手塑造活靈活現有生命也有個性的人物，也能編製種種連他自己都覺得難以相信的故事。但是我們讀來並不覺得他的故事牽強，因為他有話要說，而他把他的話說出來了。

這次到新埔吳濁流先生故居憑弔，返臺北途中鄭清文兄興沖沖談到他剛剛想起的一個故事，一個有關水鬼的古老傳說，可以寫成一個短篇給一個約稿的雜誌社，並把故事跟我們說了一遍。我忽然想到了題材發掘的問題，我們經常尋找我們所知道的故事，甚至編造故事，然後運用匠心賦予新的意義，使陳舊的故事也有了深刻的嚴肅的主題。我覺得這種寫法比較易於著力。另外則是作者先有了某種感觸、觀念，為要表現主題，再編造

必要的故事和情節。當然一個作家的故事有限，到最後所有故事寫光了，勢必非走第二條路不可。但要表現主題而編寫故事不是易事。我們固然想拋棄老寫故事的方式，去探討人生許多重要問題，表達作者個人對社會、人類行為的看法和主張，可是要生動感人絕不容易。我個人就深覺力不從心，不是忽然發現自己經營了許久的東西並沒有真正的價值，便是突然發覺自己的看法全不新奇，甚至數千年前古人的言論中就早探討到了。這使我深感沮喪。鄭清文兄結論說：

「李喬可以這樣寫，你不可以這樣寫，因為李喬有許多奇奇怪怪的想法，而你沒有。」

光以這一點來說，李喬便已具備了一個作家最必要的條件，而且是天才型的。

李喬對人類行為和心理的看法，很多與佛洛伊德的人性理論不謀而合。早年的生活經驗，「性」，都是李喬筆下心理病態形成的主因。他所塑造的人物中，那些對生活失去信心的失敗者，往往對「性」懷有恐懼感。〈蜘蛛〉裡的「我」，〈人球〉裡的「靳之生」，〈支離列傳之三——火〉中的「何南卑」，〈人的極限〉中的「陳火山」等，全是「無用的傢伙」。

跟李喬聊天你可以聽到許多有趣的高見，絕不使你煩悶。他衝勁十足，在許多省籍作家沉寂的時候，他仍然不停的將感觸、同情、譏諷寫成一篇篇佳作，絕不使自己停下來。他的熱情足以激動旁人，使身邊的人也跟他一同感受他的歡欣。我還在臺北的時候，每次返鄉經過苗栗，一定要去拜望他，那時他還住學校宿舍。有一次我到時他們夫婦兩個正在籬笆下興沖沖的種植扶桑花。坐了一會兒，他拉我也種一株留念，並說那一株便是我的樹，應該常常來看它，種著種著，我也興高采烈起來了。又有一次他買了風琴。夫婦兩個正正經經高興的彈著唱著，那種氣氛感染了一向拘謹的我，居然也和著他們唱了起來。不過每想到像他那樣急躁性子的人教音樂課，總使我覺得十分奇妙。

在做人方面我是很敬服李喬的，他很能體諒別人，處理事情面面俱倒，堅持原則時則絕不屈服。這次在鍾府聚餐，順便討論編輯明年《臺灣文藝》專輯的事，趙天儀兄和幾位寫新詩的朋友也應邀參加了。在安排專輯內容和分派工作時，討論得很熱烈，但全部以小說為主，大家也沒有注意到有什麼不對，李喬則提議應該有新詩專輯，於是工作的安排才算十分完滿。這不僅是大家都高興而已，事實上也十分有意義，不由我不敬服他。

李喬身材中等，略嫌瘦薄；面孔英爽俊美，戴了副近視眼鏡，斯文中顯出忠厚良善，看起來非常舒服，沒有一絲橫生的肌肉，只是臉色總透著蒼白。雖然病不離身，但說起話來卻精神十足，全身都有表情。我常奇怪，像李喬那樣豪爽的人怎麼也會患十二指腸潰瘍等情緒病，可能是他做事的態度過分認真執著了。他讀書是很徹底的，像佛經這樣玄奧滿是術語和梵文音譯的書，我多次想研讀都只有頹然放下，李喬居然能深造有得，他的用功可想而知。有一次談到高鴻縉教授的《中國字例》，他說為了考高中國文教師檢定，他把《中國字例》讀得差不多都可以背出來。這就是李喬所以為李喬吧！

——選自《臺灣文藝》第 57 期，1978 年 1 月

偉大的同情與大地的鄉愁

李喬訪問記

◎洪醒夫[*]

這次去看李喬，他正醉心養蘭，頭戴斗笠，手拿鐵錘，叮叮咚咚敲個不停。院子裡雜亂無章，石灰，水桶，沙石，鐵釘，木條，到處散置，跟以前的井然有條截然兩致。他一邊揮汗，一邊引我在客廳落坐。

「我建議你把長褲脫起來，」李喬說：「這麼熱的天氣，你躺在地板上我都不管你。」

氣色很好，笑得也很開朗，雖然不見得比以前多長幾兩肉，但委實叫人放心。上一次來，他在弄盆景，院子，客廳，屋後的牆根，碗缽盆罐擺了一地，聲勢浩大。——這是真柏，這也是真柏，這個還是真柏。——李喬洋洋得意地向我介紹，那些歪七扭八的花花草草都是他的寶；你可以看出那份沉迷勁兒。三四個月不見，他換了另一個勾當——養蘭。

大木條小木條，站的躺的橫的斜的，都各就各位。李喬用鐵釘把它們團結起來，倒有幾分像我小時候畫的那種斜屋頂直牆壁的房子。

「我在蓋蘭房，」李喬說：「要在房裡弄出人造霧，蘭才會長大！」

對這碼子事我一竅不通，也許他在唬我：「有這等事？人造霧怎麼個弄法？它跟蘭花有什麼關係？」

「天機不可洩露。」李喬煞有介事地說。

前兩三年李喬的日子過得相當苦，據說得了肝病，每星期要來往苗栗臺中一趟，到醫院看病拿藥，形容枯槁，顏色憔悴，意志消沉。李太太著

---

*洪醒夫（1949～1982）詩人、散文家、小說家、評論家。本名洪媽從。彰化人。發表文章時爲國
 小教師。

急，孩子們著急，朋友們也著急。他在臺中有三兩個朋友，卻從來沒把這些事情告訴朋友們，有一次正巧在街上叫我碰著了，才知道這件事。我有些憤怒：「你怎麼連吭都不吭一聲？」

「不好意思，不好意思驚動朋友。」

延醫投藥，折磨了一大段日子，沒什麼起色。後來一個朋友把他介紹給一位教授，吃了幾帖草藥，居然治好了。

「教授說我根本沒有什麼肝病，太過操勞，疲勞過度。吃了他的藥後，我去醫院做 12 項檢查，證明確實沒有肝病。」

天佑我等。應該燒香，應該頂禮膜拜。李喬的健康不僅僅是他朋友家人的福氣，也是文壇的福氣。

事實上，李喬從小命苦。窮困悲苦的童年生活與日後在人生旅途上的備受折磨，是他選擇文學為職志的原因，也是他那悲天憫人的胸懷，具備偉大的同情的心理背景。

「我生長在農村。」李喬說：「先父參加反日運動，繫獄八年，出獄後生下我。童年，在深山的蒼蒼莽林裡寂寞度過。我從小多病，愛幻想，敏感，有點神經質；那窮困悲苦的童年，可能使心靈上受點損傷吧？」

聽了這段話，我們就會想起他收在《飄然曠野》裡的那篇〈阿妹伯〉。葉石濤說這篇小說裡「隱藏著足以使人哀傷不已的他底身世的祕密。」「我們驟然瞥見他時常在淌血的一顆心理創傷頗深的心坎。」李喬的童年是在飢餓和污辱頻頻交迫之中度過的，你可以想像兇狠殘酷的日本人如何對待抗日志士的家人。所幸心靈負傷身體孱弱的李喬能克服周遭含有敵意的環境，勇敢地，奮鬥不懈。

後來李喬苦苦的唸書，唸新竹師範，參加高普考，高中教員檢定考試，都及格了。高考及格時，鄉裡的親朋父老送了一塊「桑梓奇葩」的匾額給他，現在還擺在他家樓上牆根，油漆都已經剝落了。但這一段參加考試的十年寒窗，李喬認為是白白虛擲了。他說：「直到在人生旅途上受盡折磨，才恍然徹悟往日的懵然可笑，決心交付自己給最合性情的文學。」

　　29 歲才開始寫短篇小說，但有志於寫作卻在 17、18 歲時。先是沉醉於古典文學，還曾習作詩詞，這段時間的努力他自己認爲是自己「能夠把握作品主題的主要能力」的重要訓練，是「做夢也想不到」的一個收穫。

　　民國 54 年，31 歲，出版第一個短篇小說集《飄然曠野》。民國 57 年出了《戀歌》和《晚晴》。民國 58 年出《人的極限》，民國 59 年出《山女》，民國 60 年出版第一部長篇《山園戀》。民國 63 年出第二部長篇《痛苦的符號》和另一部短篇集《恍惚的世界》。

　　從這些作品之中，我們可以看出李喬創作的嚴謹和努力求新求變的衝動。《飄然曠野》是一個面貌，《戀歌》又是另一個面貌；經過《晚晴》，《人的極限》，《山女》之後的《恍惚的世界》，更是筆力萬鈞，無論形式內涵都臻於圓熟。時時自惕自厲，求新求變，無論技巧內容都要追求完美，這是任何一個作家都必須秉持的創作態度。

　　李喬說：「開始習作的那幾年，我對於形式特別敏感，曾經約束自己；不許在連續五篇短篇小說中出現兩篇類似的手法。近年來這方面我漸漸遲鈍了；以我這個年齡的人來說，追求作品主題的深刻博大，是今後最應著力的吧。」

　　我們只要粗略的審視李喬的作品，就可以發現他不但技巧在變，主題在變，連取材方法都在變。在《恍惚的世界》以前，他的題材都比較接近平實的現實生活，這以後，題材就有些「異常」了。像《孟婆湯》，像《人球》，像《恍惚的世界》，像他的長篇《痛苦的符號》。有些人也許不明白選擇這種題材有什麼特殊的意義，關於這一點，我特別請教李喬。且聽他夫子自道：

　　「以前我一直選擇比較平實的題材，後來我發現這樣寫太直接太露骨了，所以在《恍惚的世界》之後，就避免太過直接的表現。我個人跟其他人一樣，都是十分關心社會關心大眾的，但我認爲不必把小說寫得直接或太露骨；太直接了，處理不好，就變成吶喊了，所以還是含蓄爲佳，這是第一點。第二，異常的題材也真實於社會中真實的一部分，絕不是我憑空

杜撰的。這些異常比較不被重視，所以我對它們就比較關心，比較喜歡寫他們。同時，異常的造化也有它社會的因素；教育、環境、文化、風俗、生活方式等等與個體產生差距時，就形成了異常的狀態。所以選擇異常的題材並不在於標新立異；嚴格說來，這也是寫實。」

《痛苦的符號》把一個人拆成兩個來寫，寫「一種雙重人格現象的病人」「在自我要求與外力強迫下，意識分裂成 AB 兩格」。《婚禮與葬禮》把人物都抽掉，只剩下皮鞋衣服手套面霜等無機物在活動。《孟婆湯》甚至不惜勞動閻王老爺來問案，不惜動用鬼氣森森的陰曹地府做小說的場景。李喬創作的苦心和態度的嚴謹，實在叫人肅然起敬。

我問：「選擇這種異常的題材，在創作時是否較易發生困難？」

李喬說：「所謂困難，本身也就是一種技巧的磨練。另一方面，正常和異常的分野原本就是模糊的，從這樣的一個角度來看，所謂異常就是和大家認為的『正常』距離遠一點；這只是距離不同，不是質的差異，只是一個比較上程度的變換，分別而已。我想，所謂創作的困難大概不至於啦。另一方面，我剛剛說我十分關心他們，所以我也就比較用心去觀察，去注意，去憐憫，所以所謂的『困難』，本身大概也是一種樂趣吧？」

「可是這種異常題材的處理實在是不容易啊，如果沒有深厚的功力，寫出來的作品時常給人一種不真實的感覺。」

「這個，文學上的『真實』很難說。不過，我想是這樣啦，我剛剛一直在那裡提『異常』，這個異常是由真實社會裡挑揀出來的。我並不是專門在那裡製造異常的事件，我只是藉這個題材來表現我們真實生活的一些現象，或者是利用一些異常人的視點來看一般的社會。如果專門地來製造一些異常的事故，那可能就會如你所說的，有『不真實』的感覺。」

「從這個角度去取材，在我認為是獨具慧眼的，文學固然在反映現實生活，但並不是原原本本的抄寫生活中的瑣碎事物，我這樣的說法並不意味瑣碎的事物不值一寫，但是，當吃喝拉撒並沒有什麼特殊的意義時，我們又何必花費心力去寫它？」

　　談完了題材，接著我們又談到表現技巧方面的問題。李喬的表現手法時常在變，但無論怎麼變，都有一個道理，雖然看似信筆揮灑，實則章法嚴謹，他也是一個十分注重技法的人。

　　我問李喬：「有些人在創作方面，尤其是短篇小說，比較不注重技巧方面的問題，高興怎麼寫就怎麼寫，對於這個，你有什麼看法？」

　　李喬說：「這個，我想是這樣啦，不注重所謂短篇小說規格的，大概有兩種人，一種是很有才華的剛進門的作者，高興怎麼寫就怎麼寫，一種是自認在寫作上已經有一點成就的作家，我愛怎麼寫就怎麼寫。不過，在我認為，在短篇小說裡的一些規格，應該守的，還是要守，這個『守』，是一種手段。因為如果守著這些規格，對於要表達的東西就能夠表達得更精確，集中，那我們為什麼不守呢？例如說，作品中觀點的控制，像他們所說的那個三一律的規格等，雖然不一定守著它，但有些題材你守著它更好；不是為了這個規格而守著規格，而是利用規格，會表現得更精確。所以我還是贊成守著它。」

　　覃思先生曾在《新夏雜誌》批評李喬的作品，他說李喬的語言不好，不夠明快曉暢，這點李喬承認。他說他一直在追求錘鍊之中。他主張語言應有自己的風格，不是行雲流水即可。他還認為行雲流水的觀念害了不少人，如果每個人的語言都行雲流水，那你寫的跟我寫的就沒有什麼分別了。

　　「我常常講，剛練習寫散文的人，不要學林海音，」李喬說：「因為她已經寫成屬於她自己的風格，你若學她的話，一定學不成。為什麼？因為你不可能具備和她完全一樣的條件，自然熔鑄不出和她一樣的風格來；縱使可以，那也不屬於你了。就好像一個藝術品，我們造成了之後，它的稜角已經磨掉了，但它最先還有那個雕琢的痕跡。現在我們說某人的作品不好，——還沒有到爐火純青。為什麼，因為他還有雕琢的痕跡。我的看法是這樣，一定要有雕琢的痕跡，然後才回到自然。你一開始就要走林海音的路子（我常舉林海音先生為例子），要學林海音，你沒有學成林海

音，變成你喪失了獨特的風格。但林海音的文字有沒有性格？有，她的——
——林海音的風格；你若學她的話，你就沒有用。所以我，與其沒有性格
的，我寧願寫得笨一點，留下很多雕琢的痕跡。這些痕跡經過長時間的努
力，它就會磨損，而磨損以後的『自然』，和未經磨損以後的『自然』，
我想是不同的。所以我們要追求的，是磨掉雕琢的痕跡後的自然。我一直
磨不掉，到現在還是磨不掉，所以我的文字就顯得造作是不是？」

李太太最近給他添了個女兒，還未滿月，長得十分可愛，哭的時候，
放音樂給她聽，她就不哭了。李喬在苗栗農工職業學校，除了教國文之
外，還教音樂，他可能對這個小女兒特別偏愛，要不然怎麼連音樂細胞都
遺傳給她了。現在李喬伉儷膝下三女一男，大女兒國中一年級，柔順，乖
巧，會下廚幫忙燒燒紅豆湯，泡泡牛奶，洗洗碗筷。二女兒跟我不熟，我
不知道她會些什麼。老三是個男子漢大丈夫，小學二年級，棒球迷，他爸
爸蓋蘭房，他會幫忙撿石塊，提水。三個會跑會跳的孩子都長得眉清目
秀，有禮貌，有教養，十分惹人憐愛。李太太在坐月子，因此這段時間的
內外工作都由李喬一手包了。他要蓋蘭房，要洗衣，燒飯，招呼這個，招
呼那個。三個孩子能自動給爸爸幫忙，孝心可感。在我教過的小朋友裡
邊，似乎找不到像他們這麼乖的。

李喬的一筆字實在惡形惡狀，張牙舞爪，寫得又快又草，有時候橫看
豎看，認它半天也認不得。李太太對他的字有特別的天份，是個最佳祕
書，平時相夫教子之餘，還要幫李喬抄稿；幾年來的長短諸篇，都是她揮
汗苦抄的。李喬有這樣的一個賢內助，使我們感到皇天老爺還算不是那種
落井下石的角色。

以前，當李喬極端窮困時，偶爾也會寫一點換錢的東西。創作固然是
一種嚴肅的工作，但對李喬來說，如何養活一家人，卻也是十分嚴肅的
事。

「我很慚愧，我實在窮了一點。」他說。

最近李喬頗為興高采烈，一者身體的健康恢復了。再者薪水調整了。

「你算算看，這不得了，我現在一個月可以領到七千八！」

七千八對一個六口之家來說，使用起來，多少會有些力不從心吧？但李喬說：「我是一個很不會花錢的人。」

他要好好地寫些東西，不必再靠稿費貼補家用了。

「我從小很窮，可是我不怕，我喜歡吃肉，但不吃也可以。」

不吃也可以——這就對了，難怪一直瘦瘦的。他家在苗栗鎮郊，距離苗栗農工職校大概要踩十分鐘的腳踏車。房子附近都是稻田，十分寧靜，空氣又好，夏天還要吹點涼風，夜裡有蛙聲蟲鳴伴他入夢。

「我想我這一輩子大概就是這樣了：寫文章，養蘭，再過幾年，加上唸經，吃素。」我不曉得他說的唸經吃素頂不頂認真。不過他好像佛性很濃，又好像真的「唸」過「經」了，他寫《淺談佛經讀法》，寫《孟婆湯》，自封佛教徒。目前還不到唸經吃素的境地，但好像蠻有那麼回事似地。

「你是不是唸過許多佛經了？」

「不多啦，看了一點。」

「讀了佛經以後，對你的作品是不是有些影響？」

「這個我就不知道了。不過，它影響我的人生態度大概是不錯的。就是說每個人的人生態度和想法，經過家裡的書影響，學校師長的影響，讀書的格調，造成一己的格調，但格調本身一定有許多衝突、許多矛盾，這些衝突矛盾要求取統一，大概在而立之年還不夠，四十不惑，不惑之後人生看法才會統一，而這個統一之下呢，任何一個問題，都可以用統一的觀點解釋，能夠解釋得通，那大概就比較成熟了。我的意思是說，接觸了幾年佛的道理以後，不管你是任何一個社會現象，生命現象，自然界的一些現象，科學問題，我能夠了解的部分，都可以用佛理的角度來看，都可以解釋得通。所以佛理統一了我的一切看法，我認為我現在的看法已趨於統一，是因為佛理而統一的。」

「佛教講的是慈悲，是悲天憫人的胸懷，讀了這些作品之後，你是不

是特別地對大眾產生更多的關注？」

「這個我就不曉得了。我想任何一個寫作者如果對大眾缺少關心，他就寫不出來了。」

「當然是這個樣子啦。不過，我的意思是說，讀了這些佛經之後，會不會更加強一點？譬如像《孟婆湯》之類的？」

「這個我就不曉得了。這應該是第三者的一個感覺。我自己搞不清楚。」

「哎，你那個《孟婆湯》寫到最後，雲香不是要給阿惜姐喝孟婆湯嗎？阿惜姐把杯子交給雲香，轉身跳到輪迴巨槽裡邊。結果她還是沒有喝？」

「沒有，她沒有喝。」

「寧願讓那些三受八苦留下來回憶是吧？這樣的寫法，你企圖表現什麼？」

「不，不，我這個小說題材本來是另有主題的。這個題材只是說明一個道理：就是說，人都很怕痛苦，沒有人不怕痛苦，但是有一天這個痛苦如果可以讓你忘記的話，你願不願忘記？你願不願讓這個痛苦的記憶消失？人是不願讓這些記憶消失的，我是這麼想。這也是人性裡邊的一個悲哀處──一個特性。本來這只是一個靜態的人性分析的小說，後來有個社會新聞跟我這個題材搭上線了，就變成這個戲劇性很濃的東西。」

前兩三年，臺中有個四十來歲的吧女被勒死了，兇手為洋嫖客。到底為什麼把她勒死，勒死之後兇手判了幾年？這些我都沒有去注意。可是，李喬注意到了。死者已矣，不管兇手被判幾年都是一樣；吧女死了，生與死之間便無法取得公平。

「所以你就把這兩個素材組織起來，替她伸冤？」

「我倒沒有這個意思。不過，那個社會新聞使我看了很生氣是沒有錯，很生氣，所以就『借題發揮』。」

這篇小說寫得很好，被收在《六十二年短篇小說選》，編選者林柏燕

認為「這畢竟是人性的悲劇，人慾的悲劇，有悲憫感如李喬者豈肯按捺良心而不聞不寫。」李喬作品之所以深獲高水準讀者的推崇，應該歸之於他這個重於常人、悲天憫人的胸懷，歸之於他對人世間的「偉大的同情」。

李喬勤讀不輟，尤其對心理學方面的書籍更下過一番苦心，他說他對於心理學是一種興趣，濃厚的興趣。「除了佛經之外，你對佛洛依德好像也頗有研究是吧？」

「我以前是很迷他，但這幾年我認為我吸收了他，不被他控制了。不過，原文能力我是沒有辦法，所以也不敢說自創什麼看法。但我有一個想法，不知道佛洛依德是不是這個意思，他現在不在，我沒有辦法對質了；他的泛性論，我們現在排斥的這個泛性論，如果這個『性』的解釋再把它擴大的話，就對了。就是說，把這個『性』解釋成『延續生命的本能』，使生物繁衍下去，使生物的生命持續下去的本能。如果把這些內涵歸納之於泛性論，那樣許多事情用『性』就可以解釋得通了。如果佛洛依德把『性』解釋成男女之間的性慾而已，那麼，用這個解釋道德現象、宗教現象、社會現象，那就不通了。」

李喬的外文能力他自己說很差。許多作品——他說——我勉強可以看日文本。所以，一個寫作者應該把外文弄通，尤其是法文或英文，沒有外文能力，那就瞎了一隻眼。

「你看日文本，看中譯本，這些外國作家中，有沒有誰對你影響較大的？」

「這個我不清楚。我獨獨鍾情於威廉・福克納。有沒有受到誰的影響，這個我不清楚。」

「你的作品取材有兩個顯著的分別，一個是剛剛提過的異常題材，另一個較為寫實，譬如《山女》以前的時期，《那棵鹿仔樹》的時期，請問你，題材的來源為何？」

「我想是這樣的，大概作品的來源有兩個部分，一部分是以回憶童年，故鄉為影子拿出來的，一部分是來自現實。你年齡越大，越是以現實

題材來寫。我在近年來以童年的故鄉的那些短篇的題材都寫得差不多了，再寫下去就模仿自己，重複自己了，所以就必須在現實裡抓題材；大概在這種情況之下，不抓現實就寫不出來了。」

「除了童年的啦，現實的啦，是不是還有一部分是幻想的？我看你幻想力好像很強。」

「應該是想像。」

「噢。」

「哎，你看我的看法對不對。有人問想像的來源，我給他回答——想像的動力有三：一是潛藏的意識，童年的，歪曲的，被埋葬的，零碎的幼年記識。第二個就是對大眾的關心，對廣大人群的愛。沒有前面的那一段，你引不出那些基本的結構；你沒有對廣大人群的愛心，沒有偉大的同情，不會引起你的創作。第三點就是對大地的鄉愁……」

「是不是有些時候遭受現實生活的打擊也會產生想像？」

「那就是對大眾的關心呀，關心你自己嘛，你自己也是大眾之一啊！」

健康恢復，薪水調整後的李喬，看起來雄心勃勃，他說：「這下好了，我可以安心寫些東西了，薪水夠用，我就不必再寫那些賣錢的東西。」

「普通你寫東西大概都在什麼時候？」

「以前我身體不好，大概都在禮拜天，要是下午沒有課，晚上寫一寫。最近我課少，有時候下午也寫。」

「沒有一定的課表？像一天預定幾千字的課表，然後『照表操課』？」

「沒有。我一個月最多一萬字，很少超過一萬字。」

「以後，就是從今天以後，你在寫作上有什麼計畫沒有？譬如說寫寫長篇啦，還是創作什麼樣的短篇啦。」

「短篇是隨其自然，沒辦法預料。長篇，這一輩子大概也只能弄一個

大的，已經構思很久了，好像也跟你提過。」

「這個大的是怎麼個大法？就是以臺灣發展史爲背景，偏重鄉土人情風俗習慣？」

「哎哎，我就怕這個，把鄉土文學弄成鄉土人情風俗習慣，阿彌陀佛，最好不要這樣。取材應該會這樣。」

「取材會這樣，但是表現方面……」

「應該不會這樣，應該不會這樣慘才對，哈哈。」

「那當然。……但取材方面大致就以這個爲對象？」

「嗯，大致這樣。我希望寫甲午年前幾年到光復前幾年。分成三段。因爲那裡面有一個對我比較方便的背景，就是我父母親的年齡，正好貫穿了這一段，而我母親的那一個系統充滿了很多可以寫的故事。而整個大主題是以我的母親——母愛來貫穿。主要還是寫那個時代，但靜態的貫穿的主脈還是以我的母親。……人，大概越老越懷念母親，（這個，你小孩子就不曉得，不能體會了，哈哈）母親的本身就是一個意象，就好像人來自於大地，這母親就是大地，而且我們每一個人，將來就要回歸大地（這又是佛洛依德教我的，哈哈）有那種回歸大地的鄉愁，那麼，母親正好是一個代表。追求母愛，也是追求生命的本源，母親就是大地，大地就是人的本源。……有這麼一個大的東西在我腦筋裡面轉，我認爲可以構成一個大長篇。……剛好這個時期（一八九多少多少年到光復的前期）是臺灣大動亂的時期，所以我認爲有許多可寫。」

「那你準備什麼時候開始寫？」

「本來是今年暑假，現在我又多了個沒有眷糧的小女兒，我只好延期。」

「噢。那這個工程很大喔，差不多洋洋數百萬言？」

「沒有，哪有那麼多？第一，我體力不夠，第二，時間不夠，第三，才華不夠。我預定把它們濃縮到 20 萬，20 萬，20 萬，就是以 60 萬字終篇。」

　　對於母親，李喬有一種強烈的懷念。父親繫獄期間，幫助他，引導他走向正常生活的，就是慈母溫暖撫慰的雙手。以這樣深刻的感情基礎來作背景，寫起這個長篇應該得心應手才對。

　　在前面提過的那篇小說〈阿妹伯〉裡邊，有一段描寫他幼兒時與母親生活的情景，實在令人心折：

　　他的母親把幼小的他放進有破布的竹籃裡，另一隻籃子放一把大山鋤，把他挑到四周都是杉樹的山園裡種地瓜和花生。他母親讓他坐在安穩的竹籃裡，一面挖地，一面哼些小山歌給他聽。

　　「但是最後她卻把歌聲一變，就成了人死時婦人唱唱哭哭的調兒了。那時她的臉上是汗水？是眼淚？我實在分不清。」

　　葉石濤看了這一段，嘆口氣：「唉！這一幅窮苦農民母子的畫像，實在不遜於拉菲爾繪筆下的那光芒四射的聖母和聖嬰畫像呢！」

　　現在李喬要以這種發自內心深處的感情，以這些動人故事為小說情節的主幹，透過他那偉大的同情，來表現在日本人統治之下的臺灣，表現臺灣的社會，表現人性，表現歷經折磨而又能昂然奮鬥的許多生命，對於生於斯長於斯的李喬來說，這是一種光榮的責任，一種歷史的使命，一種作家的高尚情操。對於我們來說，這是一種期盼，一種渴求，一種道義上的慚惶。

　　支撐李喬在創作事業上邁進的原動力，正如他自己所說，是幼年的記識，是偉大的同情，是大地的鄉愁，尤其後二者，更是他與生俱來的天賦；為了這一些，李喬所付出的代價是十分龐大的。在任何一個世代裡，我們都希望聽到真誠的聲音，而李喬的聲音正是這種。

　　削瘦的臉龐。中等身材。黑框眼鏡。炯炯有神的目光。一隻拿粉筆又拿原子筆又彈琴又弄柴米油鹽的手。四個孩子。一個刻苦耐勞的妻子。幾盆蘭花。一些松柏盆景。兩條狗。一些債務。一些書。一些蛙聲蟲鳴。不煙不酒深居簡出的李喬，有時憂鬱有時樂觀。從《飄然曠野》到《山女》，從《山女》到《恍惚的世界》到《痛苦的符號》，這條路仍將繼續

走下去，不管颱風下雨，不管晴天陰天，他會越走越穩，越走越像自己的樣子。

希望他的蘭花會像他所走的這條路一樣，燦爛多姿，令人喝采。

——民國 63 年 8 月 26 日訪問。8 月 30 日完稿

——選自《書評書目》第 18 期，1974 年 10 月

人性的探討者

李喬印象記

　　拜訪李喬是我心中惦記已久的事，兩年前我曾經因為小說寫作技巧的問題與他做過筆談，也在電話中通過幾次話，他給我的外表印象是模糊的，只從照片中去得知，但我內心的感覺是相當的深刻，我知道他是一位熱愛文學的人，也是一位樂於協助年輕人的作家，然而我卻被一些俗務給耽擱了，拜訪李喬的心願也就無法實現，直到最近才與他聯絡上，約好在一個假日前往苗栗。

　　時間是民國 69 年 10 月 31 日上午 10 時 5 分。

　　當我從中興號的車下來，第一腳踩上苗栗鎮的土地時，我就喜歡上這個小鎮，它純樸、寧靜，這裡的人都有一張憨厚的臉。昔日這個狹長的小鎮，儘管南北接臨文風鼎盛的臺中與新竹，但是座臥在兩山間的苗栗地帶，卻是個文化沙漠，文風一直不盛，而今這個小鎮居住了一位聞名臺灣文壇的作家——李喬，吸引不少文藝作家來訪，我想會給苗栗鎮帶來一點文藝氣息吧！

　　我沿著古樸的街道，朝著事先約定的地點，也就是李喬任教的學校——「苗栗農工」的方向走著。我心裡想起鍾鐵民的話，他曾在一篇文章中說：

　　　李喬身材中等，略嫌瘦薄；面孔英爽俊美，戴了副近視眼鏡，斯文中顯

---

*黃武忠（1950～2005）散文家、小說家。臺南人。發表文章時為《幼獅文藝》編輯。

出忠厚良善，看起來非常舒服，沒有一絲橫生的肌肉，只是臉色總透著蒼白。雖然病不離身，但說起話來精神十足，全身都有表情。

從這段話看來，李喬不就是天生一付作家的臉嗎？

我很快就來到約定的地點，李喬已靜靜地坐在校門口的會客室裡，當我們見面時，他那種親切的笑容，使我們的距離一下子拉近，沒有一點陌生的感覺，倒是有些一見如故的歡欣。他給我的第一印象是文質彬彬，雖然稍顯清瘦，但精神抖擻，聲音宏亮，看來比他送我的照片要年輕許多。

「到我家去談好嗎？」李喬說。

「那太好啦！」

「叫部車去吧！」

「需要嗎？走路要多久時間。」

「大概要十幾廿分鐘。」

「那就走路好了。」

他帶我走一條曲折的小路，路的兩旁是矮房子，有著鄉間的風味，不久我似乎感覺到已走出街鎮，而進入了田園。穿過一排竹林，一座小橋，而後到了一片稻田，稻穗已有八分熟，黃澄澄的，宛如一幅動人的畫面。李喬的家就在這裡，這是個寧靜閒逸的田園居。

甫進門，一隻小黑狗向我衝來，我禁不住地問：

「是您短篇小說中的修羅祭嗎？」

「哦！不是，修羅祭牠已經死了。」

李喬忙著告訴我。

稻香陣陣，我們在泥土的芬芳中暢談起來。

李喬，本名李能棋，另有一筆名壹闡提，苗栗大湖鄉蕃仔林人，生於民國 23 年 6 月 15 日。其出生年代正值抗戰前後，生活物質極其缺乏，尤其落後偏僻的山區，其困境可想而知，因此李喬有著悲苦辛酸的童年。

到了光復初期，經過戰亂，社會呈顯破敗，生活仍然無法改善，因此，李喬的青少年時期，歷經窮苦的煎熬，這種生活的悲苦面，也就形成一股暗流，影響著他的作品。

李喬說：「我是個生活在歷史中的人，我有義務提筆記錄或檢視我所生活過的歷史，因此，我自然而然地走上了寫作之途。」

他有著歷史的使命感，握著筆寫出一篇篇的小說，直到目前為止，他已完成約 300 萬字的小說作品，尤其近年完成的《荒村》、《寒夜》、《孤燈》三部曲，更是他的精心力作，堪稱為他的小說作品的代表。三部曲分三個階段寫：

《寒夜》從光緒 16 年（1890 年）劉銘傳辭職到獻給臺灣，即乙未抗戰前後。《荒村》，從民國 10 年至民國 16 年，文化協會分裂，民眾黨起來至衰滅，農民組合又成立，到後來左傾。《孤燈》，從臺灣光復前兩年，即民國 32 年至光復後幾天。從這個時間背景看來，臺灣歷史上的幾個大事件，都被李喬給寫掉了，他可以說是個具有歷史感的人。

李喬寫長篇小說時，往往先做些準備工作，就是先完成故事時間表、人物年齡表、人物關係表，及主要情節表，而後貼於書桌前的牆上，等這些工作均完成後，才開始動筆去寫。其寫作時間，通常習慣在清晨，從早上四點寫到六點，目前改變從六點寫到八點，約有兩個小時寫作時間。由於教書，占去了他大部分的寫作時間，因此他擬於近年內退休，專事寫作，其精神和持續不斷的寫作毅力，實令人欽佩。

他告訴我說：長篇小說的細節不必寫得太清楚，基本主題作者有權力決定之外，哪種人物在哪種背景之下，他的發展，作者沒有權力決定。我寫「孤燈」時，我幾乎都沒有大綱，我覺得哪種人物，在哪種處境之下，有著他自然的發展。因此，我昨日寫到這裡放下，今天要寫以前，我一點印象也沒有，然後我看看前面，再下筆，完成後從頭到尾，還是很自然。不過在理智中還是有一種節制，就是發覺此一部分已太長，我該縮減一下，只有如此而已。

　　談到這裡，一陣涼風從窗縫中吹入，屋後傳來幾聲鳥鳴，使人有置身自然的感覺。我毫無顧忌地把問題一個個的提出，李喬卻滔滔不絕地談著，他實是個率真得可愛的性情中人。

　　「寫短篇小說時，有沒有很長的構思時間？」我問：

　　「幾乎沒有，大概是故事一出來，馬上就寫。」他搖搖頭說。

　　我一點也不懷疑李喬的說法，因為寫過了三百多萬字的小說，在文字、語言的磨練，以及技巧的運用皆臻至純熟的境地時，幾乎在靈思迸現的同時，有了最佳的內容，同時也就決定了最適當的表現形式，於是可以提筆就寫。因此，我不必去懷疑，我只能說李喬除了後天的努力之外，尚含有幾許與生俱來的寫小說的天才。

　　接著我提到他的短篇小說作品，在我個人的感覺，李喬的短篇小說，說寫實不夠寫實，說唯美也不是，好像特別注重人物內心的心理描寫，強化人性心理上的探討。他說：

　　「我在自修和學習當中，心理學上面下的功夫最大。尤其我開始寫作的那段時間，文壇的趨向，是流行所謂的現代主義小說，提倡一種所謂分析。因此，精神分析派的那種理論，很直接的就用在小說裡面，我碰到這種浪潮，而自己對心理也下了點功夫，於是我的作品自然就有了這種趨向。」

　　也可能是李喬生長的過程中，不是一個非常開放的社會，因此有些話無法像宋澤萊、楊青矗那樣直接地說出來，於是取諸於心理上的探討，就像經過化妝一樣的，把作品呈現給讀者。

　　此時我想到，近幾年臺灣文壇的趨向，流行著寫實主義的路線，所以問道：

　　「您有沒有從心理學的探索回到寫實路線來的可能？」

　　「不可能，我從哲學宗教開始，轉入心理上的探索，然後回到宗教與哲學方面，因此我的作品會愈來愈趨向一種思維性的東西，或者對人性作更深刻的探討。」

李喬的語氣是肯定的。

李喬除了在心理學上下過功夫之外，對佛學亦有很深的研究，因此作品中亦常包含著佛理。

他小學時，家居住在深山中，是一座獨立家屋，那時正巧他妹妹不幸罹病去逝，他獨自一人，守著妹妹的屍體，因此，在他童稚的心靈中，早已體會出「生命之無常。」而後長大，其生活又遭遇到一連串的窮困，所以，生命的痛苦層，李喬感受得特別快，《寒夜》和《荒村》的小說背景，根本就是他的背景。這個自幼即已深植心靈的「生命之無常」的體悟，使他酷愛佛理，而進入哲學的境界。

他的愛佛，從他取的筆名——「壹闡提」，可窺見一斑。

「壹闡提」是梵文，有兩個意思：一為斷一切善人不能成佛者；一為濟渡一切眾生之大悲菩薩不欲成佛者。也就是說，一個人他的本性不是佛陀，不但不能救人，這種性情的人，就是佛也沒辦法救他。另一種是，不度盡天下人以前不成佛，意思與上面完全相反。

李喬坦誠地告訴我，他的短篇小說〈修羅祭〉，有與他相同的個性，可以說指的就是李喬，在他的性子裡面有很激烈的一面，充滿著野性，所以他要修養心性，勤讀佛經，研究佛理。然則可貴的是，他認為從事藝術和文學的人，對於眾生的大礙必需了解，應該具有「不渡盡天下人以前不成佛」的胸襟，也就是說應以如此偉大的胸懷去關愛人類。

由於有了這偉大的胸懷，李喬的感性是相當強烈的，他容易對一件存在的東西，賦予他的意義。他認為只要存在，就有它存在的意義。即使是竹、木、山、石都有它的存在意義，因此賦予它一種感性的意義，在這種狀況下很多事物都可寫成小說，所以李喬在小說的取材上相當的廣闊。

談到這裡，我急著讓李喬表達他的文學觀。

他思索了一下，而後扼要的說：

文學是唯一進入人性裡面研究人的學術。

　　文學作品，客觀言之，是愛與悲憫的結晶；主觀言之，是作者人格的符
號，生命的縮影。

　　文藝是語言文字的藝術。作者必須鍛鍊成一種絕對適於自己的語言文
字，用以表達其對於人生、人性最洞澈的了悟與解釋。這是文藝的極致，
也是這位作家人格與文格合一，達到生命的極致境界。

　　他的文學觀，有著悲憫和愛，充滿著佛性。他曾在《李喬自選集》一
書中說過：「我個人接近佛理多年之後，不論是社會的、自然的、生命的
諸現象、或科學問題，在我能了解的部分，都可以用佛理的角度看，都可
以解釋得通。所以說，佛理統一了我的一切看法。」我想李喬已修成一顆
晶瑩的「佛心」。

　　目前李喬除教書、寫作之外，偶爾下下圍棋，蒔花養鳥，也彈彈琴，
儘可能在法律和道德的約束之外，放鬆自己，讓心靈得到充分的自由。

　　我們談得很起勁，李喬略帶磁性的聲音愈來愈宏亮。

　　我低頭看看腕錶，已是 11 點半，我們已足足談了一個半小時，我突然
起身告辭。

　　李喬夫婦執意要留我吃中飯，因我確實有事，只好婉謝。時間關係，
促使我們不得不在意猶未盡中結束談話，在親切的招呼中，揮手道別。

　　回來後，我重新思索整理李喬給我的印象，我於日記上這樣寫著：
「李喬外表文質彬彬，溫厚謙恭，待人親切有禮，言論中卻流露著粗獷豪
爽、野勁十足的個性。」

——民國 69 年 12 月 1 日《臺灣時報》

——選自黃武忠《臺灣作家印象記》
臺北：眾文圖書公司，1984 年 5 月

論李喬小說裡的「佛教意識」

◎葉石濤[*]

　　西方作家之中，有些人被稱爲天主教作家。例如法國的心理派巨匠摩里雅克，英國作家格林（Graham Greene）等是。雖然天主教作家把天主教倫理（Moral）奉爲寫作的準繩及價值標準。但如果據此而以爲他們的作品是教條式的說教，那麼我們都會走入思考的歧途，抓不住他們作品裡的廣泛、深刻的世界。在人類心靈裡發生的繁多痛苦、失望、挫折、憤怒、歡愉、幻想的悲喜劇。在外在世界發生的，時代、社會的蛻變所引起的大風暴等都不是狹窄的小天地。並非我們容易了解的。當然，摩里雅克和格林等作家的小說世界也好似一片汪洋，任你從任何角度去詮釋，也總有一些收穫。

　　放眼看我們亞洲，信仰佛教的國家比比皆是。從中國、日本、韓國、東南亞國家直到印度，佛教的歷史源遠流長，佛教的倫理已滲透到民眾的血肉裡去，變成一種生活哲學和評斷人性的價值標準。然而在亞洲國家的現代作家裡很少有夠格稱爲佛教作家的人。當然，在中國和日本，不乏有作家以寺院、僧侶的生活爲題材闡析佛教倫理的，而且甚多作品也不知不覺之中流露出基於佛教思想的人生觀照，但不能據此而稱爲佛教作家。如果我說《紅樓夢》裡可以找到佛教哲學的痕跡，所以曹雪芹是一個佛教作家，這大概會被譏爲荒謬臆測之說；因爲你在《紅樓夢》裡也同樣可以找到道家和儒家甚至百家齊鳴的諸般思想的痕跡。《西遊記》裡固然佛教思

---

*葉石濤（1925～2008），散文家、小說家、翻譯家、文學評論家。臺南人。筆名葉左金、鄧石榕等。發表文章時爲高雄縣甲圍國小教師。

想甚濃厚。但設若用道家、儒家倫理去闡釋大約也可以行得通，單用一種眼光和觀點去了解小說世界，可能會看到那小說世界的一個層面，但似乎是以偏概全的。

因此我無意說李喬是一位佛教作家。但如果我說李喬是受佛教哲理影響較深的作家，大概不會離事實太遠。事實上，李喬本身的閱讀，涉獵的範圍頗廣，並不單單是佛教典籍而已。那麼根據佛教倫理，李喬在他的小說世界裡展開的是怎樣的一個修羅世界？

容我們打個譬喻來說吧！以李喬的觀點而言，這世界是一個廣大的大苦網；這大苦網是各種痛苦所織成的，這些痛苦有的來自內心世界，有的來自外在世界，人一生下來就註定被這大苦網所捕獲，不管你用什麼方法也脫不了這大苦網的桎梏。那麼各種痛苦織成的大苦網，它的兩條重要的經緯是什麼？一條是貧困──來自外在物質世界的枷鎖，另一條是母愛──來自內心世界母子關係所構成的掙扎。從這兩條經緯，像輻射狀似地擴張開來的是數不盡的無際無涯的痛苦。那麼李喬在這大苦網裡所扮演的角色到底是什麼？他是一隻蜘蛛，懷著悲天憫人、大慈悲胸懷的一隻蜘蛛──他正虎視眈眈地凝視著捕獲的獵物，冷靜地觀察獵物的掙扎形象，研究獵物的因果關係及輪迴樣相，記錄了他們內心深處不易看見的魍魎的肆意跋扈。

李喬以為人就是「痛苦的符號」，有痛苦才有生命，生命就是痛苦動的（dynamic）表現，痛苦的結束就是死亡，人唯有死亡來臨才能解脫痛苦，死亡是永遠的靜止。到這兒為止，我們沒有任何異議，因為這是頗為明顯的道理。然而，死亡真的能擺脫痛苦嗎？

李喬有一篇小說叫做〈孟婆湯〉。他描寫一個妓女劉惜青被異國恩客勒頸斃命後，墮入十八層地獄的故事。照理來說，劉惜青既已死亡，她的受苦生涯已有了一個了結，她的心靈得到安息。但是劉惜青的痛苦並沒有結束，她面對的是更難受的另一種痛苦，那是另一個開始──轉生。換言之，劉惜青此生所有受苦雖算告一段落，但是轉世以後，不管那新的生命

形態是否屬於「胎卵濕化」四相中的哪一種，她乃須捱受生爲生物的無窮無盡的痛苦。如此一來，痛苦超越了時間之流，周而復始，永沒有停下來的一天。這難道是輪迴中隱藏的哲理嗎？佛陀所提倡的光明和慈悲是有選擇性的，極樂世界可望而不可求，輪迴的懲罰才是貨真價實的呢！

死亡尚且無法消除生命所帶來的痛苦，那麼，以逃避、反抗、冥想、領悟來頂住痛苦的諸般行爲只能收一時之效，卻不太管用。縱令人患了精神分裂症或記憶喪失症，那痛苦仍然如影相隨緊追不放呢！因爲痛苦就是生命的本質，是生命本身啊！

像英國作家史蒂文生（Louis Stevenson）的著名小說《化身博士》（The strange Case of Dr. Jekyll and Mr. Hyde）是描寫雙重人格的小說。儘管吃了藥物以後，契基爾博士白天和黑夜會分裂爲迥不相同的兩種人格，但不管是品行端正的紳士契基爾也好，無惡不作的歹徒海德也好，他們所嚐到的人生苦汁仍然是等量齊觀，絲毫沒有減輕；所以雙重人格的人，他們仍要各自分擔所扮演角色的痛苦。

李喬的長篇小說《痛苦的符號》是描寫因車禍失去記憶變成雙重人格的人的故事。這長篇最精銳地呈現出李喬的思想，簡直是把人間所有的痛苦描寫殆盡。這長篇可以說是痛苦的集大成，也是研究痛苦的詳實記錄。

小說中的主角莊時田原本是鄉下小學教師。他的家境是貧困的，可是他在母愛的滋潤下知道發奮求學，不但順利畢業師範學校，還考中普考及高考。我們在莊時田身上多少能看出李喬童年、少年、青年時代的力求上進的跡象。值得我們注意的是在這長篇裡，時時流露出莊時田的無限孝思和母親的慈愛；這猶如交響曲的主旋律，每當小說的主角陷入困境時，母親的映像就出現，慰撫了他戰慄的心靈。在這篇小說裡母子關係乃是人主要痛苦的來源之一。

莊時田偶然發現他的未婚妻背叛了他，他憤而失手打死情敵，以致於鄒鐺入獄。出獄以後，他發現母親奄奄一息，終於去世。母親的死把莊時田求生存的意念徹底摧毀，他酗酒、他嫖妓，最後一場車禍使他的記憶喪

失，他被歹徒所利用變成歹徒的嘍囉犬金利。他販毒、販賣人口，玩女人，耽迷於肉慾，然而他內心裡的良善人性卻極力掙扎，他終於設計擺脫了歹徒的糾纏逃出了虎口，找到了故鄉。可是，故鄉的情景無法使他恢復記憶，他的最後歸宿乃是精神病醫院。

這長篇的構成方式令人憶起福克納的《野棕》（The Wild Palms）；是由兩篇截然不同的故事的交錯敘述而並行展開的，不過在《野棕》裡，兩個故事的主角互相扯不上關係，就只是統合在福克納的一個實驗性的主題——即「道德的墮落」罷了。按福克納的小說世界來說，墮落無可避免地使人犯罪，犯罪的結果人會受苦，那受苦便是人的精神提升，自我懺悔的過程，懺悔洗淨了罪惡，自然救贖就會來臨。

李喬的《痛苦的符號》同福克納一樣，他描寫的是道德的淪喪和犯罪，繼之而來的是受苦，在受苦的煎熬中人會得到救贖。然而在李喬的小說裡似乎救贖還沒有到來，我們所看到的盡是些特寫鏡頭般的受苦。按佛家的倫理來說，人的罪惡有「輕業」和「重業」之別，除非是罪孽深重，人都可以由受苦的過程中得到救贖。然而，我在李喬的小說裡看不見任何救贖的曙光——大地仍然是一片黑暗，人會無窮盡的受苦下去。也許莊時田所犯的是無可救藥的「重業」吧？他需要在周而復始的輪迴中償還他的業苦。這倒像貝克特的《等待果陀》一樣，那救世主基督永遠不再出現。人在無際無涯的無聊中等待著基督的復活，最後審判的到來。人只能像卡繆的息息佛斯一樣，意志軒昂地把大石頭推到斜坡上去，在那受苦的持續中才覺得有生存的意義和苦澀的歡愉。

不過莊時田的黑暗的受苦生涯中也有微弱的光透進來；這光倒不是來自他自我淨化的過程，而是外在世界底人性良善的光的投射。譬如母愛是一束微弱的光，可是這光給莊時田帶來的並不是救贖，而倒變成折磨他的痛苦來源；他因為沒有辦法報答母愛而自責，以至於挖深他心理的創傷。老典獄長的慈愛也是微弱的光，但力量薄弱，無法扭轉他受苦的宿命。朋友的關懷和體貼也是微弱的光，但這只能在現實事務中幫助他渡過難關罷

了，毫無助於減輕他內心裡的痛苦意識。

李喬的小說世界是無底的深淵，使你重溫人生的噩夢；因此，這長篇也就帶著夢魘般的色彩了；就這一點而言，這小說的形式恰如剪裁合身的衣服一樣套住了內容。

李喬小說裡的另一個主題是貧困，在描寫貧困方面他已達到登峰造極的地步；而這貧困就是人生大苦網中的一條重要網脈。貧窮本身並不是罪惡，對於意志堅強的人而言，它也許是一種挑戰而已，只要你相信你有辦法打倒它；但是對大多數的人而言，貧窮可能是擺不開的宿命、環境、性格、枷鎖，甚至是生存的意義！

所有在臺灣的中國作家中，很少看見像李喬這樣，徹底了解貧困的深刻涵義的人。原來李喬的童年生活是淒苦到極點的。李喬在《自選集》的自傳裡寫他童年生活而嗟嘆：「至於窮絕山居悲苦童年，對我心靈和人格結構，進而寫作的方向和思想等都影響很深吧」。

李喬的父親在日據時代為一抗日分子，曾被捕入獄多年，出獄後被「限制居住」在蕃仔林山區，接受主七佃三的苛酷條件，造林種薯，生活的悲苦可說達到筆墨難以形容的地步；這和他同屬客家人的前輩作家鍾理和的悲慘環境一模一樣。李喬又自幼身體羸弱，所以假若沒有母親的百般呵護和母愛，他一定無法活下來。李喬在他的一篇短篇〈阿妹伯〉裡，曾經描寫他和母親相依為命的生活：「我在不會走路以前，媽每天早上，在一個竹籃裡放些破布，然後把我放進去坐好；另一隻籃子放一把大山鋤（開新地用的一把特製鋤頭，比一般的鋤身要長兩倍），他把我挑到只見一角藍天，四周都是杉樹的山園裡挖地種地瓜種花生。

我的體重增加了，媽就在放大山鋤的竹籃子裡，加一兩塊小石頭去平衡它。

媽把我擱在杉樹下；她一面挖地，一面哼些小山歌給我聽。但是最後她卻把歌聲一變，就成了人死時婦人唱唱哭哭的調兒了，那時她的臉面上是汗水，是眼淚？我實在分不清楚。」

　　我們在這樣實無華的筆觸中看到的是聖潔的母愛光輝，而這一幅勞動婦女的畫像正象徵著廣大亞洲世界的許許多多窮苦母親那悲慘的生活現實。

　　李喬的《自選集》裡有一篇小說叫做〈山女〉；他描寫著日據時代末期窮苦人家慘絕人寰的故事。我們平常譏笑人家窮得「一條褲子，全家人穿」，但是在〈山女〉裡面，甚至婦道人家和黃花閨女也窮得沒褲子穿；她們的下半身是乾脆裸露的。她們三頓飯都啃著生蕃薯為生；因為壓根兒就沒有洋火；她們沒有鹽巴，只好以「鹽膚本」——即一種樹木來代替鹽巴佐餐。由於難熬的飢餓，使得人終日像死人一樣躺著，免得一走動就多消耗體力。除去福克納的小說片斷和考特威爾的「煙草路」以外。我很少看到過，描寫貧困生活到這種絕境的小說。李喬的每一篇小說幾乎都有此類貧困生活的描寫，而從這貧困生活自然又衍生各種變奏出來——簡言之，貧困是人間繁多苦難的源泉之一。可以說，貧困是李喬小說的主要註冊商標！

　　收在《自選集》裡的第一篇小說是〈飄然曠野〉，這是篇獨白體的小說，用最前衛的意識流寫出來的小說。全篇用聯想連結心像（image）和意念（idea），展開小說的主題——「母子關係」。小說的主角正在跟他的情人幽會。在這幽會的現實中，主角的潛意識裡重覆地出現的是患癌疾面臨死亡他底母親的面貌。母愛和孺慕之情間的掙扎，給這篇小說帶來緊張和壓迫感。然而在這篇小說裡，我們看不到在西方小說裡司空見慣的「戀母情結」等異常心理的介入。小說的主角身上並沒有發生選擇母親或情人的問題，他愛情人更愛母親。只是無限孝思使他不得不焦急地想擺脫情人回到母親身旁去罷了。

　　擺脫貧困和痛苦的另一種方法可能是幻想。幻想可以使人暫時忘去貧苦生活的折磨。不過暫時擺脫貧苦的另一種更有效的方式似乎是逃避；在可靠的卵翼下逃避現實。而在這世間裡最可靠的依恃是母愛無疑。以前，日本人常說，他們的皇軍在戰死的那一刻都會高喊天皇萬歲，其實這是天

大的謊話，據說他們所喊出來的是普天之下的共通語言：「母親！救救我！」。

唯有母愛才可以拯救一切苦難，提供最安全可靠的庇護。

因此，在李喬的小說〈人球〉裡，那公司小職員為殘酷的窮苦現實所逼迫而走投無路時，他唯一的選擇是使自己變成一團人球；他採取像在母親子宮裡的胎兒那樣的姿勢，才得以減弱不安。這篇小說令人憶起卡夫卡的《蛻變》的主角，他在父親嚴厲的指摘下倏然變身為一隻巨大甲蟲。

既然佛教同其餘宗教一樣，它追求的是光明、慈悲、寧靜、幸福的生涯，那麼李喬的這些以受苦為題材的小說，似乎剛好背道而馳，肆意刻畫墮落和黑暗。他刻畫入微的去描寫修羅地獄，難道是要把人推入黯然無光的虛無世界？我們在他的小說裡瞥見的，難道不就是叫人不寒而慄的病態心態、異常情節以及罪惡？這種小說那裡會給我們帶來慈悲與和平？

其實，李喬小說的效果同那地獄十殿的彩色繪卷一樣。在我們眼前展開的那些亡靈血淋淋的罪惡記錄及他們挨受的無情刑罰。使我們的心靈受到巨大的衝擊；這固然會使我們戰慄、懼怕，但從這衝擊裡緩慢升起來的是悔罪、懺悔的自我淨化。李喬小說給我們帶來的不正是這種墮落、犯罪、受苦直到救贖的內心經驗嗎？

——選自《臺灣文藝》第 57 期，1978 年 1 月

從大地走進歷史

論李喬的小說

◎高天生[*]

> 「非哭過長夜的人，不足以語人生；在那接受、凝視與發掘苦難的過程
> 中，李喬不僅領略了人生的況味，而且對人性的醜惡鄙劣，也有了更深
> 一層的體會。」
>
> ——鍾肇政

由苦難闡發悲憫

　　依照葉石濤的「作家的世代」區分，李喬和黃春明、陳映真，同屬於第二代作家，「在幼年時也曾受過日本教育，然而對統治者猙獰面目，他們的印象已相當淡薄和模糊，不過仍然知道有關殖民者殘暴統治的大概輪廓。」李喬出生於民國 23 年，光復時讀小學四年級。李喬的父親曾參加反日活動，並因而入獄多年，出獄後被限制居所，過著困苦的山居生活。光復時參加三民主義青年團，有過幾年風光的日子，後來在地方派系中有些糾葛，晚年頗不愉快，同時也連累家小生存在極限狀態中。因此，李喬強調自己是「臺灣山區荒村農家的子弟」，而窮絕山居悲苦的童年，對於他的心靈和人格結構，進而寫作的方向和思想等都影響很深！

　　以創作量來說，李喬在同代作家中是相當特出的，他所寫的短篇小說，至少有 200 篇，結集的中短篇小說目前有八部，長篇小說七部。這些作品的傾向，「大都偏重在社會大眾生活面的描繪，爲無告的小民作微弱

[*]發表文章時爲《暖流》雜誌編輯。

的代言。」李喬曾自述創作的動力，一是童年的壓抑，二是基於對廣大人群的愛，三是大地的鄉愁，就是生命本然的追求與關懷。李喬筆下所開拓的世界，正如葉石濤先生在〈論李喬小說裡的「佛教意識」〉中所說：

「⋯⋯這世界是一個廣大的大苦網，這大苦網是各種痛苦所織成的，這些痛苦有的來自內心世界，有的來自外在世界，人一生下來就註定被這大苦網所捕獲，不管你用什麼方法也脫不了這大苦網的桎梏⋯⋯李喬在這大苦網裡所扮演的角色到底是什麼？他是一隻蜘蛛，懷著悲天憫人、大慈悲胸懷的一隻蜘蛛──他正虎視眈眈地凝視著捕獲的獵物，冷靜地觀察獵物的掙扎形象，研究獵物的因果關係及輪迴樣相，記錄了他們內心深處不易看見的魍魎的肆意跋扈。」

葉石濤認為織成這大苦網的兩條重要經緯，一條是貧困──來自外在物質世界的枷鎖，另一條是母愛──來自內心世界母子關係所構成的掙扎。對於母愛如何構成苦難的線索，我們不大能理解，但對於貧困之所以成為苦難的根源，我們很容易可以從李喬的一些小說窺出端倪。譬如《山女──蕃仔林故事集》所收集的小說，是李喬童年生活的真跡寫照，「這裡有我生長小山村的一群愚昧可憐而善良百姓的淚痕笑影；有苦難一生的雙親的聲咳容音，那是異族統治下陰影裡的生活貌，一個小小的取樣。」《山女》裡描寫蕃仔林的每戶人家都一樣，每天吃兩餐，主要食物是蕃薯湯。鹹茱婆為了討回兩碗米，竟要翻山越嶺，而債主阿春母女不但衣不蔽體，更要用「鹽霜梗」代鹽巴，生活環境的困陋，由此可見一斑。〈呵呵，好嘛！〉裡的阿火仙和妻子昂妹，為著祭完死人的三牲斤斤計較；在〈蕃仔林的故事〉裡，我們更看到人與狗在爭逐腐壞的豬肉。如果再進一步追究蕃仔林貧困的根本原因，可以歸諸於異族統治的苛虐暴政：「蕃仔林裡，好像人越來越少啦！為什麼年紀不太老的，年輕的，都一個個走呢？走了就沒回來！不，回來的都是裝在白木箱裡⋯⋯」（〈蕃仔林的故事〉）壯丁被征調去當砲灰，留下的一個是傻瓜，一個是瘋子，還有一隻癩皮狗，都是些無用的東西，生活如何能不悲慘呢？難怪李喬要以「哭聲」

為基調，來開展蕃仔林故事：

> 這是傳說……每個晴朗的黃昏，最後一道夕陽盤旋在鷓鴣嘴的片刻間，
> 還有月色美好的晚上，從那高山頂巔上，有時會飄下一縷幽忽淒屬而哀
> 切的哭聲……。

這哭聲，不一定是具體或實質的聲音，但卻是一種象徵，代表所有苦難生靈的呻吟。

然而，人的苦難，有時並不完全是來自外在的局限，而是內在自身性格使然，如佛教有個說法，屬於「修羅道」的人，有個特點，就是男的特別醜，女的特別漂亮，而性格上又特別容易猜疑、忌妒、憤怒和煩躁，遂因此引發許多無可奈何的悲劇。李喬有一篇小說〈修羅祭〉，寫一條長相、性格皆不平凡的狗，終於死於非命，那是對修羅道出來的生命，一種無可奈何的同情、了解和認知。

至於李喬的另一個長篇《痛苦的符號》，「是借小說的形式，企圖描繪人間幾種痛苦的面貌，以及面對它的心靈震顫。」這部小說的主角莊時田，原本是鄉下小學的教師，他家境貧困，但頗知奮發上進，順利畢業於師範學校後，又憑自修考取普、高考。在偶然的機會裡，他發現未婚妻的姦情，憤怒中失手打死情敵，而致鋃鐺入獄。出獄後，又遭遇母親逝世的刺激，因而墮落，更遇到一場車禍喪失記憶力，被歹徒利用，成為犯罪的工具尤金利。他販毒、販賣人口、玩女人、耽迷於肉慾，但內心一絲善良本性未泯，掙扎中設計擺脫歹徒的控制，逃回故鄉，可是故鄉也拯救不了他，他只好陷入茫茫無際的痛苦的波濤裡……。

根據李喬的看法，生命的本質是痛苦，人有時候是為痛苦而活著，「往更深一層看：生命的起點與原始特徵是『動』──『顫動』不就是『痛苦』的形式嗎？」痛苦是生命的符號，所以「痛苦的符號」這篇小說，只是痛苦的符號罷了！然而，李喬描寫這些「痛苦」，並不是要傳達

某種厭世悲觀的看法，而是「希望借劇中人的悲劇，使讀者心靈上獲得清滌作用、昇華作用——產生更大的韌力勇氣，以面對現實。」

深邃的人性探討

雖然，在許多人的歸類裡，李喬都被冠以「鄉土小說家」的名銜，但是，我們如果進一步深入閱讀李喬的短篇小說，卻發覺這樣的歸類並不恰當。正如鍾鐵民在〈李喬印象記〉一文中所說：

> 李喬很著力在探索人類心靈，研究現實生活與潛意識及行為的連帶關係。他的作品，除早期較偏重鄉土色彩，記敘鄉友們的艱苦、歡樂外，其餘都在反映現實，描述心理掙扎歷程。他力求脫俗新異，選擇時則常利用變態心理……。

在當代作家中，李喬的好學深思是頂有名的，東方的老莊禪佛，西洋的哲學愛智，他都下過工夫；而對於臺灣坊間所有搜羅得到的心理學書刊，他也一度瘋狂地沉迷耽讀。他最崇敬的近代小說大師是「威廉·福克納」，「他的繁富技巧，南方色彩，深刻的人性剖析是少有其匹」。雖然，李喬沒有刻意去模仿福克納的作品，但是他小說的多樣性和勇於嘗試嶄新技巧的實驗精神，確實是和福克納有某些牽連。例如前節已提過的《痛苦的符號》，故事取材於精神病患。主角是迷逃（神魂逃亡）Fugue患者——一種雙重人格現象的病人。李喬在小說的形式技巧與處理方法，很顯然從福克納的意識流小說中得到不少啟示和借鏡。在另外一些短篇，如〈蜘蛛〉、〈人球〉、〈火〉、〈人的極限〉，我們可以發現「李喬對人類行為和心理的看法，很多與佛洛伊德的人性理論不謀而合」，因為他筆下那些「無用的傢伙」，都是先對生活失掉信心，再逐漸導出對「性」產生恐懼感的結果，正應合了佛洛伊德「唯性論」的早期學說。然而，李喬有一些作品，並不盡然可以用西方的心理分析學說加以規範，譬如〈飄

然曠野〉這篇小說，當年發表時曾使李喬聲名大噪，但他在前衛的表達技巧底層，所蘊涵的卻非病態的「戀母情結」，而是傳統的「倫理道德」。

在同輩作家的印象裡，李喬是個天才型的作家。鍾鐵民在前揭〈李喬印象記中〉，最稱道的就是這一點，他說：

> 李喬天才橫溢，滿腦子奇特的思想，當他有了一個觀念後，他就能很快的表現出來。他可以隨手塑造活靈活現有生命也有個性的人物，也能編製種種連他自己都覺得難以相信的故事。但是我們讀來並不覺得他的故事牽強，因為他有話要說，而他把他的話說出來了。

例如〈人球〉這篇小說，描寫一個人由於外在的現實挫折和一連串的退縮，終於縮成一個圓球，意識衰退回到胎兒期。乍然看來，這種由「心理的病態變成生理的病態」的病例，實在不可能。但是，仔細再往深一層尋思，「宇宙之大無奇不有，人類潛意識的力量仍然是神祕不可測的，好好的人只因為失去自信而聾啞或癱瘓的例子並不罕見。那麼一個偉壯的男人縮成人球為什麼不可能呢？」於此，我們不得不對李喬的巧妙構思，拍案叫絕。或許，這即是李篤恭先生所說：「李喬的夢幻讀後會使人感覺為現實（寫實）」的最好註解吧！

同樣運用似真似幻的手法，傳達現代社會生活現實的還有〈孟婆湯〉。這篇小說原發表於民國 62 年 3 月 9、10 兩日的中國時報人間副刊（桑品載主編），後又收錄於林柏燕編《六十三年短篇小說選》。內容主要敘述一個娼妓，為外國嫖客所殺，一縷幽魂飄向陰曹地府喊冤，但陰間對兇手亦無可奈何，只好讓劉惜青去喝「孟婆湯」，忘卻前生一切瞋恚，「果因劫證，再入輪迴」，但這位阿惜姐，卻不願喝「孟婆湯」忘卻前生，而清醒的記憶跳入轉劫所的巨輪槽凹裡。這個故事的原始題材，是來自當時社會頗為轟動的新聞，李喬雖明知對當事者無可奈何，但也按捺不住心中那股氣憤，所以「用心良苦」地做了一些扭曲、變形的處理。

　　李喬被選入年度小說選的作品，還有一篇題為〈兇手〉（《六十年短篇小說選》鄭明娳編）的四萬字巨型短篇，內容描述一個少年宰牛工人，因家庭慘變，無以為生，不得不走上心不甘情不願的宰牛生涯，後來因同病相憐的愛上一個流浪女，而與之結婚，終因社會環境的逼迫和岳母的無理取鬧，憤而操刀殺死岳母，成為一名「兇手」。

　　對於自己的短篇小說，李喬很早就有一種悲劇的自覺，認為自己實在沒有辦法跨越那道「界限」，而到了「水斷山窮馬不可前」的境地。然而，當代評論泰斗葉石濤先生，多年前在〈評李喬的兩本書〉裡，老早就肯定李喬所寫的〈採荔枝〉和〈那棵鹿仔樹〉，這兩篇以本省風土為主題的小說，作者以敏銳的觀察捕捉住了本省社會蛻變的兩個重要階段，堪在同類型小說中占有一席之地。至於其他各類型的作品，不管是寫童年生命痕跡的《山女》，或是反映生活現實的《恍惚的世界》、《飄然曠野》等等，其內容取材的多樣性，技巧形式的繁複多姿，以及超脫流俗的想像力，都是罕有其匹的。尤其，最近看到他在《文學界》集刊第一輯中發表〈小說〉，更使我們不得不對李喬的短篇小說刮目相看！

　　〈小說〉是作者借用一個小人物曾淵旺的遭遇，來向青年人說明「小說」的寫法：「……亂七八糟胡扯一陣就叫做小說因為小說是寫人間事況的，而人間……」曾淵旺這個無奈的山村小民，在那一年 3 月 12 日，因為參加某個結隊遊行，統治者的爪牙鍾益紅、李勝丁半夜來敲門，遂開始逃亡，終於 4 月 18 日，在堂哥家的牛棚被捕。20 年後的這一年 3 月 13 日，曾淵旺又因牽惹上類似的麻煩，舊事重演一次，半夜開始摸黑逃亡，到 4 月 17 日又在堂哥家的牛棚被捕，執法者還是他原來的冤家李勝丁和鍾益紅。因此，李喬告訴青年朋友說：「由以上事例看來，人間就是那樣亂七八糟胡來一陣的嘛。所以，〈小說〉這樣寫就可以了。」

　　然而，如果我們想要進一步窺探李喬的文學成就，最後還是要看他的長篇小說，尤其是近百萬字的大長篇《寒夜三部曲》，這部書不但是李喬個人文學創作的高峰，同時更是臺灣文學史裡的一座高峰。

雄渾悲壯的民族史詩

「從事小說創作的人，大概都有一個抱負：要把自己最熱愛的，或最熟悉的，或和自己生命史最密切的東西寫成作品；希望在這一部作品裡，闡釋作者的生命觀、歷史觀等。」《寒夜三部曲》是李喬懷著抱負和虔誠嚴肅心情寫下來的書，也可以說是李喬「平生最重要的一部書」。根據李喬自己的解釋，這部長篇是所謂「歷史素材的小說」──就是雖然素材來自歷史，但本身還是小說；這一點和一般所謂「歷史小說」──就是創設情節，把它安排在歷史時空裡的一時代的事實、風俗等為背景，將史實和虛構人物混在一起，供給讀者歷史與小說的雙重趣味──有著極大的區別。為了尊重歷史的真實，他不惜花費大量的功夫去搜羅和研讀有關資料，資料來源約略可分為四部分：1.本身所經歷到或見到的；2.搜集到的有關文字資料，如《寒夜》，作者原先只構想到耕地流失到另闢新天地的故事，後來讀了臺灣銀行出版的經濟叢書共一百多本，便將主題作適度的調整，落實到土地問題；3.民間的口碑和存書，例如有關臺民社會運動的過程，便有很多地方參考日文的《臺灣總督警察沿革誌》；4.田野調查，包括人物訪談、遺跡考察，掌故的判讀、解釋等。總計所研讀資料，不下數百萬言，田野調查時間數年，由此可見工程的浩大繁瑣。

　　《寒夜三部曲》第一部《寒夜》，寫乙未年日軍侵臺前後，一群農民拓土開山的經過，重點著落在人與土地的糾葛。第二部《荒村》，寫日據中葉（1926 年到 1929 年），文化協會分裂前後，農民組合前期的幾件大事。第三部《孤燈》，寫的是臺灣光復前後臺灣山村的非人生活，以及十萬青年赴戰南洋的事跡，前者敘述漢人的堅忍生命力，後者為冤死異國的臺灣青年譜一悲壯的鎮魂曲。由於《寒夜三部曲》以臺灣淪日史實為時代背景，「論地區，除本省之外尚及於南洋一帶：論時代，則涵蓋五十餘年歲月，而抒情敘事，莫不曲曲傳神，至其發揚我不屈不撓之民民族精神，更有激人奮發淬勵之力量，允稱為一部民族史詩。」李喬遂於民國 70 年，

獲頒第四屆吳三連文藝獎。

　　李喬的得獎，堪稱實至名歸。《寒夜三部曲》於 1975 年起稿，而他於 1974 年 12 月即自述：「我個人接近佛理多年之後，不論是社會的、自然的、生命的諸現象，或科學問題，在我能了解的部分，都可以用佛理的角度看，都可以解釋得過。所以說，佛理統一了我的一切看法……」由此可見，李喬的思想已臻成熟階段。在《寒夜三部曲》的總序裡，他更進一步將自己的人生哲學析理出來，他說：

> 萬物是一體的。而大地、母親、生命（子嗣）三者正形成了存在界連環無間的象徵。往下看：母親是生命的源頭，而大地是母親的本然；往上看，母親是大地的化身，而生命是母親的再生。生命行程，不全是人意志的事；個人在基本上，還是宇宙運行的一部分，所以春花秋月，生老病死，都是大道的演化，生命充滿了無奈，但也十分莊嚴悠遠。人有時是那樣孤絕寂寞，但深入看，人還是在濡沫相依中的……。

　　正是因為有這樣一個深厚的生命體悟作基礎，所以，當人們問到：「吳濁流先生以『亞細亞孤兒』來凸顯臺灣這群人間子民的悲劇形象，你的自覺如何？」時，李喬慨然答道：

> ……我從來不覺得自己是孤兒，我有安身立命的大地，怎麼會是孤兒呢？……既然生長在一個地方，就該好好愛這地方，有什麼孤兒可言呢？你愛這地方，這地方就是您的母親……。

　　《寒夜三部曲》中第二部《荒村》，是李喬寫得最艱苦的一部。因為這裡所處理的是「臺灣近代史上最重要的年代，也是充滿迷霧的時刻」，而李喬卻「試著去抖開歷史的帷幕，展示真象，並予個人的註釋。」這種作法，是大部分以日據時期為創作背景的作家，所極力避免和忌諱的，但

是，李喬卻憑著一股傻勁毅然去做了，並且做得很有成績，這是我們必須
予以正視和肯定的。

讓歷史來作最後的評判

　　臺灣文學的蓬勃發展，雖然使不少有心人認知到必須另立專史討論，
但迄今未有一部完整的「臺灣文學史」寫就，則是不爭的事實。發源期的
難確定、作家資料散佚、個別研究缺乏……以及種種外在環境因素的限
制，都將使這部本土文學史難產；同時，也使任何為當代作家定位的努力
和企圖，成為徒然的無謂之舉。因此，對於李喬的文學成就，就像他自己
把歷史疑案，留給歷史去答覆、澄清一般，我們也只能讓歷史來作最後的
評判！

——《暖流》第 1 卷第 4 期，1982 年 4 月

回首看李喬的短篇小說

◎彭瑞金*

前言

　　本文是爲《李喬短篇小說全集》寫的總序，旨在回顧李喬的短篇創作歷程，並未按論文的格式撰寫，倉促應大會之邀發表，不及修改，特此說明。

　　短篇小說是李喬文學的入門文類，1959 年，他發表了第一篇小說〈酒徒的自述〉，此後他寫了兩百多篇的小說，出版過 14 本短篇小說集。這些短篇小說，大都集中在 1960 及 1970 年代的 20 年間出現，1978 年，他開始投入《寒夜三部曲》的寫作，占去了它主要的創作歲月，及至 1995 年，《埋冤一九四七埋冤》這部以二二八事件爲背景的長篇鉅構的出版，長、短篇小說大約分別占去他過去 40 年文學生涯的一半。

　　《寒夜三部曲》及其後的長篇作品，爲他在文壇贏得臺灣歷史小說家的美譽，卻也使得人們對他的短篇印象變得模糊而遙遠，其實這不是正確的觀察李喬文學的焦距。26 歲以前的李喬生平記事，用幼年的疾病記憶和各類考試經歷就填滿了，但從此爲界，之後的 20 年青壯歲月都貢獻在短篇小說的經營，誰都不能否認，那裡面一定有一個作家對文學最初、最真誠、最熱切的投注、那些很可能才是一個作家最可珍惜的原形本相。

　　李喬最早的短篇小說集《飄然曠野》出版於 35 年前，《戀歌》、《晚晴》、《山女》，也都在 30 年前出現，以臺灣的文學生態，早已在文壇成

---

*靜宜大學臺灣文學系教授兼系主任。

爲絕響，年輕一代的文學研究者，大都只知李喬的長篇鉅構，鮮少人知道李喬在短篇領域裡有過輝煌成就。此次苗栗縣立文化中心出版《李喬短篇小說全集》，目的也在重建臺灣小說史上一段不可忽視的記憶。

《全集》計收入 180 篇作品，據估計尚有近 30 篇作品「流落在外」，匆忙之間不及蒐入，不能不說是小小的缺憾。全集按作品出現的先後次序，以編年方式排列，最早的是 1959 年發表的〈酒徒的自述〉，最後收入的是 1999 年 7 月才發表〈耶穌的淚珠〉。全集共 11 冊，前十冊爲短篇小說集，最後一冊爲「資料評論卷」，收入有關李喬短篇創作的資料及他人對其短篇作品的相關評論，旨在更完整地呈現李喬的短篇小說文學世界。

李喬的短篇小說與長篇鉅構，可以說是不同的文學領域的文學表現。不論是以日本統治臺灣 50 年的歷史背景的《寒夜三部曲》，還是《埋冤一九四七埋冤》，在本質上是沒有作者個人的「大文學」，它表現的是屬於族群、國家、時代的故事，作者在這樣的巨大的歷史長廊裡，不是微不足道，便是隱而不見。也許做爲一個大河小說作者，置身在宛如大時代樂章的歷史小說巨構裡，可以把它當作一座創作者的煉爐或功房，試驗自己，鍛鍊自己，使自己的文學脫胎換骨，但即使再偉大的作家，也不可誑言自己的文學能駕馭時代。《寒夜三部曲》的寫作，的確是李喬做爲一個臺灣作家的重要里程碑，從臺灣歷史長廊走過來的李喬，除了清澈地釐清生爲臺灣人與臺灣這塊土地緊密相連的關係，也讓他的文學接續了臺灣新文學的傳統，成爲明確爲臺灣的人與土地奮鬥的文學。《寒夜》的寫作，的確是李喬文學的一座煉爐，寫完三部曲的李喬成爲有強烈使命感的臺灣人作家，從這以後，他明顯地加強了他來自文學卻未必用文學形式的發言，投身社會、文化運動，參與政治活動，一個不拘形式的臺灣作家出現了。

相形之下，短篇小說時期的李喬，是一個相當拘謹而忠實的純文學信徒，和「長篇李喬」不同的是，他不把自己的文學放在臺灣的大架構上去經營那些短篇，「短篇李喬」只是一個人間、人性的探索者。誠如李喬在寫作早期接受訪問時自稱的，他是一位對文學形式比較敏感的作家，總是

嘗試以創新的手法，以不同的形式和技巧，寫各階層各方面的人與故事。李喬這些投入小說創作初期、自覺的自我期許，不斷地追求小說形式的變化，要求自己與別人不同，也要求自己不可與以前的自己相同，反映的是內心裡的某種急迫掙扎，像迫不及待要破繭而出的蠶蛹一樣，他的人間探索，使自己的文學宛如陷入一種大苦網中。

葉石濤很早便看出來，「以李喬的觀點而言，這世界是一個廣大的大苦網；這大苦網是各種痛苦所織成的，這些痛苦有的來自內心世界，有的來自外在世界，人一生下來就註定被這大苦網捕獲，不管你用什麼方法也脫不了這大苦網的桎梏。」雖然這是他以《痛苦的符號》這部作品為例取得的結論，但這部和《恍惚的世界》同時在 1970 年代初期出版的長篇，其實大可視為李喬短篇創作的結論。李喬在這兩部作品裡，明確「以為人就是『痛苦的符號』，有痛苦才有生命，生命就是痛苦的（dynamic）表現，痛苦的結束就是死亡，人唯有死亡來臨才能解脫痛苦，死亡是永遠的靜止。」葉石濤更進一步指出：編織這個大苦網的經線和緯線，分別是來自外在世界的枷鎖──貧困，和來自內心世界母子關係所構成的掙扎──母愛。他說，「從這兩條經緯，像輻射狀似地擴張開來的是數不盡的無際無涯的痛苦。」

這番評論，真是一針見血地指出李喬短篇小說的原始面貌，那就是罪與救贖的理論架構，隨著生命與生俱來的繁多痛苦，並不真的等待死亡來擺脫，恐怕「死亡」也未必能真的擺脫，李喬另有一篇小說〈孟婆湯〉，正是在探討生命如何看待痛苦的問題。小說描寫妓女劉惜青被異國變態嫖客勒斃後，生前滿身罪惡，一縷孽魂被判該入 18 層地獄，其生也苦，死得也夠苦，但明知轉世投胎，不論胎卵濕化四相中的哪一相，生命都是無盡的苦，令人不解的，劉惜青在轉身躍入轉世巨輪槽凹的一刻，卻拒絕喝下那可以忘卻前世種種、三受八苦的孟婆湯，帶著常折磨人的羞忿怨恨投胎去了。這顯示李喬文學有自己的痛苦哲學，既然生命有死亡也無法解脫的痛苦，那麼便不應選擇逃避和反抗，受苦的本身是靈魂的提升，精神的昇

華。人的靈魂藉受苦去滌盡罪惡，完成救贖。

在〈修羅祭〉那篇小說裡，有一幕以自己的肉身為痛苦的修行故事。桀驁不馴的野狗洛辛，終於被人打死了，一度善心收留它的主人，仁至義盡之後，仍不能挽回這可預見的悲劇，人要如何看待這樣的生命處境？李喬讓洛辛的主人，斟了一杯 70 度的高粱酒、吃下它的肉，以自己的五臟腑當洛辛的修羅祭場。他說，這是對洛辛「最好的懷念方式」。在人間修行，選擇在現世受苦，是李喬痛苦人生哲學的結論。李喬的自傳表示，他是一個從小就被痛苦圍困住的人，使他徹底了解痛苦的涵義，小說創作也就成為他探索痛苦真諦的重要途徑，他說：「窮絕山居悲苦童年，對我的心靈和人格結構，進而寫作的方向和思想等都影響很深吧！」原來，童年生活是李喬文學裡痛苦人生哲學的根。比較值得注目的是，李喬文學裡的童年印象，不是記憶的複製，他 26 歲才開始寫小說，距離童年生活已相當遙遠，在生命早已越過童年好幾個山巔的時候，回望童年，剩下的一定是咀嚼不爛的生命難題，所以，那肯定不是生活的記憶，而是如何從痛苦中救贖生命的課題。

〈蕃仔林的故事〉就是李喬童年世界的縮影。李喬說這個苗栗深山中的偏遠村落「痛苦、窮困」，「蕃仔林」是一個被上蒼恩澤遺忘的人間角落，貧窮、匱乏、死亡、離別、饑餓……人間的不幸卻未忘記他們。戰爭把這裡青壯男人都征去奉公、當軍伕、軍人了，不停地從戰場上傳回子弟陣亡的消息，好端端的子弟，被燒成灰裝在骨灰罈裡送回村子，尚未出征的青年，則活在一去無回的恐懼裡，戰爭使寡婦得了失心瘋，把見到的男人都當自己的丈夫，還留在村裡的，不是老弱就是婦孺，不是瘋婦就是傻子。丈夫出征不在家的傻婦人和十幾歲的女兒，已經窮的沒有褲子穿，連燒柴的洋火也沒有了，三餐都靠生蕃薯度日，沒有鹽巴，只好以「鹽膚木」代替。不知多久沒有嚐過肉味的村民，把鄰居埋得發臭的病死母豬挖出來。〈蕃仔林的故事〉裡，得了「桃花顛」的福興嫂和永遠掛著兩串黃鼻涕的傻安仔，他們在「餓」急之下，合力挖出發臭的死母豬肉，不意半

路殺出禿尾狗吉比搶出來爭奪，傻安仔猛抽鼻涕，一手捉褲頭，一手與吉比展開人狗爭食大戰的景象，豈不令人錯覺人間是煉獄，他們活在生命的原罪裡，誰來解救他們？

〈阿妹伯〉裡，有一位「父親」，是抗日分子，在 12 歲的孩子心中，「只是個模糊的影子」，「父親」被限定居所，想離開蕃仔林，還得事先向警方報告，被關在監獄裡的時間比住在家裡的時間還多。一大群孩子的生活重擔，全靠母親的勞動來維持。農曆年除夕，偷偷準備些過年的東西，暮色中還未等到丈夫的身影出現，倒是甲長大人聞香而至，以違反禁例，要把粄子糕子帶走。從海那邊隻身來到蕃仔林的「阿妹伯」及時出現，以他魁梧的身軀，擋住甲長大人，不准甲長大人把東西帶出門。次日醒來，阿妹伯卻被警察帶走了。阿妹伯的抵抗「痛苦」，是要付出代價的，但也因此得到救贖的力量，而且救贖並不假手他人。人間就是道場，痛苦就是修持。〈阿妹伯〉劈頭寫道：「我對於童年生活，印象最深的：一是媽媽的眼淚，二是杉樹林，三是阿妹伯。」這裡暗示三者都是悲苦童年的救贖力量，由母親一肩挑起生活重擔的家庭，和只有杉林的蕃仔林一樣，對於「我」和蕃仔林人，既是人間煉獄，又是修行去除原罪的道場；既是「痛苦」的源頭，又是救贖力量的根源，孤苦、寂寞如「阿妹伯」卻是燃起救贖力量的「火星」，整個蕃仔林世界，如果缺少像阿妹伯那樣的抵抗力量——儘管那股力量像火星一樣，一下子就被熄滅了，但沒有它整個蕃仔林就沒有生氣。

因此，整個蕃仔林人物，最能詮釋李喬的痛苦救贖哲學的，當屬「鹹菜婆」，小說裡有一段描述，鹹菜婆是「童年裡的亮老，她永遠完整地沉澱在我心坎上。」在李喬的《山女》系列裡，好幾篇作品提到鹹菜婆，她是那隱約現身的「母親」和地母形象的分身，她和「阿妹伯」一樣，是蕃仔林的外來者，放著幼子、隻身渡海來臺灣尋夫的鹹菜婆，等了三年，丈夫卻病死獄中，適逢唐山人和日本人開戰，回不去了，流落在此山間，住在茅草蓋的、四壁用爛泥巴糊的怪房子裡，矮矮瘦瘦、兩腳向裡彎、臉上

滿佈皺紋，一年到頭都穿黑布衫，裹頭的藍布巾底下，已經掉光了頭髮，打開來只見一片紅肉。這樣一個老邁、孤苦、弱小的老太婆，醃製的鹹菜馳名蕃仔林，她也到處送人，不管時局如何險惡難捱，不論自家身世如何淒苦，卻始終堅定、孤傲地活著，人長得醜，卻很有人緣，小孩喜歡親近她，她卑微、弱小，卻是蕃仔林最重要的一股暖流。

被征去南洋當軍伕的阿槐，半年前奉公放假回家後，擔心離家數月，家裡留下的傻妻癡女，已經好幾個月沒有吃過米粒，也許她們已經餓死了，經過鹹菜婆家時借了兩碗米。鹹菜婆偷藏的米吃光了，抱著一絲要回欠米的希望，爬上蕃仔林最頂端的鷂婆嘴下，發現阿槐的傻妻阿春和她那沒穿褲子到處跑的十幾歲女孩，只吃生蕃薯度日，連鹽巴都沒有，窮得用鹽膚木代替了。鹹菜婆取回借米的願望，連開口都免了，然而，蕃仔林竟然有比鹹菜婆更窮困、更可憐、更痛苦的人，那是什麼世界？但我們看到，鹹菜婆實在餓過頭了，要了根生蕃薯充飢，臨走前還鄭重叮嚀傻阿春要替阿槐把孩子顧好。這是那個困苦至極的世界裡，人還能活得下去，最重要的力量，平凡如鹹菜婆，即使面臨缺糧斷炊的絕地，仍沒有放棄釋放人性的光芒。這應該是李喬呈現蕃仔林這個世界，最主要的用意。

痛苦的人回到痛苦所由生的原點去，面對痛苦，就是李喬的救贖哲學，也是蕃仔林故事的基調。蕃仔林人在這塊宛如煉獄的大地掙扎、奮鬥，正是蕃仔林人人性暖流的釋放之道。譬如：〈鱸鰻〉，「受人欺負太多」的阿連母子，捕獲一隻破紀錄的大鱸鰻，兒子要把它當飯吃三天，自己好好享受一下，做母親的石岡婆卻覺得孤兒寡婦，這些年來受人恩義太多，要把鰻肉分給全莊十六家，大家都嚐嚐，兒子就是不肯。石岡婆只好趁兒子熟睡之後，摸黑去分送鰻肉。這事對石岡婆有嚴肅的意義，因為兒子捕獲鱸鰻王，正好讓全村的人瞧瞧，自己的孩子長大了，多少令人感傷的前塵往事，就此埋葬、渡化，這是十多二十年來，頭一次有了拿得出來送人的東西。表示孤兒寡婦從困苦中把自己救出來了，靈魂上得到解脫救贖。

　　以「蕃仔林故事集」——《山女》爲軸心的創作，代表李喬短篇創作最早最初的原型，認真地說，那不是記憶也不是故事，而李喬的個人生命本質沉思錄，不管形式、內容是如何地多變，做爲反思生命意義的基調則始終如一。1970 年代的《恍惚的世界》爲軸心的另一個系列創作，多少受到現代主義風潮的影響，這個系列，包括較早出現的《人的極限》，以及形式上所謂的長篇小說《痛苦的符號》在內，像似離開土地，抽離現實，進入抽象唯心的探索，事實上只是取材範圍不在那個童年記憶的黑森林——蕃仔林而已，他開始進入「現代人」的生活領域，探討現代人的「痛苦」的文學基調沒有改變。1970 年代以後，李喬的創作觸角伸向現代社會都市人的領域，探討因性生活、婚姻、經濟、職場、疾病……壓力下，陷入困惑、痛苦的「生命」，現實壓力下，人變形了，分裂了，扭曲了，許多現代人的病癥出現了，小說家當然不會安於勾勒這些現代人的生活風貌或心靈風景而已，主要的還在解惑舒困。〈人球〉是這個系列被討論最多的作品，它寫一個經常被妻子斥責爲「沒用的東西！」的大男人，竟然尿床了，忽然得了沒有人聽過的怪病——全身好像母體內的胎兒一樣，蜷曲成一團，彎腰躬背縮頸，把頭埋在胸膛，雙手緊抱收折起來的雙腳，讓兩腳掌貼著屁股，成一個相當完美的圓球形，連醫學博士也搖頭，找不到處方。這是失去自信、意圖逃避的現代人，希望回到母親子宮那個最安全的所在而導致的「病」，小說的荒誕情節旨在凸顯做爲現代人受到的強大生活壓力。現代人和蕃仔林人的最大不同在於，現代人總是等待救贖，而不是躍進生命的煉爐鍛鍊再昇華自己，自然也就失去抗性，不是變形就是分裂。我所以說李喬的現代人系列，本質上與蕃仔林系列沒有不同，是因爲作者一再描述的現代人，雖然一再採取逃避爲上策，但它也一再暗示我們，面對痛苦，自我救贖才是解脫之道，否則仍要困在「痛苦」裡，現代人的故事，只是採取反向述說而已。

　　《恍惚的世界》比較不同的是，他不再用土地象徵母愛，做爲贖解痛苦的暖流，他運用心理學的分析方法，去疏解那些現代人的鬱結、痛苦，

並嘗試以宗教的觀點解釋生命從承擔痛苦找到人生的體驗。不過，《恍惚的世界》和長篇《痛苦的符號》一樣，證明把人的痛苦隔絕於土地或象徵大地的母愛來思考，把它抽離現實，把它當哲學符號來解析，那只有越陷越深走不回來。《痛苦的符號》裡的主角，因車禍喪失記憶，變成雙重人格的人，痛苦不但沒有因為失憶和分裂而獲得舒緩和解決，反而更加墮落，被歹徒利用，販毒、販賣人口，耽溺於肉慾的世界。而借用佛教轉世輪迴之說的〈孟婆湯〉，選擇不躲不閃、飽飲人生苦汁的態度，剛好是個對比。還有〈大蟳〉裡，那個得了絕症的病人，把鄰床即將出院病友買回來的大蟳，趁其不注意偷走，連夜僱車把它送回大海放生，已經被折斷一隻大螯的大蟳，失去方向感，四處亂竄，病人為了搶救大蟳，被急馳而來的車子輾斃，原先要僱車到海邊時，計程車司機便懷疑他要投海自殺而拒載，他只是不忍心看到這隻大蟳如是死去而已，他真的無意自殺，但無可否認地，他對大蟳的同情心出自他內心對死亡和死亡過程的恐懼，直到死了，他還想伸手摸摸身上那個凸起物——指的是癌腫瘤。他這樣死去，人家一定認為他是畏病痛自殺，所以知道自己將要死去，直呼「這是誤會，也是意外。」他由於活在想像死亡與死亡過程的恐懼和痛苦之中，從來沒有想過死亡是這麼簡單，生命的原始特徵只是動與不動，能動就是活著，不動就是死亡，他想不到「解脫」竟然這麼容易。這樣意外死去，他竟慶幸自己「躲過那可怕的死亡過程」，慶幸「原來我的死亡方式竟這樣簡單扼要啊！」李喬在這裡找到死亡的定義，「動——顫動不就是痛苦的形式嗎？唯有不動痛苦才告結束。」而由動到靜止，正是生命固有的形態。在這裡，他把痛苦與生命的形式合一，活的會動的生命便有痛苦。在這裡，李喬不同於以往的是，他以有形軀體的解脫，做為救贖之道，明顯地暗示「現代人」所能釋放溫暖的能量，大大不如蕃仔林人。

　　李喬文學在進入長篇創作時期之前，他的短篇小說已經是一個圓滿完熟的文學世界了，做為人性、生命的探索者，沒有答案也有定見，基本上，他在這裡完成了他的生命哲學的演釋，《寒夜三部曲》是另一座煉

爐，他要經由另一種鍛鍊，是由一個完熟的人格的人，降落到一個特定的
時空裡，作一個有特定歸屬的，屬於有種族、時代、空間制約的「人」，
就李喬而言，那就是他如何由一個文學作家進入做爲臺灣文學作家的蛻變
歷程。認真論來，李喬的短篇由他的文學夢土蕃仔林出發時，是有特定的
時代義涵和地域特質的，但做爲致力探索生命的文學家，那些反而是可以
輕易抽離的無意義背景，那是以「人」、以「我」爲中心的文學，那是文
學的環境被架空的「純文學」。因此，進入 1980 年代長篇創作期以後的李
喬短篇小說，產量銳減，變得稀稀疏疏，還只是表面的，從創作上是處於
停滯，不再有新的開展。從《恍惚的世界》這個高峰走下來，他的短篇大
致可分作兩種現象來觀察。

　　一種是，他扮演修持人間道有成的智慧者，冷靜地旁觀人間世相，他
看到人間常因無謂的我執爭持不下的愚行蠢動，可以不動凡心地以傳達人
間趣味故事的心情描繪它，他的小說變得生動有趣多了，但骨子裡，這些
作品還是在衍釋他的「痛苦哲學」，只是他把取材、衍釋的對象，開拓到
更寬闊的領域罷了，加之他對小說形式經過近兩百篇的演練，已入化境，
可以不著痕跡地出入「小說」，寫下的是前所未見的「好看」小說。像
〈太太的兒子〉，雜貨店的美貌老闆娘，代替生病的丈夫送貨到郊區時，
遭人強姦生下兒子，雖然立刻送給別人領養，但夫妻關係一下子由火爐降
爲冰炭，一家人也從此陷入恨海的包圍中。老闆娘產後自殺不成，終究還
是抑鬱含恨而死。恨意未消的丈夫，無論如何都不准「太太的兒子」在視
界裡出現，直到「太太的兒子」搶白他也是無辜的受害者，他也有恨，只
是誰也不知該恨的加害者在哪裡，他才釋下心頭的恨。他說，如果「媽媽
的丈夫」也能釋下對他的恨，等於多了一個兒子，他也有親近媽媽的管
道，才一語解開了糾葛 20 年的無由之恨。〈共舞〉則寫丈夫得了肺病惡性
腫瘤的婦人，在土風舞社的表演節目裡，被安排與丈夫感情走私的對象
「共舞」，情敵要不要牽手，舞是不舞呢？仇恨的根源不是就要消失了
嗎？〈共同事業戶〉寫現在婚姻傳奇。一對結婚一年後即辦妥離婚手續的

男女，仍然同處在一座屋簷下，共同生活，也共同生育了四名子女，除了沒有婚姻之名，一切實同夫妻，女方只過問男方的感情走私、賭博、參與選舉等重大事件，其他方面都不予干涉。〈一個男人與電話〉也是寫這種現代男女傳奇。職場上的女強人，招進低自己五屆的學弟當特別助理，又很快地成為入幕之賓，有了身孕、生下孩子之後，男的一再強調願意負起責任，要和她辦理結婚手續，女的一概鄙夷以對，她從未要求對方負什麼責任，她只要同睡卻不同居，只要相知相愛的事實，不要形式，一通電話男人便出現在她面前，男的喃喃自語，反而令她不勝其煩，一紙令下乾脆把他調到衛星工廠。這些作品藉由出入現代人的男女關係、婚姻、友誼、宗教、親情，指出人間的「痛苦」，都由於「我執」，痛苦與生命也如影隨形，李喬已經能不動心地凝視人間的痛苦了。

另一種是他的長篇創作附產品，或許把這類作品視為李喬文學論述的變體更為適切，他說是「小說化的論文」。經過《寒夜三部曲》創作洗禮的李喬，可以說已經完全融入臺灣新文學的傳統裡，成為讓社會、族群、土地的使命凌駕文學家自覺的作家，這樣的蛻變，一方面以非文學的手段來展現自己，跨過文學的領域做文化論述、政治、現實評論，投入社會改革運動、政治活動，但誰也不可否認，這是他的文學生活的延長。由於寫作歷史大河小說，但激發的時代、社會使命感，使他從文學圈裡翻牆而走，但他還是終究體認到文學才是他真的戰鬥場地，在這樣的一折一返之間，發展出來的觀念小說，也就成了他的另類文學論述了，幾乎成為李喬1990年代短篇小說的代表性作品。

這類作品，最早的是以〈告密者〉、〈泰姆山記〉的形態出現。這些都是他在寫作以臺灣歷史為背景的大河小說時，在咀嚼臺灣歷史，思索臺灣人的命運之際的間接產物，他從這裡窺視到臺灣人歷史命運縫隙中的故事，做為詮釋臺灣人心靈的備忘，有強烈的批判意味，也有濃濃的表述用意。當然著眼於現實批判的寫實文學，便有無限延伸的取材空間，它可以批判政治、社會，也可以關懷環保、女權，這些都以臺灣人作家李喬為中

心發展出來。在李喬這類「通過小説門檻的」「一種論文」式的小説中，〈「死胎」與我〉無疑是代表作。

　　這篇小説的主題，其實就在那怪異得無法理解的死胎故事，一對同在大學任教的夫婦，女的是外省將門千金，男的雖是美國麻州的工學博士，卻是臺灣鄉下燒木炭的草地郎子弟，婚後連生了四胎，不是早夭就是死胎。既非血型不合，也沒有醫學上可以解釋的理由。這篇小説採取的複式結構，純爲有意欲蓋彌彰的障眼法。一面表示這不是虛構的故事，違背小説是虛構的定義，賣力地舉出可供公眾信賴的人證物證，強調言之有本，因爲死胎故事實在荒誕得令人難以置信，經過作者這樣一番認真考證，真假虛實，更叫人如置身五里霧中，這正符合作者的創作目的——故事虛實不重要，重要的是聽進去這個故事。另一面則是，作者刻意表明本文「論述」的主旨不在「中臺結婚生出死胎」，以免人家以「臺灣主義者」而忽略〈死胎〉的嚴肅創作用心。而舉出一臺一中生出健壯小孩的例子。男的怕太太連續生出第四胎死胎之後會精神崩潰，特別商請醫院掉包而來的健康男孩，正是一中一臺的結晶。作者在這裡耍弄了「弔詭」的小小花樣；一個貼了招牌的「臺灣主義者」作家，先是說了一段駭人聽聞的中臺結婚連生四死胎的故事，接著再舉出也是中臺結婚卻生四胎健康孩子的例子，證明自己不是「心胸狹窄」「島國氣度」居心不良才說死胎故事，不等於證明「死胎」之千真萬確是存在的嗎？

　　類似的「論文化小説」或「小説化論文」，還有〈孽龍〉、〈關於存在的一些信息〉等等，已爲李喬在 1990 年代短篇小説界獨樹一幟，不過，這種「不好看」的小説，表達這言外之意所「存在的一些信息」的意義，大於作品真正可能傳達的信息。特別是李喬被定位爲歷史大河小説家之後，其他的文學形式傳送信息的功率也大大地減弱，這當然是非常可惜的，做爲臺灣小説界最有創作企圖心和創新熱誠的小説家，在 1990 年嘗試創新的意圖，未能得到鼓勵和肯定，絕對是臺灣文學的重大損失。

　　現在預言李喬文學的歷史定位，還言之過早，即使近二十年，他的文

學重心已轉到長篇創作，《李喬短篇小說全集》的出版，也不在暗示他的短篇創作已經打烊，就在全集編輯的過程裡，他還發表了〈耶穌的淚珠〉，「全集」出版目的，只是透過像穿越歷史走廊的方式，回顧李喬當初如何擘畫他的文學王國，又如何一磚一瓦地營建這座王國。李喬是臺灣文學史上罕見的，以投注人性探索為職志的小說家，從而因為對個人身家性命的澈悟，坦然扛起「臺灣人作家」的創作使命，李喬文學迭經蛻變，卻無可否認的，李喬短篇最為文學。在全集出版前夕，使我有機會重臨李喬文學的歷史走廊，重新瀏覽一遍他的全部短篇作品，令我深有感觸的是，今天李喬文學練得一手宛如修煉千年的文學神功，寫起小說來，可大可小，可變可不變，可怪可不怪，千變萬化，可以把小說寫得不像小說，也可以把「論文」當小說寫，卻又能萬變不離小說，堪稱小說第一玩家，細數他的文學來時路，這一切都「良有以也」，他的短篇全集顯示，他曾經是多麼專注於小說表達方式的鑽研，又如何一步一屐痕實踐鑽研的心得，他的短篇小說文學成就，不必我在這裡贅言，但他做為臺灣小說家的自我修煉經歷，允稱典範。

——選自「解嚴以來臺灣文學國際學術會議研討會」

臺北：臺灣師範大學國文學系，中國修辭學會，中央日報副刊主辦

2000 年 1 月 8～9 日

鋼索的高度
李喬的文學成就

◎鄭清文*

　　李喬先生不喜歡平凡。創作就是創造，就是意圖寫出以前沒有人寫過的。這是非常不平凡的。李喬喜歡不斷的嘗試、不斷的挑戰。他是一位勇於走鋼索的人。他的成就可以說是相當豐盛的。

　　小說是什麼？有很多說法。我說過，小說就是生活、藝術和思想。從另外一個角度說，就是寫什麼，如何寫，爲什麼寫。有人說，人間事都被寫完了。真的嗎？實際上，要寫一篇以前的人完全沒有寫過的，不管從哪一個角度來說，都非常困難，或許可以更進一步的說，幾乎是不可能的。

　　李喬大概不會這樣想。說不定他會說，世界上沒有被寫過的，要比被寫過的多，而且多很多。

　　小說是什麼？小說就是故事。故事是寫不完的，不然怎麼會有那麼多的小說家，在世界各地，天天寫小說，天天出版小說。其中有不少是很不平凡的。寫不平凡的事，要有不平凡的能力。

　　寫什麼呢？先從題材說，李喬的許多作品，題材是很不平凡的。

　　他有一篇小說叫〈修羅祭〉（1971 年）。這是一篇狗的故事。這個故事有五個不平凡。1.一般的狗，看到人就搖尾。這一隻狗，卻露出牙齒，隨時要咬人；2.這一隻狗被人打死了；3.被拿去做香肉；4.還送一碗給李喬；5.李喬把它吃了。這樣的故事誰會寫呢？修羅是什麼？應該是一種叛逆的神吧！

---

*專事寫作。

　　人打球是常事，人滾球也是常事，人變成球，在地上滾來滾去，心情好的時候，還唱起歌來，就不是常事了。李喬有一篇作品，叫〈人球〉（1970 年）。胎兒在母親的子宮裡，是呈球狀。有人想回到母親的子宮裡，想找一個安全的地方，所以就變成了球。變形，很多人就會想到卡夫卡的〈變形記〉，其實，在二千多年前，羅馬詩人奧維德就寫過《變形記》了。變形，或者是蛻變，是昆蟲的常態，對人而言，它不是現實，而是一種夢想。李喬的變形，是將身體捲縮成球形。

　　再提一篇，就是〈孟婆湯〉（1973 年）。一個臺灣妓女，被美國參加越戰的大兵，用胸罩絞死了。死後到地獄。在陽間，她死了，政府無法處罰美軍，在陰間，也有管轄問題，也不能辦美國人，結果，那些只有古老想法的各殿閻羅王，只能判被害人，判她從事那種行業的罪，她沒有做鋪橋造路這些功德，要她投胎濕生。在投胎之前，要她喝孟婆湯，忘掉以前的一切，但是她不喝。

　　有人說，小說就是人物、情節和主題。這就是小說的主要要素。其中，人物是最重要。很多小說能夠不朽，是因爲它們寫出了非常出色的人物，像安娜·卡列尼娜，像包法利夫人，像卡門。但是，李喬說不對，而實際上，他也寫過沒有人物的小說，叫〈婚禮與葬禮〉，這篇小說，只有婚禮和葬禮的行事表。從這裡也可以看出李喬的巧思和創意。

　　寫小說的人都知道寫實的重要，雖然小說有許多虛構的成分。不過，有時會感到寫實的不足。有人寫夢。寫夢依然不足，人天天做夢，所以夢也屬於寫實的部分。前面提的李喬的三篇作品，都是 1970 年代初期的作品，那時候蔣介石還沒有死，那時候「魔幻寫實」還沒有風行，馬奎斯得諾貝爾獎是 1982 年。1972 年，我在舊金山的書店買了一本《拉丁文學選》，店員告訴我，我是第一個買那本書的人。

　　李喬的這些作品，寫的都屬寫實，但是題材都是日常以外的事，尤其是〈人球〉和〈孟婆湯〉。

　　李喬是福克納的忠實信徒，福克納說：「一個題材，一種手法。」不知道，福克納是成全他，還是害了他。李喬的作品，長篇不算，只算短篇就有兩百篇以上，他要用兩百種以上的寫法來寫。一般的講，變魔術的人，都只專精於一兩種變法。有人變鴿子，有人耍撲克牌，有人玩分身，把身體切成兩半。但是，李喬呢？

　　文字，或者文章，是李喬文學的重點之一。有人說，文字只是文學的工具，有人說文字是文學的靈魂。對李喬而言，他已把兩者合併在一起了。對他，文字就是文學。政府在鼓勵學生多學古文，說那樣可以增進作文能力。雞吃飼料，是為了生卵，讀古文，能生卵的，其實不多。李喬能使用古文，並能融合入現代生活中，這不是人人可以做到的。

　　福克納笑海明威說他不敢用辭典上沒有的詞句。李喬的確是福克納的傳人。他的許多詞句，在辭典上是不容易找到的，不過，他用起來還是可讀可唱的。

　　就以〈孟婆湯〉為例吧！這是一篇非常沉重的悲劇。一個妓女，被客人凌虐致死，不但不能索命，還要被判投胎濕王（蛇、蟲之類）。也許，可以用最近在中國參加亞運跆拳道比賽被判失格的楊淑君為例，只能用「投訴無門」、「欲哭無淚」來形容。

　　李喬利用他那精準靈活的文字，用戲謔的方式，把這個案子呈現在讀者面前。他用調諷的語言，描述地獄內的各種思考方式，傳統守舊的思考方式，呈現出不合理的判決。這裡面，他引用了經典，也引用法條，互相對照，也互相牴觸，演出一齣令人含淚而笑的悲喜劇。如果，把地獄的情況，搬到現實社會，那些推託無能的十殿閻羅，不正是地上顢頇無能、違反正義的政府的寫照嗎？

　　上面提到的〈婚禮與葬禮〉，他只列出兩張表，分別列出婚禮和葬禮的行事及時辰。沒有人物，其實也是一種創作，用表列的方式卻不會令人感到單調和繁瑣，這也是李喬文字的另外一種特色。其實李喬的文字，可以說是臺灣文學的一絕。

　　從寫作技巧，也就是藝術面講，李喬是多采多姿的。有些寫作技巧，他是在臺灣最先使用的。有一種技巧，叫「後設小說」。他是不是第一個，我不能確定，不過他做得很好。「後設小說」就是作者在作品中，寫出自己的寫作動機和方法，有人編劇，有人做導演，還要親自上臺講他的寫作理念等。這有必要嗎？舊的文學，新的文學，都有這種角色。

　　李喬有一篇作品叫〈孽龍記〉（1985 年）。

　　這是一篇很可怕的小說，取材自中國的一胎政策。一胎政策就是，為了防止人口爆炸，一對夫妻只能有一個小孩。這是 1985 年的作品，當時，或者在某些地區，還沒有生前鑑別胎兒性別的技術，因此生下來才知道是男孩或女孩。第一胎，不幸是女兒怎麼辦？有人要嘗試，想生個男孩。中國雖然已是共產制度了，但是一般人民，傳宗接代的想法還是無法改變。

　　李喬有寫一本《小說入門》，教讀者許多寫作技巧。其實這篇〈孽龍記〉就是一個很好的範本。在這篇作品中，李喬展現了多種寫作的技巧。他提出給作品命名的問題，如何決定人稱，情節如何安排，對話會不會太多或太少，對話是否適合，是否適合人物的性格和思考模式，是否適合小說所描述的情況？最令人吃驚的是如何殺女兒。他寫出最恐怖的事，用來譴責最恐怖的人，以及那些人背後的巨獸。殺人時，女孩的父親是冷漠的，可以說是冷血的。他還不忘記，女孩死前，是不是要拜祖先，向祖先告辭。要告訴祖先，有子孫要殺子孫？作者用最諷刺的手法，意圖刺破中國文化的凍原（tundra）。

　　這篇故事設定一個敘述者，叫劉士土，寫的日期還訂在 1983 年 7 月 24 日。這要顯示寫實的效果。這一天，也很可能是他開始寫這一篇故事的日期。李喬喜歡用不同的形式去記載他寫作的歷程。這篇故事最妙的是，還出現一個資深的作家叫李喬，在寫作的過程中，李喬建議，或者可以說是指導著劉士土。

　　「後設」還不夠，李喬要「後設」的二次方。由此可見，李喬用不同方式，不斷的開拓他的寫作空間。

　　掌握李喬，必須先掌握他的寬度。他是很好奇的人，也是很好學的人。他涉獵很廣，古籍、新書，四書五經、佛經、聖經，心理學、社會學、歷史、文化，他有敏銳的觸角，他也有刺探深奧的針。

　　有一位學者叫 Wilbur Scott，他寫了一本書叫《文學批判的五個角度》，就是道德、心理學、社會學、美學，及原型，也就是神話。他的寬度，同時也是他的深度。

　　我們讀李喬的作品，會發現，沒有一件事他不去碰的。從道德方面講，〈孽龍記〉所顯示的是道德問題。為了沒有傳宗接代可以殺死親生女兒。哪一邊重？哪一邊符合倫理道德？是因為孔子 2500 年前說過，不孝有三，無後為大嗎？

　　有一篇小說叫〈休閒活動〉。學生被老師處罰，一起去偷東西，這叫「休閒活動」。這是心理問題。〈人球〉所處理的，也是心理問題。一個人受到強大的壓力，很可能爆炸，也是可能會被壓扁。主角變成一顆人球，紓解的方法，就是在田路間滾來滾去，還唱起歌來。

　　美學的問題，也是小說藝術的問題，一直是李喬最關切的重點。一個題材，一種手法，而且要找出最適合的手法。上面已提到一兩個例子。

　　談到原型，或許應該提〈修羅祭〉。修羅是愛爭、愛鬥，不愛聽話的神。狗要搖尾，要做順臣。有修羅性格的狗，就注定要被殺。〈孟婆湯〉寫地獄，寫轉生，寫的是佛教世界的原型。

　　另外就是《情天無恨——白蛇新傳》。這是長篇。白娘娘是蛇精，她愛上了人。中國古小說有一個奇特現象，也可以說畸形，中國小說，很難找到完整的愛，完整的男女的愛。這是指中國的愛，沒有男女之間的自由的愛。這是因為在中國社會，女人沒有地位。

　　讀《萬葉集》可以發現，葉子紅了，可以寄託愛情，月亮圓了，可以思念情人。而中國，只是一葉知秋，看月亮，念故鄉，念的往往是一個抽象的故鄉。

　　我們讀過不同的《白蛇傳》，寫來寫法，都是一條蛇愛上一個人。中

國的小說，真的女人不能自動去愛男人，一定是要變成鬼，變成狐，或者如《白蛇傳》，變成蛇。因為是鬼、是狐、是蛇，都是邪物，都是來迷惑人的，由女人出發的愛，不是正道，所以結果都不好，注定要以悲劇收場。

《情天無恨——白蛇新傳》，李喬有不同的寫法，重點不在愛情，因為那個男人太爛了。他是以女的做為重點。法海，頑固不靈，變為石頭，經過苦讀佛經，白蛇卻成為菩薩了。菩薩是以前的人造成的。現代的人，為什麼不能再造一個菩薩？以前的人，讀經書，只能註解，只能詮釋，為什麼不能有批評。批評，而後創作，這是李喬的方式。原型，不是不能變的。喬伊斯就是一個很好的例子，他把《奧德賽》裡的堅貞的女人Penelope，改寫成為一個淫蕩的女人。

批評的第三個重點，是社會學的問題，社會的問題，其實也是政治的問題。在政治正常的社會，只有社會問題，沒有政治問題。

上面提過的作品〈孟婆湯〉，一個臺灣的妓女，被美國兵殺害了，臺灣的法院不能辦。這是社會問題，也是政治問題。政治無力，使人民含冤。上面，我也提到跆拳道選手楊淑君在中國舉辦的亞運，受到莫大的屈恥，在大勝越南選手的情況下，無端被判失格而輸。但是我們的政府完全無能為力。這種情況，和〈孟婆湯〉相似，是「治外法權」的受害者。我們不希望有一個更有魄力的政府嗎？我們不希望有一個更有為的政府嗎？

我把這個問題放在最後，是因為這個問題是臺灣社會，或者是臺灣文學，在李喬的同時代，被碰觸比較少的區塊，也是李喬大膽呈現在他許多作品中豐富臺灣文學的內涵。

這件事要從日治時代的後期說起。日本有一個評論家尾崎秀樹有一本書叫《近代文學的傷痕》副題「舊殖民地文學論」，其中有一篇文章叫〈臺灣文學備忘錄〉，提到臺灣三位作家的三篇作品，楊逵〈送報伕〉、呂赫若〈牛車〉和龍瑛宗〈植有木瓜樹的小鎮〉。他說，這三篇作品以發表的順序，可以看出臺灣作家由抵抗而斷念，而後再傾斜於屈從。

　　這裡道出了臺灣文學的一個走向。這是一種高壓的結果。戰後，國民政府來了，情況是否有改變？沒有，而且有更嚴厲的壓制。我親自聽楊逵先生說過，他在日治時代多次被捕，每次拘留 29 天。但是戰後，因寫一篇幾百字的〈和平宣言〉，被關了 12 年。他說，這篇文章拿世界上最貴的稿費，他吃了 12 年免錢飯。其實，戰後更嚴厲的不是 12 年，有人只因參加讀書會而被捕，被關，還有人被槍斃。

　　當時所推崇的，除了提高士氣的反共抗俄文學以外，就是要推崇純樸的感情，優美的愛情，和雋永的倫理道德觀念。有顏色，紅色、灰色、黃色、黑色，都受到禁制。至於政治文學，直接批判政治的文學，是很有可能被捕入獄的。

　　作家如何面對政治，法國評論家凱約瓦（1923～1978）提出五個標準，就是隸屬、順從、不關心、獨立、反抗。我們看看臺灣文學史，可以看出一些軌跡。有個詩人替政府高喊狼來了，屬第一類。跟著馬屁走，喊口號的，也屬第一類的人。從世俗的觀點看，這些人，占盡了人生的好處。有人說「誰來管都一樣」，屬第二類。馬照賭、股票照炒，政治關我什麼事？是第三類。我有自己的想法和做法，屬第四類。張開嘴巴隨時想咬人，想咬可疑的人，屬第五類。

　　基本上，李喬是一位反抗者。在〈修羅祭〉裡面有人殺了他的狗，煮成香肉，還請他一碗，他吃了。那是一隻反抗的狗，他把牠吃進去，把牠變成自己的血肉，繼承了反抗精神。

　　我很喜歡契訶夫（1860～1904）。他說只做證人，不做裁判。契訶夫也有做裁判的作品，如〈六號病房〉。我很喜歡這種想法。其實，我寫文章也有這種傾向。做證人，要看你提出什麼證物。契訶夫是永遠站在弱者的立場，這是很重要的。不過，有時只做證人是不夠的，因那樣做，難免有無力感。所以李喬還要做裁判。

　　最近，我在日本 NHK 的電視節目看到，美國哈佛大學教授 Dr. Michael Sandel 的政治哲學講座，一共有 12 集，每集 50 分。這個講座的題目叫

Justice 正義。他的方法是提出一個問題，實際發生的，或者有可能發生的事，或者他自己設計的問題，要學生發表意見，一般都有正面和反面的意見，也問他們贊成或不贊成的理由，而後他再加以說明，引先人的想法，從亞里斯多德、康德到現在。他舉了一個很有趣的例子，有五個病人，分別有五種不同的器官，像肝臟、腎臟、胰臟等，壞掉了，正在等待移植，怎麼辦？有一個學生說，一個人先死了，把他健康的四種器官移植給其他四個人。教授說很好，而後再舉一個例，隔壁房間有一個健康的人，做好了健康檢查，正在睡覺休息。聽到這裡，所有的學生都笑了。難道要把那個健康的人的五種器官移植給五個病人？Sandel 的方法，就是從辯論，去得到正義是什麼的答案。

這個節目，從亞里斯多德談到現代，談到同性結婚的問題，不只是同性戀，已到了同性結婚的問題。從這裡，我們可以看到，道德不是一成不變的。李喬是一位積極向前推行的人。

李喬知道什麼是對的事。他會去做，他也會去寫。

有一次，好幾年前了，李喬住院，有一個病友病重，他的太太還到醫院來吵。吵錢的事，吵女人的事。李喬對那位太太大吼，妳閉嘴，不然我把妳從二樓丟下去。對李喬來說，正義，不只是辯論，而且也是行動。

前面已提到，這些節目的總題目是正義。正義的定義、意涵雖然不斷演變，但是正義本身是不變的，正義，用最簡單的話，就是「對的事」，人要做對的事。前面提過，正常的政治，只有社會問題，不正常的政治，本身就是一個問題。

臺灣人不談政治，有幾個理由。一、認為政治是別人的事，是少數人的事，和本人無關。這也是日治時代，和國民黨統治時代，長久高壓的結果。二、政治是髒的，因為看過很多實例，政治比不法商人還要髒的許多實例。第三、政治是可怕的。在雷震案發生前後，當時做中央研究院院長的胡適也說過，政治是可怕的，政治是會殺人的，會關人的。這個案子，蔣介石提出了底線，要關雷震十年。所以法官也只能判他十年。現在，有

許多文件已解密，我就在「中正紀念堂」裡面看到政治犯的判決書，本來被判有期徒刑或無期徒刑的犯人，蔣介石用紅筆批註「死刑可也」。幾個字，一條，或數條人命。

因爲這樣，在戰後的臺灣，一直到解嚴，是很少人從反抗的立場去寫文學作品。李喬是一位很重要的存在，因爲李喬是很少數的例外。

有人說，作家應有社會責任。有人說不必。村上春樹是一個例子，他早期的作品比較少關注社會。但是沙林事件發生之後，他有改變。他曾和心理治療學者河合隼雄就這個問題對談過。

較早期，李喬是寫得較含蓄的。像〈孟婆湯〉，他只點到爲止，像〈修羅祭〉也是。但是，他的心是到了。這些都是戒嚴時期的作品，還有〈我不要〉。

問題不在他，是在讀者。當時不只是含蓄的問題，這也是讀者理解他的作品的問題。李喬的作品本來就難讀，更大的問題是臺灣人不大讀文學作品。誰來管都一樣的人，大概不會讀，也不會了解李喬的作品。喜歡看包公案的人，大概也不會了解李喬的作品。

我有一個舊同事，現在我們還定期聚餐，對蔣介石他還叫「蔣公」，叫臺灣，不叫全國，而叫全省，這種人大概也不會了解什麼叫正義，自然無法了解李喬的作品。

李喬是寂寞的，不但很多讀者看不懂他的作品，連情治人員也看不懂，是幸還是不幸，我不知道。看不懂李喬作品的人，應該還不少。

李喬的作品是難懂的。第一是他的文字，他那獨創一格，文白融合的文體，緊密的意象，還有奇詭的知識。他的作品，就是多，就是大，就是廣，就是深。

前面說過，他不喜歡平凡，所以喜歡平凡的人不會喜歡他。他不喜歡平凡，所以他喜歡走鋼索。一般的人，看到鐵軌，會在上面走幾步。搖搖晃晃的走幾步。走鋼索完全不同。走鋼索的人，喜歡把鋼索架高，把鋼索拉長，有一點風更好，因爲有空中搖擺的樂趣。走鋼索的人，就要不斷的

向高度和長度挑戰。他們走過紐約的世界貿易大樓雙子塔之間，也走過尼加拉瓜瀑布上面。我們似乎看到李喬在鋼索上，在高空鋼索上一步一步的走著，有時還故意蹺起一腳，露出慧黠的微笑。但是，走鋼索的人，怕陣風，陣風隨時會吹過來，這一點李喬是應該計算在內的。

讀李喬寫作的作品，我常常會想到紀德（1869～1951）在將近一百年前說的話，「托爾斯泰是一座很高的山，不過杜斯妥也夫斯基是在它後面一座更高的山，要走的更遠才能看得到它。」

讀李喬的作品是需要一點高度的。從平地看，一兩百公尺高的就可以算是一座山。去過阿里山的人知道，一千公尺的山是在下面。運氣好的話，或許碰到雲海，雲是在山下面。但是，它只有玉山的一半的高度。有阿里山的高度，再感受上玉山就更近了。

以上，我所舉的例，是以短篇小說為主，其實李喬有不少，更有廣度、更有深度的長篇作品。

不管是短篇或長篇，李喬在風雨中，不斷走過又長又高的鋼索，走過漫長的驚險的路，填補臺灣文學的重要缺口，使臺灣文學更為豐富和完整。

為了李喬先生的文學成就，今天真理大學在這裡頒「牛津獎」給他。

恭喜他，恭喜真理大學，恭喜臺灣文學。

備註：

本文是 2010 年 12 月 18 日，李喬先生獲頒真理大學「牛津獎」時，在頒獎的文學學術研討會上發表的專題演講

——選自《文學臺灣》第 78 期，2011 年 4 月

李喬的《恍惚的世界》

◎鄭清文

　　最近李喬由高雄三信出版社出了兩本書，一本是長篇小說《痛苦的符號》，一本是短篇小說集《恍惚的世界》。根據作者自己的說法，《痛苦的符號》是在民國 61 年完成，在民國 62 年 6 月起在《臺灣時報》副刊連載半年（《痛苦的符號——序》）。《恍惚的世界》裡的作品，大都是民國 59 年到民國 62 年發表的作品（《恍惚的世界》——序）。由此可知這一些作品，都是作者最近三、四年完成的，是作者的最新精神歷程，也是作者的最新境界。本文只討論短篇集《恍惚的世界》。

　　《恍惚的世界》共收集了 18 個短篇，以及二篇短序。作者說：「這本集子的作品內容，幾乎包括我的小說的所有類型，也是近年來，我的思想和人生態度逐漸坐定時，興趣所在與關心所在的——展示。《蕃仔林故事集》——《山女》[1]，所寫的是童年的生命痕跡，《恍惚的世界》，寫的大都是現在的生活現實。」（《恍惚的世界》——序）。

　　李喬作品的特色是多樣性，我們讀《恍惚的世界》就會驚奇於作者如何能創造這樣繁複的世界。

　　李喬說：「我是一個對『形式』比較敏感的人。我試著寫各階層各方面的故事，在形式與技巧上，盡量創用新的手法；不許在連續五篇短篇小說中出現兩篇類似的技法。」[2]由此可見李喬如何強調形式，也知道他是一位對自己要求如何嚴苛的作家。

---

[1]《山女》（臺北：晚蟬書店，1970 年）。
[2]李喬，〈與我周旋寧作我〉，《中華日報》，1974 年 1 月 18 日。

變是每一個有雄心大志的作家的願望。我們時常聽說世界上的事物都已被寫光寫盡了。我們只需要一本《聖經》，其他的書籍都是多餘的。但這是真的嗎？小說是不是真的到了窮途末路？法國作家摩利斯‧布蘭修（Maurice Blanchot）甚至於說「小說形式，恐怕只有依賴本身的變質作爲食糧才能保持生命。」所以一個小說作家，必須不斷地追求變質，要求和以前作家不同也要求與以前的自己不同。因此，不知有多少作家，在求變的窄門裡擠身，也不知有多少作家，衝向無門的死巷。而李喬卻找到一塊多采多姿的園地，並在那上面建蓋瑰偉的城堡。

李喬對技巧的運用是熟練的。現在作家喜歡談作品的觀點。統一的觀點是作品構成的基點，而作家常犯的錯誤便是在無意中暴露了作者。李喬在這一方面，也顯示了他的敏感和穩定。

在《恍惚的世界》18 篇小說中，大部分是利用第一人稱與第三人稱的限制觀點。由於要求更緊湊的效果，使讀者有更逼真的感覺，現代小說大都把視點嚴加限制。

〈一種笑〉是用第一人稱觀點，更限制於敘述者本身的口述部分。這一篇小說在形式上是「我」與醫生的對話，但醫生所說的部分完全省略，要由敘述者的回答去推測。它是一種獨白，是錄音帶世界的產品。

〈鏡中〉分成兩段，第一段用客觀的第三人稱，第二段改用主觀的第一人稱。這可能暗示男主角的精神狀態的轉變。

〈婚禮與葬禮〉也分成兩段，第一段是描敘婚禮，是用時間來表示婚禮的進行，第二段是展示葬禮，是用時辰表示葬禮的進行。這一篇用的是完全客觀的全知觀點。但用這種觀點卻有一種特點，也是一種限制，作品中的人物沒有臉和表情，沒有手腳和動作，沒有肉體，只有衣著和背景。爲求效果，布袋戲的人物還需要臉型，還需要配合嘴部、眼部和手腳的單調動作。這是一種補充，但還是不足。但如把這些玩偶的頭和手腳都丟掉，反而可以獲得一種滑稽的效果。這是一篇形式很特別的短篇，但作者可能另有意圖，是用形式來諷刺形式，因爲婚禮和葬禮是人生中最需要講

究形式，最注意外表價值的事物。

　　作者利用觀點的變化，配合以敘述的方法，有時用直敘（如〈兇手〉），有時用倒敘（如〈小菊花和我〉等），有時直敘中配合倒敘（如〈婚禮與葬禮〉的前半）。有時用對話，有時用議論，有時很冷靜，有時很熱烈，有時觀點人物會脫離了常人的限制（如〈今天不好玩〉的白癡），有時甚至於脫離了人的限制（如〈我不要〉的雞）——有時也到地府遊樂一番（如〈孟婆湯〉），交織成一個五彩繽紛的世界。

　　在形式上的探索與追求，再配合以廣泛的題材，正是李喬作品群的特色，也是他作品豐富生命的條件，這自成為李喬文學的豐富礦脈。

　　有一種人，對小說世界的種種「設立」，採用極謹嚴的態度，這種近乎「潔癖」的態度無疑是一種才華的自我限制，也是現代小說的一種致命傷，是很不幸的。李喬的小說世界的出現，是一種反彈的力量，他開拓更廣大的文學世界，使我們理解文學尚有許多可能。這是李喬的功績，值得我們注意和敬佩的。

　　但形式只是小說的一部分。如過分的偏重對形式的關注，將使這一類型（genre）窒息而死。

　　說起小說的手法，在我所讀過的作家作品中，恐怕沒有人能和福克納比擬。福克納是一個對形式最敏感的作家，他最厭惡重覆。讀他的作品，正如做「拼圖遊戲」（"puzzle"），要把幾百塊小小的圖案小心翼翼地拼在一起，缺一不可，不然就無法窺見作品的全貌。但福克納說了一句發人猛省的話：「內容決定形式，並非形式的附庸」，他雖然對形式的關注，但小說的靈魂是它的內容。福克納自己的作品，便是一種見證。

　　內容決定形式，而一種內容只有一種形式。上面所提的〈婚禮和葬禮〉是一個例子。〈我不要〉也是一個例子。前者利用強調形式的方式挪揄形式，是一種神來之筆，而後者也只能用第一人稱主觀才能表達身歷其境的殘酷現實。

　　但不管李喬本人如何強調其對形式的敏感與重視，他的作品的真正生

命卻在其內容。要了解李喬的作品，必須先了解他對人生的根本看法。他的看法是非常徹底的。他認為生是一種痛苦。或者可以說是許多痛苦的併合。他說：

> 生命的起點和原始特徵是『動』，這個動──顫動不就是痛苦的形式嗎？唯有不動痛苦才告結束。這些都是過程罷了。我將找到我原先的形態──我原先是靜止的。
>
> ──〈大蟳〉頁 280[3]

什麼是「靜止」？什麼是「原先的形態」？是生之前，抑或死之後？死是一種極限，因為死是不可避免的。

> 我並不怕這個。我實在不怕死這件事，只怕死的附帶狀況：那難以忍受的疼痛，還有親友排山倒海的關切憐憫眼光眼淚。真沒意思。從前的人希望或者說是立志要活得有意義，轟轟烈烈；現在的人只盼望能死得平平靜靜。真沒意思。
>
> ──〈大蟳〉頁 1178

不求生得轟轟烈烈，只求死得平平靜靜。說謙虛是夠謙虛的了。其實是無可奈何，是無助，是「真沒意思」。但反觀生之前呢？〈孟婆湯〉是寫劉惜青死後到轉生的過程，我卻讀不出作者對這有什麼闡釋。〈人球〉則是寫人在母胎裡的狀況，那是平靜的，也是安全的。也許這也是一種憧憬。不管是生前或死後，都只是一種假定，並不能改變或否定李喬對生命即痛苦的基本認定。

由這大前提出發，李喬作品的諸多人物也大都是受凌虐的弱者。這些

---

[3] 《痛苦的符號》（高雄：三信出版社，1974 年）〈序〉中也有類似的說法。他更說「痛苦是生命的符號」。

人物（包括〈我不要〉的雞，〈修羅祭〉的狗），或者由於環境，或者由於本身的缺陷，或者由於人生途上的挫折，不停地遭受到精神上或肉體上的煎熬。而兩者之間，作者似乎更注重精神上的因素。

〈人球〉中的靳之生無法使妻子溫飽，對人生失去自信，產生逃避人生的意慾，而思慕胎兒在母體內的安全，退縮成為球狀。[4]和〈人球〉相似，〈一種笑〉和〈恍惚的世界〉所展示的也是心理上的原因所引起的人生困境。

這一些人身體上並沒有病（〈一種笑〉，頁 23）。他的病態毋寧說是心理上的。好像是佛洛伊德所說，人並無邪惡，只有病疾。這是一句對全人類最有理解最富同情心的話。李喬筆下的人物，也很少有邪惡的存在（〈流轉〉中的日本人除外），但卻有許多是病態的。

自從 20 世紀科學有了飛躍的進步以後，人的價值已越來越不足輕重。李喬在〈迷度山〉裡有這樣的描述：「生命，沒什麼稀奇，只是某些原素（元素？），在一定的物理狀況下合成罷了。一個人還原為各元素時，時價大約——現在美金貶值了——二分之一搭刺」！（頁 173）機械文明更形成人與人之間的疏隔（alienation），人際關係係日趨險惡，人的生命更變成一種負擔。

其他，〈小菊花與我〉裡的「我」——「尾仔」和小姑姑，〈兇手〉裡的小工王添明，〈修羅祭〉裡的狗，〈今天不好玩〉的白癡，〈捷克·何〉本人，〈迷度山上〉的楊文華和柯子森，〈流轉〉裡的何玉，〈大蟳〉裡的劉倚節等等，在某種意義下，都是屬於這一類的悲劇性人物。

時常有人批評我們的文壇缺少現實性作品。這是事實。但他們如果讀了李喬的小說，且能深深了解，他們可能要略加修正所說的話。

誠然，時下的小說，有逃避現實的特徵，有些人逃避到歷史裡，有些人逃避到大漠南北，有些人逃避到言情，有些人逃避到武俠，更有些人在

---

[4]見拙作〈讀〈人球〉〉，《臺灣文藝》第 29 期（1970 年 10 月）。

文字上鑽牛角尖。

　　李喬的小說，初看是一種逃避，逃避到一種怪異的世界，異常的心理狀態。他的人物有白癡，有半瘋半癲，有雞有狗也有牛。這一些，在表面上都離開現實老遠。李喬是一位極端聰明的人。他雖然離開了現實，卻緊緊的扣住現實，而且收到含蘊更多的效果。

　　如果我們能明白一個狷介的人物不容易適應現實的社會，我們就明白〈修羅祭〉的涵義，如果我們能明白在現實的世界強者往往犧牲弱者以鞏固自己的立場，我們也會在〈我不要〉裡看出慘絕的現實，我們日常呼籲車掌店員要有笑容，但如我們所看到的世界如〈今天不好玩〉的白癡所看到的世界[5]，或者我們所遭遇的是〈一種笑〉的境況，我們還會有笑容嗎？

　　李喬筆下的人物，都是些弱者。因為這一些弱者，才值得人去同情，但另一方面也是由於作者有廣大的同情與愛心，他的眼光自然轉向到這些事物來。李喬認為對所有人類以及有生命之物的愛憐之心，是一個作家的基本要求。而在這一方面表現得最淋漓盡致的應該是〈兇手〉。

　　〈兇手〉是我最欣賞的作品之一。小工王明添在殺牛前把水打進牛體的幕景，實在驚心動魄，無法叫人卒讀的。

　　　他右手拿起帶著橡皮管的鋼針，左手在水牛肛門會陰一帶慢慢摸索：找
　　到了部位，他閉上眼，咬牙切齒地把鋼針整個兒戳進去。
　　　牛的肛門一帶，突突地激起一波波的顫抖，還又洩出些許屎尿。
　　　他直起身子，踩穩唧筒踏板，然後雙手緩緩拉起抽桿；抽桿下壓時，牛
　　身突然模糊起來──不，是全身在顫抖。
　　──「嗚……嗚……」牛沒法叫出聲音，只有痛楚撞擊的顫音。
　　──「絲！絲……」牛的呼氣，像要把水泥地噴裂。

──頁55

---

[5]根據李喬自己的說法，〈今天不好玩〉是在寫現代人的迷失──迷路。

然而王明添不是一個冷漠的屠夫。緊接著上面一段：

> 他一直緊閉著眼睛。額頭的汗珠迅速脹大，迅速串連起來，成串兒滾
> 落。一陣汗水，拐過眉頭，轉彎滑進眼眶，惹得睫毛癢癢辣辣地。
> 他忍不住一張眼，又以最快的速度閉上；閉上之後，全身才湧起粗粗的
> 雞皮疙瘩；背後胸前的冷汗熱汗潸潸而下。

> ——頁 55〜56

記得年前，在報上有一段記載，說一個屠夫的小工，用屠刀殺死了岳
母。他和妻子都是十幾歲的小孩。這本是一則社會新聞，但卻引起了李喬
的注意和關心。這是一個作者的眼光。他不相信，也不忍相信一個年紀輕
輕的小工能平白闖下滔天大禍。想不到這一則小新聞竟產生了一篇這麼出

我們從上段文字，可看到這個小孩的心理。這也是段很重要的伏筆。

> 腦海裡，還是祖父的音容幌著，閃著；同樣地，老水牛流淚的形象，也
> 糾纏不去。他盡力使祖父的音容清晰起來，安定下來。可是做不到；每
> 在最美妙剎那，老水牛的模樣兒就橫裡切入，和祖父的臉貌混疊在一
> 起。

> ——頁 70

> 他害怕那晃晃的牛肉刀，他總是盡量不去碰它。可是一旦利刃在握，他
> 又覺得很充實，有股奇怪的滿足。

> ——頁 71

> 他回頭朝大門看一眼，猛一挺胸，向屠宰場走去。他現在什麼都想不起
> 來，只想拿起宰牛長刃尖刀，向牛身戳去，或砍下牛頭。

> ——頁 95

他曾經有一剎那間，想要向前進攻，但這只是一閃的念頭而已。他只有繼續後退；而對方的攻擊並未停止。

不痛，不痛，不痛的……忍吧！忍吧！再忍兩下就會停止吧……」他努力使心底維持一絲鎮靜，並盡力說服自己。

──頁103

他的雙手向後划動，盲目的摸索著。終於右手在壁上抓到一把東西──小斧頭。那是劈木柴用的，不，原先他也是砍牛肉用的

視線模糊不清。就像掉進水中那樣。向自己的攻擊並沒有停止，而且越來越激烈，胸前臉上不斷加上新的疼痛。左眼角也挨了一下，於是他發現眼前翻動的手掌，好像是虛飄飄而冷森森的，突然他瞥見一把好長好亮的宰牛尖刀，對準自己飛舞著。那是誰？是劉禿頭？自己？還是秀枝的養母那個惡婦人？他完全混亂了。他抵抗了，他自衛了，那是一種反射的動作，絕對未經過思想或考慮的……。

他又看見那對死死白白的水牛眼睛。他以最快的速度，揮動手中的小斧頭，向前面劈下……。

──頁104

他的笑痕收斂了，全身倏地一震。低頭愕愕地盯著鮮血滿地的屍體，再側過臉看秀枝一眼──

他衝到客廳，推開大門，拔腿狂奔。

不！不！不！我沒有！我沒有殺哪！我是宰牛的……。

他淒厲的聲音越傳越遠，人，也越跑越遠……。

──頁106～107

　　第一段寫他不敢殺牛，他看到慘處會哭。第二段，他看到牛和祖父的映象混在一起，都是那麼苦憐。第三段寫握刀的感覺。第四段，為了生

活，爲了愛，他終於把牛頭砍下。第六段，岳母打他，他竭力忍耐。他被打得昏了頭，把岳母看作牛，所以他下手了。最後他猛省過來，但已來不及了。

由這一些演變，我們可以看作者的手法的高明。新聞只告訴我們小工殺了岳母。這是事實。問題是如何處理，如何教人信服。讀《奧賽羅》，我們會相信奧賽羅殺妻是不可避免的。讀了〈兇手〉，我們不是同樣看到那小工一步一步邁向殺人的絕路嗎？根據常理，這是一樁大逆不道的事，但李喬是一千顆不忍之心，最後小工下手時，還是基於一時的錯覺，一種恍惚，而李喬的憐憫之心也達到了最高的境地。

時下的小說，除了缺乏現實性，還缺乏對人心靈深處的透視。李喬的作品，在追求人的深層心理，以及心理上的異常狀態，都有大膽而精銳的表現。在這一本小說集中，尤以〈人球〉、〈一種笑〉、〈鏡中〉以及〈恍惚的世界〉諸作爲突出。他新近出版的長篇小說《痛苦的符號》也是屬於這一系列，因爲篇幅較大，它在這領域上有更廣更深的發揮。

〈恍惚的世界〉裡的史快悟因爲突然的刺激而忘掉了從前的種種，〈人球〉的靳之生因爲未能使妻子溫飽而變成人球，〈一種笑〉的「我」因爲父親的苛待而引起臉部無法自制的痙攣，〈鏡中〉的「我」必須保持距離才能欣賞妻子。（據李喬自己說，最後妻已被殺）。

李喬筆下的許多人物，經常或多或少有一種恍恍惚惚的精神狀態。這有時是因爲生活過分的緊張，有時是因爲外界的刺激和逼迫。李喬把這一些心理問題導入小說之中，並非爲一種「遊戲」。如只是純粹玩弄心理學就如純粹玩弄文字一樣，沒有什麼重要的意義了。讀了這一本小說集，我們必須了解作者的苦心。也許科學家會證明瘋子的頭腦和正常人的頭腦在解剖學上並沒有什麼差異。但根據統計的資料，我們也許可以說，一個人的精神會起異常的變化，多半是由於外來的強劇打擊，使一個人逃避群眾，而自陷於孤獨的世界無法自拔。因此，人的精神或者可以用橡皮來比喻，可以把它張拉，但卻有一個極限，超過了此一極限，就會拉斷。李喬

筆下的一群人物，卻是處在這種精神邊際狀況的人物。

李喬的心理傾向，可說是一種試探，也是一種挑戰，他正向人類的心靈做更深的探索，同時也是借這種情況，對社會現實做更多層次的展示。

自從佛洛伊德以後，人對人本身的心理問題，有了更進一步的了解，也有了更進一步的關切。佛氏對於文藝方面的影響是不可忽視的。我國在這方面所受影響較爲緩慢也較爲微小。因爲一方面缺少有系統介紹佛氏的著作，另一方面又有許多人把它看做異端。李喬的作品顯示他對於人的深層心理的興趣和重視。雖然如此，他筆下的人物，並非是工具，並非是人架子，卻是有骨有肉，有血有淚的活生生的人物。這是李喬的另一個成就。

當然，在另一方面，李喬也有發掘人生的積極意義的手筆。〈殷匡石與我〉、〈大鱘〉是屬於這一類的。

「我」因家庭遭遇到重大的變故，父親亡故，女友被搶而逃避到煤礦場來，碰到一個命運同樣悲慘的殷匡石。「我忽然發現這個失意的老年賣命炭工，在玩世不恭及憤世嫉俗的外衣底下，蘊藏著崇高的心靈境界，不同凡俗的人生態度。」（頁238）

殷匡石本來是人生的敗北者，他到礦區來，是爲了逃避，是一種自我折磨，但他到了礦區以後，發現悲慘的事太多，他必須成爲強者。救難的工作，他跑在前面，他把用血汗換來的工資，拿去救濟。他勸「我」回去。「我是由你的話、你的事，你逼人的堅強人生，揭醒了我！」（頁239）李喬不但懂得人的孱弱的一面，同時也知道人的堅強的一面。這使李喬的筆路更廣，也更爲可貴。

〈大鱘〉是寫一個癌症病人放生大鱘的故事。以一死換一生。這也是一種生命的延續方法。「我就是大鱘，大鱘不外是我的另一種形狀體態罷了。」（頁278）一個人到了生死的邊緣忽然領悟了生命的意義。這是一篇主題嚴肅的作品，在李喬筆下卻是相當富於戲劇性的。劉倚節正在生死邊緣，另外一個病人康富仁卻在猛擦皮鞋，換西裝，準備出院。這是一幕強

烈的對照。後來，康帶回來一隻大蟳，一公斤十兩。整隻活的大蟳，只折下一個螯來烤，恐怕只有李喬才寫得出來的。

　　一般的講，李喬的作品是比較富戲劇性的。一篇作品通常由兩部分所構成，一部是以作者的經驗為依據，另一方面是出於作者的想像。既然要求變化，就難免要運用更多的想像，因為一個人的經驗總是有限度。過分的重視戲劇性，有時會引致喧賓奪主的後果，所以有時反而得不償失。好像是愛倫坡說過，一個短篇小說必須力求效果的統一和集中。也就是「線」型進展的要求。因此，所有的「脫線」行為都是禁忌。現代作家已有不少意圖突破這個限制，但一般的講，這個要求依然是寫作上的鐵則。李喬的作品比較像散兵，看來是散開的，但卻也有一個目標。他所追求的是「面」，甚至於是「體」，而不是「線」。他的許多作品沒有匯合成一股強大的力量，做最後的衝刺，有時也會像剁掉猴的尾巴一樣，教人有一種唐突的感覺。

　　當我把整本書讀完，把書評書目它放下來沉思片刻，突然發現李喬所追求的，不是一個小的統合。他所追求的是一個整體。我們不應該在他的作品裡期待劃過天際的閃亮的流星，而是滿天閃爍穩定的星火。也許正如他自己所說的，是作者的人格表露。

　　李喬寫了不少作品，已經結集出版的就有長篇小說二，短篇小說集六。[6]除了最近幾乎同時出版的《痛苦的符號》以外，我們如拿《恍惚的世界》和其他的作品比較，我們可以看到了飛躍性的進境。由這一點，我們有理由相信李喬的未來依然是一個廣茫的世界。從李喬的文體和寫作的方法來講，他可能更適合於寫長篇。到目前為止，李喬已完成了另一個歷程。對於未來，他說：

　　　我已下定決心，將在有生之年，為我篳路藍縷開啟臺灣的偉大祖先們，

描繪點滴形跡來龍去脈，算是給未來生活越來越舒適的子孫，留下一些閒談資料；同樣地，也算是對自己一生煮字行為的補過……最後，橫剖面的生活，縱切面的生命，愛恨憫哀，瞋念思慮，一切一切歸之於一；百花叢裡過，片葉不沾身。我將貝葉為伴，皈依我佛。[7]

這是一種祈願，也是一種許諾。我們從〈流轉〉這一篇已可以看到一些端倪。〈流轉〉寫一個噍吧哖事件死裡逃生的婦女何玉嬌，在逃亡之際被日本警部安井野勇強姦，懷了孽種土生，而這土生後來長大卻變成抗日的義士，而宣判他死刑的，卻是他的同父兄弟。他描寫噍吧哖事件的片斷是這樣的：

那是一個霧煙瀰漫的早上，濕氣很重，日頭透過濃霧，從蕃婆樹細長的葉縫射過來，一張張臉都是濕濡濡的灰黃色。

這裡就是阿鼻地獄，枉死城，二千多人就埋骨在這塊泥土裡，含著悔恨、怨恨、仇恨。恨是無形無體的存在，它在槍聲停歇後，在鮮血流盡，肌膚冷僵之際，並未被埋在土中，它緩緩升起，凝結；從此繚繞在故土的草木枝葉間，風裡雨裡，水裡霧裡——這裡的六畜被宰光，房屋已經燒成灰燼。

——頁 257

這是臺灣的偉大祖先們的悲慘寫照。但這故事的重點已移轉到現在。何玉嬌去看她兒子何土生的審判，把與安井野勇的孽緣說出，結果被關了起來。和她一起被關起來的，還有阿蓮齋姑。在這一篇，他已導入了佛教的一些想法。這是值得注意的一點。

---

[7]李喬，〈與我周旋寧作我〉，《中華日報》，1974 年 1 月 18 日。

　　李喬對自己的生命，似乎已找到了一個歸結，一個很單純的歸結，但他的作品，卻是一個龐大的複合體。

──選自《李喬短篇小說全集·資料彙編》
苗栗：苗栗縣立文化中心，2000 年 1 月

試論《孤燈》
李喬小說的歷史敘述與文學虛構

◎三木直大[*]
◎陳玫君譯[*]

一、大河小說《寒夜》

　　「大河小說」這個用語在何時、何地、因何而產生，是否已經有定論？根據字典上的說法，「大河小說」是法文「roman-fleuve」的譯語，其定義是「在動盪的社會、混亂的時代思想裡，以宏大的構想爲基礎將與各級階層的民眾有著互動的主人翁的想法與苦樂體驗詳細描述的長篇小說」[1]。若是由法國文學史來看，「1930 年代有許多作家參與大河小說 roman-fleuve（又稱圓環小說 roman-cycle）的創作。大河小說是爲了跟〈人間喜劇〉或是〈盧貢──馬加爾家族〉對抗而產生，在激動且渾沌的社會裡由作家的立場來提出指向的一個大膽嘗試。超越個人史的階段，是以集團或是時代甚至將人類全體列入視野的歷史書寫形式。此時的大河小說代表作有馬丁・杜・加爾（Roger MARTIN DU GARD）的〈蒂伯一家〉Les Thibault（1922～1940）。」[2]此外，「大河」這個用語是羅曼・羅蘭（Romain Rolland）給予自作長篇《約翰・克里斯朵夫》的比喻，而「大河小說」是由文學理論家阿爾貝・蒂博代（Albert Thibaudet）所定義的文學

---

[*]廣島大學總合科學研究科文明科學部門教授。
[*]高雄第一科技大學應用日語系助理教授。
[1]《新明解國語辭典》第 6 版（東京：三省堂，2004 年）。
[2]饗庭孝男等編，《法國文學史》（東京：白水社，1979 年），頁 253。

批評概念。[3]假設把描寫「活在歷史上的人物像」的長篇小說稱作「大河小說」，那麼是否該將它的起源追溯到維克多・雨果或是大仲馬的小說？因為在這些小說裡，法國大革命以及法國人等題材也同樣有爭議。還有，托爾斯泰的〈戰爭與和平〉等等作品也應該列入範圍內。這些作品裡應該也同樣存在著「國民」的問題。我認為：「大河小說」原來是在第一次世界大戰及第二次世界大戰間亟需重新釐清整理「國民」的意義的法國社會氛圍要求之下，透過法國文學思想所創造出來的用語。

　　日本也使用「大河小說」這個用語。然而說到「大河」，日本人會立刻聯想到 NHK 電視的「大河劇」。這個用語似乎也是從法文的「大河小說」得到靈感的。通常這種的大河劇會花上一年的時間，在每週日的黃金時段播放曾經活躍在日本歷史上的人物的故事。根據原著小說改編成足夠播放一年份的連續劇。作品經常被搬上螢幕的小說家有：吉川英治與司馬遼太郎。吉川英治的作品主張的是戰後日本人形象的重新構築，至於司馬遼太郎，他的作品深處所層裡內隱藏的是類似日本高度成長期浪漫主義的產物。無論是吉川英治或是司馬遼太郎，他們的作品裡所提示的絕對不是普遍的日本人形象，然而作品裡都包含了戰後日本人的國家認同問題。

　　另一方面，也有作品同樣是描寫「活在歷史當下的人物」卻無法入選成為 NHK「大河劇」。好比說中里介山的〈大菩薩峠〉就是個例子。與司馬遼太郎的作品同樣是以幕末為背景，但卻無法入選成為「大河劇」。原因在於，故事裡的英雄──主角機龍之介是個不法之徒。此外，同樣無法成為「大河劇」作品的還有住井すゑ的〈無橋之河〉。這部作品之所以無法成為「大河劇」是因為內容以部落問題探討日本黑暗面為主題的緣故。這樣的作品內容跟國家認同是扯不上關係的。

　　在日本應該沒有探討「大河小說論」的論述，因為通常這些作品都是被當成「大眾文學論」的問題來探討。在日本「大眾文學」這個用語「純

---

[3]《世界文學大事典・5》（東京：集英社，1997 年），頁 490。

文學」的相對概念。在日本思考「大眾文學」這個問題時，無可避免地必須提到尾崎秀樹的《大眾文學論》。內容是分析日本近代「大眾文學」發生的意義以及大眾文學作家。尾崎在〈讀者的發現與傳統〉這個章節裡，這麼說著：「大眾文學論裡，讀者論、作中人物論與作家論、作品論同樣地占有重要意義。這當然是因為大眾文學被認為是由讀者所創造出來的文學而導致的結果，不過不光是要討論誰寫了什麼或是寫作方式，還必須探討作品如何被理解，產生了什麼反應，創造出何種「英雄形象」等等。也就是說，這是關於發表內容與讀者反應的分析」。[4] 幾乎所有的文學作品都不能單靠創作者而成立。也許偶爾會發生讀者只有創作者本身一人的情況，但讀者必定是不可缺少的。何況既然是「大眾文學」，那麼缺少讀者存在的自覺就不成立。這是跟「純文學」是不同的。通過與讀者的互動，作品裡的登場人物也會被再重新塑造。

　　我在日本語版的《寒夜》[5]〈解說〉中寫著「《寒夜》這個書名本身在臺灣文學史上足以作為一個符號代表意義」。因為只要提到《寒夜》這部描寫「臺灣人百年苦鬥史、臺灣傳說」的作品，彷彿既知的事實馬上就能夠獲得臺灣讀書界的理解[6]。因為這個故事提供了「何謂臺灣」這個問題以及問題的答案。登場人物也被認為就是作者現實生活裡的親戚本人。造成這種的情況產生的背景是，投射在《寒夜》的登場人物上的許許多多故事，實際上普遍存在於臺灣社會的緣故。也就是說，作品是以臺灣人的歷史記憶和民眾記憶等等為背景所寫成。尤其《孤燈》的後記裡寫著「許多情節、事件與『常識』，筆者不得不求助有親身經歷的人士——這幾年

---

[4] 《大眾文學論》（初版由勁草書房於 1965 年出版）（東京：講談社，2001 年），頁 179。。

[5] 李喬，《寒夜》（東京：國書刊行會，2005 年）。

[6] 「寒夜三部曲」在戒嚴時代就不只一部小說，還是一本教育了一整代新醒覺本土主義者的重要教育書」（楊照〈歷史大河中的悲情——論臺灣的「大河小說」〉，《四十年來中國文學》，臺北：聯合文學出版社，1995 年，頁 187）「李喬的《寒夜三部曲》以臺灣先民渡海而來，百年墾殖為經、家族鄉黨悲歡離合為緯，為大河小說樹立了又一典範。如前所述，這型小說突出大時代與小人物，漫長的時間、淋漓的血淚，正與國族論述所需要的開國史話不謀而合。」（王德威〈國族論述與鄉土修辭〉，《書寫臺灣》，臺北：麥田出版公司，2000 年，頁 75）。

來，筆者至少請教了 30 位以上的先生女士」，故事情節是由作者本人的訪查結果而構成。也正是如此，讀者們才會將自己或是自己身邊的親友投射在登場人物裡。這種作品與讀者的互補關係構成了這部作品。

至於作者經常提到的作者本人的父親像、母親像，雖然作者曾經在幾篇短篇作品裡面提出了與《寒夜》登場人物的阿漢與燈妹不同的形象。但卻又說《寒夜》是我的家族的故事。這表示人物像已被讀者重新創造，而作家也並不打算否認這件事。這種情況難道不是因爲近年來作品被改編成連續劇，搬上臺灣公共電視而促成的結果嗎？而且這些人物像與「國民」像的問題是結合在一起的。大家應該知道這件事本身也就是《寒夜》跟上述的「大河小說」的條件是密接地結合在一起的！

就像李喬在《大地之母》的〈序文〉中寫的「《大地之母》與英譯精華版同時出版，恰巧的是公共電視臺《寒夜》20 集連續劇也是預定於 5 月中開拍，10 月間拍完播映。到此《寒夜三部曲》真正是脫離作者成爲獨立的文化財，它屬於國人全體百姓」，問題在「屬於國人全體百姓的獨立的文化財」上頭。

提到「國民」像，依照安德森《想像的共同體》裡的定義，「國民」是經由想像創造出來的產物。若是依照這個邏輯，《孤燈》裡有個非常象徵性的描述。就是由呂宋島戰敗逃走的劉明基等人，朝著位在北方的臺灣並肩坐著的場面。這個象徵場面也與《寒夜三部曲》的理念「高山鱒」的故事相貫通。可說是種「神話」。排除所有的說明作爲絕對的要素是使這部小說得以成立的一個要素。我認爲在《寒夜》中，李喬想要表達的是，「不在之父」、「代理之父」和「大地之母」，這三位一體的臺灣想像本質。因爲這個本質，在殖民地主義下構成了臺灣人的死和再生的故事。[7]

如果在臺灣文學裡，鍾肇政《濁流三部曲》、李喬《寒夜三部曲》、東方白《浪淘沙》等作品被認爲是屬於「大河小說」這個範疇的話，那麼

---

[7]關於這三位一體的問題，我在〈李喬《寒夜三部曲》和臺灣想像〉(《臺灣想像與現實──文學、歷史與文化探索》、*Taiwan Studies Series*, Vol.1,UCSB,2004)裡詳談過。

這些作品就不單只是「長篇小說」而是被積極地認定成描寫活躍於臺灣歷史上的人物像的長篇小說。彭瑞金在評論李喬文學時使用了「大河小說」這個用語。

「李喬的短篇小說與長篇鉅構，可以說是不同文學領域的文學表現。不論是以日本統治臺灣 50 年史背景的《寒夜三部曲》，還是《埋冤一九四七埋冤》，在本質上沒有作者個人的「大文學」，它表現的是屬於族群、國家、時代的故事，作者在這樣的巨大的歷史長廊裡，不是微不足道，便是隱而不見。也是作爲一個大河小說的作者，置身在宛如大時代樂章的歷史小說巨構裡，可以把它當作一座創作者的煉爐或功效，試驗自己，鍛鍊自己，使自己的文學脫胎換骨，但即使再偉大的作家，也不可誇言自己的文學能駕馭時代」[8]

彭瑞金的這段敘述是以作爲與「純文學信徒」的李喬的對比所提出，他也是把「大河小說」當成是「純文學」的相對概念。另外彭在這裡所提出的概念幾乎完全依循法國文學史中對於「大河小說」的規定。

舉別的例子來說。「1995 年臺美基會人文科學獎獲獎人」李喬的四個獲獎「成就事實」中的兩個是「2.一生爲臺灣的本土文化、本土文學貢獻心力與才華，使更多的臺灣人能了解本土根源，進而引發更多愛鄉、愛土的情懷。3.當代臺灣文壇上的重要小說大師，其代表作大河小說《寒夜三部曲》，被文藝界譽爲臺灣人的《戰爭與和平》」。[9]由此看來在臺灣「大河小說」這個用語的含意也是類似的東西。

至於李喬本身是怎樣使用這個用語呢？他本人在提及自己的作品時，基本上應該是不用「大河小說」這個用語的。在我所調查的範圍裡，在陳銘城對李喬的訪談裡看過「經過這次的訓練，對我完成《寒夜三部曲》的大河小說，就很簡單，因爲那是我家族的故事」。[10]黃怡的訪談裡看過

[8]彭瑞金，〈李喬短篇小說全集序〉，《李喬短篇小說全集·資料彙編》（苗栗：苗栗縣立文化中心，2000 年）。
[9]同前註，頁 15。
[10]〈把文學創作駛進歷史的港灣〉，《自立晚報》，1993 年 5 月 17 日。

「《寒夜三部曲》對我身為一個小說家，應該是此生唯一的大河小說」。[11]
李喬的文學論《小說入門》中也見不到「大河小說」這個用語，而是使用
「長篇小說」。《寒夜三部曲》的序文類也是用「長篇小說」這個詞。

看來在臺灣「大河小說」這個用語似乎也是近年來隨著時代演變而產
生的用語。雖然在某個層面我意識到「大河小說」這個用語所內含的意
義，然而目前的我還沒有能力正視何謂「大河小說」這個問題意識並進而
用來討論李喬的《寒夜三部曲》。接下來我想探討在將《寒夜》譯成日語
的過程中所發現的幾個問題點，尤其是針對我所負責翻譯的《孤燈》部
分，三部曲裡面的第三曲來討論。

二、《寒夜》──土地的神話

《寒夜三部曲》之所以得以成為長篇小說就是因為「土地」的「神
話」。即使說《寒夜三部曲》全篇是將「土地」神話化的故事也並不為
過。但必須注意的是，這裡所指的「土地」並不是土著的土地。《三部
曲》全曲序章中的「高山鱒」故事正象徵著這個構造。

不過，雖然說「高山鱒」象徵著臺灣但事實上是有點牛頭不對馬嘴
的。這是因為「高山鱒」是隻被封閉在陸路的鱒魚。作者在理念上是想把
鱒魚會巡迴遠洋然後回歸故鄉的回遊性重疊在外出南洋的臺灣人又回歸臺
灣的故事裡。然而，這麼一來要如何解釋「高山鱒」才好？這隻無法從高
山脫身，被剝奪了自由的鱒魚。這同時也象徵著臺灣人的現狀。在雙重的
意義上，作者利用了鱒魚這個形象。但理論上來說，「高山鱒」的形象仍
是個被封閉在陸地的裝置。如果把「高山鱒」比喻為臺灣的話，那麼「高
山鱒」就會變成被封鎖在臺灣島並且被剝奪自由的象徵。這麼一來，「臺
灣」這個「土地」的故事跟鱒魚的形象將會產生乖離的現象。不過，讀者
應該不會對這個經常出現在故事裡，象徵著臺灣形象的鱒魚產生異樣的感

---

[11] 李喬訪談，黃怡記錄，〈個人反抗與歷史記憶〉，《中國時報》，1998 年 10 月 20～23 日。

覺。這是因為這個象徵並不是以「理論」的形態出現而是以「神話」的方式被提點出來的結果。

「神話」還沒結束。對「鄉土」的描述方式也是一種「神話」。主人翁劉明基以臺灣為目的地自呂宋島北上。作者將這個部分描寫成「那既不是肉體也不屬於精神，就像是鱒魚回歸故鄉一般」。這雖然也是屬於神話的一種，但是裡面包含了對土地的理念。這個理念（神話）使得《寒夜三部曲》得以成立。這裡的土地也可以代換成想像中的土地。李喬這個作家所想要表現的臺灣像可以在《孤燈》的結尾部分找到。在呂宋島的戰火以及飢餓狀態下，主人翁明基失去了所有的希望卻仍然像「鱒魚」一般挺著身體往北步行歸去，這既不是由於某種思想也不是因為精神力支持的緣故。明基失去了友人（永輝）、最愛的女人（阿華）以及母親（燈妹），即使失去了所有的希望卻仍然往北走的情節是這樣被描寫的。

> 戰爭結束。嗯，起來吧。走吧。走回去。向北方。向臺灣故鄉的方位走去。
> 那不是「自己」在走路，朝北方挪動的，是一堆「肉」。那是沒有知覺沒有感覺能力的。不過，這和朝北方挪動的力量沒有關係，這個力量來自意志之外，知覺感覺之外，生命之外。那是自然的運行。來自大地回歸大地，來自臺灣回歸臺灣：蕃仔林來的就得回到蕃仔林。這樣自然才得以平衡。沒有呼喚的聲音，沒有熟悉的體香，但是在空無的前方，那朝向臺灣故鄉的空無前方，有一縷不是生命意識能看見的光，但是它有，它是有，它就在那裡。」[12]

因此，在「族群」或是「國家」更或者是在「時代」的另一端，做為一個絕對的事物，李喬所提出的臺灣像是在語言產生之前的生物。這個臺

---

[12] 李喬，《孤燈》（臺北：遠景出版社，1982 年），頁 515。

灣像誕生於臺灣這塊土地，內在於當地人的身體裡並投射在明基這個人的行動上頭。

　　然而在臺灣的「鄉土」從來就不是「土著」的「土地」，因為人人都是移民，與原住民相較之下可說是「異鄉人」。而且連原住民都被認為是被驅逐的人，因此他們所居住的地方許多都不是祖先相傳下來的土地。這一點是不能夠忽略的。所謂的「鄉土」──「土地」這個構造可以說是虛構的。若是以此為根據來書寫現代文學，若說文中沒有嵌入任何「機關」是不可能成功的。李喬的《寒夜三部曲》就是利用土地與母親的「神話」化機能來克服這個困境，並且利用作家的技巧使讀者跟著他的邏輯走。關於這一點，李喬的《寒夜三部曲》就如同他本人所說的，可以說是一種「話本」。

　　作者在《大地之母》的序文裡如是寫著「這本書到某天為止一直是市井的書也是大眾讀物」。所謂的「某天」應該是指跟齊邦媛會面那天，這個暫且不談。作者所說的「大眾讀物」想來應該是指這部長篇原本應有的樣貌，而形成其根幹的就是「土地的神話」的造形。作為「大眾文學」這件事並不會貶損這部作品的文學性，就算如此『寒夜』之所以得以成為現代文學並不是因為作品裡關於「土地（故鄉）」的描述。

　　陳芳明說《寒夜三部曲》是一部「邊緣人的記錄」。[13]但《寒夜》的主角們並不只是「邊緣人」，他們既是外來的移民也是「異鄉人」，這是個關於「移民」的故事。《寒夜三部曲》中屢次強調「大地」及「鄉土」，但這並不是一開始就存在的東西而是被給予的東西。《寒夜》的主角們是外來移民，「鄉土」並不是先天就被賦予的故鄉。將土地當成是生存理念的重要根據的主角們卻是異鄉人，這個構造是不能夠忽略看過的。《寒夜三部曲》其實就是描寫移民們將移居的土地當成是鄉土的過程。也就是說，《寒夜三部曲》是一部將「土地」轉變為「鄉土」的故事，偶然的土

---

[13]陳芳明，〈後戒嚴時期的後殖民文學〉，《中華現代文學大系・評論卷一》（臺北：九歌出版社，1989 年）頁 244。「邊緣人的紀錄」這個詞原來是齊邦媛的評語。

地如何變成必然的土地的過程的故事。反過來說，在這個過程裡正包含著臺灣本島人的戰後文學之所以能夠成為現代文學的要素不是嗎？沒錯，日本的殖民地支配以及國民黨的政權洗禮的確讓本島人發現了「鄉土」意識。但是在臺灣，鄉土這個用語讓人聯想到的並不是土著的土地而是被想像被創造出來的產物。

三、做為「戰後文學」的《孤燈》

　　做為一篇描寫臺灣人參與太平洋戰爭的作品，《孤燈》是非常稀有的存在。雖然陳千武也曾寫過短篇小說〈獵女犯〉，但作品的性質以及構想卻是完全不同。陳千武曾經以臺灣特別志願兵身分參與南方的戰爭，他本人也說過〈獵女犯〉是一篇「自傳小說」。相較於此，李喬當然異於陳千武，兩人的世代也有差距。此外，《孤燈》是一篇擁有壓倒性規模感的長篇小說。但兩人發表作品的時期卻很接近。陳千武發表短篇小說〈輸送船〉是在 1967 年、〈獵女犯〉和〈遺像〉則發表於 1976 年。小說集《獵女犯》的出版在 1984 年，半數以上的作品都在 1980 年代以後發表。《孤燈》則出版於 1979 年，因此如果不將〈輸送船〉列入計算的話，與陳千武作品的發表時期也相異無幾。這件事跟日本的戰後文學有很大的差異，可說是呈現了日本戰後跟臺灣戰後之間的巨大鴻溝。因為，臺灣有兩次戰後，一次是由 1945 年開始的第二次大戰後，另一次是由 1987 年開始的解嚴後。

　　《孤燈》這個故事會讓日本讀者連想到大岡昇平（1909～1988）的作品。描寫日軍在南洋誰諸島情況的大岡昇平作品是日本戰後文學的代表作。例如《俘虜記》、《野火》以及《萊特戰記》。大岡昇平的〈俘虜記〉發表於 1948 年（1952 年小說集《俘虜記》發行單行本）。〈野火〉則是 1951 年。〈萊特戰記〉發表於 1967 年到 1969 年之間（1971 年發行單行本）。這三個作品不僅是日本戰後文學的代表作，同時也是持續探討到目前為止日本的戰後是否真正結束的作品。

　　《俘虜記》是在菲律賓明多洛島（MINDORO）成為美軍俘虜後被關入萊特島收容所的「我」的記錄。雖然只是一小部分，在《俘虜記》的〈生擒的俘虜〉及〈勞動〉這兩個章節中出現過關於「臺灣人俘虜」的描述。收容「臺灣人軍夫」的「臺灣人區」與日本人區是分開的，因為美軍不希望兩邊進行接觸因此禁止彼此進入對方區域，但是為了與「本部」連繫日本人又不得不經過「臺灣人地區」。但又寫著「臺灣人也不想跟日本人打交道。垂著眼故意不看經過中央通道的日本人」「他們很重視料理而且會做好吃的炸饅頭。因此在黃昏過後，日本人會拿著香煙偷偷地去乞求交換」。

　　這個作品與其說是小說不如歸入真實記錄的領域會比較恰當。不過在這個作品裡，成為俘虜的人們的記憶被類型化，將戰爭體驗轉化為他們自己的故事的過程以及人類的記憶到底是什麼等等問題後來發展成為小說《野火》與記述纏繞在戰爭周邊的事實到底為何的《萊特戰記》。《萊特戰記》成立在龐大的資料調查之上是一部非常徹底的記錄，大岡昇平在這部作品裡致力於解開歷史的「事實」這件事。事實與記憶的問題是大岡昇平小說中貫穿全體的主題。

　　李喬在《小說入門》裡列了「歷史小說」與「歷史素材的小說」這兩個項目。按照他的分法，《寒夜》並不是「歷史小說」而是「歷史素材的小說」。這個分法是李喬特有的，在他看來「歷史小說」是「偽裝成事實的虛構」是種「嗜好性」的東西。另一方面，「歷史素材的小說」既然稱作小說當然一定是虛構，但這是站在追求歷史事實上追究歷史「真實」的小說。[14]區分兩者的重點在於如何避免自己的文學陷入歷史相對主義的陷阱這個問題。若照這個區分法來看「歷史素材的小說」，先撇開《萊特戰記》不談，大岡昇平的《野火》與《俘虜記》正好符合這個要素。《孤燈》裡有著非跟《萊特戰記》做比較不可的關於太平洋戰爭的歷史敘述及

---

[14]李喬，《小說入門》（臺北：大安出版社，1996 年），頁 192。

歷史記憶的問題。

　　包括《萊特戰記》在內，大岡昇平想要表現的是，處於極限狀態的人類的實存以及當下的記憶。在大岡昇平作品中，可以作為《孤燈》的比較對象的還是《野火》。《孤燈》裡有個李喬自己非寫不可卻沒有寫的主題。李喬在跟我的座談會裡提到「在呂宋島的故事裡，我要寫這個裡面還有一個最大的問題，我一定要躲開一個東西，說人吃人的那個場面我不要寫，因為有人講過了，我不要寫，我一定要把那個踢開」。[15]李喬在這裡所說的「有人講過了」這句話，我以為極有可能是指大岡昇平。在戰時下的極度飢餓狀態所衍生的吃人問題也是散見在日本人所寫的南洋戰線回憶錄裡的沉重問題。

　　在那種極限狀態下所發生的事也出現在《孤燈》裡。明基在戰敗撤走路途中，將同行的臺灣人火葬後，把火化過的手骨放入背包打算帶回家。同樣因戰敗撤走的人們卻以為背包裡放著能吃的東西而虎視眈眈的靠了過來說道「聽說紐幾內亞那裡也吃人骨」，但也僅僅藉由這句言詞表現飢餓狀態的辛酸背景而已。但作者將烤著砍掉的單隻胳膊、削肉的場面所產生的人肉焦臭味或是因臭味而聯想到的血淋淋畫面像是插曲般地描寫出。《寒夜》的特色之一是作者對於臭味或是味道的堅持。最典型的例子是對明基記憶中所殘留的母親（燈妹）體臭的描寫。李喬透過味覺的描寫來象徵人類的尊嚴及悲慘的這個特色絕對是非提不可的。

　　由正面來探討吃人這個主題的是大岡昇平的《野火》。《野火》的主要情節如下：第二次世界大戰後期，在登陸菲律賓萊特島後，一等兵田村由於犯了肺病而被軍隊視為累贅。在糧食極度短缺，醫院又不收留的情況

---

[15]至於詳細的內容因為不在這次討論的範圍當中，請參閱座談會記錄〈《寒夜》背景〉一文（李喬、周婉窈、三木直大，《植民地文化研究》第五期，2006 年）。《寒夜》的日語版出版後，引起了日本讀者許多的回響，特別是其中關於太平洋戰爭的敘述引發了各種疑問。因此，我請周婉窈教授（專書《海行兮的年代——日本殖民統治末期臺灣史論集》臺北：允晨文化公司，2003 年）跟我一起參加座談會，藉此機會請教作者幾個問題。日本讀者的主要疑問是小說中所記載的歷史事件日期，劉明基赴南洋參戰的身分為何問題（徵兵、志願、軍屬）等等。這個座談會的主要內容是關於歷史的是事實與真實、歷史記憶、民眾記憶之類的問題。

下，無處可去的田村不斷重複著躲避當地游擊隊和美軍的攻擊的逃亡生活。在戰時極度飢餓的狀態之下，爲了延續生命有些戰敗士兵甚至會食用人肉。或許田村本人也曾經把人肉當成是猴子肉食用過。在這種狀態之下，看著眼前的同伴將前一刻還相處在一起的士兵殺來食用，田村舉起了槍。田村的記憶到此中斷，生還的他戰後在日本的精神病院裡靠著回憶寫下在萊特島的體驗。

　　爲何李喬不在《孤燈》裡探討吃人這個題材？對身爲基督徒的他來說，這無異是個相當大的主題。我想最有可能的理由是怕造成《孤燈》這個作品的性格產生變化。吃人這個關於實存的問題將會成爲作品的中心，臺灣人的太平洋戰爭這個主題將會被模糊掉。雖說作者有完成的野心但可以輕易地想像得到要處理成長篇小說幾乎是個不可能的任務。但如果是寫成像〈人球〉之類的短篇實驗性質小說的話，則是可行的！這也是一個思考《孤燈》作品性格的材料。

四、饒舌體敘事

　　《寒夜三部曲》的特徵之一是那滔滔不絕的饒舌體敘事法。李喬在《寒夜三部曲》裡的文體讓人想取名爲冗長饒舌體。作者本人彷彿與故事的情境融爲一體，當讀者被這個綿延不斷的敘事法捲入情境的同時也有被這個文體壓倒的感覺。但如果少掉這種饒舌體光是故事的鋪排而已的話，那麼《寒夜三部曲》是成立不了的。那麼，這個饒舌體的真正用意到底是什麼？饒舌敘事的主體是安排登場人物使故事進行下去的無人稱說故事者嗎？還是作者本人？這個饒舌體在李喬的短篇小說裡幾乎沒出現過，因爲如果使用饒舌體將會導致作品失去短篇小說的形式。換句話說，對李喬來說這個饒舌體是讓一篇長篇小說成立的必需要件。

　　在作品世界裡，登場人物們擁有自己的主體意識，這個主體性使故事延伸下去。另一方面，作者在安排配置這些人物的時候使用了無人稱說故事者這個裝置，這個裝置可說是說故事者的主體性。此外，還有一個注視

著登場人物以及無人稱說故事者全體的，做爲創作者主體的作者本身的主體性。李喬是一個從初期開始就意識到作家敘事方法的作家，按他的說法，這是作品的「觀點」，也就是「說故事者的主體」的問題，特別在長篇小說裡更是個重要的問題。[16]《寒夜三部曲》的世界也是一樣。讓一篇小說成立的主體，首先是登場人物們的主體，接著是無人稱的說故事者的主體。這個說故事者的主體建構了整個故事。

其次，饒舌體遍及登場人物的主體以及說故事者的主體。那麼，饒舌體的主體是誰？是作家主體嗎？在登場人物方面，主體就像是登場人物的意識流一般地出現。但是下一瞬間，主體又轉換成說故事者，接著兩者主體持續相互交替而饒舌的敘述也持續下去。簡約本的《大地之母》最大的問題點在於這樣的饒舌體會被稀釋，也因此無緣被改編成電視連續劇，因爲無法在影像上表現出這種饒舌體。舉例來說：

①明基手腳並用，冒險爬上那黑忽忽的坎谷。②也許是在黑暗中久了，身邊二三尺內的木石物體居然模糊地分辨得出來。③他感到現在並非自己的力量支持自己這樣行動，而是有一種自然的力量，或者說是神祕的命令。④奇怪的是，他對於這個行程，恍然是似曾相識的；⑤以往自己來過這裡的，而且不止一次。那是很久很久以前；在進入工校以前，在讀小學以前，甚至還不會走路以前。那是剛學爬行的幼童期嗎？當然不是。那是在另一個時空裡，一個熟悉的曾經經歷的時空裡——現在，那血消逝的時空竟然在者漆黑的坎谷深處連接起來了。⑥他進入一種溫柔舒適的氤氳裡，而且眼前呈現一片柔和的黃色光暈……

⑦他又聞到那種熟悉的體香。不過，他還聽到飄忽不定的幽幽哭聲。⑧誰在哭？是自己嗎？好像是，又好像不是。是難友？還是老母的？或者是阿華的？那好像是，又好像不是。喔，是「共同」的哭聲，是屬於生

---

[16]李喬，《小說入門》（臺北：大安出版社，1996 年），頁 131。

靈界共同的哭聲，那是還未分化成你我他以前的共同體所發出來的。
那……那麼，我劉明基竟然進入生命的奧底，生靈的根源了嗎？我還活
著嗎？我應該還活著。那麼……。[17]

　　首先①的主體是無人稱的說故事者。②沒有明示主語。③④句子的主
體是說故事者。由⑤開始的主體是登場人物・明基。但沒有明示主語。此
處開始導入意識流的手法。⑥的主語又變回說故事者。⑦也是說故事者。
⑧以下是明基。在明基意識流的最後終於點出主語。

　　藉由插入不明示主語的②跟⑤這樣的句子，說故事者的主體與登場人
物的主體─複數的主體合而為一相互交替並延續下去。此時，讀者的主體
性會跟作品世界重疊交會，簡言之，就是要藉由不明示主體的方式將讀者
也帶入作品世界裡。這種連續不正是饒舌體的本質嗎？李喬在《小說入
門》裡所命名的「複式的單一觀點」[18]就是這個。

　　事實上，這是自喻為時代說書人的作者所驅使的技巧。就是這個饒舌
體在強迫讀者閱讀這個作品。這種過剩是種計算過後的結果，其背後存在
著客觀看待這個饒舌體敘事法的作家之眼。這個作家之眼就是觀看著說故
事者的主體跟登場人物的主體相互交替發展的超越視點。這像是說書人在
計算應該要如何演繹自己所要扮演的角色的臺詞一樣。如何使故事的聽者
參與作品世界，使聽者入迷，該說這是說書人的技巧嗎？關於這一點，
《寒夜三部曲》可說是一種說話文學。說話（說書）是在市井講演故事給
人聽的一種說話藝術，是在宋代形成的民間文藝形式。這種口承文藝的敘
事的集大成記錄後來發展成是說話文學的的長篇小說。描寫臺灣人的歷史
記憶與臺灣人的傳說之《寒夜三部曲》可以說是現代的說話文學作品。

　　然而《寒夜》當然是現代文學。理由？《寒夜》之所以能稱做現代文
學，當然是因為它的敘事法採用了應該命名為無意識敘事的「意識流」、

---

[17]李喬，《孤燈》（臺北：遠景出版社，1982 年）。
[18]李喬，《小說入門》（臺北：大安出版社，1996 年），頁 132。

「內心獨白」的形態。我想意識流這個與喬伊斯的名字結合在一起的現代小說技巧應該不需要在此加以說明。李喬對現代小說技巧的實驗，在素材方面是以短篇小說比較明確，但意識流這個技巧比較適合長篇小說。《寒夜》很明顯的就採取了這個手法。延續剛才提到的「複式的單一觀點」，《小說入門》裡這麼寫著：「獨自技巧之運用：潛意識理論用之於小說上，所謂意識流的方法，也是長篇小說敘事觀點之一。」[19]這說明了李喬自己在《寒夜》裡使用了「意識流」的技巧。

但是《寒夜》跟喬伊斯的《尤里西斯》或福克納的《聲音與憤怒》明顯地有所不同。意識流這個技巧是利用時間軸、場所軸的相互交錯來記述既存的自己的崩壞與再生，可說是相當現代主義式的技巧。「自我的解體感」在此登場。李喬曾在短篇小說〈人球〉裡做過實驗。如果李喬敢於進一步在《孤燈》裡探討「食人」這個題材，那麼「意識流」的手法會更加令人印象深刻。但李喬沒有。像大岡昇平《野火》裡的心理描寫，在《寒夜》裡基本上是不存在的。我必須再重複一次，這不是因為「不想寫」，而是寫了會造成《孤燈》的主題產生變化才不寫的。承續上述引用部分，李喬說到：「不過，它受題材主題之限制極大，真正用以敘述全篇小說，有它表達與接受的雙重困難。筆者以為，其中獨白的技巧，用在長篇小說的一些片段上，是極佳，且往往不可或缺的手法之一」[20]，《寒夜》所使用的「意識流」技巧正是如此。「意識流」在《寒夜》裡，是為了使登場人物的形象明確化，用來做造形的手段。

當然，使用「意識流」敘事法必然地會導致饒舌體的現象，《寒夜》的特徵原本是在登場人物的意識流，但不知何時成了說故事者的意識流。這就是我所謂的李喬獨特的饒舌體。這個饒舌體事實上正是李喬長篇小說的文體。能夠同時具備「現代小說」跟「說話文學」兩種性格的理由也在此。

---

[19]李喬，《小說入門》（臺北：大安出版社，1996年），132。
[20]同前註。

其實比起「歷史素材小說」，饒舌體敘事法或許更適合「歷史小說」，但李喬卻運用於「歷史素材小說」。說得更明白點，這就是《寒夜三部曲》的祕密所在。在運用現代文學的多樣技巧這點上，《寒夜》是「歷史素材小說」的現代小說，但是因為「神話化作用」這個裝置的作用下，寒夜也可以做為「歷史小說」風的「讀物」。這個雙重性讓《寒夜》得以成為「大河小說」。

——選自《臺灣大河小說家作品學術研討會論文集》
臺南：國家臺灣文學館籌備處，2006 年 12 月

人、妖交纏，
佛法解不開的人間情慾

解讀李喬的《情天無恨》

◎彭瑞金

一、前言：李喬的文學行程與《情天無恨》的寫作背景

　　《情天無恨》又題《白蛇新傳》，是李喬於 1982 年自學校退休後，著手寫下的第一部長篇小說，1983 年出版[1]。之前，李喬自稱，他有十年時間「陷入臺灣歷史的苦海裡」，寫《結義西來庵》、《寒夜三部曲》、〈尋鬼記〉、〈泰姆山記〉等，所謂臺灣歷史素材小說。

　　李喬出生於 1934 年，1962 年開始寫小說，是一位極重視形式與內容諧和的小說家，爲了顯現他在不同進階、不同的文學思考，他前十年的寫作極不穩定，總是不斷地變化作品的形式和題材。進入「歷史素材小說」階段後，他又有害怕從此被定住的憂慮，藉用另一種素材——「家喻戶曉」的民間傳說，翻寫「白蛇傳」，不無向自己的文學生涯挑戰的意義，也有意向讀者展現他另一面的文學面相。

　　雖然，李喬一向便是強調形式，自我要求嚴苛的作家，他說：「我試著寫各階層各方面的故事，在形式與技巧上，盡量創用新的手法。」[2]鄭清文也說：「一個小說家，必須不斷追求變質，要求和以前作家不同，也要求和以前的自己不同。因此，不知有多少作家，在求變的窄門擠身，也不

---

[1]1983 年 9 月 1 日，由臺北前衛出版社出版。1982 年 9 月～1983 年 6 月，《臺灣時報》副刊連載。
[2]引自李喬，〈與我周旋寧作我〉，《中華日報》副刊，1974 年 1 月 18 日。

知有多少作家，衝向無門的死巷。而李喬卻找到一塊多采多姿的園地，並在那上面建蓋瑰偉的城堡。」[3]《情天無恨》接在《寒夜》三部作之後出現，在寫作進境上，或許只是出自一極單純的動機，但在心境的變化上，此作或許有李喬極強烈的自我衝刺的目標。他說：「除了特殊的天才作家，一般作家的作品必然從自己的『故鄉與童年』出發。我……自然也如此這般。」[4]李喬在為自己的作品分期時，自謂「來自故鄉童年與現實生活的」、「染滿了鄉土意識與社會意識，形成抗議性主題凸顯的作品系列。」是他較早期的作品，《寒夜》系列，則是完整的表達。他又說，「本來面目的我，該是樂於探索生命奧境，勤於試驗新方法新形式的人。」所以，「對生命苦難的探索，生命情調的描摹系列」[5]是他自我作品分類的兩大類型之一。寫過〈現代別離〉、〈大蟒〉、〈修羅祭〉、《痛苦的符號》，《情天無恨》則是這個系列較晚出現的代表作品。

　　《情天無恨》雖然別題《白蛇新傳》，但與白蛇故事所本的馮夢龍編撰《警世通言》第 28 卷〈白娘子永鎮雷峰塔〉故事，內容並不相同，堪稱是全新的創作，不是在演說白蛇故事，旨在探索生命的苦難，描摹生命的情調。對李喬來說，寫作這部作品時，他正力圖從歷史素材小說的泥淖中脫困出來，也正力圖創造出新的寫作形式來，但選擇流傳極廣，而且想從俗文學、戲劇或俗世大眾早有「定見」的白蛇成精嫁人、大戰法海和尚的傳說，做為新階段的寫作嘗試和轉型，仍然是逆風駛船的挑戰性寫作「行為」，《情天無恨》真正要提醒人思考的，可能正是這種言外之意。

　　《寒夜》三部作的寫作經歷，將李喬做為作家的根土意識完全開發完成，並推展到成為文學思想的極致，肯定可以成為他寫作上的一種形態。《情天無恨》帶來的表面訊息則好像李喬刻意告知，他有意將這一切確立的寫作根基，全盤搗毀，另起爐灶，取材於和他的根土意識全無瓜葛的純

[3]見鄭清文，〈李喬的《恍惚的世界》〉，《書評書目》第 19 期（1974 年 11 月）。
[4]引自李喬，〈我的文學行程與文化思考〉，收入《臺灣文學造型》（高雄：派色文化出版社，1991 年 7 月）。
[5]同前註。

粹傳說故事，斷絕一切聯想，以全然空無做為此作寫作的起始點。強烈暗示，這也是閱讀李喬的另一個起點，在割絕一切時間、空間的葛藤之後，完全而純粹地就小說的「本事」和「演繹」、觀察作者對生命的探索，「思想」的演義。李喬自謂，1982 年 8 月退休以後，他進入寫作階段的第四期，時間、心理完全自由，生活、人生進入另一個境地，而《情天無恨》正是他這種寫作心情下、特意「建造」的兩部作品之一，並且說此作是他「生命思考和佛理體會的演義展示」。這樣的表示，足可印證李喬的確有意將這部作品做個獨立的寫作演示。

在 1990 年代以前，李喬是臺灣文學界裡，少見的、作品具有「佛教意識」的作家。葉石濤說：「我無意說李喬是一位佛教作家。但如果我說李喬是受佛教哲理影響較深的作家，大概不會離事實太遠。」[6]葉氏特別強調，李喬並不是以小說演繹佛教思想或倫理的佛教作家，只是對佛教典籍有所涉獵，對佛教思想有所體悟而已。因此，《情天無恨》可以說是借用人人耳熟能詳的白蛇傳故事和李喬對佛理的心得，所做的生命思考的演示。從李喬的整體創作歷程觀察，它是獨立自主的，從佛教佛法的思想性考量，仍然只是被挪借而來的思考事務的一種方法而已。現在，也許可以很篤定地說，佛教不是李喬的信仰，但在寫作《情天無恨》時的李喬，則沒有人可以說得這麼肯定，時間的推移則澄清了《情天無恨》闡釋作者「生活和人生進境」，才是真正寫作目的，佛法云云，形同煙幕。

二、《情天無恨》與《警世通言》第 28 回〈白娘子永鎮雷峰塔〉的主題比較

《情天無恨》又題《白蛇新傳》，以下簡稱「新傳」，〈白娘子永鎮雷峰塔〉是白蛇傳故事所本，以下簡稱「舊傳」，新、舊傳在寫作旨趣上是完全不相同的，但「新傳」的寫作，也無意做為翻案作品、顛覆「舊

---

[6]引自葉石濤，〈論李喬小說裡的「佛教意識」〉，《臺灣文藝》第 57 期（1978 年 1 月）。

傳」的主題或舊故事的形貌，屬於同題材的不同創作。

　　「舊傳」是中國古體通俗小說裡，典型的神異小說，而《三言二拍》又是明顯的載道文學。舊載道文學亟於建立道德統系的意圖，是閱讀時，首先要考慮的一點。根據「舊傳」，白蛇——白素貞是「業畜妖怪」，因風雨避來西湖安身的大蟒蛇，與西湖內第三橋下千年成氣的青魚——青青，幻化人形，扮成主、僕二人，「春心蕩漾，按捺不住」，謊稱是喪夫婦人，藉清明上墳，媚惑許宣。先是以「妖」術，盜取邵太尉庫內封銀，做為與許宣成婚貲費，使許宣吃上官司，發配蘇州。白素貞主僕二人又趕來蘇州相會，不久，許宣又因穿著白娘子為他裝扮的衣物出遊，涉嫌盜取周將仕庫內金珠寶物，被捉入公堂，以「不合不出首妖怪等事」杖 100，配 360 里。

　　許宣到了鎮江，白娘子早等在那裡。許宣不僅被白娘子騙過，且「色迷了心膽」，並沒有發覺白娘子「本是妖精變婦人」。娘子還拿出銀子開生藥店，讓許宣做現成的老闆「普得厚利」。直到法海禪師出現，一聲怒喝：「業畜，……殘害生靈……」，許宣立刻拜請禪師「救弟子一條草命」。許宣遇赦還鄉，白娘子又施妖法早兩日先回到杭州等著他，許宣見了只好乞饒，白娘子竟怪眼圓睜威脅說：「若生外心，教你滿城皆為血水，人人手攀洪浪，腳踏渾波，皆死於非命。」白蛇也在法海禪師和許宣的通力合作之下，被法師缽盂罩住，現出原形，鎮在雷峰寺前，許宣化緣，砌成七層寶塔，鎮於其上，使白蛇青魚千年萬載不能出世。

　　「舊傳」裡，許宣被描述成懦弱善良的落魄青年，只因一時心思不正，愛色之人被色迷住，為「妖」所欺，幸好有老僧來救護，完全是妖精作怪找上他的，他是無辜的受害者，整個事件正邪分明，邪不勝正，沒有任何討論的餘地。

　　「舊傳」是勸善懲惡的勸世文，「新傳」是現代小說。「新傳」裡的白蛇原本也是「卑微晦闇，層層網織糾纏裡的」、「一個陰濕化生」，偶然也是非偶然地溜進西王母的「翠水」法境，得法王開示，而有在那裡潛

修的福緣，修持百年後，「能人言說話」，500 年後，再修成人形，日後離開「翠水」下山，又有「五百年是潛修獨處的時光」。白素貞在西湖邂逅許宣時，她的生命行程已歷 27 甲子又 1 年——1621 年。

白素貞原本是「天地間最完美的生命形態，最自由美麗的生命」，所以下定決心，走入滾滾紅塵的人間，參與人世，做 360 倮蟲之長的人類，只因為她相信「這是生命行程上的大事」，也是她有意修鍊人形以來，自我認定的「生命行程的必然。」小青不解她為什麼捨棄無上菩提大道，「一定要往險惡紅塵裡跳？」[7]，白素貞辯解說，不往人間走一遭，不去經歷人間火宅，無異辜負了過去千年的潛修苦參。只因人間情緣，令白素貞即使「自毀千年根基」亦在所不惜。

「新傳」強調了千年修持，也無法解開白素貞對人間的「迷情」，甘願墮入輪迴之道，在紅塵人間歷劫，做個凡婦，體驗真正的人生，嚴肅地把「做人」做為修行的「功課」。小青擔心她這太過純淨的「新人」不諳人間險惡，會被「老人」污染、同化、毀了，但這些都難敵她對人間多采多姿的綺思幻想。因此，她意趣盎然地走向人間，也循規蹈矩地按人間的規矩辦事，不敢妄運超人法力，但以尋常男女自然動情的「偶然」邂逅許宣，也依小青提醒她的：「在人間，一男一女兩異性之間，必須經由人間共同訂定的某些『形式』，然後才能接近、親密、廝守在一起。」[8]

做為一對人間的尋常夫婦，白素貞是無懈可擊的，賢慧溫婉，她以人間期待的最高標準打造自己。不僅幫許宣營造了一個溫暖完美的家，也立了業。許宣雖是官宦世家的貴公子，書香門第出身，卻因人間倒楣事都衝向他，淪為藥鋪夥計、光棍一條。平日喜喝兩杯，是鬥雞、鬥狗的行家，薪餉省吃省穿下來，都送進勾欄章臺。和白素貞結親，不費一分力氣便獲得如花美眷。許宣雖因白素貞給他備辦婚事的銀子吃了官司，被流放到蘇州，但錯不在「新人」白素貞，錯在「舊人」，先是胥吏監守自盜，牽連

---

[7]李喬，《情天無恨》（臺北：前衛出版社，1983 年 9 月 1 日初版），頁 6。
[8]同前註，頁 29。

無辜，次為任捕快的姊夫無情無識，膽小怕事，想以舉發許宣，使自己免擔干係，後來明知許宣是冤枉的，也不肯放人。白素貞主僕追到蘇州，再次贏得許宣信任後，開藥鋪營生，並親自為人把脈治病，許宣不再當人家夥計，成了藥鋪老闆。因為用藥不過三帖，必然痊癒，求診病患意外地多，不久又傳來疫癘流行的消息，「白雲女醫士」濟眾堂的獨門藥方，「一服止泄，三服痊癒」，不僅活人無數，也賺進大筆銀子。許宣更成為這一行裡的佼佼者。

白素貞挑上許宣，做為她充分體驗做「人」況味、經歷人間「情劫」的對象，在現實方面，許宣只有得、沒有失，就是他聽信法海，把她逼現原形之後，白素貞徹底看破了「人」，留下「全部家業」棄許宣他去時，許宣「在失眠長夜裡，想的、念的、紛紛浮現腦際的，全是素貞的好、美、嬌、可人，以及痴痴的情愛……他發現自己實實在在是愛素貞的。」[9] 飽暖豐足之餘，許宣先是聽信茅山道士黑坤，想以三道符籙逼她現形，無奈黑坤不是白氏對手，反而落荒而逃，但已傷了白素貞的心。

後來再聽法海的，以雄黃酒逼她現出白蛇原形，卻把自己嚇死。白素貞冒喪命之險，到南極仙翁的靈府盜取「續命仙芝」救回許宣，付出的代價是「修行倒退五百年」。白氏甚至事先聲言，萬一三天趕不回來，或者求不到仙芝，許宣將化為一灘污水，為了自責，「那時有情界就無白素貞這個性體啦！」、「司理有情界生命休咎的南極仙翁」更親口叮嚀她，經此事後，一定要作抉擇：要不「做個真正凡婦，生養子息，完全歸入人的性格，欣然加入人界輪迴：以人的方式，在法輪中，一步步修證菩提。」否則就得「跳出人間紅塵，繼續已證初果的修行大道。」、「絕不可身置人間行，又妄運超人法力，如此豈止修行倒轉，且是攪亂性體位格，打破萬有運行的常序，其罪大是萬劫不復啊！」[10] 救回許宣之後，白素貞一度認為心死情絕，情緣已了，留箋出走，最後還是不忍許宣誠心誠意、又跪又

---

[9] 李喬，《情天無恨》（臺北：前衛出版社，1983 年 9 月 1 日初版），頁 272。
[10] 同前註，頁 264～265。

拜的祈求，而再度現身。

法海和尚基於自己的「律法修為」，也為了「維持律法的完整」，不顧白素貞的懇求，堅持非「降伏除卻白素貞主婢」不可。「泥人尚有三分性」，白素貞不肯「平白失落以千載苦修相賭的幸福」，決心從法海手裡搶回自己的丈夫，被逼得孤注一擲，不惜傳下法旨，集結長江太湖凡 500 年以上道行的水族，與法海展開一場腥風血雨的大戰，也是一場佛法真諦的論辯大戰，更是一場佛法與人性、道性與欲性的大論戰。「新傳」的結局，白素貞雖被法海攢進雷峰塔內鎮住，但也是她「無情了」，放棄抵抗，否則半頹古塔未必能夠長久困得住她，而法海也因為白素貞的譏諷，「化成一具莊嚴肅穆的化石」，白素貞在雷峰塔內潛修，悟出「究竟相空、究竟相無」的大道，修得菩薩正果，並贈助已成化石的法海一偈，還其本來面目。

三、情、欲的人間探險

「新傳」裡，已經一千六百多年修持、修成人形的白素貞，堅持不惜代價要跳進十丈紅塵，經歷人間火宅的鍛鍊，是因為她堅信參修大道上，必經「人」這一關鍵，即使要冒「自毀千年根基」的險，「委身一個臭保蟲」。白素貞不以徒然修得人形為滿意，要腳踏實地到人間一趟，甚至「落入輪迴的凡婦」，亦義無反顧，說是迷、執也好，謂是踏實的修行亦可，卻何嘗不可看成對「人」的考驗？

許宣，是白素貞第一個自我考驗，也是向「人」試探的對象，一男、一女，試探考驗的方式，也自然不外是情、欲、愛。白素貞堅持按人間規矩辦事，不斷警惕自己不可妄動「先天術數」，所以和許宣邂逅、愛戀、結合，都依人間凡婦的「手續」。她是為了做個完全的「人」，而「落入情欲園地」，也是進入「困人的情網」之後，才體會到「人類本來就是喜歡顛顛倒倒，亂七八糟」。白素貞說：「我，既然做人，一個小女子，就該依順自然，和天下所有男女人一樣，和異性相親相愛呀！」所以，許

宣，做爲「人」的被檢驗對象，接受白素貞這「非人」或「新人」的檢驗時，不僅窘態畢露，醜事百出；許宣周邊的「人」，也沒有一個通得過這項檢驗，何況，白素貞用的是「人」自訂的標準和規矩呢？以白素貞一千六百多年的修行，實際上道行超越「人」多多，所以對人間有所迷戀，不惜代價堅持一趟人間行，受到最大考驗的還是「人」。

人類在萬有中，給自己貼上了許多尊貴的標準，人類自己最自負的是，人間有情、有愛，但隨著白素貞的人間履歷，卻一程一程地把它踩碎踩破，許宣先人所經歷的政爭，那些主戰派、主和派的狗屁倒灶的事不說，錢塘縣衙裡胥吏監守自盜，任錢塘捕快的姊夫李君甫，爲避免受牽連，糊里糊塗就出賣自己的妻弟許宣。平日就因爲許宣身世不清白少有往來，明知冤枉了自己妻舅，爲了保自己的烏紗帽和性命，寧可錯關錯殺親人的官場陰狠，和許宣祭出必要時，把姊夫、姊姊一家咬爲盜銀共犯的狡猾無賴，堪稱棋逢敵手，卻徹底暴發了人的卑劣，更徹底使人類再再自誇的、可能有的情與愛穿幫了。

許宣雖是世家子弟，把已落魄到「仰臥一柱，俯躺一個屁股」的淒涼，鬥雞、走狗，存了一點錢便往勾欄院跑，十足的墮落。白素貞定情於他，是救了他，不僅恪遵凡婦之道。許宣在白素貞一度不告而別時，也承認白氏對他盡是美處、好處，不曾害過他，不但替他成了家，還立了業，善盡了人間賢婦之道。許宣呢！一派自私、多疑、貪婪，絕不肯吃一點虧、受一點委屈，只貪愛白素貞的美色和金錢，被自己的姊夫冤害了，坐牢、流配，怪白素貞害他。白素貞在蘇州行醫開藥鋪，他視她爲搖錢樹。癘疾流行，白素貞只想救人活命，要爲窮人義診。壓低藥價，公開藥方，許宣卻只想如何趁機發財。實際擁有的榮華富貴信不過，卻一而再、再而三的相信茅山道士、法海和尚，去逼自己的妻子現出「妖怪」原形。原因何在？就是怕自己吃虧、受損害，沒有情，也沒有愛。這也等於一再凸顯許宣做爲「人」的無知和自私自利之極到可鄙可惡的境地。甚至，白素貞被逼現出白蛇原形，自己被嚇死，白素貞冒死將他救回，明知白素貞是

「妖怪」化身之後，他還妄想以法海做靠山，繼續「安全」地享有「妖怪」妻子的種種好處。誠如許宣評論「老詹」和「老畢」——白素貞召來照顧藥鋪的「水族」三足蟾和大鰲，都是「無私心肯做事的妖怪，不會害人的妖怪」，更把人類的自私和貪婪襯托得無可遁隱，像在鎮江收留許宣的「吉利堂」生藥店老闆吳兆芳，已經有三個妻妾了，為什麼要千方百計迷姦自己晚輩的妻子白素貞？都是「新人」想不通的。吳兆芳為了慶賀許宣的「濟眾堂」開業，表示照顧自己人，特地把發霉腐爛藥材賣給許宣。白素貞的人間行，像一面照妖顯形的寶鑑，一再照出人間的醜形惡象。

白素貞可以說是為人間的情愛所迷，所以自墮紅塵，她對丈夫，對眾人，都本著人間崇尚的情愛行，卻發覺人類不但不重情愛，反而多見無情無愛，夫妻、姊弟、親戚、老闆、夥計、官場、民間，盡是「邪穢冷酷」。本來，白素貞千里迢迢追到蘇州，發現許郎薄倖無情，還想「人間多變，情海難測」，只要自己心誠意真，總有一個圓滿情天。事實上，人間路愈走愈冷，人間的真相是「紅顏未老恩先斷」，人間真正信仰的是「天若有情天亦荒」。人盡像許宣外表俊秀、內在卑俗，言行熱情、心性懦弱。做官的，監守自盜，耀武揚威，執法的都不守法，「懸壺濟世」的吳兆芳，巨滑老奸，一個男人占有三個女人，情是什麼？愛是什麼？在人間，情愛和色慾，根本不分？就是許宣，家裡擁有天仙美眷，心裡卻不時記掛著段家橋頭的「媚娘」，人間的真相是什麼？盡是令人「腸胃翻滾著，想要嘔吐」的「好醜陋好污穢」。

白素貞做為一個認真的「新人」——她把做人當作修行的功課，她發現，人間最動人的情與愛，都不是人的目的，只是手段，只是遮蓋真相的假面具，只是用來遮蓋「欲」的手段。

白素貞直道而行的想法是人皆有欲，有各種不同的欲，為什麼不坦然顯示出來？為什麼要遮遮掩掩？女子對男子——自己的心上人、丈夫——動情、動欲，為什麼不能「完全敞開自己，然後投視過去，凝視過去……」既然為人，為什麼又拒絕做人的七情六慾？人間總是訂了許多規

矩、形式，使情愛的表達，變得複雜、奇怪，言不由衷，口是心非，甚至說的是一套，做出來的是另一套。白素貞對人類經過百般的測試，也被人類百般測試，縱使一再放棄自己，誠心誠意委曲地按人間的規矩、形式來做人，仍落得心冷情絕，癥結在她發現人間根本不要有情、有愛，只有欲，只有色慾的徵逐，情、愛在人間沒有出路，沒有意義。

奇怪的是，明知人間沒有情、愛，「人」卻一再認真地專斷了情愛的所有權，認為唯有人才知道情、知道愛，並把它視為「律法」，未經思辨就不容許「異類」擁有，自認有責維護這道「律法」、「人法合一」的法海，也不經思辨地附和，甚至負起捍衛這條人間戒律的巨責重任；所以，不管白素貞多麼低聲下氣地求請法海和尚高抬貴手，讓她一個小女子做個尋常凡婦，可是法海想都不想，開口孽畜，閉口蛇妖，毫無妥協餘地，一口咬定白素貞就是迷人的妖婦，許宣不離開必然成為「色海骷髏」。白素貞執著地說：「我與許郎夫妻恩愛，縱使神佛，能橫加阻撓嗎？」她想不透的是自認是萬法代理人的法海，根本就把「非人」排除在「律法」之外，把「律法」界定為「人」的獨擅，他拒絕思考無情無愛的人，是不是比有情有愛的「非人」更沒有資格稱之為「人」？這剛好被「人」利用做為障眼法，不講理地認定人即高於非人。

法海避開人間有情有慾的事實，硬是將情歸給人，慾歸給妖，不知情、慾並無人、妖之界分，人有情、「非人」也可以有情，「非人」有欲，人亦有欲，顯然法海的法眼有盲點，硬把色欲派給「非人」，等於把律法其實也應面對欲道的問題──「淫欲即是道，道性不出於欲，欲性不離道」[11]，推卸掉了責任，忘記萬有皆有佛性。法海之流的律法，斤斤計較於人、妖、人與非人之分界，只准許人有佛性，卻忘記了人用情、用愛的堂皇口號去遮蓋欲，「欲」蓋彌彰，造成人間色慾氾濫，情愛空虛。白素貞的人間行，不是看破許宣的無情，也不是揭穿法海的不知情，而是徹底

---

[11] 李喬，《情天無恨》（臺北：前衛出版社，1983 年 9 月 1 日初版），頁 317。

悟道人間的非情非愛，而人間的的非情非愛，又緣自不肯誠誠實實地面對人之有欲，法海的法盲，不但為這樣的人間迷做證，還因為對法的固執，否定了人性之真實。

四、情與色的佛法辨證

「新傳」描述的白素貞人間行程，其實是沒有多少可以爭辯之處，反正風雨已過，情緣已盡，該付出代價的都付出去了，她既沒有傷害許宣，也沒有虧欠任何人，法海說他務必除卻白氏主僕而後已的理由是「不容壞法之惡靈為害人間」，白素貞說自己並未壞法，亦非惡靈，只有救病苦，何來為害？法海純係故步自封憑空攀誣。白素貞被指妄用法力飛天上孤南，使法偷仙芝，使死屍再生，但這事仙翁已默許，也未損傷別人。金山寺大戰，雖發動萬千水族，逞強和法海鬥法，卻嚴令水族不得讓水漫溢傷及人命，否則以五雷侍候，在在顯示白素貞這「新人」謹守人間的人情義理，大慈、大愛，更有佛性。法海口口聲聲指責她「強辯惡說」，自己情急之下，反而只能罵人是妖、是蛇，是孽畜，不是人，卻完全不能就人心人行上面來論理，到底何者更是人心人行？不僅凸顯老和尚全無慈悲心，只見剛愎、霸道、獨斷、獨是。

白素貞則一再放低姿態委屈求全，為的只是避免一場血腥大戰，其實兩人道行相差有限，一個 1700 年，一個 1600 年，都是「地前菩薩」尚未悟入「地上菩薩」，果真拚鬥起來，誰勝誰負還在未定之天，一廂稱：「法海不許情天亂」，另一廂則稱：「情天豈容法海橫」。表象上看，各有堅持，不過，「新傳」的菁華在於結局的佛法大論戰，誰更接近「人」，其實可依「佛法」論評。前面有關白素貞人間行程的描述，白素貞是完全放棄自己的主觀意願，客觀地遵照「舊人」設計的行程走，當這一切成了窒礙難行，行不通時，所謂「泥人亦有三分性」，白素貞要爭的是律法的是非。

法海從為宏揚佛律出世的應世菩薩——道宣師父——那裡，得到真傳

之後，便以永遠宏法、護法持經爲己任，久之，便有「法海」即法海之自是自負。面對白素貞，他以霹靂手段宏法護法，他說：「天地間，沒有可是，只有一，也沒有二！」連許宣也難領悟接受，明明天地間有男，也有女，爲什麼沒有二？白素貞對人間情愛的堅持，既是一種信仰，也是人間真實真相的認同。她認爲人間少不了情與愛，但她不迷信、不執著，她從許宣、從眾多的「舊人」身上，看到情愛的假面、假象，她對世間情，只有悟，沒有得與失，何況是迷？後來，她改變態度執意要和法海一鬥，是是非非之爭，已不是真要搶回許宣。許宣只是一種指標，到底人間有沒有真情？許宣的猶豫，的確讓她在戰陣上分了心，但老畢、老詹的慘死，七星道人的傷勢，一樣讓她動了情，她要和法海爭的是律法裡到底有沒有情？有沒有愛？

自認就是律法化身的法海——「萬有歸法海——老衲是護法鎮魔」，口口聲聲說白素貞以妖色迷人，以色傷人，將害許宣成爲色海骷髏，以「色」爲淫道，爲邪，爲惡，甚至代佛法發誓，毫無邏輯又不顧事實地指蛇即妖，妖只要淫，只是色，妖即法所不納、不容。白素貞在戰陣中爲情所牽，著了法海的道，並不是她 1600 年的修爲不足，而是她沾了人性、人情，有情有愛的「人」，爲佛法所不容，是佛法的不是？還是法海的不是？法海的自以爲是那無邊的「法海」，在辨證佛法時出現兩大盲點：佛法是否只及於人？不及於其他性體（物類）？其次，道性是性，欲性是否也是性？

白素貞不服的是，法海先是將法排除人以外的所有性體，非人即妖，非人即不具佛性，這種「法吾所本」的專斷，又不能說出「人」的定義。所謂人心、人行是什麼？護法只知拒「畜牲形」於佛法千里外，卻不能也不曾以佛法制裁人爲「畜牲行」？如何令人服？白素貞挑戰法海的是佛法、佛理，也是人性、人理。法海解佛解法有盲點、有執，解人更有盲點。法海硬是要拆散這對夫妻的表面理由是，許宣陷進白素貞的「魔障」，骨子裡是說白素貞是色魔、貪淫。白素貞理直氣壯地反駁說，她和

許宣是「有夫婦名實」的「男女倫常」，「夫妻人倫，是爲正淫。菩薩也不禁夫妻人倫的。」[12]白素貞的反駁凸顯出法海一再以法之統緒自負自持，卻全無爲他人設想的慈悲包融，「道統」、「法統」之惡，都在他身上彰顯出來，「出家人絕斷色欲，在家只戒邪淫。」

　　道行只有七百多年的大青魚——小青，對「人」的種種了解勝於白氏，似乎證明對「人」的信心、信仰越淺越薄，越容易看清「人」的真面目。她曾建言，人間太複雜，還是不要輕易陷進去才好，如果爲了慾，何不學「狐仙薦枕的浪漫方式」？爲白素貞斷然拒絕，她堅持「一定要照人的標準與方式去獲得」，因爲兩性關係不是她的目的，做個完完全全、實實在在的「人」，到人間去完成修行，才是目的。因此，法海對她像似義正辭嚴的指控，實際上暴露出對「人」有偏見，對「法」有盲點。這偏見和盲點正像是他從道宣師父手上「搶」得的「南山衣」，一覆上身便目不斜視，很多東西都不看，或以爲看不見了，包括法性、道性一再壓制、排斥人性的問題，也忘了師父的另一番叮嚀：「一切，總要慈悲爲本……」，這也就成了他自己修行的盲點，道行的瓶頸。

　　他和白素貞對陣時，白氏是小心翼翼，唯恐傷及生命，旁及無辜，法海反而殺機騰騰，殺得興起，不但向眾神下了殺戮令，自己也親自動手打殺「老詹」、「老畢」和「七星道人」。金山寺一役，要一決勝負的既不是白素貞和法海的「法力」，也不是誰搶得許宣，只是「法」的正確解釋，也可以說是打破法海對法的「我執」。其實法海的「我執」誤解佛法事小，干礙眾生修持事大，法海的「我執」不破、不解，不但「濕生化類」、眾多「人」以外的「性體」入不了佛門，就是誠心誠意追求人間情、人間愛、按人間標準和方式行的「人」，也入不了佛門，法海豈不成了佛門的惡門神？法海在交戰中，一直喊出要逼出「孽畜原形」，白素貞盛怒之下，靈機一動，撕開自己的上衣，「裸裎了白膩膩，顫巍巍，凹凸

---

[12]李喬，《情天無恨》（臺北：前衛出版社，1983年9月1日初版），頁316。

玲瓏的上半身……」逼得法海雙目緊閉、氣得快暈死過去，四人天王、四大揭諦、十八護寺伽藍，不是騰身撤走，就是掩面、低頭避開。白素貞朗聲唱道：「天生性體。一絲不掛，一念隨喜，一不礙道，有什麼不好！」凸顯法海之流的佛法，根本不敢仰視人生的真實。

　　法海修行一千七百多年，證不了菩薩果，其實就是自己給自己布了障。一再以「法海」自承，正如一再以「人」自居，卻忘了自己也是濕生化類的老蟾蜍修成人形，與白蛇修成人形，又有什麼不同？為什麼要阻人修行之路呢？佛門中是修行，人間行走也是修行，念佛誦經是法，情天性海也是法，「法統」害慘了法海，他不知道自知之明也是法。白素貞為情所牽，一失神被法海摜進雷峰塔裡，雷峰塔並鎮不住她，白素貞放棄抵抗，不再鬥下去是悟到勝負之道不在比「法力」，而在修為，這也是敗給法海的白素貞身困塔中，一語就將法海打進西湖中，「化成一具莊嚴肅穆的巨石」的原因。原來法海還在執著：「老衲法海，唯一唯一」，白素貞點破他是：既不是人子，也不是人，只是隻殘酷惡毒的癩蛤蟆，老蟾蜍。

　　法海乍聞自己不是法，也不是唯一，化成一座巨石，在西湖中「有色有情界中，見識見識欲流欲海」，看「會欲火攻心，沉迷欲泥，還是清淨無染，大道無虧？」白素貞和法海比起來，多的是不懼墮入輪迴，進入人間修行，對「人」的體悟，無論人道、人情、人欲……都有體悟，因此對決之後，法海到有色有情界中去修行，白素貞在雷峰塔裡也是修行，但法海要修的情、色、道、欲行程，白素貞早一步經過了，她尚未悟出來的只是對人形的我執，她原本執信必經人形才得人道，經此一戰，她卻悟出雞犬亦可升天，非人非獸的西王母，人面獅身的斯芬克士……都是不經人形而得道的例子，人與非人，並不需要執著，這也是為什麼她早一步修得菩薩正果時，法海還在有色有情世界「沉淪」。其實兩者對決的勝負，在法海妄動無明、亂開殺戒時，已經分不出來，人間情色都是道，強調之為淫、為魔，不但不是宏法、護法，反將法排斥在人道之外。

五、結語

　　《情天無恨》雖然充滿佛教的法理論辯，但李喬自己說：「文學不為宗教或哲學作註」[13]，文學描繪的是人間世象的神態風貌，因此，《情天無恨》既不是探討佛理，也不是給「白蛇傳」故事作宗教教義的解說，寫的只是世「象」、人「象」。

　　「我們人，由迷惑中解放出來，對真相理體的領悟，有各種型式。」有一類人憑超凡的才華，去徹悟，如高僧，如科學家，卻未能得到「全象」。另一類，憑十足勇氣，跌入有如萬水千山的人世煙塵中，載浮載沉，在聲色欲業有情世界滾撞得死去活來，體驗全象的真理，如小說家。李喬如是詮解小說家的人生體悟。他也說：「那曾經受困雷峰塔的白素貞菩薩，實在是一位偉大的小說家；也可以說：祂，就是小說本身。」[14]

　　李喬原本有意將〈緣起〉做為《情天無恨》的序文，因擔心把讀者嚇壞了，才改附在篇末，這番夫子自道，把白素貞比做小說家，說明白素貞的人間行程是一種具有「創作性的生命形式」。創造性的生命形式雖是中途插隊進入世間，但以全新無瑕的「新人」「丟」入人間，不也像一道測試劑一樣，可以測試出人間污濁、黑暗、惡化……的程度？「新傳」裡的白素貞用的量表是「情」，成也是情，敗也是情，這是她執意人間行，最初也是最堅信的一點。

　　白素貞的親身體驗，「情」是人間可愛、可惱、可嗔、可喜、可惡、可歎，一切感受之源，縱然不是純然理性的生命所樂受，卻是人之為人、人之謂人不可否定、不可缺少的一項質素。白素貞認為「人」應該無條件地接納它，獲得喜愛也好，被其折磨也好，甚至為之受苦、喪命……，都是「人」理之必然。所以，在小青看來，在生命界修持了一千六百多年的白素貞委身於臭俫蟲許宣，幾乎是褻瀆自己，白素貞的看法不一樣，她如

---

[13]見《情天無恨》附記〈緣起〉。
[14]同前註。

果只想對人間不負責任地有所取，譬如性之享樂，當然易如反掌，但她要的是「愛」，做人該當的，做人婦該受的，不問代價多大，她不問規矩是否合理，卻願照規矩來，就是由這個角度出發。

法海代表的律法權威，不能被討論、協商的「唯一」，只是一種觀念、想法，缺少的就是白素貞「愛」的決心，表面上極有包容力的法，卻不肯相信人間有肯受苦不樂取的事，專斷地用「淫」、「魔」、「色」這些價值字眼評斷白素貞因「情」而發的種種。這種思想上的專斷、獨裁、堅硬，完全沒有實證，形成「法」在人間行，卻全無人情味的怪異現象。法海以「法」為「人」所專屬，斥白素貞為妖畜，固然被情急的白素貞反戈一擊徹底擊倒，但對於情與欲合一的人間道，法海未必能當下覺悟。

李喬在《情天無恨》沒有解決的是，發乎情止乎人的情欲，一旦精血結合、孕育出非人非蛇，不能歸類的「異類」時，他認為是不能接受的存在，所以，他讓白素貞將體內違逆律法的「妖胎」悟化於無形，或許李喬認為萬有的形異只是「念異」，「類異」是實質的異吧？既然是蛇是人，只因一念，「無有人無有蛇……，既無人無蛇，還有什麼？」[15]「妖胎」存不存在，豈不也就不必那麼在意？李喬要白素貞自動把體內胎兒「化之於無」，其實並沒有解決人間情衍生的問題。法海執持的律法，絕不容人、妖交配，怕的是亂了律法，固然僵硬、霸道，也凸顯出他解決「萬有」疑難雜症的「法力」不足，可是歸根結底說，法海代表的佛法解決不了的問題，《情天無恨》也無能解答，有情天地裡，「情」至正至大，但情亦欲，情欲合流之後衍生出來的問題，人界可以白素貞的例子，以「愛」來擔來當，但「情欲」一旦逾越界類時，是否只剩下「不應有恨」來稀釋無盡的恨憾呢？還是「情」字本來就不能被理解？

——選自「當代臺灣情色文學研討會」

臺北：中國青年寫作協會，1996 年 1 月 28 日

---

[15] 李喬，《情天無恨》（臺北：前衛出版社，1983 年 9 月 1 日初版），頁 360。

現代的浮世繪

評李喬的《共舞》

◎張素貞[*]

　　李喬從事小說創作已歷經二十餘年，他關懷現實的深心，使他的題材與技巧不斷求新求變。在民國 74 年 11 月出版的短篇小說集《共舞》中，已看不到作者童年的悲苦、少壯時期的坎坷。李喬跳脫了自我的省視，把關懷投注到廣大的人群，對現代科技文明多元化社會結構的實存陰影，做了一番詳密而深刻的透視。

　　天地間的至情，在親子之倫應是表現得最自然最深刻的，事實又不盡然。因為父親不能守常，年輕時代忽視家庭，對兒女未盡教養照護之責；做子女的悵恨父緣淡薄，由於純潔的孺慕心思，又恨不得也恨不來。〈爸爸的新棉被〉中，充塞著無可奈何的悲愴之感。透過返鄉途中少女秀美的思緒，呈現了親子的糾葛、衝突，她努力把對亡母的敬愛思念轉為對老父的寬諒關懷，但童年的創傷卻仍然翳蔽了她接受愛情的和悅心境，這些新舊回憶，烘襯出一個「不慈」之父的惡劣輪廓，作者的巧筆在末段父女相見之後，意外展現一副卑屈自咎的殘病老人形象。老人有病拖磨，近乎自虐的自贖行為，揭示了晚年深自檢省、深愛兒女的一分誠心，新棉被要完好的留存，為的也是要留給兒女一些新的美好的記憶吧！

　　〈太太的兒子〉是沒有血緣關係的兒子，「張路生」的存在，不是妻子道德的淪喪，而是偶然的社會強暴事件的惡果。小說用緊迫的節奏，採取張又德的見事觀點限制，在高昂的憤恨中逐步推展情節。〈太太的兒子〉很像自己深愛著而又被意氣地冷落過的亡妻，也比親生的兒子高挺俊

---

[*]發表文章時為臺灣師範大學國文系學教授，現已退休。

秀,這種取材,便於醞釀「恨」意之中不自覺「愛」的微妙交織情感,除了年輕人當面辯解的對白略嫌明露,不免破壞小說的含蓄之美,可也確實傳達了作者博大的胸襟。當他倒下去時,「有兩隻不知誰的強力手臂扶撐住他。」「他又看到好多熟悉的,和陌生的臉孔向他靠近……。」簡潔的收尾義蘊豐富,極有餘味。作者暗示:張路生扶住了他,也暗示親生兒子們對異父弟弟的容納,趕了來排解糾紛,作者的筆鋒流露了無比的溫馨。

　　另一篇表現「博愛」的作品〈病情〉,是本集中寫成較早的一篇。對於萍水相逢的小病婦「涂惜香」,敘述者「我」與病友老楊付出了超凡的愛心。「惜香」之名也許就隱含「憐香惜玉」的意義。複雜不正常的家庭壓力,過早的不正常的婚姻摧殘,使惜香染患絕症;卻得不到妥善的治療。「我」在她垂危的時刻,把她送醫治療,陪伴她,為她送終。作者有意傳達人間的溫情,可惜通篇的筆調傾向理想主義,缺乏更深廣的「真愛」背景;平淡的順敘法,幸好是便於製造懸疑的旁知觀點,層層逼出真相,倒還能收到出人意表的驚愕效果。

　　採用作書名的短篇〈共舞〉,探討了現代婚姻潛存的團結。就外在的實質看,是丈夫有了外遇,使女主角參加土風舞研習會有了苦惱。她猶豫是否要與情敵一起學習下去?克服了消極退出的意念,好強爭競心理使她力求舞步的完美;卻又面臨另一個瓶頸,對方也是舞技優異者,教練指定兩人在發表會上共舞「詩情畫意」,須得「手心相握,親密起舞」。

　　經由回溯,讀者訝然聳動的是,「痛苦」的源頭,竟是少婦執意墮胎。而主角由嫉恨轉為曲諒,是得悉丈夫已經生命垂危,了悟到過往的滔天大罪該被寬宥。憑著這個意念,她破除了「執著」,那曾因我執而引起的業障,有可能就此化消了的。小說第三人稱主角觀點在心理剖析上頗能見功;只是看透生命的一段解說過於哲理化,作者的立意揭露太過明顯了。

　　李喬的小說曾經肯定人生免不了痛苦,〈孟婆湯〉裡的劉惜青在輪迴之前並沒有喝下「孟婆湯」,顯然連痛苦的記憶都捨不得完全忘去。但在

〈共舞〉與〈太太的兒子〉兩篇 1980 年代的作品中，李喬一再表現了消除「執著」、化解矛盾的可能性，把小說人物提升到較高層次的精神世界，也許這是作者多年研讀佛經獲得了某些啓示吧！

以工廠經營爲探討對象的〈經營者〉，主題意識並不單一，它也探討了夫妻之倫的相處之道。一心想做個經營者的領班，拼命工作，無形中冷落了妻子，妻子也故意冷落他。當他沉迷在自創天下的憧憬，上完大夜班，躊躇滿志的回家，亢奮的慾情卻被妻子冷凍了，這是第一回合的挫敗；他意氣上豪華旅館指定一個女孩，又被戳破「經營者」的惡形惡狀，在那工廠女工兼職的應召女郎面前，他再度挫敗了。「經營」賅括了愛情與事業，也包含征服應召女郎而言的多面義涵，黃有金滿盤皆輸，其中的癥結，很值得深思。

贏得 1984 年坎城影展「特別審查獎」等多項殊榮的澳洲影片「花癡」，觀賞之餘，難免要爲主角的特殊癖好感動莫名，悵然久之。「花癡」主角童年的各類挫折轉向昇華行爲，性需要轉爲觀看模特兒脫衣表演；李喬〈支離列傳之三〉的〈火〉，離婚後的何卑南喜歡在密室裡觀賞精製的美女裸照日曆，神遊意淫，自得其樂。何卑南的「支離」病因，近似「經營者」黃有金的，是爲了事業奔忙煩惱，夫妻性關係不諧調；往煙花巷去自證（〈恍惚的世界〉也有類似的跡象，〈經營者〉找應召郎亦是同樣心態），徒勞往返，愛妻憤而離去。這因果，有虛有實，小說中是有脈絡可尋的。但是《共舞》集中的〈恐男症〉，透過女主角獨白的方式呈現，精神分裂的癥結，既否定像「花癡」那樣種因於不幸的童年，也不似〈火〉中那樣是夫妻情感的疏離，相反的，女角的「恐男症」還破壞了婚姻的和諧，那麼作者所要控陳的該是外來的壓力了。在勞基法毫無保障的情形之下，有許多在金融機構服務的女職員，一旦結婚，必得依約「自動辭職」。這個條例是否合理？有沒有後遺症？〈恐男症〉這篇小說逼迫讀者正視這個不合理條例所造成的重大斲傷！小說中的女角，在退無可退的剎那間，突然患了奇怪的幻覺，這種幻覺迫迫著她，不斷擴大，無所不

至；而那幻覺又猥褻得令人難以啓齒。顯然這寓言式的小說，象徵著男性主義社會對女性非人道的迫害，摧殘力量之大無所不至，而且無從投訴！單就藉著性凌虐的大膽想像，隱諷現行制度上眾人所忽略的殘酷事實，作者的識見與手法便有過人之處。

和〈經營者〉相似的，〈阿扁悲歌〉也以工廠爲場景，並且直截刻畫了一些工人角色。臨時工阿扁與工人群「和而不同」，註定了他的悲哀。作者塑造一個專志寫作的小說創作者，「隱」於工廠，卻不能順性自在過活。同事細故找碴，他被揍，逼出一句「王八蛋」。這粗話招來一陣拳腳，而且留存決鬥的殘局；卻是經由潛意識裡乍然湧現的關鍵語句。藉由主角的憶想，讀者了解阿扁原來是個教員，作者揭露了教育界的污點：學生用粗話罵老師，學店曲袒學生，阿扁反而離了職。此刻阿扁痛心於自己竟然不自覺地用同樣的粗話罵人。小說客觀的筆調非常成功地暗示了許多問題：高級知識分子是否真的不見容於工人階層？相對於流行女作家取材於浮濫的愛情浪漫綺想，純文藝小說是否就沒有出路？教育界果然爲了金錢昧殺良知，非得縱容輕師犯上的刁頑學生不可？一句粗話，是否就可以使文人過渡爲工人？是否文人就此認同於工人？自己所棄絕的粗鄙詞語，代表了惡德，爲何在緊要關頭，自己也「報復」般地用來對付人？作者敏銳的觀照，圓熟的技巧，使〈阿扁悲歌〉蘊含了耐人推尋的弦外餘音。

〈退休前後〉鋪寫了教育界灰黯的景況。作者嘲諷人性趨炎附勢，隨波逐流的惡劣傾向，也揭露了潛存的官僚作風。黃校長是個亦正亦譎的人物，在退休前，他憑多年的關係獲准延期半年，權謀式地達到威嚇下屬的目的；又能及時抽身，避去有關戀棧的譏議。這篇小說也附帶探討了老年人的退休問題。由於醫學發達，很多老年人精神矍鑠，身體健康，退休之後該做些什麼？是否都像黃校長一樣幸運，兒媳順心承意，有可愛的孫兒女讓他「教育」，有從事建築業的外甥，提供監工的職位，讓他「強烈地感到生命的充實與可貴」。文末「這雙矇矓老眼，有時候在意識恍惚的瞬間，竟然會把朝陽和夕日弄錯。」老而不老，自以爲不老而實際已不能不

服老，點明了「退休前後」的旨意，含蓄而寫實，堪稱精采的結筆。

　　〈休閒活動〉，乍看題目很輕鬆，實則作者寫作時可能負荷最大，心情最沉重，李喬探索的是青少年心理均衡發展的問題。國內升學壓力的嚴重性究竟到了什麼程度？學校的體罰，教師的超授，家長的緊迫盯人，使得初三學生在歸途珍貴的休閒時間，要尋求刺激，好獲得暫時的鬆弛。幾番延宕之後，讀者才明瞭，這些好班優等生，居然在書店扒竊，不全是為了炫耀，而是那份興奮刺激。而最令人擔憂的是：兩個初中生互相掩護，手法高明，毫無愧咎；被書店老闆識破行徑之後，卑屈懇求，不送警，不通知學校。在不得不通知家長的條件下，兩人又開始計議，如何編謊圓謊……。教育對於人格最根本的陶冶，做人最基本的德操，完全落空，錯誤還有可能延續下去，究竟是誰的過錯？

　　綜觀《共舞》集中的九個短篇，取材廣泛，探索深入。技巧方面，作者常用小說人物的有限觀點，以參差錯綜的布局，兼做心理剖析，在短短時距內，把長遠廣大的時空壓縮在小小的篇幅中，因而張力具足，引人入勝。作者以嚴肅的創作態度，繁複的主題意識，描摹了現代的浮世繪，雖然線條有時難免誇張，卻都是有稜有角，活神活現。無可置疑的，李喬在這九篇近作中，苦心孤詣，揭露了許多常人所忽視的問題，這些問題輕重不一，有大有小，很值得有心的讀者細加省思。

——選自《文訊》第 22 期，1986 年 2 月

小說哲學的建構

《藍彩霞的春天》的反抗意識與象徵意義

◎歐宗智[*]

一、荒謬的雛妓悲史

　　《藍彩霞的春天》[1]是臺灣首部正面全程描述雛妓的長篇小說，約十五萬字，於尚未解嚴的 1985 年完成，剛出版時，有人視為太黃，還一度以「內容不妥」而遭到查禁，卻又旋即解禁。這是部備受爭議的文學作品，作者李喬自己則說，這是他一部重要的長篇小說。

　　書中的悲情姐妹花藍彩霞與藍彩雲，一個 16 歲，一個 15 歲，母親車禍去世，父親藍金財嫖光母親的賠命錢，不久「後母」鳩占鵲巢，而專在「販仔厝」當水泥匠討生活的父親遇到不景氣，失業又跌傷，形同殘廢，家庭生計斷絕，只好把女兒彩霞與彩雲賣給人口販子，使她們淪為私娼，開始如同「棄兒」的悲慘命運。姐姐藍彩霞從拒絕到無奈的認命，到放棄抵抗，亦即植物性地接受妓女生活，再逐漸從血淚交織的體驗中萌發新的人生觀——「否定一切，仇視一切」。最後，藍彩霞自我超越，醒覺到：只有自己才能救自己，一直不肯爭、不去反抗，怎麼知道怎麼爭？於是藍彩霞從天真的少女到妓女、到挺立世間的「人」，在凌虐她的、凶狠的龜公——莊青桂父子暴逞獸慾的夜裡，她克服恐懼，趁其不備，持尖頭鋼刀把他們像殺豬一樣地刺死，換來受難姐妹們的自由以及自己的無期徒刑。這部「荒謬」的雛妓悲史，讀來令人心頭淌血，深思再三。

---

[*]發表文章時為清傳高商副校長，現為清傳高商校長。
[1]李喬，《藍彩霞的春天》（五千年出版社初版，臺北：遠景出版公司，1997 年 7 月重印）。

　　有心讀者不難看出，李喬透過《藍彩霞的春天》的周詳設計，建構了他的「小說哲學」，值得大家深入品味。

二、象徵意義別具用心

　　首先是「象徵」，這向來是李喬小說重要的表現方法，他常透過局部或整體的象徵來表達其思想，建構其小說哲學。如李喬最重要也最具分量的大河小說《寒夜三部曲》，土地代言人劉阿漢的妻子燈妹，在征調到南洋當兵的么兒明基心目中，她是偉大的、永恆的，更是故鄉、土地的象徵；李喬在《寒夜三部曲》自序裡說：《寒夜三部曲》實際上稱做「母親的故事」也無不可，不過這裡所指的母親，不只是生我肉身的「女人」而已……大地、母親、生命（子嗣）三者正形成了存在界連環無間的象徵。此外，李喬延續《寒夜三部曲》的另一大河小說《埋冤一九四七埋冤》，其中遭軍憲強暴懷孕卻又墮胎不成、求死無門的臺大醫五女學生葉貞子，是臺灣島的象徵；至於葉貞子生下的「孽種」浦實，他不以為自己有罪、羞恥、見不得人，自認是世上另一個新的獨立生命，他無疑是「新臺灣人」的象徵。這莫不都使得小說本身具有更加飽滿的義涵。

　　而《藍彩霞的春天》的象徵意義也非常豐富，評論家彭瑞金指出：「妓女」一方面是妥協性格的化身，表示人易於向貧窮、飢餓、欲望、暴力屈服，隨遇而安的性格，註定要備受欺負、剝削；另一方面，「妓女」不只是局限在角落裡的弱女子，更是「人的性格的區分、身分地位的標記，『藍彩霞』不是別人，就是你、我，就是命運受制於人者的代稱」。[2]令女兒賣身求苟活的藍金財，象徵無能的統治者；暴虐無恥的人口販子莊青桂父子，象徵可恨的侵略者；當然，把「藍彩霞」解讀為近代屢經不同政權統治的臺灣島之象徵，未嘗不可。相信以上都是李喬的有心安排。

---

[2]彭瑞金，〈打開天窗說亮話〉，《藍彩霞的春天》（五千年出版社初版，臺北：遠景出版公司，1997 年 7 月重印），頁 7。

三、反抗意識強烈

其次，反抗意識乃是《藍彩霞的春天》另一引人矚目的焦點。李喬曾於《新文化》雜誌發表〈反抗是最高美德〉，主張：惡不會自滅，得救必須靠自己，自己不救沒人救你，任何受難者不行動的理由都是懦弱的藉口；至於反抗的手段，則沒有任何限制。李喬在小說中也不斷透過各種人物，為此一抽象理論做戲劇化表演，如《寒夜三部曲》的劉阿漢與其三子劉明鼎即是。有著硬頸精神的劉阿漢，一生孜孜不休於偉大而又渺茫的、爭自由、爭生存尊嚴的理想，勇敢地去對抗殖民統治者，與巡查們周旋到底，並且告訴始終不支持他參與反對運動的妻子燈妹：「不爭，什麼都得不到；爭，還有一點希望。」[3]此外，三子劉明鼎是劉家第二代中資質最優的一個，受父親的影響也最大，他痛恨臺灣人無法擺脫殖民地百姓的悲哀，為了消滅人間的不平不義，他願與之偕亡，同歸於盡，最後他果然跟父親劉阿漢一樣，都為反抗殖民暴虐統治而犧牲了性命。這樣的堅持與犧牲，確是很偉大的。

到了較《寒夜三部曲》晚四年完成的《藍彩霞的春天》，書中的反抗意識更明顯。藍彩霞以 17 之齡，被訓練成騷蕩妖豔而冷靜銳利的賣春女，午夜夢迴之時雖每每悔恨、幽泣，但她漸漸懂得嘲笑客人，玩弄客人，甚至於巧妙地，在不影響生意的範圍內，羞辱嫖客，因而從中獲得滿足，心裡不會不安，也不受羞恥感所困擾。而山花王阿珠認為，嘴是用來吃飯的，紅玫瑰歌舞團老闆朱飛揚竟強要把陽具塞到她嘴裡，她覺得髒，心一橫，狠狠咬下去，把朱老闆那禍根咬得半斷未斷，鮮血如注，緊急送醫，這讓備受欺凌的姐妹們都感覺出了一口悶氣，心裡舒服極了。逃家受騙的國中應屆畢業生楊敏慧則完全不肯屈服，被流氓控制行動之後，索性從五樓摔落到前面的大馬路上當場死亡，以此來對抗。又，為醫治父病而賣身的啞巴孫淑美，當她喪父之後就不再接客，結果遭到酷刑毆打、五花大

---

[3]《寒夜三部曲·荒村》（臺北：遠景出版公司，1991 年），頁 305。

綁、禁食、關在廁所，最後她趁大家忙亂之際，一絲不掛地逃出妓女戶，無懼地走上街，面對天下人，因而脫離了魔掌。楊敏慧和孫淑美強烈的反抗手段，大大刺激了日漸認命、麻木的藍彩霞。

藍彩霞漸漸有了較明確的醒覺，當她在「出勤」之餘「認到」不少客串接客的「姐妹」，她會想：「我們是被逼失身，這些人呢？」[4]她於是認定那些「以不同理由」賣春的人，是賣肉體，也售靈魂；但她和妹妹不是，她們的「靈魂」也許被污染了，卻從未被出賣過。藍彩霞更領會到，「自己不憐惜自己，誰憐惜？不自救，誰救你？」[5]再不站起來反抗，消滅壞人，將永遠做個受剝削賣靈肉的妓女！永遠是弱者、受害者。她想通了！一切靠自己，該付出就付出，唯有靠自己的力量，才能從下流卑賤裡掙脫出來，走出一條向上的大路。終於，藍彩霞為了看著妹妹走上幸福之路，她犧牲自己，殺死了十惡不赦的人口販子──莊青桂父子，結果被判處無期徒刑，悲壯地付出慘痛的代價。然而透過反抗，藍彩霞也似乎掙來了春天，即使她的春天是在鐵窗裡面。

四、建構獨特的小說哲學

由於象徵意義與反抗意識，《藍彩霞的春天》不再只是描寫雛妓悲史的小說，它具有豐富的內容、思想的深度，李喬更藉此建構屬於自己特色的小說哲學，確立其小說大師的崇高地位。

李喬非常「努力」地使《藍彩霞的春天》貼近臺灣的社會現實，增加其說服力，但無可否認，其象徵意義與反抗意識的呈現，斧鑿之痕不時可見，會否失之太露太直接？而且有些地方甚至於寫得像「論文」不像小說，未免可議！所謂「說出是破壞，暗示才是創造」，不是嗎？

──選自《臺灣新聞報》，2001 年 6 月 14 日，20 版

---

[4]《藍彩霞的春天》（五千年出版社初版，臺北：遠景出版公司，1997 年 7 月重印），頁 235。
[5]同前註，頁 237。

歷史文學的掙扎與蛻變
拒絕在虛構、真實間擺盪的《埋冤一九四七埋冤》

◎彭瑞金

一、歷史與小說

　　「歷史小說」之名，雖然在臺灣文壇廣泛使用，但從小說的文類特質來看，小說是虛構的，歷史是記載曾經發生過的事實，小說是小說，小說是文學，歷史是歷史，並不發生交集。歷史敘述乃至歷史論述，雖不能保證絕對真實、客觀，不過歷史追求真實、客觀的原則，不容否定。顯然，失去真實、客觀，以主觀、特定的意識形態、解釋、評論歷史，必然令歷史面貌更形混淆，歷史論述失去價值，而結合歷史與小說的歷史小說，便有真實與虛構不能調合的兩難。

　　「歷史小說」在理論上說：「文學是從歷史、人間的『事實』中挑出『真實』，以『虛構』之線連綴成『複合的』也是『複製的』歷史人間。歷史之於文學者，重在藉事件或人物來表達自己的觀念。如果文學創作也忠於歷史人物或事件，但重點不在『重現它』，而在解釋。」[1]因此，無論歷史是否藉小說重現，抑或小說只是借用歷史背景、旨在表達自己的思想、觀念，都將發生歷史與小說對照閱讀的現象，歷史與小說，何者更為貼近事實？何者更為真實可信？……之類的思考，必然影響「歷史小說」

---

[1]見李喬，〈文學與歷史的兩難〉，原載《臺灣文藝》第 100 期（1986 年 5 月），收入《臺灣文學造型》（高雄：派色文化出版社，1992 年）。

被當作文學作品閱讀、評鑑的立場，甚至陷入歷史真偽的辨證泥淖中，不能自拔。顯然，歷史小說的最大難題是在搭乘歷史免費列車的同時，好像闖進了一個不應該進去的領域，喪失了文學對歷史存在過的事件、人物……置喙的空間和權利。文學作品取材的空間，本來毫無疑問是自由不受限制的，當然包括歷史在內，結合歷史與文學的「歷史小說」之所以陷入兩難，顯然不是「事實」的問題，而是「解釋」的問題。

　　李喬在嘗試解開歷史與文學的兩難時，把歷史小說區分為「歷史小說」及「歷史素材小說」兩種不同的類型[2]。他認為「歷史小說」是指「作者選定一段時代，配以當時的風俗習慣、服飾、特殊景觀等作背景，以一或數件歷史事件或人物為中心，依大家認同的常識為主線，創設一相配的情節，使事實的面貌和虛構的部分重疊進行，這樣構成的作品便是。」而「作者借重歷史素材的可能性和可信性，重點放在『虛構』的經營上；主題偏於歷史事件的個人解釋，或表達個人的觀念的作品便是『歷史素材小說』。」這套釋疑之詞，還是沒有解決取材於歷史的文學作品，被拿去和歷史對照閱讀的困擾，仍將陷在誰真、誰假的史實辯論，而忽略了作品的文學表達，喪失了此類型作品在文學上存在的意義。

　　「歷史小說」與「歷史素材小說」之區分，只解釋了文學創作依賴歷史的程度差異，前者取了歷史的骨骼、骨架，後者只取了歷史的表皮，可以看到程度上的差異，卻同樣無法切除對歷史的聯想，仍然出現文學與歷史的兩難。歷史所以成為文學的素材，在於歷史是現實生活延續不可分割的一部分，以及歷史的豐富性，都是文學創作不可少的礦藏，「歷史小說」的癥結，只出在歷史與文學分屬不同的「經驗」領域，可以並存卻不能「並聯」，一旦要把文學與歷史放在同一標準的尺碼來量，自然發生扞格不入的現象，歷史與小說分別擔承不同的文化使命，而「歷史小說」的問題，可以說只是用錯量尺的問題，不從更換量尺上思量，徒然只貼上 3

---

[2] 見李喬，〈文學與歷史的兩難〉，原載《臺灣文藝》第 100 期（1986 年 5 月），收入《臺灣文學造型》（高雄：派色文化出版社，1992 年）。

「歷史」和「歷史素材」兩種識別標誌，文學與歷史的糾葛，還是難以鬆解。最難清理的是由於歷史潛在的嚴肅性，「歷史」明顯地成了作者創作上的束縛，不敢逾越，將根本失去任何程度的歷史取材意義。

文學取材歷史，不是臺灣文學特有的現象，世界文學史裡，不乏以歷史事件或歷史人物爲素材寫成傳世名著的前例，不過，臺灣作家的歷史文學，並不能放在世界歷史文學的天秤上等量齊觀，除了獨特的產生背景之外，更由於自覺的或不自覺的，也是自主的或不由自主的擔負著文化、社會的使命，歷史小說不由自主地被要求負起歷史教育或歷史意識反思的任務。由於長期戒嚴，臺灣的社會和歷史，都缺乏自由反省思考的空間，文學不僅成爲這股覺醒力量的偽裝網，文學也不由自主地興發這股使命感，額外的負擔，使得歷史文學猶如結實過多的果樹，被壓彎了枝幹。

二、臺灣歷史小說的源起和遞變

1950 年代，反共抗俄文藝政策出現，應是戰後臺灣歷史小說興起的主要因素，日治時期的臺灣新文學裡，並沒有形成歷史小說的創作風氣，而戰後出現的第一代本土作家，因爲自覺於不屬於反共文學的陣營——「戰鬥文藝滿天飛，我們趕不上時代，但這豈是我們的過失？何況我們也無須強行『趕上』，文學是假不出來的，我們但求忠於自己，何必計較其他。」[3]可能是自覺無力去攖反共文學鋒鏑，日治時代被日本殖民統治的經驗，很自然地成爲反共文藝和白色恐怖時期可以被勉強容忍的文學創作縫隙，從短篇小說到長篇小說，幾乎所有的戰後新生的本土作家，都有日治經驗的作品。

廖清秀的《思仇血淚記》、文心的《泥路》、鍾肇政的《大肚山風雲》、《濁流三部曲》、葉石濤的〈獄中記〉、陳千武的〈獵女犯〉……，日治經驗小說在戰後蔚爲風氣，固然是在政治與文藝政策雙重

---

[3]〈鍾理和致鍾肇政函〉，《鍾理和書簡》（臺北：遠行出版社，1976 年 11 月初版），頁 49。

壓迫下所形成的現象，但也是作家多從自己的經驗出發的結果，爲自己經驗過的時代留下見證，才是此類作品積極的創作動機，因此由偏向個人經驗史的作品，發展成能觀照到群體、時代的歷史小說，是文學行程的大躍進。之間，吳濁流是個值得仔細探究的範例，他在戰爭期間寫下的《亞細亞的孤兒》，可以說是介乎個人經驗小說與歷史小說之間的特例，它以個人經驗爲例，卻試圖把整個臺灣人的命運，透過歷史的審查方法呈現出來，奠定了強烈的族群歷史使命感超過文學作家使命感的創作形態，其後，他寫的《無花果》、《臺灣連翹》，都可以做如是觀；不過，吳濁流只停留在消極地爲自己經驗過的歷史做見證而已，並沒有意思積極地透過文學建立自己的史觀、歷史意識。吳氏當過相當長時間的記者，他的小說裡的歷史覺醒就很接近一個盡職的記者。

　　1970 年代以前，臺灣作家相當程度地沉溺在歷史回憶的長廊裡——特別是集中於被日本統治的經驗，卻沒有建立所謂歷史小說來，原因，一方面固然是政治的。戰後臺灣在中國史觀的全面籠罩下，任何試圖建立以臺灣爲中心的異觀點的史觀，必然被視爲官方的對立、對抗行爲，文學亦然。另外，值得懷疑的是文學本身對歷史意識的自覺。1950 年代，鍾理和未能完成的《大武山之歌》，確實可以做爲臺灣作家具備歷史意識的例證，他試圖以家族開拓史的方式，局部呈現臺灣開發史的寫作雄心，是極可能接近臺灣史的心房的。鍾理和未完成的寫作心願，由鍾肇政的《臺灣人三部曲》幫他實現。鍾肇政在《沉淪》[4]的出版序文中說：「這部『臺灣人三部曲』，幾乎是我開始走上文學這條路的時候就想要寫的，……中心的主題是向 50 年間的臺灣淪日史挑戰，藉文學創作的形式把它表達出來。並且把這 50 年的歷史分爲初葉、中葉、末葉三個部分，……」、「一部 50 年臺灣淪日史，也就是臺胞抗日史。……這部斷代史至今猶未見公諸於世。說起來這是一樁令人遺憾的事。」

---

[4]《臺灣人三部曲》（臺北：蘭開書局，1968 年 6 月）第一部，分上、下二冊，有鍾肇政的〈自序〉，遠景出版公司版本《臺灣人三部曲》（1980 年 6 月）不見原序文。

　　《臺灣人三部曲》清楚地表達了臺灣作家對臺灣歷史的責任感、使命感，可以說是臺灣小說，尤其是「大河小說」與臺灣歷史結緣的開端。後來李喬寫《寒夜三部曲》，也明白地以臺灣的歷史架構做爲小說發展的架構，他在自序中也毫不掩飾地表明：《荒村》是寫「……文化協會分裂前後，農民組合前期的幾件重大事件。這是臺灣近代史上最重要的年代，也是充滿迷霧的時刻。……在這裡筆者試著去抖開歷史的帷幕，展示真相，並予個人的註釋。這是寫得最艱苦的一部，也必然是最多疑案的一部……」[5]歷史不僅是李喬的使命，也成了他的文學負擔，如何以小說將歷史的真相本目呈顯出來，不是他創作的附帶目的，而是主要目的。他已經不知不覺流露出這樣的寫作觀。

　　以噍吧哖抗日事件爲背景的《結義西來庵》[6]，是李喬的第一部歷史小說。寫作是書的時候，李喬已經深切感受到文學與歷史的兩難，八大冊的余清芳抗日檔案，以及親赴事件發生舊址田野調查訪問所得的資料，使得原本有意「採其體材，寫成小說」的寫作計畫，「不忍，不敢，也不能以虛構小說處理。」[7]寫歷史小說，反被歷史俘虜的困擾，雖是日後寫《寒夜三部曲》時，李喬亟欲擺脫的束縛，但由於臺灣作家寫作歷史小說時，特別的心理背景，並未能做到只是「借重歷史素材的可能性和可信性」，忠於小說以「虛構」爲重點的經營原則，《寒夜》三部作中，《荒村》給予李喬的寫作壓力特大，原因就是那段歷史中的知識分子左、右派爭議，向來便得不到正論。歷史從來都沒有處理的「懸案」，文學要把它攬過來處置，就不是「借重」，而是越俎代庖了，其「嚴肅」的落筆心情，不難想知。《寒夜》是以先民墾荒的時代爲背景，《孤燈》的場景在南洋，都沒有涉入歷史詮釋有爭議的領域，寫來自然輕鬆。

　　東方白寫《浪淘沙》，把榮譽和功勞歸給「臺灣的千萬人」、「沒有

[5]引自李喬，〈序〉，《寒夜三部曲》第一部《寒夜》（臺北：遠景出版公司，1980年10月初版）。
[6]1977年10月25日，近代中國雜誌社出版。
[7]見李喬，〈自序〉，《結義西來庵》（臺北：近代中國雜誌社，1977年10月）。

這百年來千萬人血與淚的經驗，不會有今天的《浪淘沙》」[8]。《浪淘沙》以人物爲重點，也是最符合只「借重歷史素材的可能性和可信性」的歷史小說虛構性定義的一部作品，然而東方白仍感慨系之地說：「臺灣的歷史是苦悶的歷史，而臺灣的文學則是苦悶的文學。」那時候，只寫完「浪」的部分，距離全書的完成仍遙遙不可期，但是他表明：「只要我寫一日，我又在臺灣的歷史多活一天……。」[9]《浪淘沙》有意把歷史的大架構釋放於無形，藉以凸顯人物以及時代、庶民生活情節的還原能力，卻仍然不能脫卸沉重的歷史十字架，仍然認爲自己是在向歷史做交待。

　　終於寫完這部 150 萬字大作之後，東方白頗得意於自己第一篇發表的作品，描寫客家庄英勇抗日故事的〈烏鴉錦之役〉，就取材於歷史的巧合──〈命定〉[10]，同時，《浪淘沙》寫到終戰初期的時候，有感於鍾肇政、李喬兩位寫歷史大河小說的前輩，不能跨越「文學與政治的十字路口」、「竟然不提『二二八』這個對臺灣人影響深遠的大事件，不但令葉石濤感到遺憾，也爲研究臺灣文學的日本學者所詬病。」、「於是便放膽在《浪淘沙》中寫了幾則『二二八』時期的動人故事，聊補先前臺灣大河小說的缺憾。」[11]這些清清楚楚以文學創作定位的作品中，卻又不自覺地以歷史量尺評量自己的表現，充分顯示，戰後臺灣的歷史小說或歷史素材小說，早已不由自己的進入臺灣歷史傳播行腳僧的情境中而難以自拔。

　　歷史小說的作者應該都知道，文學「解釋」的歷史，永遠是文學，不會是歷史，即使如姚嘉文的《臺灣七色記》[12]式的歷史演義，也不能真正替代歷史的地位，歷史小說的作者們仍然身不由己的被歷史徵召，固然是臺灣的歷史學、歷史撰寫在連橫的《臺灣通史》之後即出現斷層，戰後臺

---

[8]《浪淘沙》第一部獲 1982 年吳濁流文學獎，文引自東方白「得獎感言」：〈期待開放世界的花朵〉，《臺灣文藝》第 77 期（1982 年 10 月）。
[9]同前註。
[10]東方白自序〈命定──《浪淘沙》誕生的掌故〉，《浪淘沙》（臺北：前衛出版社，1990 年 10 月初版）。
[11]同前註。
[12]由臺北自立晚報社文化出版部於 1987 年 5 月出版。

灣史更出現了「解釋」觀點上的詭譎及歧異，歷史小說猶如可以縮身穿越戒嚴政治統治空間的功夫練家，固然是歷史小說出現的極重要因素，不過，文學被歷史加在身上的使命感，才是主因。

　　戰後臺灣小說，幾乎沒有掙扎地便走進臺灣歷史「命定」的使徒行列裡，固然不是完全沒有自覺，沒有困惑。姚嘉文的《臺灣七色記前記》，花了極大的篇幅解釋「歷史與歷史小說」[13]的不同，再三強調七色記的小說屬性──「不把歷史小說寫成歷史，就不容易了。為了怕歷史小說缺乏歷史意味，常常會加重歷史事件的成分，以避免『有小說無歷史』之譏。」、「用歷史事實來做為文學寫作的題材，有不同的態度。」、「不論選用歷史題材的目的何在，對史實都必須忠實，故意不忠，或未盡了解，都會使作品對讀者發生不利的影響。因此客觀的研究史實，是寫歷史小說的前提工作。」[14]作者雖然非常清醒的知道歷史與小說的區野，仍然做出服膺歷史、甘為歷史俘虜的小說創作態度，實際上就是凸顯了戰後臺灣文學與歷史糾葛不分的特異現象。

　　李喬也有同樣的困惑和自覺，他也花了功夫，闡釋這種寫作心境上的困惑[15]，看起來很像是要努力讓讀者明白文學創作的旨趣有別於歷史，但更明顯的反而是暴露了自己的寫作無法穿越歷史的迷霧，對歷史真相的難知，可能帶來作品對歷史解釋的盲點，預留說辭。假設李喬真的相信文學是「複製的」歷史人間，真的對自己的「虛構」才是重點的說法有信心，他應該不必對文學不能穿越的歷史迷惘、表達絲毫的歉咎。我相信所有的歷史小說家都會告訴我們，他們不能。相反的，向歷史解釋權挑戰，向被扭曲的歷史解釋挑釁，反而成為歷史小說家的寫作良心的量表。東方白就說：「我竟能適時適地在《浪淘沙》中寫了『二二八』，我的時機也真再好不過了。」[16]《浪淘沙》寫作期長達十年，完稿時已經解嚴。

[13]見姚嘉文，《臺灣七色記前記》（臺北：自立晚報文化出版部，1987 年 5 月）第 5 章。
[14]同前註。
[15]見李喬，〈文學與歷史的兩難〉，《臺灣文學造型》（高雄：派色文化出版社，1992 年）。。
[16]見東方白，〈命定──《浪淘沙》誕生的掌故〉，《浪淘沙》（臺北：前衛出版社，1990 年 10 月初

　　戰後發展出來的臺灣歷史小說，原本由消極地、對官訂文藝政策的規避，逐漸蛻變成把小說中歷史意識、歷史內容真實程度、真相揭發的表達，做爲文學價值量表的現象，平心而論，未必是文學發展的常態。像吳濁流的《臺灣連翹》[17]，吳氏生前交待，需在他去世十年後才能發表，以免傷及無辜，便是對自我作品做非文學定位的評估所作的決定，妙的是，吳濁流果真像個大預言家，《臺灣連翹》出版後，幾乎沒有人從文學的角度討論它，引起軒然大波的原因，竟然是因爲書中被指名道姓爲二二八事件時，提供軍方獵殺臺灣菁英分子名單的連震東，其子連戰，適將出任行政院長，遭到不同政治立場的立委質疑。

　　二二八事件成爲臺灣歷史小說，甚至臺灣文學的最高指標，應該不是東方白的個人意見。鍾肇政幾乎從不解釋自己的歷史小說，但在解嚴後，怒氣沖沖地寫了《怒濤》[18]，戰後最先以日治經驗寫長篇的廖清秀，也寫下了《反骨》[19]，都是政治上的二二八禁忌被打破之後，有意地將長期被壓抑的題材，以空前猛烈的姿勢爆發出來，做爲他們對歷史的誠實的表示。廖清秀說：「這篇小說我自三十多年前就想寫它，是我畢生中唯一覺得非寫出它死不能瞑目的作品，因時機未成熟……」[20]鍾肇政也表示，寫作該書的最大目的是：「多麼希望能夠在筆下重現那個時代，以及那個時代的臺灣人，尤其年輕的一代。」[21]這些以二二八事件爲背景寫的歷史小說，毫不遮掩的，以嚴肅的態度，表達了被歷史淹沒的寫作情緒，共同認定二二八事件在臺灣歷史遞變中，具有非凡的重大意義，他們也幾乎毫不遲疑地共同認定，這件歷史事件真相的呈現和歷史意義的解釋，是文學不能規避的責任，作家們的心裡，默默地背著這樣的悲情，隱忍 30 年、40

版），頁21。

[17]吳濁流著，鍾肇政譯，《臺灣連翹》（臺北：前衛出版社，1988 年 9 月）。

[18]鍾肇政，《怒濤》（臺北：前衛出版社，1993 年 2 月）。

[19]廖清秀，《反骨》（臺北：遠景出版公司，1993 年 7 月）。

[20]見廖清秀，〈自序〉，《反骨》。

[21]見鍾肇政，〈後記〉，《怒濤》。

年，歷史的情懷變濃，文學的抱負漸淡，二二八事件四十多年後的 1990 年代，文學早已把歷史接收過來了。李喬的《埋冤一九四七埋冤》[22]是整個焦定二二八事件而寫的歷史小說，這部 74 萬字的歷史小說，已看不到文學面對歷史的掙扎──「這本書下筆之前，約有一年時間，我深陷在『文學與歷史的兩難』中，最後找到的途徑是：上冊貼緊史實，乃以文學虛構貫穿：下冊經營純文學，但不捨歷史情境之真。」[23]但作者在透露的寫作經過中，還是招認了被歷史俘虜的事實。李喬從寫《結義西來庵》時，被歷史窒息、史料淹沒的經歷中，逐漸透過《寒夜三部曲》而走出「歷史素材小說」的新路來，揭露了戰後臺灣小說發展史中，一項相當重大的訊息，那就是臺灣文學打開歷史這扇門找到的創作之泉，然後心甘情願讓這股泉水淹沒，從蛻變的過程中，可以看到它略事掙扎的痕跡，最終則讓我們看到文學把歷史情懷的淹沒，視為超升的喜悅，那就是《埋冤一九四七埋冤》。

三、《埋冤一九四七埋冤》與二二八事件

　　這部曾經讓李喬因史實與文學的糾葛而陷入兩難、長期思考達一年才下筆的小說，在創作的動機、過程和目標上，都被作者賦予巨量的、嚴肅的意義，而且很明顯地，無論作者如何堅定他小說家的立場，卻自始即無法袪除歷史為本質的寫作意識。這對於一度為臺灣歷史俘虜而困惑不已的小說家，終又情不自禁的投附於歷史，明白地說，絕不是文學技巧的無法克服，而是一個涉及文學定位的新的抉擇、新的認知。

　　「這本書實際寫作時間約三年半，蒐集資料、採訪口述等前後十年；13、14 年的時間造就這七十多萬字一部小說，作者我一生不會有兩次機會，也不會那樣做。」、「起始我就把『呈現二二八的全景，並釋放其意

---

[22]分上、下二冊，上冊名《埋冤・一九四七》，下冊名《埋冤・埋冤》，合稱《埋冤一九四七埋冤》，合計約 74 萬字，1995 年 10 月，海洋臺灣出版社出版。

[23]引自李喬，〈後記〉，《埋冤一九四七埋冤》（基隆：海洋臺灣出版社，1995 年 10 月）。

義』當作生命上的天職，負我臺灣母土的債務。……而今我債已了……」
[24]作者在〈後記〉中明白表示，以小說詮釋歷史的創作動機。從相當自覺
於歷史與文學的分野出發寫作的李喬，經過「兩難」的掙扎和困惑，再以
無比的堅定投入，暗示了戰後臺灣歷史小說在內涵上、體質上，極爲重要
而特殊的觀念抉擇，不再顧忌讓歷史凌駕文學，文學接受歷史的徵召。

　　有過寫作《結義西來庵》的經驗，李喬便不厭其煩的在小說寫作之
外，一再嘗試釐清小說與歷史存在不同的意義和功能，他極爲擔憂的，顯
然是他的歷史小說只剩下歷的意義和功能，文學反被遺漏，但從《埋冤
一九四七埋冤》的自序中[25]，卻開宗明義地招承：「從事小說創作，偶然
地涉入臺灣歷史，卻由此改變我的文學風格。當臺灣人，臺灣社會數百年
的變遷展現在我眼前時，歷史已不只是記憶中人事的浮動而已。從記憶躍
升至反省整個族群生命、文化精神，進而成爲文學創作的意識根源，它載
負著我對臺灣斯土斯民深厚的情感與理性的自覺。」這段自白，不像是終
於完成一部文學創作後的心情釋放，反而更接近歷史鬱結的釋放，它使人
感受到的是李喬終於「釋放」了他心中的二二八的意義。做爲一個曾經多
麼謹慎地防止文學與歷史混淆的小說家，這樣的告白，等於明確地傳達，
他把自己文學創作的源頭接在臺灣歷史這個泉源上，是極嚴肅的發現。身
爲臺灣小說家，李喬明白自己已經無法拒絕展現在面前的臺灣人、臺灣社
會的變遷史，原本不容許因歷史損及文學的所有的小心翼翼、忠心耿耿，
早已不敵歷史向他的召喚。

　　也許《埋冤一九四七埋冤》只是一個作家的例子，但李喬的寫作經歷
和作品，在戰後臺灣文學史裡仍然具有指標的意義，那就是歷史的二二八
事件，不僅蘊積了臺灣人、臺灣社會，有史以來最關鍵的遞變的樞紐意
義，其豐富性、複雜性、嚴肅性，不僅是過去數千年生活史的「沉積」。
自事件發生後，又被壓制了近半個世紀，其被壓縮的亟待「釋放」的歷

---

[24]同前註。
[25]本書有二篇自序，此指「自序之一」。

史、社會能量都逼近了臨界點；不幸，當文學家們，甚至社會大眾，好不容易凝聚了「歷史的歸歷史」的共識，認可遵從以歷史解釋的方法和規範來詮釋二二八時，其實是臺灣人已經不耐煩於這種漫無止境的等待，和深切感受到遲遲不揭開這塊暗幕只會使傷害加深。不料，這樣的期待，仍然被捏造為政治勢力的角逐而引向更深的歷史迷霧中，由文學「釋放」二二八之深受期待，實基於對歷史的失望而來。[26]

　　《埋冤》的出現，最主要的還是作者李喬做為一位臺灣作家的受想行識，剛好焦集到這個點上來，《孤燈》之後，李喬對臺灣史的意識行程走進關懷二二八的行列，是非常自然的，所以《埋冤》被賦予超載的、非本分的歷史職務，雖然是被動的，但因緣際會也在逼迫作家作抉擇——要做一個硜硜然小知識分子自持的「純」作家呢？還是放下這些飄渺的堅持接受臺灣人、臺灣社會的徵召，做不拘小節的臺灣作家？一旦想通這點，歷史與小說的關防並不是不能突破的。《埋冤》對李喬的意義和對臺灣歷史文學發展的意義一致性便在這裡。歷史文學的定義和文學的通常規範，都可能因為對照於二二八歷史「釋放」的特殊背景和對臺灣社會心靈釋放的嚴肅意義，顯得脆弱、蒼白。

　　直接經歷兩個政權交替那一刻的李喬，感受到「政權交替下的衝突、矛盾、隔離、壓迫、反抗、整合都清楚，明晰地刻在我的生命裡。生活的經驗加上文學的歷練使我意識到將此段歷史再現是我一生無可拒絕、逃避的工作。」但他願意以小說創作自限，至於「臺灣歷史的處理只有盼望年輕一輩的作家繼續挖掘、完成。」[27]這種小說與歷史看似淆亂卻未完全喪失清醒的小小矛盾，其實正說明《埋冤》對二二八的歷史詮釋，並未僭越文學的本分，只是作者經由寫作進入歷史的心境，使他無法自違於一種錯覺的對歷史的責任。

　　《埋冤》做為以二二八事件為敘述背景的小說，面臨歷史與文學取捨

---

[26] 為求行文之簡便，以下皆以《埋冤》簡稱《埋冤一九四七埋冤》一書。
[27] 李喬，〈自序〉，《埋冤一九四七埋冤》（基隆：海洋臺灣出版社，1995 年 10 月）。

平衡的困難,不僅僅只是歷史與小說的兩難,而在於二二八事件不是普通的歷史事件,也不只是歷史事件之一,而是臺灣人有史以來最重大的歷史事件。更詭譎的是,它還是一件塵封數十年,尚未曾清理過的歷史沉冤,有關它的任何詮解的結果,都會在臺灣現實社會的現在和未來,產生沒有人有能力預期估量的效應,本來是歷史家的最難,文學一旦落入這樣的歷史情境裡,陷入史料辨認的糾葛中,當然會造成取捨的良心困擾,但文學畢竟只是對人負責,並不真的為歷史負責,《埋冤》最後從歷史情懷中抽離成為人物,主軸放在描寫「林志天」與「葉貞子」兩個代表人物,應是基於這點體認。和《浪淘沙》的情形類似。嚴格說來,《浪淘沙》三個敘述軸心人物的背後,也有一個如巨浪奔騰的大時代,作者可能為了區隔文學與歷史,因而捨事而就人,《埋冤》所以能脫離類似《結義西來庵》和《荒村》的史料糾葛,應是得自相同的取與捨。不過,對於一個在心靈上有沉重的臺灣背負的作家,要把二二八這樣的歷史背景虛化,無意喪失它取材二二八的任何意義了。

作者雖然自認,「上冊貼緊史實」,文學的虛構只是用來彌補史實因年久失修留下的縫隙:「下冊經營純文學」,歷史只求不失情境之真實。不過,上冊的內容在在顯示作者忠於歷史的苦心接近虔敬,林志天和葉貞子著墨並不多,歷史真相的還原,歷史情境的複製,花費了作者極大的苦心;透過訪問、調查、閱讀,事件發生的時、地、相關的人物,人際關係,作者有意將自己的作品,盡可能客觀、真確的回到真實的歷史場景裡去,讓被塵封的歷史再現,所有被提到的人與事,但求言之有據,人名、地點都詳加作註,連篇的註文、案語、供證,實際上已經足以顛覆了小說的虛構本質,也大大破壞了文體的美感。對於這些可預見的批評,李喬不僅執拗而且故意,他甚至停下寫小說的筆,就在字裡行間插播,為自己的執著辯護一番——(作者案:走筆至此,不得不「跳脫」歷史時空,回到現實今天來檢視這段敘述:「該不該把這些慘絕歷史場景予以再現?」……最後決定以大死一番心情直書白描,筆者依恃的理由是:

（一）……）[28]這是作者寫到中國軍人從基隆上岸後，展開報復性的「清港」大屠殺，26 名單純的學生因不忍市民橫遭大劫，乃擎著白旗想晉見要塞司令與軍方談判，因而落入這群軍人手裡，成爲「震懾教育」的教材——一一被削去耳朵、鼻子、嘴唇、挖掉眼睛、剖開腹部、割掉生殖器……，凌虐至血肉模糊，還故意把屍體拋在人們可以看得到的港邊，造成流言，散布恐怖。

　　歷史小說的真正難處可能正在這裡，似此，一旦需要考驗人類行爲可能性和可信性的文學描述，不捨文學而就歷史，以歷史求證求真的方法，連同證據一併呈給讀者，萬一使讀者產生文學虛構的錯覺，豈不成了小說家對歷史無法補償的負咎？《埋冤》上冊 35 萬字出現作者讓歷史和事實去寫小說的情況，順著中國兵殺戮後留下來的血腥，從基隆港、八堵車站、臺北城、桃園、新竹、臺中、嘉義、臺南、高雄，乃至花蓮，有個別的，有集體的，有特定對象的獵捕，有盲目的濫殺，《埋冤》像翻動泛黃的舊史頁一樣，翻動二二八事件時，被血污染過的每一塊土地，雖然千篇一律都是大同小異的屠殺故事，仍然達到一頁一震撼。小說家在忠於歷史重現的同時，等於告訴我們，其實歷史已經寫出了小說家虛構不出來的情節。小說家接受歷史的強烈召喚，形成歷史優先於文學的歷史小說性格，《埋冤》是這個轉化的關鍵。

　　李喬在這部作品裡，一再強調對歷史的敬畏——「筆者實無權隱瞞真相而有義務明告世人」、「筆者敬畏另一世界之存在，實不敢不秉筆直書也。」[29]所以，寫「腥風血雨」來臨的一刻，猶如「阿鼻地獄」門前的臺北大殺戮，整個北臺灣的「血凝肉碎」，打狗街的浩劫血洗，「一瞬間血雨飛濺、膛開肚裂，頭破腦散，碎肉紛紛……」作者絞盡腦汁，嘗試把中國軍人對臺灣知識菁英、民間領袖、學生、平凡民眾全面屠殺的慘酷，殘忍的非人的獸行還原，注入濃重的個人情感，義憤之辭亦躍然紙上。我們

---

[28]見《埋冤一九四七埋冤》上冊，（基隆：海洋臺灣出版社，1995 年 10 月）頁 199〜200。
[29]同前註。

從小說的開頭，以「祭文」揭開序幕，並以模擬二二八事件冤魂的哭訴「唉啊！」做爲書引，控訴「壓羈羈個搶掠，暴慘慘個屠殺；流血成河堆屍成山；河水染紅青山赤赭。」、「慘慘慘慘絕絕絕」[30]在行文用字間，毫不掩飾地把自己內心的悲憤、恨，不得以能找到的最強烈的字眼將它形容出來，目的還仍然是要幫助閱讀者回到接近歷史的真實情境裡去。這種歷史優先的寫作立場，可以說是歷史小說發展的倒錯。

以被日本殖民統治經驗或「淪日 50 年史」寫成的歷史小說中，歷史意識的先行——預設的反日、抗日立場，使得這類作品的發展受到局限，一旦以二二八事件爲主要敘述背景的小說，也落入臺灣人的悲情史裡，成爲梳理本省、外省情節的小說，正如歷史的「預期」，那麼，二二八歷史小說，充其量只是二二八歷史事件的附庸，當然成爲文學發展的倒錯現象。可是，廖清秀的《反骨》、鍾肇政的《怒濤》都無意避開這樣的可能質疑，反而理直氣壯地以爲，他們一旦逃避這種立場，才是失職——死不瞑目，《埋冤》的上冊，盡可能將小說寫得和真的歷史一樣，這種不謀而合，應該是臺灣文學發展上的作家經驗凝聚的共識。

從歷史來看，二二八事件是臺灣有史以來受傷害最重，影響最深的歷史事件，無論就傷亡的數字或對臺灣人心靈內在的衝擊，都遠遠超過噍吧哖事件，文學如果無法以有限的篇章，清楚地詮釋事件的完整面貌，不如讓歷史去書寫自己，讓歷史還原，讓歷史說話，可能是最有說服力的做法。也許李喬在採訪、調查、蒐集材料的過程中，被自己挖掘出來的事實「震懾」住了，認爲文學無力去詮解這樣的歷史。因此，在上、下冊間做了這樣的安排，把歷史的解釋還給歷史，只負責盡責地去挖掘真相，作家與文學的責任在於觀察臺灣人、臺灣社會，經歷過這空前的傷害、摧殘之後，產生的影響和變化。從這裡也看到李喬將自己完全溶入臺灣的過程。

歷史學者李永熾在爲該書作序時，認爲《埋冤》就是描寫臺灣的古拉

---

[30]《埋冤一九四七埋冤》上冊（基隆：海洋臺灣出版社，1995 年 10 月），頁 24～25。

格化現象[31]。這是非常特殊的閱讀心得，學歷史的人不憂心事件真偽的辨認，只注意到歷史在社會中「釋放」的意義，顯示他已全盤接受文學釋放歷史的價值。事實上，二二八事件的歷史本相是殺戮和死亡，有形的囚禁並不長，像林志天那樣長期囚禁的例子，更是絕無僅有，古拉格的比喻是心靈上的自我囚禁，也就是說殺戮的震懾威力，穿透歷史，穿透每一顆活著的臺灣人心，人人形成自囚的狀態，數十年不解。1920 年代，無知寫〈神祕的自制島〉[32]，諷喻臺灣人自甘爲奴隸的無知。指的是一種民智未開的未覺醒狀態。《埋冤》筆下的臺灣人卻自囚在無形、看不見的牢房裡，不僅每一個人都在構築牢房囚禁自己——禁錮自己的心靈，整個臺灣根本就是一個大牢房。因此，下冊裡，關在牢裡的林志天和牢外的葉貞子形成對比，身體不得自由的林志天，由於牢房的限制，逼著他反省、檢討，加上獄中見聞，他逐漸放棄那些虛無飄渺的幻想，實實在在地回到土地上來——「這個政權能囚禁我於鐵牢囚房，可是我身心是如此貼近我臺灣的大地……」[33]林志天在牢中反而想通了，被囚在牢裡的人，涉及二二八案釋放後再以他案、另案，再被捕、被囚、被殺的人……，心靈上都是自由的，只要放掉幻想、放棄妥協、求饒的念頭。

　　中山堂事件唯一的倖存者葉貞子，被偵訊特務強暴而懷孕，雖然釋放了，身體是自由的，尤其是墮胎不成之後，她竟然幻想在外形上改造自己，想把自己變成道地的中國人，以擺脫受辱的過去，她改變自己說話的腔調，穿中國式的服飾，只和中國人交往，甚至把名字改成貞華，想藉由自棄擺脫臺灣人的屈辱。事實上，這種向敵人靠攏認同，異化自己的努力是完全失敗的，她根本不能逃避過去，反而形成自我囚禁的現象，喪失重新拾回自己的生命、堂堂正正立足臺灣大地生存、生活的機會。

　　林志天和葉貞子代表兩種截然不同的後二二八現象，林志天是把被屠

[31]見《埋冤一九四七埋冤》序，附題——〈臺灣古拉格的囚禁與脫出〉。
[32]原載《臺灣》第 4 年第 3 號（1923 年 3 月 10 日），收入遠景版（1979 年 7 月），「光復前臺灣文學全集」之一——《一桿秤仔》。
[33]見《埋冤一九四七埋冤》下冊（基隆：海洋臺灣出版社，1995 年 10 月），頁 406。

殺、摧殘的臺灣，當作劫後浴火重生的大地，在萬般荒涼，也是豁然朗廓的晴天大地上，艱難的一步一步進行重建，但已經沒有疑慮，也不再有任何幻想；林志天象徵接受劫難，獨立自強的現象。葉貞子則象徵屈從、妥協，自願放棄，吞下一切苦難，不再掙扎的另一面現象。兩者都是從毀滅性的劫難後衍生的現象，都是小說家穿過令人震懾的歷史場景後的發現，人物是虛構的，情節是虛構的，但現象卻是歷史「釋放」出來的可能和可信。

在這裡我們看到李喬走出文學與歷史的兩難，正是他澈底拋掉文學與歷史的定義的束縛，把自己的創作定位在臺灣，定位在傳達生活在臺灣的人群的共同經驗，共同想望的時候，《埋冤》等於以最開闊的角度釋放了二二八事件對臺灣人所具有的歷史意義，也成為可以涵蓋時代全貌的文學。

林志天和葉貞子被安排為象徵事件後遺的臺灣兩種對立的現象時，恐怕作者也未必能預測他們最後終將融在臺灣大地的結果——林志天代表強大的、福佬族、男性，勇敢、堅強、不妥協，意識穿越鐵牢而貼近大地。而葉貞子代表柔弱、屈服的、客族、女性、包融，自願融入敵人裡面去的，最後也連施暴於她的人一起被臺灣的大地融合。因而，作者有意安排的牢裡牢外，被囚、自囚的對立對比，也因為一切都在臺灣大地的範疇裡，大地才是一座不分善惡、不分彼我的大熔爐而必然融為一體，二二八的歷史，就不是臺灣人個別的災難經驗，而是臺灣這塊大地的共有的苦難記憶。《埋冤》的寫作起始點，應是這個歷史被打結的終端，從這裡逆溯回去的時候，除非能透過歷史真相的還原，廓清積累的疑雲暗霧，澄清被扭曲的怪狀異相，文學也好，歷史也好，「釋放」種種，恐怕都是空言；反之，是文學，是歷史，又有什麼差異？《埋冤》掙開歷史文學的束縛，等於為臺灣文學對現實功能化特性，做了有力的見證。

四、結語

　　臺灣的歷史文學從戰後初期小心翼翼地嘗試、到蔚為長篇小說或大河小說寫作主流的過程，並不太長，與其說是取材的方便使然，不如說是一種非單純文學及歷史的社會條件使然。文學反映「臺灣歷史本身的尷尬、悲情」[34]。歷史小說家剛開始的時候，都不免有些困惑，有些心虛，或是因越界對歷史學者有些歉咎，紛紛表示對史實求證、史料蒐集的困難，但也都不由自主地有一點代替歷史家盡使命的自負。鍾肇政、李喬、姚嘉文、東方白，都有或深或淺的「尷尬、悲情」，李喬一再表示「文學與歷史」是兩難，姚嘉文則正正經經地寫了一篇〈歷史與歷史小說〉的長論，解釋歷史與文學有不同的功能定位，有不同的存在形式。但從結果而言，這樣的小心，可能最多餘的。不論從閱讀歷史所得，抑或閱讀文學所得，都是為了取得人類的經驗、教訓，差別是直接和迂迴的取得方式而已，當其目的焦聚到人的身上時，其功能都不是直接的，真實可信的歷史也好，虛構、複製的歷史情境也好，必然要能激起反應、反思，才能產生動能、量能、效能。臺灣文學的歷史小說發展行程，繞了很迂闊的圈子之後，等於發現一切的「作工」、修飾都是沒有必要的，有一種臺灣文學才有的文學形式就是歷史小說，它的獨特性不僅有別於「中國人」，如高陽，在臺灣發展的歷史小說（故事），就是和世界文學裡取材歷史背景的小說，也無法等同。

　　《埋冤》做為一部盡可能交待二二八事件為敘述背景的小說，並不在於敘事的周延、內容的豐富，而在於突破「歷史小說」的迷障，不再為歷史或小說的定義所困，而成為臺灣歷史悲情終結，也是臺灣社會發展條件、共同凝結的文學「特有種」。這是一種對臺灣的歷史不再設防、貼近臺灣的現實關懷，與臺灣人的命運探索，結為一體的文學敘述方式，是歷

---

[34] 見楊照，〈歷史大河中的悲情〉，收入《文學‧社會與歷史想像》（臺北：聯合文學出版社，1995年10月）。

史小說寫作的突破。它把文學對臺灣歷史，或是說經由臺灣史對臺灣社會，可能有的功能，做爲最高寫作目標，而不再在意它可能招致的文學定位偏差的質疑，明顯看出一種以浮現臺灣爲主體的文學書寫方式的誕生。

　　戰後臺灣歷史文學的起點，毫無疑問，可以視爲是官訂反共文藝政策的對立面出發的「抗議文學」，更確切地說，抗議還是隱藏在許多僞裝煙幕的背後，不是明目張膽的，因此，從鍾肇政以降的諸多歷史文學，包括李喬自己的《寒夜三部曲》，即使成爲文學主流，卻未必能建立坦然矗立於臺灣大地上的文學主體意識，隱約中免不了要以對日本的「同化」、「皇民化」或戰後的「中國化」做爲對抗對象，創作的意義和目標於是大部分集中在被動的辯護，甚至每一位歷史文學的創作者，都有跳出來爲自己的創作形式辯護、辯解的紀錄。其實，這和臺灣的文學寫到臺灣的社會黑暗面、政治的醜陋面，所從事的自我辯護一樣，表示臺灣作家寫臺灣事務的正當性並沒有建立，或說被剝奪了，臺灣文學書寫臺灣人、事、物，當然包括歷史的自主權被否定了，連臺灣作家自己也逐漸失去自信和自覺。臺灣文學主體性的喪失，歷史文學是一項指標。

　　李喬經過長時間掙扎，終於懍於對史實（英靈或冤魂）的徵召，決定不顧一切，以秉筆直書的方式，讓二二八的歷史真相在其筆下還原，複製當時的歷史情境，以了卻「臺灣斯土斯民深厚的情感與理性的自覺」的心頭負載。當《埋冤》被定位於償還「對臺灣難了的債」的嚴肅寫作立場之後，歷史與文學的擺盪、掙扎，可以說是被化約得微不足道。所以，李喬在《埋冤》百無禁忌的揮舞，包括取材、結構、形式、語言，表現出不受陳規舊範的束縛，充分顯示作者已經用文學以十足的自信使用他的歷史解釋權，正是其做爲一個臺灣作家對臺灣、母土主體性自覺的具體表現。

——選自《臺灣文學與社會——第二屆臺灣本土文化國際學術研討會論文集》
臺北：臺灣師範大學文學院國文學系，人文教育研究中心，1995 年 4 月

母親的形象和象徵
《寒夜三部曲》初探

◎陳萬益[*]

一

　　《寒夜三部曲》是以臺灣歷史為背景寫作的所謂的「大河小說」，一般人總是將它和鍾肇政的《臺灣人三部曲》、姚嘉文的《臺灣七色記》，以及仍在連載中的東方白的《浪淘沙》前後相媲美。可是，李喬本人則在其間做了區分，他說：後兩種是「歷史小說」，鍾老和他的作品則是「歷史素材的小說」。[1]這類區分的對錯，姑且不予討論；把《寒夜三部曲》界定為「歷史素材的小說」，李喬所要強調的可能是下列一段意思：

> 「歷史素材的小說」，是借他人濁酒，澆我胸中塊壘，是明修棧道，暗度陳倉，偏重在變化以存實，闡釋作者的歷史觀、生命觀。[2]

　　《寒夜三部曲》固然是以臺灣淪日 50 年的歷史為經，以彭、劉家族三代生活為緯的小說，李喬的意圖不在歷史事件本身的知解與呈現，而是超越時空拘限與人我之分的生命、歷史的觀照，所以，即使《三部曲》的寫作基於堅實而深厚的史料蒐集和田野考察的基礎上面，而贏得歷史學者的

---

[*]發表文章時為清華大學中國文學系教授，現已退休。
[1]王世勛，〈冷靜的史筆，溫馨的文章──訪李喬談姚嘉文的歷史小說〉，《臺灣新文化》第 7 期（1987 年 4 月）。有關「歷史小說」和「歷史素材小說」的區分，詳參：李喬，〈歷史素材的運用〉，《小說入門》（臺北：時報文化出版公司，民國 75 年），頁 221。
[2]同前註。

讚許，李喬本人卻不以爲意，他所自許的寫作「歷史素材的小說」的「個人條件」則是：1.擁有歷史淵源；2.人生觀、生命觀、歷史觀趨於成熟；3.對人間懷有強烈的大愛大恨。[3]

　　根據上述李喬對《三部曲》性質的界定，我們今日閱讀他這第一部平生最重要的書前所寫的總序時，就不免爲下述一段深具哲理與生命觀照的文字所吸引：

> 這本書名爲《寒夜三部曲》，實際上稱作「母親的故事」也無不可。不過這裡所指的母親，不只是生我肉身的「女人」而已。
>
> 筆者認爲萬物是一體的。而大地，母親，生命（子嗣）三者正形成了存在界連環無間的象徵。往下看：母親是生命的源頭，而大地是母親的本然；往上看：母親是大地的化身，而生命是母親的再生。生命行程，不全是人意志內的事；個人在根本上，還是宇宙運行的一部分，所以春花秋月，生老病死，都是大道的演化，生命充滿了無奈，但也十分莊嚴悠遠。人有時是那樣孤絕寂寞，但深入看，人還是在濡沫相依中的，筆者自知要把這些想法融入小說是多麼「貪心」，但是不能自己。[4]

這一段話顯然就是前引李喬文字所說的「胸中塊壘」，也是他以個人數十年生命的體驗沉浸於臺灣「歷史的苦情」[5]中，交融凝聚的智慧結晶，而爲《寒夜》、《荒村》、《孤燈》這三部小說所要具體呈現的生命精髓。

　　早在民國 63 年，李喬接受洪醒夫訪問，談到寫作《三部曲》的計畫時，就道及這個主題，他說：

---

[3] 王世勛，〈冷靜的史筆，溫馨的文章——訪李喬談姚嘉文的歷史小說〉，《臺灣新文化》第 7 期。

[4] 此序文只刊載於《寒夜》卷首，文末署：1980 年 8 月。案：《三部曲》由臺北遠景出版社出版，其出版時序是：《孤燈》（民國 68 年 10 月）、《寒夜》（民國 69 年 10 月）、《荒村》（民國 70 年 12 月）。

[5] 李喬語，見於廖偉竣，〈走出「寒夜」的作家——李喬訪問記〉，《暖流》，第 1 卷第 4 期（民國 72 年 4 月）。

整個大主題是以我的母親——母愛來貫穿……母親的本身就是一個意
象，就好像人來自於大地，這母親就是大地，而且我們每一個人，將來
就要回歸大地……有那種回歸大地的鄉愁，那麼，母親正好是一個代
表。追求母愛，也是追求生命的本源，母親就是大地，大地就是人的本
源。[6]

民國 71 年，《三部曲》已經出齊，《臺大醫訊》的編輯訪問李喬，其中也
涉及到母親的形象問題，可惜，訪談稿發表出來，只保留了「母親的形象
與象徵」、「母親，土地，生命」兩個標題，而不見內容紀錄，[7]雖然如
此，這兩個標題已經清楚地道出前引總序文字的關懷所在；也說明了李喬
對書名斟酌的再三，最後接受鍾肇政先生建議取用今名之餘；[8]仍然難以割捨
的保留另一個書名《母親的故事》的深情深意。只有把握住這一關鍵，我
們才能夠體悟《三部曲》的情意世界。

　　更有進者，民國 75 年 12 月，李喬在《臺灣新文化》雜誌上開始連載
臺灣史詩，取名就叫做《臺灣，我的母親》。[9]這一部史詩是根據《三部
曲》改寫的，從已經發表的第一部《寒夜》看來，詩中的人物、情節和小
說並無不同，可見李喬在寫完《三部曲》以後，對於「母親」意象的體
認，更加的深化和執著。做為臺灣光復後第二代重要作家的李喬，在完成
《三部曲》之後，生命更圓融，思想更深刻，創作慾望更旺盛，推動新文
化的心志更加勇猛，吾人若欲展望其未來文學和生命的旅程，顯然不能忽
略掉他這一新階段的基礎——對母親、土地和生命的體悟和擁抱。

　　基於上述原因，筆者乃僭竊李喬所擬的題目，嘗試於《三部曲》中探

---

[6]洪醒夫，〈偉大的同情與大地的鄉愁——李喬訪問記〉，《書評書目》第 18 期，民國 63 年 10 月。
[7]李喬，〈文學的鄉土性與世界性〉，《臺灣文藝》第 80 期（民國 72 年 1 月），文前作者案語。
[8]李喬曾經考慮過的總名包括：福麗島系列、高山鱒三部曲、高山鱒組曲等，參見李喬，《寒夜》心
曲。
[9]《臺灣，我的母親》第一部〈寒夜〉，連載於《臺灣新文化》第 4、5、6、7 期，民國 75 年 12 月
至民國 76 年 4 月。

索此一主題具體呈現的過程，希望有助於讀者的研讀。

二

　　《寒夜三部曲》中的母親意象，首先值得重視的是：劉阿漢和葉燈妹兩個孤兒的母親。

　　燈妹是一個棄嬰，生下來，臍帶未剪斷就被拋在豬欄的角落裡，為人撿拾斷臍後，輾轉被賣到彭家，成為「花囤女」（童養媳）。她所面對的母親──蘭妹是她的養母，永遠帶著兩副面孔：對自己兒女慈祥和藹，說話輕柔；對她則怒目而視，喝斥咆哮。她則在認命的心理底下，含忍畏怯的生活，沒有恨，一如對她心底的「生身的阿媽」。李喬如是描繪燈妹對母親的孺慕之情：

> 想到孤單和寂寞，眼角就癢癢地，眼前就緩緩晃動著。
>
> 「阿媽。」她癡癡然完全不自覺地呼喊阿媽；在聲音出口時，她清醒些了，趕緊在心裡做一次校正：「不是這個阿媽，是那個生身的阿媽……」
>
> 「生身的阿媽」，這是她心靈底處，永遠小心呵護著的一個名字，一尊只靠想像塑造的模糊形象。
>
> 不過，這也沒有關係。只要一直用心地，耐心地慢慢描繪，修改，又再描繪，塑造「她」，一定會越來越像的。
>
> 「我也有阿媽的──生身的阿媽！」只要這是肯定的事實，她就心底平實安穩了。[10]

「生身的阿媽」，這個她從來沒見過面，將她遺棄的女人，卻在她的心底，不斷地醞釀、描繪、塑造，而成型，雖然模糊，卻非常具體，尤其是

---

[10]《寒夜》，頁 83。

在她孤單寂寞時，就從心靈底處升起，撫平生活的創傷，讓她覺得平實安穩。她領受她的命運，無怨無尤，這個生命源頭的「阿媽」乃長駐心頭，和她成為一體。

同為孤兒，但是，劉阿漢有一個改嫁的母親，他對母親的愛與恨也就顯得更加複雜曲折。

劉阿漢幼年喪父，未滿四歲，母親就棄他改嫁。祖母一手將他帶大，也就把對「那個女人」的仇恨種在他心田。所以，他總是用「生自己的那個人」來代替「母親」兩個字，他總是努力地，冷冷地拒絕那個形象，然後陷溺在「我是沒爸沒娘的孤丁！」的怨尤中。[11]

「那是沒有辦法拒絕的事。」[12]在離別 20 年後，劉阿漢要入贅女家，需要親人作主完成法定手續，故鄉的親人都以招贅為羞辱祖宗八代的事，拒絕出面，結果，他的生母來相見了。這一場母子會，李喬用數筆白描鉤勒母親的形象，用簡潔含蓄的對話，傳達母親深厚的愛；相對的，劉阿漢則在感情與理智、外表與深心和愛與恨之間，產生激烈的矛盾和衝突。長期地刻意的拒絕，卻還是抵不了一場母子會，使他的心裡在滔天大浪，遍地野火的絕境中焚燒、爆炸，最後，在心底喊出這樣的話語：

　　阿媽！我……我要叫妳一聲阿媽！」[13]

劉阿漢的母親後來被日軍攻臺的一場大火燒死，這平生的一場母子會則永遠在阿漢的記憶中，深深地影響他後半生。母親的形象經常在心中低徊：「臉上風霜痕跡太深，身架子太單薄太瘦弱而蒼老的婦人，凝立在那裡。」[14]

阿媽的話語則句句刻劃在腦海裡：

---

[11] 《寒夜》，頁 45。
[12] 《寒夜》，頁 194。
[13] 《寒夜》，頁 198。
[14] 這個形象在《寒夜》中一再出現，是頁 194、334、356 等。

「阿漢……阿桂伯婆來說你……我就來了。」

「聽說你要討（女甫）娘。我，我就去，好嗎？」

「阿媽是對不起你，你恨我，應該的。現在只求你……好嗎？」

「阿漢，你不答應，我就跪你，我跪下來……」[15]

最後，面對房子和母親的灰燼，劉阿漢為母親一生所描繪的形象是：

阿媽，含著對人世的無奈，幽怨，遺憾，期待；還有黝黑無底的懼怖，
死了。妳歷盡了人世的千種辛酸萬種悲苦，妳是無奈的生命，妳也是捨
生的菩薩——至少在兒子我阿漢心中，妳是的。[16]

劉阿漢與母親見了一面，從深心底處聯繫了母子之情，體悟了她悲苦無奈
的生命，終於化解了愛恨激烈衝突的感情，而以「可恨又可憐，可憐又可
悲」[17]的含容的同情的了解，在他心中奉養她的靈位。

　　阿漢和燈妹的母親的形象雖然不清楚，但是，在「四周的人事物，總
是跟自己離得遠遠地。」[18]孤獨寂寞的日子裡，孺慕之思特別深；苦難的歲
月裡，母子之情特別厚。在劉阿漢的靈臺奧底，沉重地負載著母親的悲
苦，強烈地激起向日本人復仇的意志，在爾後的《荒村》的時日裡持續執
著的抗日，一直都有兩股力量在鼓舞著他。劉阿漢這條硬漢的心裡對他的
（女甫）娘如是說：

知道嗎？我一害怕就會想到燈妹妳；而妳；總在我最惶恐的時刻，浮現
腦海，清清晰晰的。

知道嗎？妳的側臉，還有憂苦驚慌的瞬間，很像我的老母哩！知道嗎？

---

[15] 劉阿漢母子會，見於《寒夜》頁193～198。部分對話及回憶則見於頁356。

[16] 《寒夜》，頁307。

[17] 《荒村》，頁307。

[18] 《寒夜》，頁14。

我那可恨又可憐，可憐又可悲的老母親啊！

是的，從遙遠的新婚不久之後，從妳抱著夭折的第一胎女兒阿銀時候，妳燈妹的形影就摻雜著我母親的形影；我是早失爺娘的孤兒，我母親的模糊形影太需要一個又親近又可靠的形影來依附了。那就是燈妹妳，我的（女甫）娘啊，這，妳知道嗎？[19]

燈妹，是阿漢的患難老妻，也是在心底護慰他的母親，這一點，我們將於下節繼續討論；阿漢抗日的另一股力量來源則是愛土護土之情，李喬說：

他從懂事以來，經常被一種因孤寂而來的恐懼感所襲擊。那是他童年的黯淡日子，青壯年的多難歲月所塑造形成的吧？

因為這樣，他特別怕失去妻兒子女；又因為如此，他始終被怕失去妻兒子女的陰影所籠罩著。所以他必須把「安全空間」擴大，他希望一家安全，所以也盼望一族一莊甚至全地區同類的安全……[20]

阿漢對土地的愛，和對母親的情，是二而一的事；而燈妹站在家的立場需求阿漢共患難的時候，就無法忍受阿漢對家的無情，和對大地的多情，因此產生愛恨雜揉的痛苦矛盾的心靈。因此，燈妹的成長：由一家之母提升為大地之母，而到達觀音大士普度眾生的形象，乃成為《寒夜三部曲》全書最有興味的主題。

三

葉燈妹是貫穿《三部曲》的主角，形象具體而完整，其成為過程的愛恨血淚也特別具有時代意義，應該是李喬刻意要描繪的母親的典型。

燈妹是個棄嬰，輾轉賣到彭家為「花囤女」，這樣的身分使她自覺卑

---

[19]《荒村》，頁 307、308。
[20]《荒村》，頁 307。

微，在彭家的日子，她給人的印象，一直是挑著重擔，默默工作，躲在廚房的小角落吃她糧食的可憐角色。她是別人苦中作樂的對象，她單純隱忍的活著，下述情景可以作為這一段時期生活的代表：

> 燈妹是個頭髮發黃，身材瘦小的女孩；不大不小的眼睛，老是平平地往前凝視。其實前面縱然出現什麼新奇事物時，那眼神，也還是定定的……
>
> 「阿燈妹，飯糰，要不要？」
>
> 「那裡……要……」燈妹的聲音很小。
>
> 燈妹站起來，照阿強伯指示的方向，走到小德福前面。人傑嫂把小德福手上的半個飯糰交給燈妹。德新卻把大半個飯糰拋棄在地上。
>
> 燈妹正要走開，人傑嫂拿目光盯住她；她發覺很多眼睛也這樣看她。她知道這個意思；她撿起地上的飯糰，只在衣角擦拭一下就吃起來。[21]

燈妹沒有尊嚴的活著，不知道生命的意義。直到經常欺負他的準丈夫彭人秀在新婚前夕「著天釣」去世，彭家為她招贅了劉阿漢，兩個苦命的孤兒，才在相濡以沫中獲取生命的力量。

李喬著力地描寫濃重的暮色底下，劉阿漢手掌皮破血流，以至於黏在伐刀刀柄上，不得掙脫的激烈痛苦；燈妹趕來，在他面前，俯下頭，在他手掌與刀柄間以舌尖輕舔輕揉，軟化解脫了他手掌的痛楚，刀、手分開以後……。

> 燈妹的腳步沒有挪動，他也沒有。很自然地，兩個人緊緊地，密密地把對方摟入懷裡。這是柔情的，疼愛的，憐惜的，也是生命本身的擁抱；人間多悲苦，生活多艱澀，世路多寂寞，然而，他和她，找到了生命的

---

[21] 《寒夜》，頁13。

依靠，找到了同行的伴侶，找到了力量的源泉。[22]

在痛苦中，見出生命的莊嚴，李喬以讚頌式的語調來刻畫燈妹的新生，尤其在阿漢夫婦受不了彭家的苛索，而自立更新，另地墾荒，在加倍吃重的勞動中，生命卻更加的活潑躍動：

　　她還發現，人的力氣，是鍊出來的；越使用越是源源而生。這就是生命的奇妙吧？以往，她很少想起「生命」這個自己不了解也不關心的東西。近來卻常想到生命。原來生命是這樣實在的，簡直可以看到，可以觸摸似的。不，應該說是生命就在自己的一呼一吸間，就在胸腔中，或者雙手上；自己就這樣自由自如地掌握著活潑跳躍的生命哪。[23]

燈妹在自己的土地上辛苦的勞動，土地則回報以躍動的生命。以下一段文字最足以代表她這一新階段生活的艱苦與甜美：

　　有一天晚上，上牀之前，她特地燒一鍋熱水燙腳。讓雙腳浸在溫熱的水裡，有一種美夢中那樣安詳而舒放的感覺。
　　她提起一隻腳掌，輕輕揉著。嘻嘻，好多污垢。
　　她專心地揉拭污垢。奇怪的是，那些污垢好像永遠擦不完，它總是不斷脫落下來。
　　「啊……」她有些驚慌，還有些奇異的感動。
　　這樣揉擦下去，也許全身都會變成污垢脫落掉光……有點心疼，有點不安。但是也有點朦朧的愉悅；這也就是生命吧？生命來自泥土，但生命不是泥土，而生命畢竟還是泥土。不是泥土，所以能夠自由活潑，但也

---

[22] 《寒夜》，頁222。
[23] 同前註。

　　　　多麼孤單；是泥土，所以最是卑下，但也多麼穩實安詳……[24]

劉阿漢和燈妹一起拓土墾荒，他因此也對泥土有深刻的認識，肯定人與泥土之不能分隔，可是，他從泥土獲得生命之後，卻又警覺那個時代，「土地，正是人間最大痛苦的來源。」[25]他受到長山人邱梅的啓蒙，他要爲生身阿媽復仇，他要使自己的妻子兒女在他們的土地上獲得永遠的安全，他不能忍受臺灣人一直被欺壓，所以，他將自己的家庭棄置在後，走上和日本人長期抗爭的道路。

　　燈妹則由於認知的差距，對於阿漢的行徑，產生愛恨掙扎的痛楚，在男女之愛、兒女之情，在私情與大愛之間徘徊、矛盾。這第三階段的生命，主要表現在《荒村》一書裡。

　　《荒村》所敘述的是日本據臺後期，臺灣人一連串的抗日事件，以劉阿漢、劉明鼎父子兩人所參與的二林事件、中壢事件、農民組合、文化協會等等的活動爲主。李喬對於這一段充滿迷霧的歷史，大膽地做了考證和詮解，爲人所樂道。

　　從小說的觀點來看，《荒村》的興味所在是：劉家因爲抵抗日本人所招致的家庭問題，其間包括阿漢與燈妹的夫婦之情、燈妹和明鼎母子之愛都因此產生衝突和質變，而燈妹則在愛恨掙扎中，提升超越：由賢妻而爲好母親，由一家之私情而爲土地之大愛。

　　當大多數人都乖乖做農民，在家過本分日子的時候，阿漢不僅不能疼她、憐她，還把生活的重擔加在她身上，讓她受野漢的調戲；而讀了書有美好前程的兒子，卻不能就近孝順、慰安，反而讓她隨時擔驚受怕，這一切如何能不叫她痛恨呢？

　　燈妹對阿漢與明鼎夫妻、母子間有強烈的一體共生的情感；而阿漢、明鼎對於苦難的蔗農、苦難的臺灣人也有共生的體悟，小我與大我的抉擇

---

[24] 《寒夜》，頁 401。
[25] 《寒夜》，頁 403。

是艱鉅的，我們看到燈妹的心靈如何受到扭曲：

> 她凝然盯住明鼎。（口歐），孩子：你是長大了，腳筋韌了，會跑會跳
> 了，所以你就把媽拋在一旁。你真愛媽媽，心裡有個苦命媽媽，那你就
> 不該問世事，就該留在薔仔林早晚多陪媽媽，直到討（女甫）娘……
> 不，不！留不住的，孩子有孩子的前程，更何況，像老鬼說的：妳能不
> 准阿鼎下山，能不准狗腿子來抓人嗎？是的，是的……
> 她千萬不願意，卻又自然在心裡再一次體認明鼎的處境。隨著這個再體
> 認，心，扭曲起來，絞痛起來；在扭緊的的絞結處，鮮血一滴一滴濺落
> 下來。而心，收縮著，收縮著。最後，她覺得整個軀體都扭曲起來，壓
> 擠著，好像要被什麼無形的黑洞吸引吞沒消失……[26]

燈妹這一個代表那個苦難的時代的苦難母親的形象，可以和「第一次中壢
事件」預審中的情景相互對照：

> 在預審中，有一位四十二歲的婦人古葉氏錫。古葉氏錫抱著未滿週歲的
> 小男嬰，迷惘又惶恐，她羞赧地，但也無懼地打開胸扣，掏出乳房，給
> 她心肝寶貝餵……[27]

在苦難的時代裡，母愛尤其偉大。燈妹在愛恨掙扎中，借助於佛教的力
量，提升了自己，擴展了母親無窮無盡的愛。我們看她幽邃深切地凝盯阿
漢，在愛恨交織中的思緒：

> 多可憐，這個人。心底，冷不防冒出這樣一句：
> 妳，阿燈妹才是可憐人物。那個可憐人好像這樣說。是誰使這個人成為

---

[26] 《荒村》，頁 12。
[27] 《荒村》，頁 355。

可憐的傢伙呢？

是誰使阿燈妹妳，也成為可憐的婦人呢？

可憐的男人。她想。可憐的女人。她想。可憐的蕃仔林這一群人。她又
想。

我多麼孤獨，我多麼無依，誰來扶我一把，指我一條可以行走的路呢？

她仰天乞求，於是她把自己的心，壓得小小的，密密的，然後喃喃吟誦
起來：

……若三千大千國土滿中夜叉羅剎欲來惱人聞其稱觀世音菩薩名者是諸
惡鬼尚不能以惡眼視之況復加害設復有人若有罪若無罪杻械枷鎖檢繫其身
稱觀世音菩薩名者皆悉斷壞即得解脫若……[28]

燈妹的提升使她更堅強、勇敢、無所疑懼，成為全家人精神的支柱，全蕃
仔林人尊崇的對象。尤其是，劉阿漢被日本特高毒死，蕃仔林的青壯少年
無辜地被捲入日本貪婪的獸性的戰爭中，蕃仔林剩下孤兒寡母，大地貧
餒，人們求生不得，求死不能的可怕歲月裡，她就更加人如其名的成為黑
暗中的一盞「孤燈」，給予子嗣們帶來希望、信心和指引。

燈妹一生的最後階段是觀世音普度眾生的形象。她感到人生的無奈和
淒楚，她對劉家的兒孫後代，整個蕃仔林的人們，所有的生命的苦難，飽
含著悲憫、憐惜與不忍之情。她每天爬上蕃仔林的一個陡坡頂上，默念 30
遍〈觀音經贊〉為生靈祈福辟邪，她教導那些年輕的戰爭寡婦面對親人的
死亡，鼓舞她們生命的意志，她甚至於帶頭造反，護衛土地及其子民一如
劉阿漢站在臺灣人立場向日本人和三腳仔無理苛索抗爭，最後，在欣喜於
日本戰敗，臺灣人自己作主人，肯定了劉阿漢、劉明鼎及許多同志生命的
價值後，感恩地安然就死。

《孤燈》除了刻繪燈妹生命圓融的境界與蕃仔林的苦難之外，另外一

---

28 《荒村》，頁 362。

條主線就是以劉明基爲代表的，臺灣人被迫離開故鄉，到南洋參與殘酷的戰爭，在絕望中不放棄還回故鄉的過程。其中第 10 章〈鱒魚的行程〉和序幕〈神祕的魚〉互相呼應，成爲一種象徵，永恆的信心和堅持，最後，劉明基仍然繼續往前挪動，朝向北方一盞「不滅的孤燈」，內心念念不忘：

> 阿媽，就是臺灣，就是故鄉，就是蕃仔林；蕃仔林，故鄉，臺灣，也是一種阿媽。或者說：阿媽，不止是生此血肉身軀的「女人」，而是大地，生長萬物的大地，是大地的化身，生命的發祥地；那是「錫盧紀」「泥盆紀」，江海暖寒流交匯處；是生命之源，是有無的始點。
> 阿媽，是一種香氣，一種聲音，一種燈光；那裡永遠播放親切的呼喚，無遠弗屆的愛撫，直入靈臺的慈光……[29]

四

彭瑞金有一段話評論《寒夜三部曲》，說得非常好。他說：

> 從母親身上生出來的愛與恨，等於從土地生出來的愛與恨；如何擁抱愛和恨，也等於如何擁抱母親和土地。《三部曲》最重要的主題在這兒，這主題也是臺灣文學的香火，李喬把它傳下來了。我們講的就是「保衛鄉土」的觀念。也許有的人生下來就是在屬於自己的土地，這塊土地對他們是不是有特別的意義，我們不了解，但在臺灣，它的意義很特別；雖然住在臺灣的臺灣人，不是臺灣的原住民族，但是實際上這本是一塊荒土，他從開荒墾土到定居下來，等於是全部的投入，愛土地，保衛土地可能比他人更迫切。李喬是用這個觀點，把三部統貫起來，也是在他的寫作歷程上，把他那一種整個引導他寫作的原動力做一個總整理。[30]

---

[29]《孤燈》，頁 515。
[30]鍾肇政等，〈李喬寒夜三部曲討論會〉，《文學界》第 4 期（1982 年冬季號）。

從小說本身來看，阿漢和燈妹兩個孤兒在沒有人的尊嚴，不知生命的價值的時候，只有生身的母親呵護著他們；阿漢和燈妹結合，互愛互憐，燈妹乃儼然如母，給予阿漢生命的動力。相對的，他們兩個人在蕃仔林落腳，開墾一塊屬於自己的土地，從中獲取生命的資源，他們也在對土地的珍惜和勞動中，鼓舞了生的意志，與土地及林木融合爲一體。母親和土地一樣，是永恆的芳香，爲吾人生命的源頭。而葉燈妹這一個劉家的母親，在生命旅程中，學習到對生命的包容寶愛，超越一家的愛恨，最終成爲觀音大士一般的大地之母，護衛大地，憐憫人們，和劉阿漢一樣的奮鬥，如此說來，以蕃仔林的子民在日據時代護衛臺灣鄉土的歷史，做爲我們臺灣人的母親的故事，實在大有深意焉！

——原載 1989 年 5 月出版《中華現代文學大系評論卷・壹》

——選自「第一屆當代中國文學國際學術會議」
新竹：清華大學中研所、新地文學基金會主辦，1988 年 6 月 25～26 日

寫給土地的家書

讀李喬《寒夜三部曲》

◎齊邦媛*

　　以時代的巨大變遷爲歷史素材寫文學作品，適當的時間距離幾乎是必須的，而且永不嫌遲。臺灣的日治時代結束約二十年後，以中文寫的重要作品才陸續問世，例如吳濁流的《亞細亞孤兒》的中文本和鍾肇政的《臺灣人三部曲》等。李喬在寫了一百多篇短篇小說之後才動手寫的《寒夜三部曲》，更在光復後三十多年才出版。由於長期思考的醞釀，史料蒐集的豐富，和文筆的淬鍊，使他得以從一個寬廣的角度，哀而不傷的態度寫出優美流暢的九十多萬字。且能在史詩的氣魄和抒情境界之間達到平衡。

飢寒與絕望——無數生命繼續著苦難的行程

　　近代中國小說以「寒夜」爲名的相當多。對於世世代代的中國人，數千年來最畏懼的總是飢、寒二字。飢寒加上絕望，即是困死身心的寒夜。李喬所寫確也不脫這個意象，只是他不在複雜的人際中糾纏，而以抒情詩的情懷將孤女燈妹塑成大地母親的不朽形象（這種文字特質我在《千年之淚》一書中有較詳敘述。）進而以燈妹艱苦求存的心路歷程作爲全書的凝聚中心。因爲她的堅定與愛心，使書中男子得以無後顧之憂地迎向自然的災禍、土著的威脅、地主和異族的欺凌等接踵而至的挑戰乃至犧牲。第一部：《寒夜》結束時，老人彭阿強爲土地而死。

*發表文章時爲臺灣大學外國語文學系教授，現爲臺灣大學外國語文學系榮譽教授、文學評論家。

　　一個苦難時代結束了。

　　另一個苦難的時代於焉開始……

　　第二部，《荒村》到第二代，劉阿漢終於「求仁得仁」死亡止，呼應了第一代的厄運。「看哪！一個苦難的生命結束了。還有無數個生命繼續他苦難的行程……。」也用「行程」二字預言了第三代被徵往南洋當兵，日人戰敗後，他們幾乎絕望的還鄉跋涉，說明了序幕〈神祕的魚〉中，高山鱒被「陸封」在變成海島的深山淵谷中所做還鄉之夢，「憑著方寸一盞孤燈，望向迢迢遠路……」

拓荒者的掙扎──不接受這種「命」，一步一步走向絕

　　苦難的行程由《寒夜》第一章開始，「彭家闖入蕃仔林」中的「闖」字幾乎點了拓荒者坎坷的命運。1890 年彭阿強當時已 58 歲，給隘寮腳的居民做長工 30 年。四月間，臺灣全島發生大水災，開墾的水田沖失大半，他的地主原先的二十多甲水田，一夜之間化為新河牀。「火燒樹，猿猴散，大家都各自主動要求離開。……另一方面，一直當長工下去，也實在沒根基著落。……」（頁 15）他帶著已經成年的兒女全家 12 口，加上攜帶火器護送的黃阿陵、劉阿漢兩人，推著單輪雞公車，挑著輕重行李家當，天未亮就出發到數十里外的大湖庄蕃仔林拓荒開戶。這一片苗栗境內的山林，當時仍是荒地。1817 年漢人開始入墾，但因閩、客墾戶不斷爭地械鬥，加上先住民出草獵首而放棄。1885 年劉銘傳就任清廷首任臺灣巡撫，漢人在先住民默許之下漸漸增多，從事採藤、燒焿、製樟腦等山產營生。在 11 月底的寒風中，彭阿強一家一路艱辛，在天色快要全黑時分，終於走出大湖溪河牀，爬上陡坡來到群山和莽莽林野間的蕃仔林。

　　彭阿強是一位堅守傳統價值的威嚴的家長，但一向寬厚平易，他認為耕田種地才是男人本分。在依山而築的茅屋中落戶之後，唯一的心願是可以開闢一甲五分左右的梯田，「如果運氣好的話，三年後，彭家就可以不

再每餐吃番薯了。」——但是飢餓的威脅、先住民出草殺人的驚恐、乾旱、颱風、山洪、土地流失、子女困境……接踵而至。拓荒者的掙扎是一串喘不過氣來的厄運。——但是，罩在天災之上的還有更大的人禍：土地所有權的剝削制度。

彭阿強和當年許多墾荒者一樣，懷著單純的夢想，認為他們用血汗一寸一寸開發的荒地就是自己的，「我們只給官廳納租，別的不管！」他不明白，在握有「給墾執照」的大墾戶出現時，像他們這樣的力耕者，一律將由濫墾「荒閒無主」之地的「無名墾戶」降為佃戶，須按大墾戶定的條件繳納「大租」。這種兩層租稅的剝削制度，使「臺灣豪族」擅制之風，更甚於中國大陸。（懂得如何領到「給墾執照」的）墾戶，「內有數百甲之土地，外以代表幾百千人之農民，其勢隆隆，隱然有如小諸侯。」（頁160）由彭阿強和蕃仔林的地主墾戶葉阿添的一段爭辯可以看出來這單純卻難解的困惑：

「我們是，是要求：我們已經開墾完成的，就莫打租稅……」
「天下哪有不要稅租的田地？」
「當然官租我們會付。」
「我是請准了的墾戶，當然向你們收取大租呀！」阿添吞笑了起來。
「可是，……你並未在此花過一分錢，一分力。」
「頭家，墾戶還要出力？哈哈！」
……
「哈，各位，所謂識時務者為豪傑，大家好好耕作，天下佃農誰都這樣，你不服也得服，你不甘又能怎麼樣？這是命啊！誰叫你投錯娘胎？」

因為不能接受這種超過了他與土地間單純關係的「命」，彭阿強一步一步地走向絕境。他也知道，不繳稅租，只有「到更遠的深山去濫墾，三

幾年後被趕，又再往更更深山裡去。」1895 年，臺灣割讓給日本。在官廳地籍簿上，這塊土地還是葉某的。當葉某帶著大刀和日本巡查來催租時，彭阿強在刀峰之下咬碎了葉的喉嚨，同歸於盡。第一部結束。

做人，多苦——寧願化成一莖蘆粟，自然地生長、枯謝

由這個慘烈的結局往回看，430 頁中處處可見作者布局的苦心。彭阿強在蕃仔林開荒七年間，一直是以堅毅沉穩的腳步走過艱辛，也曾低聲下氣求取妥協，所持的目標只是「生存」在自己能耕種的土地上。在他那一代，耕種是最牢靠最安全的生存之道，但是，土地，正是人間最大的痛苦來源。在他躲開地主劈來的大刀時，竟然感到飢餓：「現在吃一條番薯就最好了。嗯，番薯落肚就不會空蕩蕩的啦，有番薯吃真好。」終於，「身子化成一隻飢餓的臺灣山豹，化成一團恨火怒火，撲近握刀的人……」（頁435）

比起劉阿漢一生的抗爭，第一代抗爭的內涵與形式就太質樸單純了。彭阿強一家和土地的關係是一種自然的愛戀，因之產生了回歸絮根的決心。彭阿強的兒子人興在妻子阿枝難產時想：

> 「……做人、多苦，還是做蘆粟好。
> 「現在，我化成一莖蘆粟最好。
> 阿枝仔也是一莖蘆粟。我們是同一叢蘆粟。
> 自然地生長、結子、枯樹、種子發芽，再生後代，嗯，就這樣自自然然的。」

——頁 296

抗爭至死——歷史只是不合理與不義的不斷重複

而劉阿漢對於土地並沒有這麼強烈的眷戀。他與燈妹的孤兒身世和生

存的艱辛激發他對天地不仁的反抗。自 20 歲當隘勇起，抗爭幾乎是他的生存方式。在《寒夜》中，他嘗夠了寄人籬下的屈辱，燈妹的柔情雖如蔓藤般繫住全局，卻抑止不住他抗爭心理的生長。第二部，《荒村》五百多頁寫劉阿漢反抗日人統治至死的故事。日本人 1895 年占據臺灣遭到反抗，劉阿漢的生身之母在房屋被放火燒燬、救火時給日人開槍打死的，和那些被砍頭的居民埋在大窖穴裡了。這一層深埋心底的恨，使得他在日人種種威脅利誘之下拒做「爲皇國盡忠」的走狗。以後的二十多年，爲反抗異族統治者，被監視，三次被捕入獄，出獄，然後又置身於同樣的事況裡：「歷史、只是不斷的重複而已；不合理與不義的不斷重複；愚蠢與屈辱的不斷重複……」（《荒村》，頁 140）在這種重複之間，劉阿漢有足夠的時間沉思，在他「長山人」好友邱梅的指教下，他很認真地讀書，思想見解遠超山村之外。由書中識得「古代聖賢教人處世爲人的大道理」，和現代人稱之爲人性尊嚴的價值觀念。這種認識就使得他一生的抗爭超越了個人生死得失。

　　《荒村》開始時，劉阿漢已經五十多歲了。他的一家和上一代的彭家在蕃仔林已胼手胝足地開墾了近四十年了。突然間，日本總督府爲了「行政整理」，使退職官吏永住本島，開始辦理「官有地拂下」，即是收回一些官有土地，如劉阿漢等戶的墾地，分配給日本家庭。這種舉措是所有殖民主義者的權利基礎。居民中零星反抗者只似「狂風中的小蜻蜓，隨時都有折翼喪身的危險。」因此漸漸有了組織活動，集體反抗「清國奴」受人掠奪、宰割的噩運。劉阿漢投入後，發現他五男二女中最聰明的兒子，明鼎，也已積極投入。明鼎跟邱梅讀了三年漢書，國校六年畢業之外，又多讀了兩年高等科；在蕃仔林算是最有學問的一個人了。舐犢情深，劉阿漢終因明鼎被捕而深深捲入他並不全然認同的活動中，最後一次被捕入獄，受遍酷刑而死。五年之後，明鼎也死於拘留室中。

歷史的迷霧──「距離」拉遠，也許才具備透視的智慧

　　李喬在《荒村》的後記〈荒村之外〉，說明書中歷史素材主要來自「臺灣總督府警察沿革誌」和許多口述紀錄，資料浩瀚繁富。但是，他說，「筆者在目前，還欠缺透視這一段歷史迷霧的智慧，」未能將劉明鼎的生命行程和那旅途上的各種景觀寫入《荒村》書內。他希望「有一天，『距離』拉得更遠的時日，也許我們就會具備那些智慧」，能將明鼎的故事寫成〈荒村之外〉，成爲此書的補記。他感慨地結論（《荒村》實際上是三部曲中最後寫成的）：「縱觀臺灣抗日團體的興亡，似乎都循著一定軌跡前進：自純粹求生存本能到民族自覺的興起，然後形成思想對立，之後是左傾，之後是滅絕。它們固然亡於異族強大的政治壓力，但實際上，它們本身早就自亂陣容，載胥及溺。我們果然是這種族類嗎？或者另有政治學、社會學的解釋？筆者也建議讀者先生一起來沉思。」三部曲初版至今十年，這結語對今天臺灣的處境仍有貼切的意義，是文學對現實觀察的迷惘，迷惘中期待藉沉思產生智慧。

　　《孤燈》寫第三代青年男女在日本戰敗前一兩年的悲歡離合，以劉家最小兒子明基被騙往南洋當兵爲敘述主幹（由家鄉送行起，至成爲潰兵在異國荒山中往海濱奔跑止）。輔以平行發展的家鄉苦難（悲傷、飢餓、飢餓……）在文學風格上與第一部《寒夜》密切呼應，充滿了抒情詩式小說的靈秀魅力。在此燈妹雖已由少女變成老婦，作者卻用她贈給幼子的銀戒指和她「淡淡的體香」，雨夕風晨，她誦經焚香和著鷂婆嘴山岩上偶爾飄下來的哭聲……把家鄉的苦難和萬里外流落者的絕望連接起來。也點明了全書序章，神祕的魚還鄉之夢的主題意旨。這首尾兩部文字的精緻，氣氛的培育和人物生動的精神面貌是《荒村》所不能及的。

　　也許很多人讀此三部曲時，注重它的鄉土情結和民族意識，而我認爲它是超越地域性的純文學傑作。作者賦予人性尊嚴的人物，除了彭、劉兩家和邱梅，抗爭運動者外，尚有兩個日本人，片山一郎和增田隊長，他們

以充沛的人性衝破了種族的敵對，增田之死也值得同樣的悲悼。而昂妹這個角色的塑造，也是極成功的，她在飢餓歲月中原始的求食之道，給苦難中生存的意義作了更寬的詮釋，燈妹在臨終說：「昂妹，知道嗎？你是最強的人，你就和蕃仔林一樣，不怕風吹雨打，不畏霜雪烈日和苦旱。你會長命百歲的。」這個讚美和祝福，是對文明的諷刺和絕望，是奮鬥一生仍未見幸福的燈妹對命運投降的悲慟。

希望人類永不再回到昂妹那生存境界！燈妹那一代人絕不能想像，在她死後半世紀，蕃仔林下的高速公路上，她營養過度的後代已開著各式汽車呼嘯而去，離開田地。再也聽不到岩壁上的哭聲！

李喬自序說這是他平生最重要的一部書。在臺灣 40 年文學史上，《寒夜三部曲》也應是很重要的收穫。

——選自《臺灣春秋》第 1 卷第 12 期，1989 年 10 月

脫出《咒之環》

◎李永熾[*]

一

　　李喬在巨構《埋冤 1947 埋冤》中把 1947 年到白色恐怖時代的臺灣視為索忍尼辛的古拉格，整體臺灣人都是古拉格的住民，受盡古拉格獄卒的凌虐。李喬以臺灣住民兼小說家之身分探索脫出古拉格的方法；探索之前，必先理解古拉格形成的源頭。說來臺灣人似乎是個不知反省的民族，每次外來者或他者入侵，都有引導者或歡迎者，接著是外來者或他者的施虐屠殺，再來才是起而反抗，而後是殖民的古拉格情境。1947 年後臺灣的古拉格情境比過往有過之而無不及。李喬在《埋冤》中以反省作為族群形成臺灣共同體，並以之作為臺灣自我解脫的基礎。李喬的此一臺灣主體建構在李陳執政期間已確實展開、執行，但是經過了 20 年，臺灣人似乎故態復萌，又不知反省，回到了寧為奴隸的古拉格情境。這回，李喬生氣了，他認為臺灣人不要自己的土地，寧願認同他者。《埋冤》所構成以土地為基礎的族群和合又被出賣了。李喬用了相當重的語氣說：「臺灣受到詛咒了，不止土地，還包括住居其上的子民。」他因此完成了這部巨構《咒之環》。

　　《咒之環》序篇，李喬巧妙地以你我他的統合，來指陳書寫我與旁觀我的互動，書寫我在書寫，旁觀我不時介入，讓兩者合一，於是書寫我不時成為歷史中的我，成為歷史事件的在場者。以歷史事件在場者的身分，

*發表文章時為政治大學臺灣史研究所兼任教授，現已退休。

他轉化爲地靈的呼喚者，看出臺灣受詛咒淵藪。

就某種層面看，《咒之環》是接續《埋冤》的。《埋冤》以族群（你我他）的和合作爲新臺灣的開始。在《咒之環》中，主角林海山是中國移民者與臺灣平埔族的混血；而平埔族的 Pazeh 也是南島來的外地人，逃難到臺灣，而以臺灣爲生活的共同體，彼此非常融洽，和平相處。可是漢人來了，破壞你我他的融合，用各種計謀搶平埔族的土地。更嚴重的是，讓他們的宇宙神（巴赫莍娜）也住不下去，不得不出走。Pazeh 以哀傷的心情舉行盛大夜宴，爲巴赫莍娜送行。李喬以平埔族的收穫祭來表達宇宙神（天地一母）離去的哀傷，收穫的歡樂竟是族神（宇宙神）離去的時刻。那情境是難以言喻的。祂的離去竟然沒有祝福族人，沒有祝福住在臺灣這個土地的人，竟然拋下無限怨恨的咒語：「Pazeh 啊！漢人啊！各族人啊！／Pazeh……要受詛咒！要受綑綁！／漢人啊，最壞！／……要斷 Pazeh 血脈！……重重下咒！下咒重重：／爾汝若係毋改。完全完全改過／爾汝，爾汝子孫代代會被外人（犀刂）、流血像河流／會被外人刮，堆屍如山坵……」

這個詛咒設下了一個前提：只要能夠反省改過，就可以解除，否則無限延續。但觀之篇名「咒之環」，「環」可以指環扣，會扣住人身心；也可以是連環反覆。脫出「咒之環」，不僅要脫除身心的環扣，也要擺脫詛咒的反覆。以李喬的觀點，要脫出，說出艱難，也容易，只要能反省改過。所以，李喬在巴赫莍娜離去時，伏下了一個非常有趣的動作：「巴赫莍娜飛起離地的瞬間，曾經凝盯我一眼；向我傳授了巴赫莍娜的某種力量。」這也許就是主角林海山有呼喚地靈、「直觀映像術」能耐的原因。而且，此一能耐似乎需要經過某種轉換；轉換地點，李喬幽默地設定在廁所。表面看來，幽默滑稽，深究卻有其深義。廁所是排除體內不潔之處，也就是淨身之所亡，主角林海山倒在廁所門檻，而將廁所幻化爲聖人修行的洞窟（穴），修行完畢，走出洞窟，一如查拉圖斯特拉提示新時代的方向。但是，李喬讓林海山回到一般人的身分，卻是有呼喚地靈（宇宙

神）、習得「直觀映像術」的人。

　　他／林海山透過直觀術等，看到了巴赫萼娜的詛咒根源，埔里郭拜壇事件和大甲割地換水事件所引起的原住民與漢人戰爭，明顯地呈現出漢人欺騙原住民，破壞了原漢形成共同體「共國 e」的可能；原住民拋棄了家園，漢人斷了原住民的血脈，外來政權一旦介入，原漢同遭殃。而西螺三姓大械鬥則是漢人的自毀之戰，外來政權介入，三姓也都同遭其殃。巴赫萼娜的詛咒很明顯是要原漢共同和平生活在臺灣這塊土地上，深耕臺灣，培養出臺灣的共有文化。

　　除此之外，林海山又看到了「咒之環」反覆出現在臺灣這塊土地上，每次臺灣人反抗外來者或外來政權，都會出現背叛夥伴而與外來者合作的反逆者，而且只為了一些小小的恩怨。林爽文事件中的莊大田、朱一貴事件中的杜君英……但李喬對莊大田和杜君英，勿寧是抱著同情心，而歷史以閩客械鬥來描述這兩次事件，則表示不滿。若以「咒之環」來看，若對這兩次歷史事件中對「叛」同夥者著力多一些，似乎更能與 21 世紀戴居焉之叛與 D 黨都蘭山系的「切割」一脈相連，形成咒之循環或反覆。

二

　　上篇，以第一人稱為敘事者，也就是林海山以「我」敘事，點出「咒之環」的起源與內涵。下篇之一則以鳥瞰式的第三人稱敘述。時序進入 21 世紀。

　　21 世紀頭八年，是臺灣人當選總統執政的年代，也是臺灣人展開民主化開創新局的時刻。但是，臺灣總統要走中間路線，要包容反臺的他者，反而延遲了轉型正義的施行。原本臺灣內部就如書中楊教授所言：「在臺灣，政黨對立，就是正邪是非對決，沒有中間地帶。」但，2000 年總統大選出現了所謂中間選民，2008 年，總統大選，中間選民依然是 D 黨爭取的對象。中間選民的爭取意謂著自我主體建構的放棄。在某種意義上，這也是「咒之環」的一部分。因而也提供給外來者／他者反擊的機會。

歷史似乎又在反覆。大甲割地換水事件和西螺三姓械鬥事件中，臺灣人不論原漢鬥得如火如荼，外來者（政權）等在旁邊，伺機收割稻尾，獲得了豐碩的成果。21 世紀開始不久，這種現象又出現，尤其從辛山園競選總統連任開始，就如火如荼展開，外來的 K 黨旁觀煽火，D 黨進行「咒之環」的反覆。本是臺灣獨立建國希望之所繫的 D 黨都蘭山系，成了反辛山園總統的急先鋒，原本強化臺獨理想的大師吳清湖卻自我「無」化，清湖變成了污水。都蘭山系甚至與戴居焉合誤，意圖共同推翻辛山園。戴居焉在小說開頭就出現，與都蘭山系人馬共謀奪權。戴居焉在李喬筆下是對女性提出三不主義隨時接受女性投懷送抱的人物，名字「戴居焉」是正「待居」女性某處的人物。對女性如此，對政治又何嘗不是。在 D 黨，戴被稱為戰神，戰神沒有戰場，是寂寞的，但依常理，對戰的對象應是 K 黨，但他和都蘭山系一樣，對付敵人不易，對付自己人反而容易，這正應了宇宙神的咒語，臺灣人似乎很難脫出「咒之環」。

戴以 D 黨戰神率領敵軍形成紅衫軍，攻打臺灣總統，單憑國務機要費就可以把臺灣總統描寫成貪腐的化身，而 K 黨首長的特別費則可免費。戴的紅衫軍征服了臺北，意圖南征，為 K 黨打天下，想不到南部「共國 e」意識非常強烈，南征不僅無功，反而灰頭土臉敗回臺北，戴也演出失蹤戲碼。但是，不管戴的紅衫軍成敗，K 黨都獲得最大的利益。

戴從正面攻打辛山園，D 黨都蘭山系則從側面攻辛，與戴相呼應。其法是與辛切割，表現方法是吳清湖和李武瀾同時辭去立委。如此作為，雖然沒有激起很大的漣漪，辛總統也沒有因此下臺，都蘭山系雖然失望，K 黨可高興。按「咒之環」的歷史，紅衫軍與都蘭山系已為 K 黨 2008 年的大選勝利鋪下了紅毯。李喬曾在書中說，如果不理會一切，D 黨全力支持辛總統，將會如何？事實上，李喬已經早知，連臺獨理論大師都放棄臺獨的共同體意識，以區區國務機要費就大反辛山園，明顯中了咒語，怎能期望 D 黨能不顧一切，反外來者！也因此，李喬才會化身為呂鳥，宛如赫塞〈查拉圖斯特拉再臨〉中的查拉圖斯特拉，大聲批判都蘭山系。

　　「咒之環」緊緊扣住臺灣人的身心，大師級人物被扣得更緊；而且，不停地出現在各個時代，出現在清季，出現在日治，也出現在民主化的 21 世紀臺灣。臺灣似乎沒救了。紅衫軍和 D 黨都蘭山系幫 K 黨麻鷹鳩打天下，取得總統寶座，麻鷹鳩則圖謀把受詛咒的臺灣送給中國。

三

　　臺灣真的沒救嗎？似乎又不然。巴赫萼娜的咒語中指出，只要反省改過，就可以脫出「咒之環」。

　　在外地受傷，回歸故鄉，可以獲得痊癒，日本就有這種說法。心理學上，受傷回歸母體，可以獲得憩息。伏爾泰在《空第德》的結局是回歸田園，自耕自食；盧梭也強調回歸自然。總之，回歸母髓，回到大地，與大地結合，與自然共存，一面可以療傷，一面可以重新再起。

　　林海山離開 D 黨，離開都蘭山系，回到了鄉下，自耕自食，並且自我反省改造。他又第一人稱自述，以我為出發，重新平等結合有土地意識的臺灣人，以小集團多元結合，重建新臺灣。林海山似乎在回應巴赫萼娜的解咒要求，我們也從中看到了臺灣的希望與未來。

　　李喬給我的信裡說：「這本書原設想是，臺灣人如何從詛咒中脫出。結果，似乎脫不出；我不能說謊。意外的，我個人也許脫出了。」

　　李喬說，他自己也許脫出了，但臺灣人似乎沒有，因此他熱切又冷靜地以《咒之環》提示他的觀察，並指出脫出詛咒的可能方法。他愛臺灣大地山川草木的心，他愛臺灣「共國 e」人，有多真切，都可從書中得之！

——選自《文學臺灣》第 76 期，2010 年 7 月

他者的文化、文化的自我

李喬的文化論述

◎李永熾

一、前言

　　歷史發展進入近代後，格局與過去大爲不同。近代社會已脫離封建階級社會，講求的是個人的自由與平等。個人成熟意指能與他者平等對待。但是，世界各地的發展軌跡各不相同，西歐社會以社會契約爲基礎，形成所謂的契約市民；美國則因殖民開發的經驗，崇尚個人主義。而日本的近代發展遠落後於歐洲和美國，因而明治維新後，文學家不斷地追求成熟的自我。[1]

　　日本所以追求成熟，主要源於自我的非成熟，自我不成熟常融化於周遭環境，自我與周遭環境的邊界不清楚，因而常有互相侵犯的可能。自我成熟，自我的人格也相對成熟，自律性加大。與同遭環境或他者的邊界明確，各自形成自律範圍，也因此建立了兩者的關係。自我承認自己，也承認他者，他者同樣承認自己，也承認別人的自我。換言之，自我與他者互相承認，「沒有自我此一意識，就不會有對他者的意識；沒有自我某種程度的成熟，他者就不會進入視野」[2]。但是，把他者納入視野，也有種種意義。他者強，自我可能僞裝成他者，稱爲「擬態」；自我強，則可能馴化他者，使之從己，稱爲「馴化」；自我與他者站在同一平臺上，互相溝通、滲透，稱爲「互相滲透」。自我與他者的關係也可以運用在異文化的

---

[1] 鶴田欣也編，《日本文學における〈他者〉》（日本：東京，1994 年），頁 2。
[2] 前揭書，頁 3。

關係上。

近代過度發展，自我與他者的關係常常會以「馴化」爲中心，而將馴化視爲「開發」。開發的另一意義是對他者的侵犯或馴化，對大自然的開發，對異民族的馴化，都是最明顯的表徵。在開發和馴化過程中，近代社會常以幫助他者文明化爲由，將大地馴化爲己用，將異民族馴化爲己奴。這是資本主義發展後最明顯的展現。任何社會都須經野蠻、半開化而開化。西歐文化即扮演這種由野蠻到開化的動力。也因爲這個原故，西歐以外的社會都被視爲野蠻或半開化，西歐文明馴化他們，是一種責任與道義。

然而，隨著社會的發展與文明化，近代的理想自我與他者的平等互待、互相尊重，逐漸消失，率獸食人的現象逐漸成爲現實，終於演變成 20世紀的兩次大戰加上一次冷戰。二次戰後，世人開始反省，並以人權爲基礎，強調自我與他者的平等性，也強調異文化間的互相對話、滲透，而非獨尊某一文化。自我有自己的體系，他者也有他者的體系，兩者互相承認、溝通，兩者也將互相吸納、滲透，形成一個新的世界體系。

臺灣自古以來，以原住民爲主，形成自己的生活樣態與文化體式。15、16 世紀以後，地球逐漸一體化，世界經濟體系日益發展，臺灣有形無形被編入此一體系中，漢人由中國大陸進入臺灣，歐人也同樣進入臺灣。臺灣的自我與他者逐漸複雜化。以居民言，原住民是自我主體，漢人和歐人都是他者。待清政府征服臺灣，歐人退出臺灣，原住民、漢人和清政治勢力形成複雜的自我與他者關係。文化上也與政治相關聯，從中國大陸侵入的文化，對臺灣的原住民文化和漢移民日益形成的文化來說，是他者文化；同樣，日治時代導入的日本文化或西歐文化，也都是他者文化，國民黨占領後導進的文化當然也是他者文化。從歷史觀之，他者文化都是與外來政權相配對的文化體系，高姿態地君臨臺灣社會。而固有的原住民文化和漢人間日益形成的文化，本是臺灣的主體文化，卻被客體化，成爲他者文化，不受尊重。

做爲一個文學家和文化人，李喬有極大的野心，想解決此一問題，至少想探問此一問題。他想替臺灣文化造型，想要把臺灣文化和新國家聯結起來，讓他者文化與主體文化顛倒過來，讓臺灣的文化從他者文化轉化爲自我主體文化，用他的話來說，是建構臺灣「自主文化體系」。

二、方法論

李喬從《臺灣人的醜陋面》經《臺灣文化造型》到《文化、臺灣文化、新國家》，有關臺灣文化的論述爲數眾多。他說，「1995 年出版《埋冤 1947 埋冤》之後，創作活動幾乎完全停頓；是社會需要，也是個人使命感驅使——全力探索書寫有關文化的議題，並開始著手撰寫《臺灣文化概論》這本大書。」[3]《文化、臺灣文化、新國家》就是他臺灣文化的結晶，也可見他對此書的重視。事實上，他有關臺灣文化的論述大抵集中在這本書上。

談到李喬的文化論述，不能不從他的方法論著手。近代自實證史學興起後，著重在實證的論述，美其名爲史料分析，實質上是史料的累積鋪陳。若將直觀和分析結合，進行文化論述，一般很難接受。日本著名學者和辻哲郎撰寫的《風土》，是將他搭船到德國遊學時，沿途所見，和他的歷史見識與倫理觀結合寫成。其中，直觀與分析嚴密結合，構成一代名著。[4]李喬這本《文化、臺灣文化、新國家》跟《風土》的方法非常類似。已故東京大學教授井上光貞在《風土》的解說中指出，和辻哲郎將他留學海外時的親生體驗和他天才般的詩人直觀凝聚成這本名著。[5]「雖然立論的材料爲主觀所限，看法也有些主觀。」[6]但也因此能透過直觀見前人所未見者。李喬此書方法上實具有和辻哲郎此一特色。書中充滿詩人或小說家的直觀，又有自己創立的分析手法。

---

[3]李喬，〈自序〉，《文化、臺灣文化、新國家》（高雄：春暉出版社，2001 年），頁 5。
[4]可參閱和辻哲郎，《風土》，岩波文庫（東京：岩波書店，1986 年 11 刷）。
[5]前揭書，頁 297。
[6]安倍能成語，井上光貞解說引，前揭書，頁 297。

　　李喬的論述常在論述開頭為論述的對象界定，如論文化，即先替文化界說，界定之後再分類，而後才進入統合論述的階段。論述階段是他直觀的觀察和所蒐集的材料互相運用，再呈現其觀點。也許他早年曾研讀佛經，對華嚴經的關係論或佛經的緣起論頗有所領悟，因此他的文化論述不是人中心論，也不是環境中心論，他認為人間世界是人與生態環境相互關聯、人與人相互支援所形成的共同體。他所說的生態環境頗類似和辻哲郎的風土觀點，風土不是人的外在自然，而是烙刻在住民的精神結構中。[7]例如臺灣的風土會孕生臺灣人特有的精神結構，由此形成臺灣特有的文化。在這一點，跟近代資本主義發展過程中，以「開發」為主導的發展論頗不相類，當然更不會以人為中心來蹂躪大自然。同樣，人與人的關係也是站在平等的平臺互相來往，彼此尊重，由此關係與生態環境互相結合形成自由而平等的共同體。在以自我為中心的近代世界，李喬的自我應是成熟的，跟生態環境和他人所形成的他者，無需「擬態」，無需「馴化」，而是互相對話、滲透，以豐富自我，用他的話來說，這就是「自主文化體系」。

　　日本政治思想史家丸山真男討論明治維新時期的福澤諭吉時指出，福澤的觀察能見人所未見，乃源於福澤觀察事物常採取「複眼主義」或「雙眼主義」，意指福澤能從反對者觀點反思自己，反而能看見事物的矛盾所在。[8]李喬在省察文化時，也常從他者來觀看自己，例如從中國文化反觀臺灣文化，更可看出臺灣文化中混雜著受中國文化污染的文化現象。他還特別強調反抗哲學，認為人一存在就在反抗狀態中，由此形成「力的結構」。[9]他的反抗哲學看來非常雄偉，事實上是讓自己立於被邊緣化的他者立場，對施壓者展開反抗行動，以創出「力的結構」，避免被加壓者馴

---

[7]前揭書，頁 292。

[8]丸山真男，〈福澤諭吉の考え方〉，河出人物讀本《福澤諭吉》（東京：河出書房新社，昭和 59 年（1984 年）），頁 22～26。

[9]李喬，〈反抗哲學〉，《文化、臺灣文化、新國家》，頁 273；〈反抗是最高美德〉，《臺灣文化造型》（臺北：前衛出版社，1992 年），頁 307～316。

化。這很類似法蘭克福學派阿德諾的《否定辯證法》，強調永遠站在「否定」（反）的立場，讓「正」者永遠有個對立面，不為「正」者所統合，以維持力的動態。[10]有趣的是阿德諾經過納粹的洗禮提出永遠「否定」的觀點，李喬經過類似納粹的兩蔣白色恐怖時代，提出「反抗哲學」，強調反抗是最高美德。對獨裁者的反抗讓東西的兩個文化評論者得出了類似的觀點。

如前所述，文化植根於生態環境（風土），換言之，人與土地發生關聯，因生態環境的變化而在人的生活中形成某些共有的生活模式。井上光貞說，「與文明不同，文化乃植根於該民族固有而原生的事物中。換言之，該民族從悠遠的古昔所過的一定的生活方式與觀念形態，儘管有歷史的展開與生活變化，依然殘留下來，就可稱為文化。」[11]顯然文化與其根源所在的土地息息相關。這裡所說的該民族可以是日本民族，也可以說是臺灣民族。李喬在文化的界定中引述甚多，其中最重要的一條是「古代英語中，culture通常指『耕耘』或『掘地種植』的意思。」[12]換言之，在農耕社會，不管是種植或收穫，都會舉行種種儀式或祭典，藉此把人結合為一。於是，在土地的風土影響下，形成各不相同的生活模式，由生活模式形成一套慣例或祭典禮儀，甚至在餘閒活動，舉行各種比賽，比賽則有遊戲規則，遊戲規則逐漸成為法。在這過程中，由生活文化逐漸把通則抽離出來，成為慣例或法；祭典方面則提升到宗教層次。[13]李喬在文化概說也清楚知道文化是從具體的生活文化逐漸抽離上升，而到哲學或宗教層次。各民族，生活文化差異最大，越抽離上升，普遍性越大，亦即共同點越多。

總之，文化植根於土地，因土地的風土孕生出與眾不同的精神結構與

---

[10]參閱阿德諾著（T. W. Adono）、木田元等日譯《否定辯證法》（東京：作品社，1998 年 4 刷）。
[11]井上光貞，解說，前揭書，頁 191～292。
[12]李喬，前揭書，頁 12。
[13]參閱 Roger Caillois 著，多田道太郎等譯《遊びと人間》（Les Jeux et les Hommes）（東京：講談社，昭和 48 年 2 刷（1973 年））。

生活方式，精神結構和生活方式，有些部分因歷史發展與生活變化而「殘存」下來，這些殘存下來的就是文化。這些文化殘存物是在文化變遷中保留下來，並沒有隨著文化變遷而消逝。[14]但是，進入近代世界之後，除了國與國的接觸頻繁以外，人與人的接觸也相對增加，人與土地接觸形成的文化，也逐漸形成全球性的接觸。各地區、各國家的原生文化與異文化接觸後，其文化變遷更為迅速，內部的轉化也隨之加速，由此難免產生自我原生文化與他者文化的衝突。近代世界帶來的資本主義化，使農耕社會逐漸轉化為工商社會，文化形態也發生激烈的變化。農耕社會原生的文化也不能不展開內在的變遷。由此，臺灣文化也呈現出種種文化異狀，造成臺灣文化的困境。[15]

臺灣 400 年來，隨著外來勢力的進入，政治幾乎都在外來政權掌控下，外來政權推動外來文化，外來文化成為臺灣的主流文化，臺灣固有的文化反而地下化或根莖化，慢慢自我盤節伸根。換言之，主體文化成了他者文化，他者文化成了主流文化。

三、李喬眼中的他者文化

在臺灣歷史的長廊裡，基本上，由原住民（包括平埔族）、中國大陸移入的漢人及其他人種構成臺灣社會；此一原民和移民混合形成的社會，經過四百多年來物質上與精神上的互動，形成了臺灣文化。李喬說：「原住民數千年來在這島嶼孕育、發展的文化以及 400 年來由中國閩粵等地移來的漢人後裔，也就是俗稱福佬人、客家人，他攜帶進來，經由文化變遷留下來的，加上臺灣創造的文化，以上兩者吾人認定是臺灣文化。」此外即是「外來文化」。[16]如果在一般具主體性的社會，這些外來文化都是屬於他者文化，他者文化強時，自我文化或本土文化可能偽裝自己也屬於他

---

[14]李喬常引人類學之父泰勒的「殘存」之語，作為文化的基底。
[15]李喬，前揭書，頁81～88。
[16]李喬，前揭書，頁71。

者文化的一支。如果他者文化弱，自我（本土）文化可能有意將其馴化，成爲自己文化的一支。如果兩者互相尊重、來往，可能互相滲透，各自將對方的文化吸入，重構或孕育新的文化。

400 年來，臺灣文化從來沒有與他者文化站在平等的基礎上，互相滲透，構成新的文化情境，反而被壓制在外來政權所布署、配置的外來文化下。但在這種文化狀況下，臺灣文化也依自己的風土與墾植需求，構築了自己的生活文化。李喬在這方面似乎有極其明晰的認識，因此在他構圖的「臺灣文化概論」中，有兩個專章討論臺灣的習俗與禁忌。[17]在這兩章裡，李喬明白指出這些習俗是從臺灣本土孕生的。

臺灣被捲入世界體系以後，一直生活在外來政權統治下，外來政權也帶進了外來文化，外來文化以客爲主，成了臺灣的顯教，臺灣文化反而隱而不顯。外來文化把臺灣文化他者化，而欲加以馴化。清季，儒家科舉文化和漢詩文化進入臺灣；日治時代，日本把日本文化和西方文化導入臺灣；國民黨統治時代，國民黨把中國文化強壓在臺灣島民上。在這系列的他者文化中，帶給臺灣的影響有正面和負面。日本文化連同西方文化帶給臺灣的影響，在負面方面，是形成被殖民的悲哀、被殖民的精神症候群——文化症候群。在正面方面，日本替臺灣社會建立法治基本觀念、制度、合理主義與科學觀，並在文化物質基礎以鐵路、公路等爲臺灣建立了一體感。[18]換言之，在精神世界，日治時代給臺灣帶來了自卑的精神疾病，在物質上則建構了臺灣一體感，這兩種現象在戰後的國民黨統治時代，形成了辯證關係。在物質上，國民黨以無「法」拆散了臺灣的一體感，在精神上，以中國文化的漫長性與優越性加深了臺灣文化的卑微性，甚至「無化」了臺灣，卻也因此激發了臺灣人自主意識的一體感。

李喬常以臺灣人血統中含有漢人因素，易受漢人主體的中國文化侵

---

[17]李喬，〈自序〉，前揭書，頁 7。
[18]李喬，前揭書，頁 74。

蝕，因而必須先把中國文化他者化，進行徹底的批判。[19]他對中國文化的批判乃基於他的自然觀，此一自然觀又源於他的土地觀。他的小說《寒夜三部曲》就蘊含著極深的土地意識，連續劇《寒夜》更明澈地呈現此一土地意象。依法蘭克福學派的觀點，自然可呈現三個層面，一是人的外在自然，二是人的內在自然，即所謂人性（human nature），三是社會的自然。其意是要人重視自己的內在自然，發於外則與自然（或土地）、與他人（社會）和平相處。李喬則把自然賦予生命意義，「對新生命而言，母胎是一種nature，而成熟時又得離開母體的nature——也就是脫離一小nature而置身於『大自然』。『大自然』英語世界裡稱做mother nature非常有意思。生命自『有』到『是人』而『由人』就是一個完美的象徵。」[20]這段話也可以用在大地蘊生的過程，mother nature的地母意象非常清楚。大地在農耕社會是人的生命所繫，是文化的育成所。李喬在中國文化獨尊莊子，也不是沒有道理的。

他對中國文化的批判源於中國文化把自然道德化，尤其自宋學盛行後，天——理——聖人——道德連成一氣，天已非自然，而服從於理，理又由聖人出，聖人之言道德化，成為統治者官尊民卑的理據。換言之，天已非超越性的上帝，已落實為帝王的統治術，甚至化身為人，變成帝王的影像，類似日本天皇的「明御神」。[21]因此李喬的中國文化批判歸於兩點，一是以人為中心的思考模式；另一是中國中原一元中心——邊陲的文化論。

在以人為中心的思考模式中，李喬列出四個向度：1.以人為思考的始點與終點，使高層次的宗教無從發展，信仰落到行善——福報模式中；使神從屬於人；2.以人為萬物的標準；3.以人為全體存在的縮影。此二者忽略了物種世界的存在意義，自然科學觀念不易發展，又因人的標準由人設

---

[19]李喬對中國文化的批判在《文化、臺灣文化、新國家》和《臺灣文化造型》隨處可見。

[20]李喬，前揭書，頁91。

[21]參閱李永熾，〈中國意識、臺灣意識與歷史思維〉，《當代》雜誌第224期（臺北，2006年4月）。

定——聖人所設，在上位所認定，人治盛行，法治難行，民主觀念與制度
難以確立；4.以人為價值的中心，使生命觀、人生觀、愛情觀、宗教信
仰、藝術文學等價值取向，想法、方式、方向等都窄化了，形成現實的、
現世的思考與取捨。總結而言，「由於以人為中心而又侷限於人的局限，
在文化的表現系統上至文學、藝術創作上也受到侷限；想像力難以飛天入
地，意義的追求也往往自侷現實人間之內。」[22]顯然，李喬反對完全以人
為中心的人本主義。人本主義應在人間世界實行，不應以此為中心來控制
一切，人本世界應尊重人與人的價值與關係，也尊重他人的思考與信仰。
用李喬的觀念來說，人與自然、他人應互相關聯，互相含蘊，人有自己的
生命體，包含自然和他人在內的他者也應有其自身的生命體。這種人本主
義才是民主的起點，近代的價值。

　　中國文化的人本主義是以人為中心的自私表現，因而容易導出李喬中
國文化批判的第二點「中國中原一元中心——邊陲的文化論」。在以
「人」為中心的思考中，普遍的「人」落實到人間社會，就轉化為具體的
「中國人」。人是宇宙（全體存在）的中心，是理的實踐者，而理由聖人
制定，理的實踐就是聖人之理的實踐。沐浴聖人之理者即具道德，無沐聖
人之理者即無道德。由此形成道德的中心邊陲論。得被聖人之德者為中
心，當然這些人是中國人，中國人遂成道德宇宙的中心。未被聖人之德者
即配列於道德宇宙的邊陲。聖人之德應廣被於宇宙。因此，承受聖人之德
（或道）者有責任把聖人之德傳播到邊陲地帶，這是中國人的天下觀，當
然不會承認普遍人的自由與平等。也因此，李喬把以「人」為中心的四向
度轉化換為中原一元性的四向度：1.以「中國」的所有為思考的始點與起
點；2.以「中國」的特有為各國各地的標準；3.以「中國」的存在為世界存
在的縮影；4.以「中國」的價值觀為中心判定天下人間的價值。因此他者
都是應沐天恩的地帶。未沐天恩之地，即以命名權命名為獸類，因此所謂

---

[22]李喬，前揭書，頁94～95。

邊疆地區包括西方世界，不是爲蟲即爲犬，或爲奴，而有匈奴、倭奴、東夷、西羌、北狄、南蠻之稱。[23]

於是，李喬指出，「這就是以人爲中心的思考模式加上中國中原一元中心——邊陲的文化觀」二合一的雙重中心論——中國文化傳統的本質。在實際上，民族中心主義往往和各種政治信念、藝術文學風格、宗教旨義、集團意識、種族意識等結合在一起而很難分辨出來。而且成爲文化傳統，是一種習慣力量，一種精神力量，集體的潛意識狀態的文化力量，而且是代代相傳的，不容人質疑或反省的價值觀。」[24]

李喬的這些陳述在戰後以來國民黨的民族主義教育已明顯具現，甚至根植於許多臺灣人的血脈，成爲臺灣文化自我化的困境之一。[25]

臺灣文化的自我化必須克服國民黨從中國帶來及根植於臺灣漢人血脈的中國雙重中心論，以平等開放的心態跟他者接觸、溝通、吸納，自我型塑或創造出新的文化，進而建造新文化爲基礎的新國家。

四、臺灣文化的自我追尋

400 年來，臺灣文化幾乎都在他者文化的掌控下，艱辛地默默在自我型塑，這種方式可以用德勒茲的根莖說來解釋，德勒茲把社會或文化分爲表層與深層，表層是可見的，華麗有序；深層是不可見的，盤根錯節。兩者常互相關聯，表層受深層影響甚深。但有時表層由外移來（如中國文化），壓在原生的深層上，深層的根莖會在壓制中尋求空隙中自我成長，甚至在表層勢衰退時覓得表層空隙，默默成長爲一棵大樹。臺灣文化 400 年來在外來（他者）文化的壓制下，一面吸取他者文化爲養分，一面在深層中自我成長。但在成長過程，有時會帶著許多無用之物，如何去除這些無用之物，自我批判是一個可行之道。李喬在《文化、臺灣文化、新國

---

[23]參閱李喬，前揭書，頁 96～97。
[24]李喬，前揭書，頁 97～98。
[25]參閱李喬在《文化、臺灣文化、新國家》和《臺灣文化造型》中有關教育的論述。

家》中闢有專章〈臺灣文化批判〉，對臺灣文化進行洗滌工作，以期建構新的臺灣文化。

在論及李喬的臺灣文化自我化之前，必須先了解李喬「臺灣文化」的意旨。李喬在書中很少用到「臺灣的文化」這樣的語辭，通常都將「臺灣」和「文化」連用，形成一個專用辭。「臺灣的文化」在他的語義中，臺灣只是文化的屬性，而無互相結合的一體性。他曾用「臺灣底文化」來表達他的「臺灣文化」語義。在他來說，「臺灣底文化」和「臺灣文化」是同義語。「臺灣底文化」的「底」字是「基底」（"substratum"）的意思。[26] 基底意指文化主體性之所在。「臺灣底文化」意指文化主體是臺灣，兩者構成一體，所以「臺灣文化」、「臺灣底文化」和「臺灣主體文化」是同義語，這才合乎他所欲建構的臺灣「自主文化體系」。在〈「臺灣主體性」的追尋〉註 11 中，李喬說：「自主文化體系具備三特性：1.內而組織系統完整；2.外而部類系統可辨；3.具有自我矯正、調整功能。」[27] 在他來說，臺灣文化就是一個自主文化體系。用另一語辭來說，這是自我具足的文化，而非自我異化的他者文化。有了自我具足的臺灣文化，才能與他者文化（如中國文化）溝通，進而以臺灣文化的身分成為世界文化的一支，就像德國文學待歌德一出而成為世界文學的一支。

臺灣文化雖然自成體系，但也有吸納他者構成自體、豐富自體的過程，在這過程中，大體可以分成三個階段形態來觀察，第一個最具有自我特色而且最具體化的是生活文化，生活文化模式化便呈現在習俗、禁忌等層面。李喬在這方面描述得非常清楚，也把因風土或生態環境所展現與他者文化不同的特殊習性也明白點出，並析出其文化意義，而且強調習俗應隨時代進展，而有反省，有重建，該去則去，該留則留，這是相當理性的認識。的確，在李喬所敘述的習俗與禁忌在現實臺灣或近代臺灣中已逐漸消失，如婚姻禮俗、養子際遇等。

---

[26] 李喬，《文化、臺灣文化、新國家》，頁 329。
[27] 李喬，前揭書，頁 333。

　　比生活文化抽象度高的第二種形態是制度層面。制度層面包括法律在內。由制度面言，有由生活層面抽出規範面形成的習慣法或慣例，古民法大都依此成立，如長子繼承之類，也有依近代觀制定的近代法，如近代民法。在政治支配上，有傳統支配與合法支配。傳統支配大抵以人治為主，中國的政治支配從過去到現在，不管中國國民黨或中國共產黨，都以人治為主，人治以專制者為主配以家產官僚或侍從集團，其所構成可以是家父長體制，也可以是前衛黨或革命政黨體制。合法支配是國會立法的依法統治，以法治為主，國家內所有人都要受法的制約。人治者，所有資源利益都集中在專制獨裁者身上，由此而主宰一切，若此人為他者，則必盡可能消滅被支配者的一切，習慣法或慣例依支配者的需要來決定其存留。李喬在〈臺灣文化批判〉一文，在法律與法政部分指出，漢人（中國）社會始終停留在「法律工具化」「制法以治民」的層次上，這是人治現象；「日人治臺，在法律上固然未能公平對待臺人，但還是『依法行事』『依法裁判』的」，至少這是法治的表現。但國民政府「始終停留在人治，忽略法治」，也因此摧毀了臺人在日治時所培養的法治觀念。[28]

　　國民政府更掌握命名權摧毀臺灣本有事物，以表示政治大權在握，並藉此展開己之所欲，進行分類、分化，界定語言文化的高低，外來（他者）文化居絕對優勢，臺灣本土文化則為劣質文化，充分展開殖民者的高傲態度。以致「整個教育體系無臺灣，不見人民，反臺灣文化」，[29]反過來說，只見殖民的中國人和中國文化。

　　到了抽象度最高的第三階段——思想、宗教層次，由於國民黨殖民政府在各級教育體系中積極宣傳中國文化的以「人」為中心和以中原為中心的雙重中心論，破壞了人與自然、人與人的心靈契合。人與自然沒有生命意義的關係，歪曲化的近代觀遂轉化為破壞自然生態的「開發」觀；人與人的關係因缺乏心靈的契合而著重在物質的接觸上。因而，在國民黨教育

---

[28] 李喬，前揭書，頁191。
[29] 李喬，前揭書，頁81、 85。

下，臺灣在天、地、人的關聯上，去首截尾，沒有天，沒有地，只有人間。沒有天，就沒有超越性的宗教如基督教，也缺乏內在性的慈悲如佛教，而宗教的人間化，講究的是行善——福報的功利關係；沒有地，人與地的關係只有開發，沒有生態的自然觀，對生於斯的土地也缺乏感情。[30]

在他者文化霸占臺灣，成爲主流文化，臺灣本有的文化只能地下化、根莖化。但做爲一個文化論述者，不能不以批判態度把阻礙根莖發展的大石移開，讓它出頭天，見陽光。李喬積極批判盤據臺灣主場的他者文化，就爲了幫助臺灣文化由幽暗到光明，同時也提出文化創造的觀點，希望能在臺灣展開文化價值顛倒，恢復臺灣文化的主體性。在這方面最值得注意有下列幾點：1.重新安排生活的時間與節奏；2.重新切割生活空間，塑造景觀、環境與動線；3.創造「臺灣象徵」；4.培養宗教情操。[31]

他對「臺灣象徵」非常重視。以圖象學來說，國家象徵，如法國大革命所制定的共和曆等，都是國民共同體形成的根源，也是國家建立的符碼。[32] 李喬顯然也將臺灣象徵作爲文化創造的圖象，進而作爲建國的圖象，他列舉的圖象有鄭南榕的自焚、魏廷朝的堅持不屈、板倒吳鳳銅人、五二〇農民示威遊行、重審二二八慘案等，[33] 他對這一切都依創造活動、意義釋放、形成現象展開圖象詮釋。但值得注意的是，這些圖象都具備了李喬「反抗哲學」的特質，也符合法國大革命的革命圖象意義。

不管是文化批判或臺灣象徵，都爲了建立文化共同體，文化共同體在李喬而言，是認同的基礎，文化認同是臺灣主客觀身分同一性的交集，由此形構近代國民的領域。國民（nation）一辭在歐洲中世紀是指大學同鄉的同學會。同鄉指同一地區，同學會指同一地區同學的集合體，因此，nation

---

[30] 這類觀點遍布李喬各書，可見其對宗教、生態的重視。除了這一些，李喬對媒體等現狀亦多所論述，在此不贅。

[31] 李喬，前揭書，頁 103～109。

[32] 參閱李永熾，〈從人民主權看臺灣制憲的正當性〉，《臺灣新憲法國際研討會》（臺北：群策會，2004 年），頁 10～12。

[33] 李喬，前揭書，頁 204～211。

主要是相同區域裡人的聚集，後來轉換爲國家領域內認同國家的人群。因此，近代國家的構成基礎是state和nation；state指國家機關，nation指國家領域內的人，領域內的人對國家認同即轉化爲國民。此一國民不以血緣論，所以國民不是血緣共同體，是以居住地論，所以是人的地域共同體。相同的文化，彼此了解比較容易，在外在壓力下，文化的共同意識容易轉化爲國民意識；國民意識與君王主體的國家結合即是近代絕對主義國家。美國則基於基督新教（清教）的團契意識（兄弟般的友愛意識）由下而上建立自由平等的新國家，與西歐的國家建構相當不同。李喬在〈文化臺獨論〉〈臺灣（國家）的認同結構〉〈臺灣文化與新國家〉[34]展開類似美國的臺灣獨立論。美國以清教的友愛精神建國，李喬則以臺灣形構的自主文化體系建國，當然是由下而上建國爲根本。

李喬意圖展開價值轉換作用，將他者文化轉換爲自主的自我文化。以此爲基礎建立國民共同體，由國民共同體型塑臺灣新國家。

五、結語

李喬不僅是傑出的文學家，也是很好的文化評論者。他的文化評論有個相當重要的重心，就是讓臺灣從他者的控制中恢復自我，使臺灣成爲臺灣，使臺灣文化擁有自己的個性，不再爲他者所命名，不再是他者文化的邊緣。也因此，他期望以文化爲基礎建立自己的國家。

在論述的方法上，李喬以直觀和分析透視問題，解析問題，他看出臺灣文化的問題乃在於中國文化在國民黨政權的教育體系與宣傳機制下，完全迷失於「以人爲中心的思考模式」與「中原一元中心——邊陲文化觀」的雙重中心論。以人爲中心，將人以外的事物皆視爲無生命的他者，與他者的關係就只有功利關係，不可能有生命的聯繫，因此凡物皆爲我用，生態環境的生命意義遂被忽視。一元化的中心邊陲觀漠視他者的價值，被邊

---

[34] 三篇文章都收在《文化、臺灣文化、新國家》中。亦可參閱《臺灣文化造型》中的〈文化的臺獨論〉等。

陲化的他者都是應被馴化的對象。李喬認爲只有突破這種雙重中心論，才能建立自我與他者站在同一平臺互相滲透、影響的關係。

以臺灣文化言，臺灣文化在過去 400 年都在他者的異化下失去主體，換言之，他者變成主體，主體變成他者，這種價值顛倒情境，一般雖略有所知，卻不是安於現狀，就寧願被馴化。李喬是個主體性的人，他不能安於此，也不願被馴化，乃爲臺灣文化展開顛倒的再顛倒，以恢復臺灣文化的自我。因此，他積極剖析各類在臺灣的他者文化，以便了解在臺的他者文化，當然也積極從事臺灣文化的自我省思，剝除自我和他者的外皮，讓彼此能坦陳對話。對話是漩渦式的，以臺灣文化爲起點，展開世界性的對話。李喬小說已經站在臺灣土地上，更跨出臺灣，與世界對話了。他的文化論述也當逐漸受到重視。

李喬是熱情的人，他的文化論述也是熱的，他不會像學院派那樣慢條斯理，書寫的人也會受他的感染，慢條斯理不起來。

——選自《第五屆臺灣文化國際學術研討會：李喬的文學與文化論述會議論文集》
臺南：長榮大學，2007 年

輯五◎
研究評論資料目錄

作家生平、作品評論專書與學位論文

專書

1. 許素蘭編　　認識李喬　苗栗　苗栗縣立文化中心　1993 年 6 月　189 頁

本書收錄評論李喬小說的論文與訪談，全書共 12 篇：廖偉竣〈走出「寒夜」的作家
——李喬訪問記〉、葉石濤〈論李喬小說裡的「佛教意識」〉、〈評李喬的兩本書
——《飄然曠野》、《戀歌》〉、鄭清文〈李喬的《恍惚的世界》〉、彭瑞金〈悲
苦大地泉甘土香——李喬的蕃仔林故事〉、花村〈談李喬《結義西來庵》一書裡調
子的運用〉、張素貞〈李喬短篇小說集《共舞》〉、彭瑞金〈依舊陰霾的春天——
評李喬著《藍彩霞的春天》〉、鍾肇政等〈「寒夜三部曲」討論會〉、陳萬益〈母
親的形象和象徵——「寒夜三部曲」初探〉、齊邦媛〈人性尊嚴與天地不仁——李
喬「寒夜三部曲」〉、林濁水〈族類、律法與悲劇——試論李喬《白蛇新傳》〉。
正文後附錄錢月蓮〈李喬生平寫作年表〉、〈李喬作品評論引得〉。

2. 周錦宏主編　　李喬短篇小說全集・資料彙編　苗栗　苗栗縣立文化中心
　　　　　　　　2000 年 1 月

本書收集李喬生平自述等資料和他人對其作品之評論、訪問記錄與年表。正文前有
傅學鵬〈縣長序〉、周錦宏〈主任序〉、彭瑞金〈李喬短篇小說全集——序〉、彭
瑞金〈資料評論卷編者序〉，全書共五輯：1.資料：收錄李喬〈童年夢・夢童年〉、
〈與我周旋寧作我〉、〈窮山月明〉、〈繽紛二十年〉、〈一位臺灣作家的心路歷
程〉、〈我看「臺灣文學」〉、〈臺灣文學正解〉、〈個人反抗與歷史記憶〉、吳
三連先生文藝獎評審委員會〈一九八一年第四屆吳三連先生文藝獎評定書〉、編輯
部〈一九九五年臺美基金會人文科學獎獲獎人李能棋（李喬）〉，共 10 篇文章；2.
單篇小說集評論：收錄葉石濤〈評李喬的兩本書——《飄然曠野》、《戀歌》〉、
鄭清文〈李喬的《恍惚的世界》〉、葉石濤〈論李喬小說裡的「佛教意識」〉、彭
瑞金〈悲苦大地泉甘土香——李喬的《蕃仔林故事》〉、張素貞〈現代的浮世繪—
—評李喬的《共舞》〉共 5 篇文章；3.單篇評論：收錄白冷〈我讀〈婚禮與葬
禮〉〉、張恆豪〈我讀〈我不要〉〉、覃思〈析李喬的〈含笑遠山〉〉、花村
〈〈山女〉與〈蕃仔林的故事〉的比較〉、彭瑞金〈荒謬的人生舞臺——談〈小
說〉〉、吳錦發〈聖潔的與卑劣的——評李喬的〈「死胎」與我〉〉共 6 篇文章；4.
單篇集評：收錄李者佺〈忿忿不平的冥府冤魂——李喬〈孟婆湯〉〉、白冷等〈大
家談〈飄然曠野〉〉、李喬等〈生命的追求與關懷——李喬品討論會記錄〉、松永
正義著；鍾肇政譯〈八十年代的臺灣文學（摘錄）〉、若林正文著；葉石濤譯〈現

代史沃野初探（摘錄解說「小說」部分）〉、鄭清文〈文學作品的社會性與藝術性〉、岡崎郁子著；江上譯〈臺灣文學的香火——李喬〉、吳錦發〈略談三位臺灣作家小說中的性〉、洪醒夫〈偉大的同情與大地的鄉愁——李喬訪問記〉、黃武忠〈我的小說寫作觀——訪李喬先生〉〈人性探討者——李喬訪問記〉、王昭文〈追尋臺灣的心靈——拜訪李喬〉、陳銘城〈把文學創作駛進歷史的港灣〉、陳銘城〈期待平等公義的終極關懷〉、鍾鐵民〈李喬印象記〉共 15 篇文章；5.年表‧軼失的小說‧評論引得：收錄莫渝整理〈李喬生平暨寫作年表〉、編輯部〈軼失的小說〉、許素蘭編，李喬增訂〈李喬小說評論引得〉共 3 篇文章。

3. 盧翁美珍　　神祕鱒魚的返鄉夢：李喬「寒夜三部曲」人物透析　臺北　萬卷樓　2006 年 1 月　335 頁

本論文使用榮格的心理分析法分析對《寒夜》、《荒村》、《孤燈》進行作品及人物分析。全文共 6 章：1.緒論；2.「寒夜三部曲」之主題；3.「寒夜三部曲」重樣人物心理分析；4.「寒夜三部曲」人物形象描繪；5.「寒夜三部曲」人物建構主題的方式；6.結論。正文前有鄭清文〈序〉、陳建忠〈後殖民歷史文本與研究者的歷史意識（代序）〉，正文後附錄〈李喬訪問稿——有關「寒夜三部曲」寫作〉、〈李喬著作類別一覽表〉。

4. 姚榮松、鄭瑞明　　李喬的文學與文化論述：第五屆臺灣文化國際學術研討會論文集　臺北　臺灣師範大學臺灣文化及語言文學研究所　2007 年 12 月

本書為「第五屆臺灣文化國際學術研討會」論文集，分上、下兩冊。「上冊」共有：三木直大著，陳玫君譯〈李喬文學中的現代性‧鄉土性‧大眾性〉、鄭清文〈從李喬小說談如何建立臺灣文學〉、李永熾〈他者的文化、文化的自我——李喬的文化論述〉、周慶塘〈李喬作品所呈現的文化意義——以八〇年代短篇小說為例〉、張修慎〈臺灣知識份子李喬的文化論述——與戰前「臺灣文化」論述的接軌〉、游勝冠〈等待理論化的後殖民思考——論李喬的《臺灣人的醜陋面》〉、山田敬三〈關於李喬先生的自我檢討〉、盛鎧〈共同體的失落——李喬〈兇手〉中的社會悲劇〉、陳龍廷〈一座臺灣文學聖山的追尋——李喬〈泰姆山記〉的互文性解讀〉、陳建忠〈李喬《埋冤一九四七埋冤》與林燿德《一九四七高砂百合》的「二二八」歷史小說比較〉、李進益〈異筆同書臺灣情——李喬、鄭清文小說比較〉、錢鴻鈞〈從批評《插天山之歌》到創作〈泰姆山記〉——論李喬的傳承與定位〉12 篇文章；「下冊」共有：杜國清〈從李喬作品探討臺灣文學外譯問題〉、紀俊龍〈李喬《重逢——夢裡的人》探析〉、許素蘭〈文學，作為一種自傳——《重逢—

—夢裡的人‧李喬短篇小說後傳》的「後設」意圖〉、陳國偉〈從語言復調到民族
想像——李喬《埋冤一九四七埋冤》的歷史敘事與再現〉、趙映顯〈李喬,〈小
說〉裡殖民地記憶〉、劉慧真〈文化論述的社會實踐——影音李喬初探〉、林開
忠、李舒中〈李喬「反抗」論述的探索——兼論臺灣的殖民性問題〉、彭瑞金〈生
命的救贖,還是歷史的釋放?——《埋冤一九四七埋冤》的再探索〉、賴松輝〈現
代主義與李喬早期的小說〉、楊翠〈「大地母親」的多重性——論李喬《寒夜三部
曲》、《情天無恨》、《藍彩霞的春天》中的女性塑像〉、邱子修〈醒悟還是了
悟?——《白蛇傳》文本互涉的跨文化評析〉、廖淑芳〈「風」與「諷」——由李
喬作品的鬼敘事論其風土書寫及現代轉折〉、陸敬思〈臺灣歷史上一個社區的發展
——分析李喬的《寒夜三部曲》〉、馮建彰〈臺灣現代性的未竟之業——以民族誌
書寫的角度解讀李喬評論及其文化批評的技術〉14 篇文章。正文前有姚榮松〈閱讀
無數山‧重逢新李喬——序《李喬的文學與文化論述》〉、鄭瑞明〈新時代、新思
維、新文化——為《第五屆臺灣文化國際學術研討會:李喬的文學與文化論述論文
集》序〉,正文後附有〈第五屆臺灣文化國際學術研討會——李喬的文學與文化論
述‧會議議程〉。

5. **許素蘭　　給大地寫家書——李喬　臺北　典藏藝術家公司　2008 年 12 月**
   189 頁

本書為李喬傳記,全書共 7 章:1.孤冷荒村的童年歲月(1934—1945);2.乾癟的種
子播植肥沃的原野(1946—1954);3.孤單啊!這個世界,這個曠野!(1955—
1965);4.短篇小說盛產時期(1966—1975);5.蕃薯林,故鄉,臺灣,也是一種阿
姆(1976—1984);6.莎喲娜啦,亞細亞的孤兒(1985—1995);7.桐花盛開,一片
雪白(1996—)。正文後附錄〈參考引用(篇)目〉、〈李喬生平及寫作年表〉、
〈李喬著作書目〉。

6. **楊淇竹　　跨領域改編:「寒夜三部曲」及其電視劇研究　臺北　秀威資訊科**
   技公司　2010 年 11 月　316 頁

本書為學位論文出版,由《寒夜》電視劇改編之忠實度比較出發,研究影劇文本的
視覺感官之跨界交流,分析導演如何用影像詮釋李喬獨特的書寫風格,並深入探究
人物情愛、認同思想、歷史敘事、臺灣文化等主題。全文共 7 章:1.緒論;2.「寒夜
三部曲」與其電視劇之創作背景;3.《寒夜》電視劇之情愛敘事;4.《寒夜》電視劇
之地方認同形塑;5.《寒夜》電視劇之歷史符號再現;6.《寒夜》電視劇之臺灣文化
傳播;7.結論。正文前有李魁賢〈推薦序——「寒夜三部曲」及其電視據研究〉,正
文後有〈夏,一個美麗的開始〉,附錄〈李喬與《寒夜》電視劇之對話〉。

7. 真理大學人文學院臺灣文學系　　第十四屆臺灣文學家牛津獎暨李喬文學學術研討會資料彙集　臺北　真理大學人文學院臺灣文學系　2011 年 6 月

本書爲 2010 年 12 月 18 日舉辦之研討會論文彙集。全書共 7 篇論文：申慧豐〈未完成的臺灣（人）・受詛咒的臺灣（人）——李喬《咒之環》初探〉、蔡造珉〈論李喬《咒之環》的創作意念與寫作手法〉、黃小民〈在《重逢》之前——李喬後設小說的創作軌跡〉、丁威仁〈李喬小說理論初探——以《小說入門》爲討論主軸〉、陳依婷〈以榮格的理論建構李喬的潛意識世界〉、聶雅婷〈由《寒夜三部曲》看李喬「主體際性」的建構〉、楊淇竹〈誰的土地？誰的歸屬？——賽珍珠《大地》與李喬《寒夜》之文本比較〉。正文前有〈臺灣文學家牛津獎講詞〉、陳依婷編〈李喬・文學之路〉、〈會議議程表〉，正文後有〈頒獎及大會照片〉、〈捐款芳名〉、〈人員資料〉、〈執行工作小組〉、〈出版資訊〉。

學位論文

8. 賴松輝　　李喬「寒夜三部曲」研究　成功大學歷史語言研究所　碩士論文　呂興昌教授指導　1991 年 6 月　191 頁

本論文從探討作者對歷史事件的特殊詮釋意義、分析小說的內容形式及在臺灣文學史裡作者所承襲與突破傳統的創新手法等，透過此三條徑路對「寒夜三部曲」進行研究。全文共 5 章：1.文類研究；2.主題研究；3.語言、結構研究；4.人物研究；5.結論。

9. 王淑雯　　大河小說與族群認同——以《臺灣人三部曲》、「寒夜三部曲」、《浪淘沙》爲焦點的分析　臺灣大學社會學系　碩士論文　蕭新煌教授指導　1994 年 7 月　121 頁

本論文從族群認同角度切入，試圖勾勒出小說文本及社會脈絡中臺灣意識與中國意識之變遷，以及小說與社會之間在族群認同上所可能產生的互動。全文共 5 章：1.導論；2.悲劇英雄的鄉土悲歌；3.從亞細亞孤兒的哭聲中覺醒——「寒夜三部曲」的分析；4.在歷史的裂痕中求存——剖析《浪淘沙》；5.結論。

10. 徐碧霞　　李喬小說《情天無恨——白蛇新傳》新意探論　真理大學臺灣文學系　學士論文　彭瑞金教授指導　2001 年 5 月　47 頁

本論文選擇李喬在「寒夜三部曲」出版之後所撰寫的《情天無恨》爲主題，探析李喬在歷史的寫實與悲情之外所展現的深層人生省思、廣闊的文化思考以及李喬在本

書所展現的對小說形式與技巧的創新。全文共 3 章：1.《情天無恨》與《警世通言》〈白娘子永鎭雷峰塔〉主題比較；2.《情天無恨》的創意表現；3.結論。正文後附錄〈李喬作品評論表〉、〈李喬作品年表〉。

11. 盧昶佐　　李喬小說《痛苦的符號》主題研究　真理大學臺灣文學系　學士論文　李喬教授指導　2001 年 5 月　55 頁

本論文選擇李喬早年較不爲人知的小說《痛苦的符號》作主題，探得此作獨特的價值及其所代表的作者人生階段之展現與自我成長之標記。全文共 3 部分，1.緒論：研究動機、研究方法、作者介紹；2.本論：自我的虛無、愛與恨、法與罪；3.結論：逃避與超越。

12. 劉純杏　　李喬長篇小說研究　中山大學中國文學系　碩士論文　蔡振念教授指導　2002 年 6 月　191 頁

本論文首先探討李喬長篇小說的主題思想，繼以敘事學探討小說的敘事模式與故事，以歸結李喬長篇小說的創作發展與風格特色──深刻的思想、創新的寫作手法、二元對立的語義、人物形象單一化、先行概念強烈。全文共 6 章：1.緒論；2.李喬長篇小說的主題思想；3.李喬長篇小說的敘事模式；4.李喬長篇小說的故事；5.李喬長篇小說的創作發展與風格特色；6.結論。正文後附錄〈李喬生平寫作年表〉。

13. 紀俊龍　　李喬短篇小說研究　逢甲大學中國文學系　碩士論文　余美玲，陳俊啓教授指導　2003 年 6 月　343 頁

本論文以李喬現存的短篇小說作爲研究主體，對其短篇小說進行全盤的探究與分析，從作品中的主題、形式、創作精神等進行分析與探究。全文共 6 章：1.緒論；2.李喬創作的外緣因素；3.李喬短篇小說的主題；4.李喬短篇小說的形式；5.李喬小說中藝術人文的視野；6.結論。

14. 黃琦君　　李喬文學作品中的客家文化研究　新竹師範學院臺灣語言與語文教育研究所　碩士論文　范文芳教授指導　2003 年 6 月　222 頁

本論文以李喬的「寒夜三部曲」爲主，短篇小說中具客家文化的文學內容爲輔，涵蓋物質文化、行爲文化、精神文化以及語言文化 4 個文化面向，論述客家生活與禮俗、客家歷史、客家女性以及客家語彙。全文共 8 章：1.緒論；2.李喬生平及其文學作品；3.李喬的文化觀；4.李喬文學作品中的客家女性描述；5.李喬文學作品中客家語彙的運用；6.李喬文學作品中的客家歷史；7.李喬文學作品中的客家生活面向；8.結論。正文後附錄〈李喬寫作年表與生平事蹟〉。

15. 吳慧貞　　李喬短篇小說主題思想與象徵藝術研究　東海大學中國文學系　碩
　　　　士論文　李金星教授指導　2004 年 6 月　218 頁

本論文以李喬短篇小說為主要對象，輔以其生長經驗所內化成潛意識的思想為研究
主軸，分析李喬短篇小說的主題，並探析其與短篇小說人物關係的象徵意涵。全文
共 5 章：1.緒論；2.李喬生平及其創作；3.李喬短篇小說的主題思想；4.李喬短篇小
說的象徵藝術；5.結論。正文後附錄〈李喬短篇小說評論資料表〉。

16. 盧翁美珍　　李喬「寒夜三部曲」人物研究　彰化師範大學國文學系　碩士論
　　　　文　彭維杰教授指導　2004 年 6 月　347 頁

本論文以李喬長篇小說「寒夜三部曲」——《寒夜》、《荒村》、《孤燈》為主要
範圍，旁參短篇小說相關作品及評論，再以批評方法、心理學理論加以分析。關於
人物之心理描寫及外在型塑，另以小說理論、技巧和文學評論分析探討。全文共 6
章：1.緒論；2.「寒夜三部曲」之主題；3.「寒夜三部曲」重要人物心理分析；4.
「寒夜三部曲」人物形象描繪；5.「寒夜三部曲」人物建構主題的方式；6.結論。
正文後附錄〈李喬訪問稿——有關「寒夜三部曲」寫作〉、〈日據時期臺灣、南洋
歷史大事年表及小說人物繫年〉、〈有關「寒夜三部曲」之報章、期刊評論或報
導〉、〈有關李喬身世背景、文學理念之評論、報導或採訪〉、〈李喬著作類別一
覽表〉。

17. 楊明慧　　臺灣文學薪傳的一個案例——由吳濁流到鍾肇政、李喬　東海大學
　　　　中國文學系　碩士論文　魏仲佑教授指導　2004 年 10 月　145 頁

本論文從文學史的角度，以「文學的薪傳」核心，探討吳濁流、鍾肇政及李喬三者
之間的承襲、互相影響的關係。全文分 5 章：1.緒論；2.吳濁流及其文藝心靈；3.
《臺灣文藝》與「吳濁流文學獎」；4.文學工作的繼承人——鍾肇政、李喬；5.結
論。

18. 鄭雅文　　李喬短篇小說研究　臺灣師範大學國文學系在職進修碩士班　碩士
　　　　論文　沈謙教授指導　2004 年　160 頁

本論文以李喬的童年經驗出發，尋繹其故鄉的自然、社會環境及家庭背景，為李喬
文學啟蒙、文學觀所奠下的礎石；再以「史」的處理方式，將李喬的創作生涯分為
3 期：探索期、全盛期、轉變期，藉此掌握李喬長達 40 年短篇作品的整體面貌，
並藉著各分期風格轉變的討論，展現李喬短篇小說不同的特色。全文共 7 章：1.緒
論；2.文學的起點；3.心靈夢魘；4.作品分期研究（一）：探索期；5.作品分期研究
（二）：全盛期；6.作品分期研究（三）：轉變期；7.結論。正文後附錄〈李喬年

表〉。

19. 劉奕利　　臺灣客籍作家長篇小說中女性人物研究——以吳濁流、鍾理和、鍾肇政、李喬所描寫日治時期女性爲主　高雄師範大學國文學系　碩士論文　李若鶯教授指導　2005 年 7 月　393 頁

本論文以吳濁流《亞細亞的孤兒》、鍾理和《笠山農場》、鍾肇政「濁流三部曲」及《臺灣人三部曲》、李喬「寒夜三部曲」爲主，探討日治時期（1895—1945）及其前後的女性人物的形象、主要性格和自身境遇的理解及其反應，分析客家男作家筆下形成女性的共相與殊相的創作特色，並分析客籍作家與非客籍作家之間的差異。全文共 5 章：1.緒論；2.生命源頭的母親；3.蓬草飄飛的童養媳；4.勞動階層的女性；5.知識階層的女性。

20. 張令芸　　土地與身分的追尋——李喬「寒夜三部曲」　銘傳大學應用中國文學系　碩士論文　徐麗霞教授指導　2006 年 6 月　360 頁

本論文採一般性主題研究法，以客家族群做爲切入角度，針對「土地追尋」和「身分追尋」兩大主題進行研究，並用歷史研究法整理出李喬成長的經歷與創作階段；並比對李喬其他著作，歸納出他的思維模式與主體意識。最後，探究李喬如何運用文學的方法，表達「土地與身分的追尋」主題，其用心之所在與其小說產生的效用。全文共 7 章：1.緒論；2.李喬及「寒夜三部曲」；3.客家遷移史與客家移民的人文風貌；4.土地的追尋與認同——從移民到住民；5.身分的追尋與認同——從失落到覺悟；6.「寒夜三部曲」「追尋」主題呈現之形式技巧；7.結論。

21. 顏鳳蘋　　從《埋冤 1947 埋冤》史料應用看二二八事件與當時的臺灣社會　中山大學中國文學系　碩士論文　龔顯宗教授指導　2007 年 5 月　158 頁

本文以《埋冤 1947 埋冤》此書爲本，探究二二八事件的面貌，並歸納事件的起因。全文共 8 章：1.緒論；2.二二八事件發生始末；3.事件發生後各地的衝突狀況；4.臺籍菁英的殞滅；5.事件發生的政治因素；6.事件發生的經濟因素；7.事件發生的社會文化因素；8.結語。

22. 陳鵬翎　　李喬短篇政治小說研究　臺南大學國語文學系　碩士論文　李漢偉教授指導　2007 年 6 月　179 頁

本論文主要以李喬短篇政治小說爲研究範圍，旁及其文化論述的文化、政治觀，且藉由歷史的見證，一覽李喬對臺灣所付出的愛與堅持。全文共 6 章：1.緒論；2.李

喬短篇政治小說創作的外緣探究；3.李喬短篇政治小說創作的內涵探討；4.李喬短篇政治小說創作的批判精神；5.李喬短篇政治小說創作的隱喻探索；6.結論。

23. 丁世傑　　臺灣家族敘事的記憶與認同　臺北教育大學臺灣文學研究所　碩士論文　趙天儀教授指導　2007 年 6 月　201 頁

本文以吳濁流《亞細亞的孤兒》、庄司總一《陳夫人》、鍾肇政《臺灣人三部曲》、李喬《寒夜三部曲》以及李榮春《八十大壽》、《鄉愁》等作爲文本，檢視其家族敘事所表現的歷史記憶與認同意識。全文共 5 章：1.緒論；2.殖民地經驗：吳濁流與庄司總一的認同小說；3.主體性的建構：鍾肇政與李喬的大河小說；4.記憶的呼喚：李榮春的懷舊小說；5.結論。

24. 王瓊慧　　李喬小說人物分析──以《慈悲劍──李喬短篇小說自選集》、《李喬短篇小說精選集》、《李喬集》爲主　屏東教育大學中國語文學系　碩士論文　曾進豐教授指導　2008 年 7 月　193 頁

本論文以李喬的短篇小說中的人物爲主要探討對象，論述文本主題與藝術特色，歸納其中的女性、男性以及精神異常者並加以分析。共 7 章：1.緒論；2.作者與作品；3.李喬短篇小說的特色；4.李喬小說中的男性；5.李喬小說中的女性；6.李喬小說中的精神異常者；7.結論。

25. 蔡佳玲　　歷史、傷痕、二二八──李喬後殖民歷史小說《埋冤一九四七埋冤》研究　清華大學臺灣文學研究所　碩士論文　陳建忠教授指導　2008 年 8 月　81 頁

本論文以《埋冤 1947 埋冤》定位爲後殖民歷史小說並分析其主題，再以文本中的寫實手法與意識流手法等角度論其美學，剖析林志天、葉貞子以及屠殺者等人物，討論其所探究的二二八歷史意義與創作意識。全文共 6 章：1.緒論；2.臺灣歷史小說發展與李喬後殖民歷史小說；3.認同政治、文化差異與創傷經驗──《埋冤一九四九埋冤》的主題分析；4.重返現場的「照相寫實」──《埋冤一九四七埋冤》的美學分析；5.《埋冤一九四七埋冤》的人物形象分析；6.結論：《埋冤一九四七埋冤》於臺灣歷史小說發展史上之定位。

26. 王志仁　　臺灣客家小說移民書寫之探究──以吳濁流、鍾理和、鍾肇政、李喬作品爲例　高雄師範大學客家文化研究所　碩士論文　彭瑞金教授指導　2009 年 1 月　150 頁

本論文以文本及史料分析作爲論述方法，比較吳濁流《亞細亞的孤兒》、鍾理和

《原鄉人》、鍾肇政《沉淪》、李喬《寒夜》4 部小說中的移民形象。全文共 6 章：1.緒論；2.臺灣客家小說移民書寫──吳濁流作品中的漢民族意識與殖民地命運衝擊；3.臺灣客家小說移民書寫──鍾理和的為愛遠走原鄉；4.臺灣客家小說移民書寫──鍾肇政筆下被外力擠迫出來的住民意識；5.臺灣客家小說移民書寫──李喬撰寫《寒夜》裡不能回頭的移民；6.結論。

27. 楊淇竹　　「寒夜三部曲」電視劇研究──文本書寫到影像傳播之跨媒體比較　中正大學臺灣文學研究所　碩士論文　邱子修教授指導　2009 年 1 月　258 頁

本論文從《寒夜》電視劇改編之忠實度比較出發，研究影劇文本的視覺感官之跨界交流，分析導演如何用影像詮釋李喬獨特的書寫風格，並深入探究人物情愛、認同思想、歷史敘事、臺灣文化等主題。全文共 7 章：1.緒論；2.「寒夜三部曲」與其電視劇之創作背景；3.《寒夜》電視劇之情愛敘事；4.《寒夜》電視劇之認同形塑；5.《寒夜》電視劇之歷史符號再現；6.《寒夜》電視劇之臺灣文化傳播；7.結論。正文後附錄〈李喬與《寒夜》電視劇之對話〉、〈《寒夜》、《寒夜續曲》導演簡介〉、〈背景音樂簡介〉。

28. 陳美滿　　李喬短篇小說之女性人物研究　臺南大學國語文學系教學碩士班　碩士論文　李漢偉教授指導　2009 年 6 月　261 頁

本論文以李喬短篇小說中的女性人物為主，分析其刻畫女性的外在與內心以論其寫作技巧，且藉由其同情女性遭遇、期待女性新精神等論述李喬對女性的關懷。全文共 6 章：1.緒論；2.李喬及其短篇小說；3.李喬短篇小說中女性人物的描寫技巧；4.李喬短篇小說中女性人物的類型分析；5.李喬短篇小說中的女性關懷；6.結論。正文後附錄〈李喬短篇小說之女性人物總表〉。

29. 黃雅慧　　李喬短篇小說人物研究　高雄師範大學回流中文碩士班　碩士論文　林文欽教授指導　2009 年 6 月　239 頁

本論文以李喬短篇小說為文本，歸納並分析生活的反抗、親情等主題，並分別剖析其女性角色、瘋癲者等人物形象，再論述其人物刻畫技巧。全文共 7 章：1.緒論；2.作者與作品；3.李喬短篇小說的特色；4.李喬小說中的男性；5.李喬小說中的女性；6.李喬小說中的精神異常者；7.結論。正文後附錄〈李喬生平著作年表〉、〈李喬相關作品評論〉。

30. 楊傳峰　　「寒夜三部曲」女性角色研究　中正大學臺灣文學所　碩士論文　徐志平教授指導　2010 年 6 月　126 頁

本論文以李喬「寒夜三部曲」為研究文本，探討小說中燈妹、阿強婆、昂妹、福興嫂等女性，試圖透過作者的生平探究角色被創造的背景及特質，並對燈妹的生命歷程分期剖析，闡述其描繪女性的手法。全文共 6 章：1.緒論；2.作者、作品與創作歷程；3.燈妹的角色扮演析論；4.周邊女性人物析論；5.「寒夜三部曲」塑造女性形象的手法；6.結論。

31. 李展平　太平洋戰爭書寫——以陳千武《活著回來》、李喬《孤燈》、東方白《浪淘沙》為論述場域　中興大學臺灣文學研究所　碩士論文　楊翠教授指導　2010 年 7 月　128 頁

本論文以陳千武《活著回來》、李喬《孤燈》和東方白《浪淘沙》中的〈沙〉篇為探討文本，分別論述作品中歷史元素、敘述結構、表現手法，闡述人物在小說中的位置與角色，歸納其共通的歷史關懷及人性思索。全文共 5 章：1.緒論；2.陳千武《活著回來》的太平洋戰爭書寫；3.李喬《孤燈》的太平洋戰爭書寫；4.東方白《浪淘沙》的太平洋戰爭書寫；5.結論——邊緣發聲與戰爭敘述。正文後附錄〈陳千武訪問稿〉、〈李喬訪問稿〉、〈臺籍軍屬在呂宋島逃難過程之相關檔案〉、〈原住民薰空挺隊〉、〈北婆羅洲古晉俘虜營之相關檔案〉、〈東方白《浪淘沙》終戰後日軍乞討照片〉、〈日軍國際戰犯關押在東京巢鴨監獄相關檔案〉、〈原住民出草之相關檔案〉、〈大東亞戰局圖與大東亞共榮圈交通略圖〉。

32. 邱如君　李喬《藍彩霞的春天》中娼妓形象與反抗哲學之研究　中興大學臺灣文學研究所　碩士論文　陳建忠教授指導　2010 年 7 月　105 頁

本論文以《藍彩霞的春天》為分析文本，研究娼妓外部形象與內心轉折，探討其所受到的壓迫與剝削，再剖析李喬如何藉由娼妓這一從屬性的位階展演其反抗哲學。全文共 6 章：1.緒論；2.變調的青春：藍氏姐妹的娼妓形象；3.他／她們的荒謬劇：於娼妓場域中衍生的圖像與對話；4.說悖德太沉重：藍氏姐妹的愛／慾與沉淪；5.賤骨與反骨的越界操演：娼妓之從屬性與反抗哲學之辯證；6.結論。

33. 吳欣怡　敘史傳統與家國圖像：以呂赫若、鍾肇政、李喬為中心　清華大學中國文學系　碩士論文　祝平次，柳書琴教授指導　2010 年 7 月　159 頁

本論文以呂赫若、鍾肇政、李喬的歷史小說為主要研究文本，於歷史記憶及文化認同上，從文類生產、國族想像、作家心靈等面向，探析不同世代臺灣作家的歷史書寫。全文共 5 章：1.緒論；2.1940 年代「臺灣」敘史欲求的浮顯；3.大河小說登場與敘史傳統的確立；4.大河小說中的家國圖像；5.結論。

34. 楊素萍　李喬「寒夜三部曲」之客家女性形象研究——以葉燈妹爲核心　中興大學臺灣文學研究所　碩士論文　朱慧足教授指導　2010 年 11 月　72頁

本論文以李喬小說「寒夜三部曲」中的人物葉燈妹作爲研究核心，探討臺灣客家女性形象。全文共 5 章：1.緒論；2.「寒夜三部曲」歷史背景下的客家女性；3.童養媳與贅婚習俗下的客家女性：以葉燈妹爲例；4.人際互動下的客家女性：以葉燈妹生長的彭家家族爲例；5.結論。

35. 許雅卿　李喬〈泰姆山記〉研究　臺東大學華語文學系　碩士論文　林雅玲，董恕明教授指導　2008 年 8 月　167頁

本論文探討李喬短篇小說〈泰姆山記〉創作理念及藝術表現。全文共 5 章：1.緒論；2.李喬與〈泰姆山記〉；3.〈泰姆山記〉角色原型分析；4.〈泰姆山記〉原型結構分析；5.結論。正文後附錄〈李喬專訪〉、〈李喬回答林麗君教授〈泰姆山記〉相關問題〉。

36. 張怡寧　歷史記憶建構的「民族」意涵：李喬臺灣歷史書寫的認同流變與文學展演　清華大學臺灣文學研究所　碩士論文　陳建忠教授指導　2011 年 2 月　243頁

本論文以李喬的歷史文學書寫作爲討論核心，探究李喬在不同時期的歷史文本書寫及其個人生命歷程的關係。全文共 8 章：1.緒論；2.劇本《羅福星》（1972）中的漢民族意識與國體想像；3.傳記文學《結義西來庵》（1977）中的抗日反思與殖民批判；4.大河小說「寒夜三部曲」（1981）中民族敘述的退位與土地意識的發揚；5.敘事長詩《臺灣，我的母親》（1986）客家意識的實踐與母語文化的認同；6.長篇小說《埋冤一九四七埋冤》（1995）中的跨時代歷史比較與批判；7.劇本《情歸大地》（2008）中國符碼的虛位化與義民史觀的確立；8.結論。正文後附錄〈李喬文學相關研究〉、〈李喬年表〉。

作家生平資料篇目

自述

37. 李　喬　與我周旋寧作我　中華日報　1974 年 1 月 18 日　9 版

38. 李　喬　與我周旋寧作我　從爬行到站立——我的生活之一　臺北　黎明文化公司　1977 年 2 月　頁 53—59

39. 李　喬　　與我周旋寧作我　李喬短篇小說全集‧資料彙編　苗栗　苗栗縣立
文化中心　2000 年 1 月　頁 16—22

40. 李　喬　　序　恍惚的世界　高雄　三信出版社　1974 年 4 月　頁 1—2

41. 李　喬　　自傳　李喬自選集　臺北　黎明文化公司　1975 年 5 月　頁 1—3

42. 李　喬　　後記　孤燈　臺北　遠景出版公司　1979 年 10 月　頁 517—518

43. 李　喬　　自序　心酸記　臺北　東大圖書公司　1980 年 10 月　頁 1—2

44. 李　喬　　序　寒夜　臺北　遠景出版公司　1980 年 10 月　頁 1—3

45. 李　喬　　窮山月明　民眾日報　1980 年 12 月 26 日　12 版

46. 李　喬　　窮山月明　李喬短篇小說全集‧資料彙編　苗栗　苗栗縣立文化中
心　2000 年 1 月　頁 23—31

47. 李　喬　　我看「臺灣文學」　臺灣文藝　第 73 期　1981 年 7 月　頁 205—
213

48. 李　喬　　我看「臺灣文學」　李喬短篇小說全集‧資料彙編　苗栗　苗栗縣
立文化中心　2000 年 1 月　頁 53—62

49. 李　喬　　繽紛二十年——我的筆耕生涯（上、下）　自由日報　1981 年 10
月 3—4 日　10 版

50. 李　喬　　繽紛二十年　李喬短篇小說全集‧資料彙編　苗栗　苗栗縣立文化
中心　2000 年 1 月　頁 32—42

51. 李　喬　　後記——荒村之外　荒村　臺北　遠景出版公司　1981 年 12 月
頁 519—524

52. 李　喬　　談「歷史素材的小說」　臺灣日報　1982 年 1 月 5 日　8 版

53. 李　喬　　文學的鄉土性與世界性　臺灣文藝　第 80 期　1983 年 1 月　頁 11
—21

54. 李　喬　　臺灣文學正解　臺灣文藝　第 83 期　1983 年 7 月　頁 6—7

55. 李　喬　　臺灣文學正解　李喬短篇小說全集‧資料彙編　苗栗　苗栗縣立文
化中心　2000 年 1 月　頁 64—66

56. 李　喬　　後記　情天無恨——白蛇新傳　臺北　前衛出版社　1983 年 9 月

頁 368

57. 李　喬　　後記　情天無恨——白蛇新傳　臺北　草根出版公司　1996 年 4 月
　　　　　　　頁 409—410

58. 李　喬　　「寒夜」心曲　文訊雜誌　第 6 期　1983 年 12 月　頁 271—274

59. 李　喬　　主題的經營　臺灣日報　1984 年 3 月 4 日　8 版

60. 李　喬　　編輯報告編序　七十二年短篇小說選　臺北　爾雅出版社　1984 年
　　　　　　　3 月　頁 1—10

61. 李　喬　　一位臺灣作家的心路歷程　亞洲人　第 7 期　1984 年 11 月 15 日
　　　　　　　頁 76—80

62. 李　喬　　一位臺灣作家的心路歷程　李喬短篇小說全集・資料彙編　苗栗
　　　　　　　苗栗縣立文化中心　2000 年 1 月　頁 43—52

63. 李　喬　　後記　告密者　臺北　臺灣文藝雜誌社　1985 年 7 月　頁 310—
　　　　　　　311

64. 李　喬　　後記　告密者　臺北　自立晚報文化出版部　1986 年 12 月　頁
　　　　　　　395—397

65. 李　喬　　《兇手》出版前記——寫在《強力膠的故事》、《兇手》之前　兇
　　　　　　　手　臺北　文鏡文化公司　1985 年 12 月　〔3〕頁

66. 李　喬　　《兇手》出版前記——寫在《強力膠的故事》、《兇手》之前　強
　　　　　　　力膠的故事　臺北　文鏡文化公司　1985 年 12 月　〔3〕頁

67. 李　喬　　「小說・小說」後記　小說入門　臺北　時報文化公司　1986 年 3
　　　　　　　月　頁 309—312

68. 李　喬　　再版序　告密者　臺北　自立晚報文化出版部　1986 年 12 月　頁
　　　　　　　1—3

69. 李喬，蕭銀嬌　　作家的親密關係　中時晚報　1988 年 5 月 18 日　7 版

70. 李　喬　　「寒夜三部曲」序與序章：神秘的魚　臺灣文學入門文選　臺北
　　　　　　　前衛出版社　1989 年 10 月　頁 318—322

71. 李　喬　　小說之外（代序）　臺灣文學造型　高雄　派色文化出版社　1992

年 7 月 頁 1—6

72. 李 喬　我的文學行程和文化思考　臺灣文學造型　高雄　派色文化出版社
1992 年 7 月　頁 339—351

73. 李 喬　1993 年巫永福評論獎獲獎感言：磚頭的話　臺灣文藝　第 136 期
1993 年 5 月　頁 11—13

74. 李 喬　我又回到蕃仔林　幼獅文藝　第 474 期　1993 年 6 月　頁 40—54

75. 李 喬　實驗與好看——自序　慈悲劍　臺北　自立晚報社　1993 年 6 月
頁 1—3

76. 李 喬　《埋冤 1947 埋冤》自序之一　埋冤 1947 埋冤（上）　臺北　海洋
臺灣出版社　1995 年 10 月　頁 15—17

77. 李 喬　《埋冤 1947 埋冤》自序之二　埋冤 1947 埋冤（上）　臺北　海洋
臺灣出版社　1995 年 10 月　頁 18—21

78. 李 喬　《埋冤 1947 埋冤》後記　埋冤 1947 埋冤（下）　臺北　海洋臺灣
出版社　1995 年 10 月　頁 643—644

79. 李 喬　《小說入門》新版自序　小說入門　臺北　大安出版社　1996 年 2
月　頁 1—3

80. 李 喬　宗教內外，謙卑敬畏——序‧新版《情天無恨》　情天無恨——白
蛇新傳　臺北　草根出版公司　1996 年 4 月　頁 21—23

81. 李 喬　當代臺灣小說的「解救」表現——「救贖型」主題表現　臺灣文學
與社會——第二屆臺灣本土文化國際學術研討會論文集　臺北　臺
灣師範大學　1996 年 4 月　頁 399—401

82. 李 喬　老「青年作家」　聯合文學　第 148 期　1997 年 2 月　頁 10—11

83. 李 喬　《藍彩霞的春天》新版序　藍彩霞的春天　臺北　遠景出版公司
1997 年 7 月　頁 1—3

84. 李 喬　感恩與沉重　民眾日報　1999 年 8 月 8 日　17 版

85. 李 喬　感恩與沉重——受獎的話　文學臺灣　第 32 期　1999 年 10 月　頁
9—11

86. 李　喬　　《短篇小說全集》後記　李喬短篇小說全集・桃花眼　苗栗　苗栗縣立文化中心　1999 年 8 月　頁 243—247

87. 李　喬　　土地的苦戀——從「寒夜三部曲」談臺灣的大河小說　中央日報 1999 年 11 月 1 日　22 版

88. 李　喬　　童年夢・夢童年　李喬短篇小說全集・資料彙編　苗栗　苗栗縣立文化中心　2000 年 1 月　頁 11—12

89. 李　喬　　序　結義西來庵——噍吧哖事件　臺南　臺南縣文化局　2000 年 5 月　頁 22—25

90. 李喬演講；莊琬華記　　一篇小說的寫作過程　中央日報　2000 年 7 月 28 日 22 版

91. 李　喬　　悠然向黃昏——寫在《李喬短篇小說精選集》出版前　聯合報 2000 年 9 月 12 日　37 版

92. 李　喬　　悠然向黃昏——自序《李喬短篇小說精選集》　李喬短篇小說精選集　臺北　聯經出版公司　2000 年 11 月　頁 1—3

93. 李　喬　　恩感知己，書貽後人——序《大地之母》　自由時報　2001 年 3 月 26 日　35 版

94. 李　喬　　恩感知己，書貽後人——序《大地之母》　李喬文學文化論集（二）　苗栗　苗栗縣文化局　2007 年 10 月　頁 81—84

95. 李　喬　　心田上四座靈位　自由時報　2001 年 5 月 10 日　39 版

96. 李　喬　　心田上四座靈位　李喬文學文化論集（二）　苗栗　苗栗縣文化局 2007 年 10 月　頁 121—123

97. 李　喬　　一種遺書　臺灣日報　2001 年 5 月 15 日　31 版

98. 李　喬　　寒夜孤燈（上、下）　中國時報　2002 年 3 月 3—4 日　39 版

99. 李　喬　　寒夜荒村一孤燈　李喬文學文化論集（二）　苗栗　苗栗縣文化局 2007 年 10 月　頁 308—312

100. 李　喬　　李喬序——千載餘情　鍾肇政全集・書簡集 3　桃園　桃園縣文化局　2002 年 11 月　頁 4—6

101. 李　喬　　「寒夜三部曲」概要　寒風的啓示　苗栗　苗栗縣文化局　2003
　　　　　　　　年12月　頁7—14

102. 李　喬　　序章　重逢——夢裡的人：李喬短篇小說後傳　臺北　印刻出版
　　　　　　　　公司　2005年4月　頁5—8

103. 李　喬　　飄然曠野（代後記）　重逢——夢裡的人：李喬短篇小說後傳
　　　　　　　　臺北　印刻出版公司　2005年4月　頁295—300

104. 李　喬　　最古早的闔家照　文訊雜誌　第235期　2005年5月　頁50

105. 李　喬　　「歷史素材小說」寫作經驗談　文訊雜誌　第246期　2006年4
　　　　　　　　月　頁54—57

106. 李　喬　　文學與土地　李喬文學文化論集（一）　苗栗　苗栗縣文化局
　　　　　　　　2007年10月　頁227—228

107. 李　喬　　我的「文化追尋」（代序）　李喬文學文化論集（二）　苗栗
　　　　　　　　苗栗縣文化局　2007年10月　頁3—5

108. 李　喬　　寫作的神秘經驗　李喬文學文化論集（二）　苗栗　苗栗縣文化
　　　　　　　　局　2007年10月　頁124—126

109. 李　喬　　十七十八少年歲月　李喬文學文化論集（二）　苗栗　苗栗縣文
　　　　　　　　化局　2007年10月　頁202—208

110. 李　喬　　小說改編的惡夢　李喬文學文化論集（二）　苗栗　苗栗縣文化
　　　　　　　　局　2007年10月　頁283—285

111. 李　喬　　序篇[1]　咒之環　臺北　印刻文學生活雜誌出版公司　2010年7月
　　　　　　　　頁9—21

112. 李　喬　　後記　咒之環　臺北　印刻文學生活雜誌出版公司　2010年7月
　　　　　　　　頁351

113. 李　喬　　談《咒之環》　第十四屆臺灣文學家牛津獎暨李喬文學學術研討
　　　　　　　　會　臺北　真理大學人文學院臺灣文學系　2010年12月18日

---

[1]本文爲李喬自述從過往至現今書寫多部長篇小說的歷程，於史料的探索中尋找自我，這個「我」
既身處歷史事件的現場，亦爲旁觀者，時而合一時而分開，而敘述觀點的「你、我、他」皆爲
「我」的變形。

114. 李喬講；張俐璇記　　李喬：小說形式的追求　文訊雜誌　第 309 期　2011 年 7 月　頁 74—77

115. 李　喬　　我的文學路與讀書心得　文學臺灣　第 79 期　2011 年 7 月　頁 254—260

他述

116. 〔鍾肇政編〕　　李喬　本省籍作家作品選集 5　臺北　文壇社　1965 年 10 月　頁 84

117. 鄭清文　　飛翔的人——李喬　純文學　第 49 期　1971 年 1 月　頁 109

118. 鄭清文　　飛翔的人　純文學好小說（上）　臺北　純文學出版社　1982 年 7 月　頁 24

119. 〔書評書目〕　　李喬　書評書目　第 14 期　1974 年 6 月　頁 90—91

120. 鍾鐵民　　李喬印象記　臺灣文藝　第 57 期　1978 年 1 月　頁 65—69

121. 鍾鐵民　　李喬印象記　李喬短篇小說全集・資料彙編　苗栗　苗栗縣立文化中心　2000 年 1 月　頁 326—331

122. 陳文興　　對臺灣作家的敬愛和期待——序李喬短篇小說集《告密者》　告密者　臺北　臺灣文藝雜誌社　1985 年 7 月　頁 2—4

123. 〔深根週刊〕　　臺灣文學界又傳騷動——李喬、李昂相繼向法院提出控告　深根週刊　第 2 期　1986 年 3 月 10 日　頁 60—61

124. 〔編輯部〕　　壹闡提　終戰的賠償（臺灣現代小說選 2）　臺北　名流出版社　1986 年 8 月　頁 153

125. 〔編輯部〕　　李喬　三腳馬（臺灣現代小說選 3）　臺北　名流出版社　1986 年 8 月　頁 133

126. 林雙不　　臺灣國寶——李喬　大聲講出愛臺灣　臺北　前衛出版社　1989 年 2 月　頁 122—124

127. 吳　毅　　凝視的年代——關於作家李喬的生命側記　客家　第 41 期　1991 年 7 月　頁 54—61

128. 阿　圖　　光明教主李喬　穿幫小報告　高雄　五千年出版社　1991 年 8 月

頁 32—36

129. 陳銘城　履歷表——期待平等公義的終極關懷　自立晚報　1993 年 5 月 17 日　13 版

130. 陳銘城　期待平等公義的終極關懷　李喬短篇小說全集・資料彙編　苗栗 苗栗縣立文化中心　2000 年 1 月　頁 324—325

131. 陌上塵　臺灣新文化的守護者——典型的硬漢子李喬先生素描（上、中、下）　民眾日報　1994 年 10 月 1—3 日　25 版

132. 陌上塵　文化運動的領航者——李喬　臺灣日報　1994 年 10 月 3 日　25 版

133. 陌上塵　文化運動的領航者——李喬　臺灣時報　1995 年 8 月 17 日　22 版

134. 魏貽君　真的，我妒忌李喬　中國時報　1995 年 10 月 8 日　39 版

135. 三　慧　引嬌妻之名成文壇巨柱　聯合晚報　1995 年 10 月 15 日　15 版

136. 邱　婷　李喬、東方白、林衡哲三人行　中央日報　1995 年 11 月 19 日 15 版

137. 蘇惠昭　李喬：尋找一條心靈安適之路，從佛陀到基督　臺灣時報　1996 年 4 月 27 日　28 版

138. 曾意芳　擁抱文學，李喬願吐盡蠶絲　中央日報　1996 年 5 月 9 日　7 版

139. 彭瑞金　泥沼中的臺灣文學〔李喬部分〕　臺灣日報　1997 年 5 月 25 日 23 版

140. 湯芝萱　李喬、柏楊擔任師大駐校作家　1996 臺灣文學年鑑　臺北　行政院文建會　1997 年 6 月　頁 117

141. 劉湘吟　臺灣新文化推動者——李喬　新觀念　第 107 期　1997 年 7 月 頁 32—43

142. 邱怡瑄　　人物動態——李喬著力描繪臺灣文化　文訊雜誌　第 143 期 1997 年 9 月　頁 55

143. 〔中國時報〕　李喬簡介　中國時報　1998 年 10 月 20 日　37 版

144. 林錦坤　　李喬舉行新書發表會　臺灣日報　2000 年 4 月 13 日　32 版

145. 鄭清文　　獲榮譽臺灣文化博士李喬，行動派的人　自立晚報　2000 年 8 月 9 日　17 版

146. 曹銘宗　　李喬用客語介紹臺灣文學之美　聯合報　2000 年 8 月 10 日　14 版

147. 鄭清文　　賀李喬獲榮譽博士　小國家大文學　臺北　玉山社出版公司 2000 年 10 月　頁 120—124

148. 林衡哲　　臺灣大河小說的代表性人物——李喬　自立晚報　2001 年 4 月 3 日　17 版

149. 林衡哲　　大河小說家——李喬　廿世紀臺灣代表性人物（上）　臺北　望春風文化公司　2001 年 4 月　頁 96—98

150. 許素蘭　　在修羅的道場——雙面壹闡提　廿世紀臺灣代表性人物（上）臺北　望春風文化公司　2001 年 4 月　頁 109—118

151. 鍾肇政　　寒夜孤燈話李喬　鍾肇政全集・隨筆集 3　桃園　桃園縣文化局 2001 年 4 月　頁 631—634

152. 張瑞昌　　李喬懷抱文學大願景　中國時報　2001 年 5 月 15 日　21 版

153. 徐淑卿　　祝賀李喬 68 歲生日　中國時報　2001 年 6 月 15 日　21 版

154. 陳宛蓉　　李喬於總統府國父紀念月會發表演說　文訊雜誌　第 189 期 2001 年 7 月　頁 84

155. 劉慧真　　凝視李喬：穿越古今的望鄉之眼　誠品好讀　第 12 期　2001 年 7 月　頁 61—65

156. 唐惠彥，劉榮春　　高行健接觸臺灣鄉土與文學〔李喬部分〕　民生報 2001 年 10 月 2 日　10 版

157. 莊紫蓉　　築夢的小說家——訪問李喬後記　苗栗文獻　第 17 期　2001 年 10 月　頁 47—51

158. 李　鹽　　李喬還要寫二部長篇小說　中國時報　2001 年 11 月 6 日　39 版

159. 〔聯合報〕　　李喬講大河小說創作　聯合報　2002 年 5 月 30 日　14 版

160. 邱麗文　李喬心中的「寒夜」，始終不曾過去？　源　第 41 期　2002 年 9 月　頁 43—47

161. 邱麗文　李喬心中的「寒夜」始終不曾過去？　臺灣新聞報　2003 年 12 月 1 日　11 版

162. 林政華　縱橫臺灣文學、文化界的著名小說家——李喬　臺灣新聞報 2002 年 11 月 28 日　9 版

163. 林政華　縱橫臺灣文學、文化界的著名小說家——李喬　臺灣古今文學名家　桃園　開南管理學院通識教育中心　2003 年 3 月　頁 69

164. 陳貞平　李喬「最後」的長篇小說　中國時報　2002 年 12 月 19 日　39 版

165.〔許俊雅編〕　作者簡介　無語的春天：二二八小說選　臺北　玉山社出版公司　2003 年 9 月　頁 157

166. 劉慧真　天生反骨的啟蒙大師——李喬（1934—）　客家文學精選集・小說卷　臺北　天下遠見出版公司　2004 年 4 月　頁 267—270

167.〔彭瑞金編選〕　〈母親的畫像〉作者　國民文選・小說卷 2　臺北　玉山社出版公司　2004 年 7 月　頁 298—299

168. 黃玉芳　李喬，想寫紅衫軍小說　聯合晚報　2007 年 6 月 16 日　6 版

169.〔行政院客家委員會〕　李喬——熱情不竭，為臺灣新文化奠基　中國時報　2007 年 6 月 18 日　D4 版

170.〔行政院客家委員會〕　李喬——熱情不竭，為臺灣新文化奠基　自由時報　2007 年 6 月 18 日　B7 版

171.〔編輯部〕　李喬　文學家　臺北　東和鋼鐵公司，大觀視覺顧問公司 2007 年 12 月　頁 73—80

172. 水筆仔　五彩筆下的臺灣真相——理性與感性兼具的李喬　源　第 69 期 2008 年 5 月　頁 24—29

173.〔封德屏主編〕　李喬　2007 臺灣作家作品目錄　臺南　國立臺灣文學館 2008 年 7 月　頁 318

174. 林佛兒　反抗　鹽分地帶文學　第 18 期　2008 年 10 月　頁 1

175. 林皇德　　李喬——凝視悲苦的大地　用愛釀成篇章——臺灣文學家的故事
　　　　　　　臺南　國立臺灣文學館　2011 年 7 月　頁 111—114

176. 潘云薇　　在李喬書房，嗅到人的氣味　書香遠傳　第 97 期　2011 年 9 月
　　　　　　　頁 18—21

訪談、對談

177. 洪醒夫　　偉大的同情與大地鄉愁——李喬訪問記　書評書目　第 18 期
　　　　　　　1974 年 10 月　頁 11—23

178. 洪醒夫　　偉大的同情與大地的鄉愁——李喬訪問記　李喬短篇小說全集·
　　　　　　　資料彙編　苗栗　苗栗縣立文化中心　2000 年 1 月　頁 279—294

179. 洪醒夫　　偉大的同情與大地的鄉愁——李喬訪問記　洪醒夫全集·散文卷
　　　　　　　彰化　彰化縣文化局　2001 年 6 月　頁 185—203

180. 李喬等[2]　生命的追求與關懷——李喬作品討論會紀錄　臺灣文藝　第 57 期
　　　　　　　1978 年 1 月　頁 41—56

181. 李喬等　　生命的追求與關懷——李喬作品討論會紀錄　不滅的詩魂　臺北
　　　　　　　臺灣文藝出版社　1981 年 1 月　頁 93—114

182. 李喬等　　生命的追求與關懷——李喬作品討論會紀錄　李喬短篇小說全
　　　　　　　集·資料彙編　苗栗　苗栗縣立文化中心　2000 年 1 月　頁 210
　　　　　　　—228

183. 黃武忠　　李喬的小說寫作觀（上、下）[3]　中華日報　1978 年 12 月 26—27
　　　　　　　日　11 版

184. 黃武忠　　我的小說寫作觀——訪李喬先生　小說經驗——名家談寫作技巧
　　　　　　　臺北　富春文化公司　1990 年 8 月　頁 138—148

185. 黃武忠　　我的小說寫作觀——訪李喬先生　李喬短篇小說全集·資料彙編
　　　　　　　苗栗　苗栗縣立文化中心　2000 年 1 月　頁 295—302

186. 黃武忠　　人性探討者——李喬訪問記　臺灣時報　1980 年 12 月 1 日　12

---

[2]與會者：李篤恭、洪醒夫、彭維杰、李喬；主持人：鄭清文；紀錄：彭維杰。
[3]本文後改篇名為〈我的小說寫作觀——訪李喬先生〉。

版

187. 黃武忠　人性的探討者——李喬印象記　臺灣作家印象記　臺北　眾文圖
書公司　1984 年 5 月　頁 137—146

188. 黃武忠　人性探討者——李喬訪問記　李喬短篇小說全集・資料彙編　苗
栗　苗栗縣立文化中心　2000 年 1 月　頁 303—310

189. 廖偉竣　走出「寒夜」的作家——李喬訪問記　暖流　第 1 卷第 4 期
1982 年 4 月　頁 49—52

190. 廖偉竣　走出「寒夜」的作家——李喬訪問記　認識李喬　苗栗　苗栗縣
立文化中心　1993 年 6 月　頁 8—17

191. 李喬等[4]　李喬「寒夜三部曲」討論會　文學界　第 4 期　1982 年 10 月
頁 6—32

192. 李喬等　李喬「寒夜三部曲」討論會　認識李喬　苗栗　苗栗縣立文化中
心　1993 年 6 月　頁 95—125

193. 李喬等　李喬「寒夜三部曲」討論會　臺灣文學的本土觀察　臺北　允晨
文化公司　1996 年 7 月　頁 250—285

194. 李喬等[5]　文學主流座談會——歡迎青年邁進文藝殿堂　臺灣日報　1983 年
6 月 18 日　8 版

195. 劉　觸　被禁的春天——訪李喬談《藍彩霞的春天》　自立晚報　1986 年
2 月 25 日　10 版

196. 鄭欽仁　文學與歷史的對話　新臺叢書半月刊　第 17 期　1987 年 2 月　頁
98—102

197. 李喬等[6]　文學・文化・時代——詩人和小說家的對談　臺灣文藝　第 110
期　1988 年 4 月　頁 28—50

198. 王昭文　追尋臺灣的心靈——拜訪李喬　臺灣研究　第 3 期　1989 年 6 月

---

[4]與會者：鍾肇政、林梵、彭瑞金、李喬、葉石濤、王幼華、莊金國、黃樹根、鍾鐵民、吳錦發、鍾延豪、謝松山、蔡淑慧、陳之揚；紀錄：許振江、鄭炯明。
[5]與會者：楊念慈、白萩、李喬、顏天佑、簡政珍、沈謙、陳憲仁、陳篤弘；主持人：尹雪曼、謝天衢、黃永武。
[6]與會者：趙天儀、李喬；錄音：王美綉；文字整理：王開。

10 日　10 版

199. 王昭文　　追尋臺灣的心靈——拜訪李喬　李喬短篇小說全集・資料彙編
　　　苗栗　苗栗縣立文化中心　2000 年 1 月　頁 311—314

200. 吳錦發　　做一個新臺灣人：訪李喬談《臺灣人的醜陋面》　臺灣運動的文
　　　化困局與轉機　臺北　前衛出版社　1989 年 11 月　頁 217—235

201. 陳銘城　　作家李喬談成長經驗對創作的影響與蕃仔林的童年　自立晚報
　　　1993 年 5 月 17 日　13 版

202. 黃偉立　　李喬 V.S.羅郁卿——臺灣學，學臺灣　臺灣文藝　第 152 期
　　　1995 年 12 月　頁 8—31

203. 吳金娥　　與小說家李喬先生的對話　臺灣文藝　第 154 期　1996 年 4 月
　　　頁 78—83

204. 林素芬　　揉愛入泥——李喬談《臺灣，我的母親》　幼獅文藝　第 522 期
　　　1997 年 6 月　頁 70—71

205. 黃　怡　　個人反抗與歷史記憶——與李喬談小說創作　中國時報　1998 年
　　　10 月 20 日　37 版

206. 黃　怡　　個人反抗與歷史記憶　李喬短篇小說全集・資料彙編　苗栗　苗
　　　栗縣立文化中心　2000 年 1 月　頁 67—84

207. 李喬等[7]　小說家的挑戰——座談會紀要　臺灣現代小說史綜論　臺北　行
　　　政院文建會，聯經出版公司　1998 年 12 月　頁 606—616

208. 李喬等[8]　文學兩國論大家談　福爾摩莎的文豪——鍾肇政文學會議論文集
　　　臺北　真理大學臺灣文學系　1999 年 11 月 6 日

209. 陳銘城　　把文學創作駛進歷史的港灣　李喬短篇小說全集・資料彙編　苗
　　　栗　苗栗縣立文化中心　2000 年 1 月　頁 315—323

210. 陳玲芳　　李喬「作家身影」看自己談大河文學　臺灣日報　2000 年 2 月 18
　　　日　14 版

---

[7]與會者：王文興、黃春明、李喬、李昂、張啓疆、黃錦樹；主持人：瘂弦；紀錄：吳明益。
[8]與會者：李敏勇、李喬、李魁賢、施正峰、陳萬益。

211. 魏可風　影像文學再創作——訪李喬談「文學過家」　聯合報　2000 年 8 月 9 日　37 版

212. 陳玲芳　李喬賣力說演「文學過家」　臺灣日報　2000 年 8 月 10 日　14 版

213. 李喬等[9]　文學的創作與翻譯　自由時報　2001 年 2 月 7 日　39 版

214. 李喬等[10]　為下一世紀——你所期待的文學景象　誠品好讀　第 7 期　2001 年 1—2 月　頁 21—25

215. 楊佳茹　李喬：我的童年與我的文學　自立晚報　2001 年 4 月 15 日　12 版

216. 莊紫容　逍遙自在孤獨行——專訪李喬（1—25）　臺灣新聞報　2001 年 5 月 16—18，21—25，28—31 日，6 月 1，4—8，11—15，18—19 日　20 版

217. 傅銀樵　人文對談——李喬 V.S 葉國興：飲食文化的反省與創造　臺灣文藝　第 176 期　2001 年 6 月　頁 58—64

218. 張炎憲，楊雅慧　黃樹滋讀書會案——李喬訪問記錄　竹塹文獻　第 20 期　2001 年 7 月　頁 102—115

219. 李喬等[11]　創作的靈山——高行健 VS.李喬暨中部作家座談錄（1—4）　臺灣日報　2001 年 10 月 7—11 日　23 版

220. 李喬等[12]　文學的影像（上、中、下）　臺灣日報　2002 年 3 月 9—11 日　25 版

221. 曾清嫣　李喬的反抗哲學——他對生命的另類看法　講義　第 180 期　2002 年 3 月　頁 82—83

222. 陳文芬　李喬在苗栗　印刻文學生活誌　第 9 期　2004 年 5 月　頁 140—154

---

[9]與會者：李喬、鄭清文、齊邦媛、林水福、游淑靜；紀錄：潘弘輝。
[10]與會者：向陽、李喬、南方朔、陳雨航、張惠菁；紀錄整理：皮海屏、劉虹風。
[11]與會者：高行健、李喬；列席：胡淑賢、康原、鄭邦鎮、陳憲仁、趙天儀、岩上；主持人：路寒袖；紀錄整理：陳顏、江敏甄。
[12]與會者：小野、李昂、李喬、邱貴芬、孫青、廖輝英；主持人：路寒袖；紀錄：吳音寧。

223. 陳希林　　李喬新長篇小說重逢昔日角色　中國時報　2004 年 8 月 26 日　14
　　　　　　　版

224. 施淑清　　平原之女與山林之子──季季對談李喬　印刻文學生活誌　第 14
　　　　　　　期　2004 年 10 月　頁 28─43

225. 盧翁美珍　　李喬訪問稿──有關「寒夜三部曲」寫作　李喬「寒夜三部
　　　　　　　曲」人物研究　彰化師範大學國文學系　碩士論文　彭維杰教授
　　　　　　　指導　2004 年　頁 253─286

226. 盧翁美珍　　李喬訪問稿──有關《寒夜三部曲》寫作　神祕鱒魚的返鄉
　　　　　　　夢：李喬寒夜三部曲人物透析　臺北　萬卷樓　2006 年 1 月　頁
　　　　　　　277─315

227. 李喬，吳晟，鍾鐵民　　寫在土地上的文學　臺灣文學館通訊　第 7 期
　　　　　　　2005 年 4 月　頁 24─31

228. 郭麗娟　　滔滔奔騰的河流──寒夜裡點燈的李喬[13]　臺灣光華雜誌　第 32
　　　　　　　卷第 2 期　2007 年 2 月　頁 104─113

229. 羅添斌　　李喬謙稱小人物才是發展功臣　自由時報　2007 年 4 月 26 日
　　　　　　　A14 版

230. 〔行政院客家委員會〕　　鍾肇政 vs.李喬，客家大師紙上對談　中國時報
　　　　　　　2007 年 6 月 18 日　D4 版

231. 〔行政院客家委員會〕　　鍾肇政 vs.李喬，客家大師紙上對談　自由時報
　　　　　　　2007 年 6 月 18 日　B6─7 版

232. 紀俊龍，李喬講；陳南宏記　　戲謔的笑顏‧沉重的生命──觀點、後設的
　　　　　　　重構　想像的壯遊──十場臺灣當代小說的心靈饗宴 2：國立臺灣
　　　　　　　文學館‧第四季週末文學對談　臺南　國立臺灣文學館　2007 年
　　　　　　　12 月　頁 202─241

233. 劉維瑛　　坐對幽獨，情天無恨──專訪李喬　文訊雜誌　第 275 期　2008

---

[13] 本文描述李喬生平經歷及文學理念。全文共 7 小節：1.山野童年與竹師歲月；2.煮字療飢；3.大河
史詩；4.痛，是生命的符號；5.二個女人，二種原型；6.重新認識苦難臺灣；7.為有限人生尋求救
贖。

年9月　頁33—40

234. 劉維瑛　　或者是，我們共同的錯謬——小說家李喬談新作《咒之環》　自由時報　2010年8月30日　D11

年表

235. 〔臺灣文藝〕　　李喬寫作年表　臺灣文藝　第57期　1978年1月　頁117—120

236. 〔文學界〕　　李喬寫作年表　文學界　第4期　1982年10月　頁33—38

237. 錢月蓮　　李喬生平寫作年表　認識李喬　苗栗　苗栗縣立文化中心　1993年6月　頁167—176

238. 李喬，錢月蓮　　李喬生平寫作年表　李喬集（臺灣作家全集）　臺北　前衛出版社　1993年12月　頁349—357

239. 彭瑞金　　李喬小說創作年表　中國時報　1995年10月8日　39版

240. 莫　渝　　李喬生平暨寫作年表　李喬短篇小說全集・資料彙編　苗栗　苗栗縣立文化中心　2000年1月　頁334—379

241. 劉純杏　　李喬生平寫作年表　李喬長篇小說研究　中山大學中國文學系碩士論文　蔡振念教授指導　2002年6月　頁163—169

242. 黃琦君　　李喬寫作年表與生平事蹟　李喬文學作品中的客家文化研究　新竹師範學院臺灣語言與語文教育研究所　碩士論文　范文芳教授指導　2003年6月　頁188—202

243. 鄭雅文　　李喬年表　李喬短篇小說研究　臺灣師範大學國文學系在職進修碩士班　碩士論文　沈謙教授指導　2004年　頁132—139

其他

244. 蒲　明　　李喬、洪惟仁獲巫永福評論獎　文訊雜誌　第90期　1993年4月　頁42—45

245. 吳　津　　李喬出任「臺灣筆會」會長　聯合報　1999年2月23日　37版

246. 〔自立晚報〕　　臺灣筆會新人事　自立晚報　1999年2月25日　23版

247. 〔自由時報〕　　李喬任「臺灣筆會」會長　自由時報　1999年3月4日

41 版

248. 江中明　　藝文界新春聯誼茶會昨舉行，李喬致辭回應總統書面講稿　聯合報　1999 年 3 月 7 日　14 版

249. 〔民眾日報〕　　李喬接任「臺灣筆會」會長　民眾日報　1999 年 3 月 10 日　19 版

250. 黃盈雯　　李喬任「臺灣筆會」會長　文訊雜誌　第 162 期　1999 年 4 月　頁 83

251. 〔民眾日報〕　　第三屆臺灣文學獎——小說貢獻獎・得獎人：李喬先生　民眾日報　1999 年 8 月 8 日　17 版

252. 〔民眾日報〕　　鍾肇政、李喬獲頒臺灣文學獎小說貢獻獎　民眾日報　1999 年 8 月 8 日　22 版

253. 黃盈雯　　李喬、鍾肇政獲臺灣文學獎　文訊雜誌　第 168 期　1999 年 10 月　頁 70

254. 〔吳三連基金會評審委員會〕　　一九八一年第四屆吳三連先生文藝獎評定書　李喬短篇小說全集・資料彙編　苗栗　苗栗縣立文化中心　2000 年 1 月　頁 13—14

255. 〔臺美基金會〕　　一九九五年臺美基金會人文科學獎獲獎人李能棋（李喬）　李喬短篇小說全集・資料彙編　苗栗　苗栗縣立文化中心　2000 年 1 月　頁 15

256. 陳宛蓉　　關懷李喬活動　文訊雜誌　第 192 期　2001 年 10 月　頁 80

257. 李玉玲　　國家文藝獎，得獎人數創紀錄〔李喬部分〕　聯合報　2006 年 7 月 4 日　C6 版

258. 趙靜瑜　　國家文藝獎得獎名單出爐——今年得獎者 7 位，藝術代表類別更多元〔李喬部分〕　自由時報　2006 年 7 月 4 日　E8 版

259. 〔人間福報〕　　第 10 屆國家文藝獎，7 人獲殊榮〔李喬部分〕　人間福報　2006 年 7 月 4 日　6 版

260. 〔民生報〕　　第 10 屆國家文藝獎揭曉〔李喬部分〕　民生報　2006 年 7 月

4 日　B7 版

261. 陳淑英，林采韻　　國藝獎揭曉，李喬等 7 人獲殊榮　中國時報　2006 年 7
　　　月 4 日　E8 版

262. 林采韻　　國藝獎揭曉〔李喬部分〕　中國時報　2006 年 7 月 4 日　E8 版

263. 黃俊銘　　國家文藝獎，七人親受獎，致詞很感性〔李喬部分〕　聯合報
　　　2006 年 10 月 20 日　C3 版

264. 趙靜瑜　　國家文藝獎，七人獲殊榮〔李喬部分〕　自由時報　2006 年 10 月
　　　20 日　A5 版

265. 紀慧玲　　國家文藝獎，頒獎如電影盛會〔李喬部分〕　民生報　2006 年 10
　　　月 20 日　A9 版

266. 趙靜瑜　　頒獎人多由得獎者邀請，國藝獎，人情味超濃〔李喬部分〕　中
　　　國時報　2006 年 10 月 20 日　D2 版

267.〔臺灣時報〕　　鍾肇政、李能棋獲頒客家終身貢獻獎　臺灣時報　2007 年
　　　4 月 26 日　5 版

268. 周美惠　　鍾肇政、李喬，獲客家終身貢獻獎　聯合報　2007 年 4 月 26 日
　　　C3 版

269.〔人間福報〕　　鍾肇政和李喬，獲首屆客家終身貢獻獎　人間福報　2007
　　　年 4 月 28 日　14 版

270.〔更生日報〕　　鍾肇政，李喬——獲客家終身貢獻獎　更生日報　2007 年
　　　5 月 7 日　24 版

271. 黃國樑　　首屆客家貢獻獎——文壇雙瑰寶，獲終身貢獻獎〔李喬部分〕
　　　聯合晚報　2007 年 6 月 16 日　6 版

272. 李麗慎　　首屆客家貢獻獎——鍾肇政、李喬，獲終身貢獻獎　臺灣時報
　　　2007 年 6 月 17 日　4 版

273.〔中華日報〕　　鍾肇政、李喬，獲客家終身貢獻獎　中華日報　2007 年 6
　　　月 17 日　A4 版

274. 鄭烱明　　李喬小說的另一種面向　文學臺灣　第 79 期　2011 年 7 月

〔1〕頁

作品評論篇目

綜論

275. 葉石濤　　兩年來的省籍作家及其小說（上、下）〔李喬部分〕　臺灣日報
　　　1967 年 10 月 25—26 日　8 版

276. 葉石濤　　兩年來的省籍作家及其小說〔李喬部分〕　臺灣文藝　第 19 期
　　　1968 年 4 月　頁 41

277. 葉石濤　　兩年來的省籍作家及其小說〔李喬部分〕　葉石濤評論集　臺北
　　　蘭開書局　1968 年 9 月　頁 149—150

278. 葉石濤　　兩年來的省籍作家及其小說〔李喬部分〕　臺灣鄉土作家論集
　　　臺北　遠景出版公司　1981 年 2 月　頁 75

279. 葉石濤　　兩年來的省籍作家及其小說〔李喬部分〕　葉石濤全集・評論卷
　　　一　臺南，高雄　國立臺灣文學館，高雄市文化局　2008 年 3 月
　　　頁 156

280. 鍾肇政　　苦思苦寫的李喬　作家群像　臺北　大江出版社　1968 年 10 月
　　　頁 277—280

281. 葉石濤　　一年來的省籍作家及其作品——兼論省籍作家的特質（1—6）
　　　〔李喬部分〕　臺灣日報　1968 年 12 月 28—31 日，1969 年 1 月
　　　1—2 日　8 版

282. 葉石濤　　一年來的省籍作家及其作品——兼論省籍作家的特質（上、下）
　　　〔李喬部分〕　臺灣文藝　第 27 期　1969 年 1 月，1970 年 4 月
　　　頁 38

283. 葉石濤　　一年來的省籍作家及其作品——兼論省籍作家的特質〔李喬部
　　　分〕　臺灣鄉土作家論集　臺北　遠景出版公司　1981 年 2 月
　　　頁 91—99

284. 葉石濤　　一年來的省籍作家及其作品——兼論省籍作家的特質〔李喬部

分〕　葉石濤全集・評論卷一　臺南，高雄　國立臺灣文學館，高雄市文化局　2008 年 3 月　頁 265—275

285. 張良澤　李喬作品簡評　文心（成大中文系）　第 3 期　1975 年 5 月　頁 128—137

286. 陳克環　李喬世界裡的山水（上、下）　中華日報　1975 年 11 月 15—16 日　11 版

287. 陳克環　李喬世界裡的山水　陳克環自選集　臺北　黎明文化公司　1977 年 7 月　頁 365—371

288. 楊昌年　李喬　近代小說研究　臺北　蘭臺書局　1976 年 1 月　頁 537—538

289. 葉石濤　論李喬小說裡的「佛教意識」　臺灣文藝　第 57 期　1978 年 1 月　頁 57—63

290. 葉石濤　論李喬小說裡的「佛教意識」　作家的條件　臺北　遠景出版公司　1981 年 6 月　頁 109—116

291. 葉石濤　論李喬小說裡的「佛教意識」　認識李喬　苗栗　苗栗縣立文化中心　1993 年 6 月　頁 18—26

292. 葉石濤　論李喬小說裡的「佛教意識」　李喬集（臺灣作家全集）　臺北　前衛出版社　1993 年 12 月　頁 327—336

293. 葉石濤　論李喬小說裡的「佛教意識」　李喬短篇小說全集・資料彙編　苗栗　苗栗縣立文化中心　2000 年 1 月　頁 113—121

294. 葉石濤　論李喬小說裡的「佛教意識」　葉石濤全集・評論卷二　臺南，高雄　國立臺灣文學館，高雄市文化局　2008 年 3 月　頁 65—73

295. 高天生　從大地走進歷史——論李喬的小說　暖流　第 1 卷第 4 期　1982 年 4 月　頁 53—56

296. 高天生　從大地走進歷史的李喬　臺灣小說與小說家　臺北　前衛出版社　1985 年 5 月　頁 39—50

297. 高天生　從大地走進歷史　臺灣小說與小說家　臺北　前衛出版社　1994

年 12 月　頁 75—85

298. 耕　雨　　陳若曦和李喬的自由標準　文壇　第 263 期　1982 年 5 月　頁 34
　　　　　　　—35

299. 吳錦發　　略談臺灣三位作家小說中的性（1—4）〔李喬部分〕　自立晚報
　　　　　　　1983 年 5 月 31 日—6 月 3 日　10 版

300. 吳錦發　　略談三位臺灣作家小說中的性〔李喬部分〕　李喬短篇小說全
　　　　　　　集・資料彙編　苗栗　苗栗縣立文化中心　2000 年 1 月　頁 270
　　　　　　　—278

301. 林梵〔林瑞明〕　　從迷惘到自主——第一代到第四代的文學旅程〔李喬部
　　　　　　　分〕　臺灣文藝　第 83 期　1983 年 7 月　頁 52—53

302. 林　梵　　從迷惘到自主——第一代到第四代的文學旅程〔李喬部分〕　臺
　　　　　　　灣文學的過去與未來　臺北　臺灣文藝雜誌社　1985 年 3 月　頁
　　　　　　　75—76

303. 林瑞明　　從迷惘到自主——第一代到第四代的文學旅程〔李喬部分〕　臺
　　　　　　　灣文學的本土觀察　臺北　允晨文化公司　1996 年 7 月　頁 81—
　　　　　　　82

304. 齊邦媛　　江河匯集成海的六十年代小說〔李喬部分〕　文訊雜誌　第 13 期
　　　　　　　1984 年 8 月　頁 58

305. 齊邦媛　　江河匯集成海的六十年代小說〔李喬部分〕　霧漸漸散的時候
　　　　　　　臺北　九歌出版社　1998 年 10 月 8 日　頁 73

306. 葉石濤　　臺灣文學史大綱（後篇）——六十年代的臺灣文學：無根與放逐
　　　　　　　〔李喬部分〕　文學界　第 15 期　1985 年 8 月　頁 170—171

307. 葉石濤　　六○年代的臺灣文學〔李喬部分〕　臺灣文學史綱　高雄　文學
　　　　　　　界雜誌社　1991 年 9 月　頁 131—132

308. 葉石濤　　臺灣文學史綱——六○年代的臺灣文學——無根與放逐〔李喬部
　　　　　　　分〕　葉石濤全集・評論卷五　臺南，高雄　國立臺灣文學館，
　　　　　　　高雄市文化局　2008 年 3 月　頁 147—148

309. 王德威　　尋找女主角的男作家——茅盾、朱西甯、黃春明、李喬　中外文學　第 14 卷第 10 期　1986 年 3 月　頁 35—37

310. 王德威　　尋找女主角的男作家——茅盾、朱西甯、黃春明、李喬　從劉鶚到王禎和　臺北　時報文化出版公司　1986 年 6 月　頁 202—205

311. 樂融融，汪義生　　臺灣鄉土文學巨擘——李喬　羊城晚報（港澳海外版）1986 年 7 月 12 日　4 版

312. 松永正義著；鍾肇政譯　　八十年代的臺灣文學〔李喬部分〕　終戰的賠償（臺灣現代小說選 2）　臺北　名流出版社　1986 年 8 月　頁 124—131

313. 松永正義著；鍾肇政譯　　八十年代的臺灣文學（摘錄）　李喬短篇小說全集・資料彙編　苗栗　苗栗縣立文化中心　2000 年 1 月　頁 229—236

314. 葉石濤　　六〇年代作家的流浪與放逐〔李喬部分〕　民眾日報　1986 年 11 月 2 日　11 版

315. 葉石濤　　六〇年代作家的流浪與放逐〔李喬部分〕　葉石濤全集・評論卷三　臺南，高雄　國立臺灣文學館，高雄市文化局　2008 年 3 月　頁 365—368

316. 莊金國　　將心比心〔李喬部分〕　笠　第 137 期　1987 年 2 月　頁 48—50

317. 范文芳　　我們有喜劇嗎？〔李喬部分〕　國文天地　第 32 期　1988 年 1 月　頁 31—32

318. 岡崎郁子著；江上譯　　臺灣文學的香火——李喬（上、下）　臺灣文藝　第 110—111 期　1988 年 3，5 月　頁 132—147，130—141

319. 岡崎郁子著；江上譯　　臺灣文學的香火——李喬　李喬短篇小說全集・資料彙編　苗栗　苗栗縣立文化中心　2000 年 1 月　頁 253—269

320. 郎英俊　　李喬短篇小說審美情趣散論　中央民族學院學報　1988 年第 6 期　1988 年 11 月　頁 90—94

321. 鄭清文　　《臺灣當代小說精選》序〔李喬部分〕　臺灣當代小說精選

（1945—1988）　臺北　新地文學出版社　1989 年 1 月　頁 13

322. 公仲，汪義生　　六十年代後期和七十年代臺灣文學（上）——藝術地再現臺灣現代史李喬[14]　臺灣新文學史初編　南昌　江西人民出版社 1989 年 8 月　頁 187—196

323. 公仲，汪義生　　李喬的「寒夜三部曲」　牛聲　苗栗　苗栗縣立文化中心 1992 年 6 月　頁 45—56

324. 許石竹　　李喬——從「荒村」來的作家　臺灣文學入門文選　臺北　前衛出版社　1989 年 10 月　頁 291—302

325. 彭瑞金　　埋頭深耕的年代（一九六○—一九六九）——本土文學的理論與實踐〔李喬部分〕　臺灣新文學運動 40 年　臺北　自立晚報社 1991 年 3 月　頁 129—130

326. 彭瑞金　　回歸寫實與本土化運動（一九七○—一九七九）——鄉土文學的全盛時期〔李喬部分〕　臺灣新文學運動 40 年　臺北　自立晚報社　1991 年 3 月　頁 168—170

327. 黃重添，莊明萱，闕豐齡　　當代鄉土小說——鄉土文學的崛起〔李喬部分〕　臺灣新文學概觀（上）　廈門　鷺江出版社　1991 年 6 月 頁 188—190

328. 朱雙一　　鄭清文、李喬的小說創作　臺灣文學史（下）　福州　海峽文藝出版社　1993 年 1 月　頁 303—309

329. 岡崎郁子著；涂翠花譯　　二‧二八事件與文學——未經歷二二八事件的作家筆下的二二八事件——李喬與陳映真　臺灣文藝　第 135 期 1993 年 2 月　頁 28—30

330. 岡崎郁子著；涂翠花譯　　二‧二八事件與文學——未經歷二二八事件的作家筆下的二二八事件——李喬與陳映真　臺灣文學研究在日本 臺北　前衛出版社　1994 年 12 月　頁 200—205

331. 許素蘭　　打開「認識李喬」的門窗（編者序）　認識李喬　苗栗　苗栗縣

[14]本文後改篇名為〈李喬的「寒夜三部曲」〉。

立文化中心　1993 年 6 月　頁 5—7

332. 張　強　李喬創作豐富文化哲學　鄉土人物　苗栗　苗栗縣立文化中心　1993 年 6 月　頁 159—163

333. 葉石濤　客屬作家〔李喬部分〕　客家臺灣文學論　苗栗　苗栗縣立文化中心　1993 年 6 月　頁 121—122

334. 鍾肇政　時代脈動裡的臺灣客籍作家——創造臺灣文學的李喬　客家臺灣文學論　苗栗　苗栗縣立文化中心　1993 年 6 月　頁 129—131

335. 鍾肇政　時代脈動裡的臺灣客籍作家——創造臺灣文學高峰的李喬　鍾肇政全集・隨筆集 2　桃園　桃園縣文化局　2000 年 12 月　頁 31—32

336. 林瑞明　愛恨分明的大地之子——《李喬集》序　李喬集（臺灣作家全集）　臺北　前衛出版社　1993 年 12 月　頁 9—13

337. 林瑞明　愛恨分明的大地之子——《李喬集》　短篇小說卷別冊（臺灣作家全集）　臺北　前衛出版社　1994 年 3 月　頁 119—123

338. 林瑞明　愛恨分明的大地之子——《李喬集》　臺灣文學的本土觀察　臺北　允晨文化公司　1996 年 7 月　頁 202—206

339. 黃子堯　臺灣客家文學及其客籍作家「身份」特質〔李喬部分〕　鄉土與文學：臺灣地區區域文學會議實錄　臺北　文訊雜誌社　1994 年 3 月　頁 360

340. 許素蘭　春天，與燈妹蕃仔林相會　文學與心靈對話　臺南　臺南市立文化中心　1995 年 4 月　頁 90—96

341. 阿　盛　一條臺灣文學的大河　中國時報　1995 年 10 月 8 日　39 版

342. 彭瑞金　小說家李喬的創作——站在大河交會處　中國時報　1995 年 10 月 8 日　39 版

343. 葉石濤　具有啓發性的小說　中國時報　1995 年 10 月 8 日　39 版

344. 葉石濤　具有啓發性的小說　葉石濤全集・隨筆卷四　臺南，高雄　國立臺灣文學館，高雄市文化局　2008 年 3 月　頁 305

345. 林央敏　　臺灣文學論戰始末──臺語文學運動之四〔李喬部分〕　聯合晚
報　1995 年 10 月 20 日　26 版

346. 莊萬壽　　用生命來創造臺灣的新生命──李喬「死亡決心」的臺灣魂　自
立晚報　1995 年 10 月 28 日　17 版

347. 楊柔之〔楊儒賓〕　　讀李喬先生的「中國文化論」　臺灣文藝　第 151 期
1995 年 10 月　頁 70─77

348. 楊儒賓　　讀李喬先生的「中國文化論」　臺灣與傳統文化　臺北　臺灣書
店　1999 年 7 月　頁 229─249

349. 楊儒賓　　讀李喬先生的中國文化論　臺灣與傳統文化　臺北　臺灣大學出
版中心　2005 年 8 月　頁 299─316

350. 陳　凌　　「荒村」抗日精神與運動之本質──試論李喬的土地史觀　臺灣
文學研討會　臺北　淡水工商管理學院主辦　1995 年 11 月 4─5
日　頁 1─13

351. 葉石濤　　六〇年代的本土小說〔李喬部分〕　臺灣新聞報　1996 年 5 月 23
日　19 版

352. 張堂錡　　臺灣客家文學中所反映的社會關係〔李喬部分〕　臺灣文學中的
社會：五十年來臺灣文學研討會論文集（一）　臺北　行政院文
建會　1996 年 5 月　頁 158─162

353. 張金墻　　臺灣文學中的女性生活空間──以呂赫若、李喬、李昂的小說為
主　臺灣新文學　第 8 期　1997 年 8 月　頁 305─323

354. 古繼堂　　臺灣當代小說創作──鍾肇政、李喬、鄭清文　中華文學通史・
當代文學編（9）　北京　華藝出版社　1997 年 9 月　頁 447─
449

355. 皮述民　　從反共小說到現代小說〔李喬部分〕　二十世紀中國新文學史
臺北　駱駝出版社　1997 年 10 月　頁 325─326

356. 姜　穆　　陳若曦和李喬的自由標準[15]　解析文學　臺北　黎明文化公司

---

[15] 本文評論陳若曦和李喬對於文學創作自由的觀點。

　　　　　　　　1997 年 10 月　頁 131—140

357. 彭瑞金　　挣不脫的臺灣歷史苦情——映像李喬　臺灣新聞報　1998 年 2 月
　　　　　　　　9 日　13 版

358. 黃恆秋　　李喬　臺灣客家文學史概論　臺北　客家臺灣文史工作室　1998
　　　　　　　　年 6 月　頁 127—129

359. 彭瑞金　　第三屆臺灣文學獎「小說貢獻獎」專輯——臺灣大河小說的奠基
　　　　　　　　者開拓者〔李喬部分〕　民眾日報　1999 年 8 月 8 日　17 版

360. 彭瑞金　　《李喬短篇小說全集》序[16]　李喬短篇小說全集〔全 11 冊〕　苗
　　　　　　　　栗　苗栗縣立文化中心　1999 年 8 月　頁 1—16

361. 彭瑞金　　回首看李喬的短篇小說　解嚴以來臺灣文學國際學術會議研討會
　　　　　　　　臺北　臺灣師範大學國文學系，中國修辭學會，中央日報副刊主
　　　　　　　　辦　2000 年 1 月 8—9 日

362. 彭瑞金　　回頭看李喬的短篇創作　文學臺灣　第 33 期　2000 年 1 月　頁
　　　　　　　　257—270

363. 彭瑞金　　回首看李喬的短篇小說　解嚴以來臺灣文學國際學術會議研討會
　　　　　　　　論文集　臺北　萬卷樓圖書公司　2000 年 9 月　頁 371—383

364. 耕　雨　　李喬的娼妓文學　臺灣新聞報　2000 年 1 月 30 日　B7 版

365. 莫　渝，王幼華　苦難與抵抗的人生行路——李喬　苗栗縣文學史　苗栗
　　　　　　　　苗栗縣立文化中心　2000 年 1 月　頁 263—269

366. 莫　渝，王幼華　苦難與抵抗的人生行路　重修苗栗縣志‧文學志　苗栗
　　　　　　　　苗栗縣政府　2005 年 12 月　頁 204—209

367. 彭瑞金　　補償與救贖——回顧李喬的短篇寫作旅程　臺灣日報　2000 年 1
　　　　　　　　月 30 日　31 版

368. 莫　渝，王幼華　李喬和臺灣文學　苗栗縣文學史　苗栗　苗栗縣立文化
　　　　　　　　中心　2000 年 1 月　頁 461—462

369. 鄭清文　　說和演——文學和電視的結合　民眾日報　2000 年 9 月 20 日　17

---

[16]本文後改篇名〈回首看李喬的短篇小說〉、〈回頭看李喬的短篇創作〉。

版

370. 鄭清文　說和演——文學和電視的結合　多情與嚴法　臺北　玉山社出版公司　2004 年 5 月　頁 79—80

371. 計紅芳　李喬——大河小說的寫作者　臺港澳文學教程　上海　漢語大辭典出版社　2000 年 10 月　頁 54—56

372. 鍾肇政　小說創作種種——臺灣的大河小說〔李喬部分〕　臺灣文學十講　臺北　前衛出版社　2000 年 11 月　頁 213

373. 鍾肇政　小說創作種種——臺灣的大河小說〔李喬部分〕　鍾肇政全集・演講集　桃園　桃園縣文化局　2002 年 11 月　頁 178

374. 徐開塵　長期被殖民的臺灣文學留下多少文學痕跡〔李喬部分〕　民生報　2000 年 12 月 23 日　7 版

375. 鍾肇政　臺灣文學裡的客家作家〔李喬部分〕　鍾肇政全集・隨筆集 2　桃園　桃園縣文化局　2000 年 12 月　頁 61—62

376. 黃秋芳　看日劇的人請記得李喬的名字　明道文藝　第 300 期　2001 年 3 月　頁 180—210

377. 齊邦媛　鱒魚還鄉了麼？從《寒夜》到《大地之母》　聯合報　2001 年 5 月 10 日　37 版

378. 齊邦媛　鱒魚還鄉了麼？——從《寒夜》到《大地之母》　大地之母　臺北　遠景出版公司　2001 年 7 月　頁 1—6

379. 劉榮春　細說從頭閱讀李喬　民生報　2001 年 6 月 12 日　A6 版

380. 林慶文　從「苦諦」到「苦難神學」——李喬（1934—）[17]　當代臺灣小說的宗教性關懷　東海大學中國文學系　博士論文　洪銘水教授指導　2001 年 6 月　頁 43—57

381. 紀俊龍　初探李喬「現代主義」文學手法之呈現　第 21 屆中區中文所論文研討會　臺中　逢甲大學中國文學系　2001 年 12 月 15 日

---

[17] 本文自「痛苦」此一命題切入論述李喬創作，並由作家的個人宗教信仰探討其與創作間的辯證關係。全文共 5 節：1.前言——流淚撒種收割痛苦；2.佛理／心理的感通；3.情理／天理的弔詭；4.反抗意識與信仰的轉向；5.結論——文化批判與臺灣神學的期望。

382. 林政華　臺灣本土小說名家與名作——李喬　臺灣文學汲探　臺北　文史哲出版社　2002 年 3 月　頁 149—150

383. 陳文芬　《客家小說選》映入日文視界〔李喬部分〕　中國時報　2002 年 4 月 4 日　14 版

384. 古繼堂　反共文學壓制下默默耕耘的現實主義文學——李喬、鄭清文　簡明臺灣文學史　北京　時事出版社　2002 年 6 月　頁 269—273

385. 黃秋芳　拓展少年小說的臺灣風情——兩種風格：鄭清文和李喬　臺灣少年小說學術研討會　臺東　臺東師範學院兒童文學研究所　2002 年 6 月 8—9 日

386. 黃秋芳　拓展少年小說的臺灣風情——兩種風格：鄭清文和李喬　少兒文學天地寬——臺灣少年小說學術研討會論文集　臺北　九歌出版社　2002 年 6 月　頁 198—201

387. 邱麗敏　「二二八」書寫之創作者——李喬生平及其「二二八」作品　二二八文學研究——戰前出生之臺籍作家對「二二八」的書寫初探　新竹師範學院臺灣語言與語文教育研究所　碩士論文　范文芳教授指導　2003 年 6 月　頁 151—176

388. 吳慧貞　李喬短篇小說初探　第一屆苗栗縣文學——野地繁花研討會　苗栗　苗栗縣政府主辦　2003 年 7 月 29—30 日

389. 方艾鈞　李喬臺灣文化的長工——筆耕老臺灣，創建新文化　書香遠傳第 2 期　2003 年 7 月　頁 52—53

390. 張典婉　客家女性的原型〔李喬部分〕　臺灣客家女性　臺北　玉山社 2004 年 4 月　頁 81—86

391. 陳建忠　戰後臺灣文學（1945—迄今）——七〇年代的鄉土文學〔李喬部分〕　臺灣的文學　臺北　群策會李登輝學校　2004 年 5 月　頁 85

392. 潘玲玲　李喬的鬼小說研究[18]　第二屆苗栗縣文學燿日明月研討會　苗栗

---

[18] 本文剖析李喬鬼小說的內容，探討李喬對鬼說的觀點，及其文字中的用心與關懷。

苗栗縣政府　2004 年 7 月 29—30 日

393. 潘玲玲　　李喬的鬼小說研究　第二屆苗栗縣文學燿日明月研討會論文集
　　　　苗栗　苗栗縣文化局，財團法人苗栗縣文化基金會　2004 年 12 月
　　　　頁 152—167

394. 韓彥斌　　臺灣大河小說綜論〔李喬部分〕　陰山學刊　第 18 卷第 2 期
　　　　2005 年 4 月　頁 41—44

395. 彭瑞金　　李喬——從窮山惡水到泉甘土香　臺灣文學 50 家　臺北　玉山社
　　　　出版公司　2005 年 7 月　頁 335—340

396. 劉劍鯤，范燁　　李喬小說主題及藝術形式初探　牡丹江師範學院學報
　　　　2005 年第 4 期　2005 年 7 月　頁 36—37

397. 陳惠齡　　故事與解釋：論李喬短篇小說中開放性與遊戲性的寫本符碼　第
　　　　五屆臺灣文化國際學術研討會——李喬的文學與文化論述　臺
　　　　北，臺南　臺灣師範大學臺灣文學研究所，長榮大學臺灣研究所
　　　　主辦　2007 年 4 月 27—29 日

398. 陳惠齡　　故事與解釋——論李喬短篇小說中遊戲性與開放性的寫本符碼[19]
　　　　文與哲　第 11 期　2007 年 12 月　頁 513—543

399. 三木直大　　李喬文學的現代性與大眾性[20]　第五屆臺灣文化國際學術研討會
　　　　——李喬的文學與文化論述　臺北，臺南　臺灣師範大學臺灣文
　　　　學研究所，長榮大學臺灣研究所主辦　2007 年 4 月 27—29 日

400. 三木直大著；陳玫君譯　　李喬文學中的現代性‧鄉土性‧大眾性　李喬的
　　　　文學與文化論述：第五屆臺灣文化國際學術研討會論文集　臺北
　　　　臺灣師範大學臺灣文化及語言文學研究所　2007 年 12 月　頁 3—
　　　　24

[19] 本文分析李喬短篇小說中融入大量歷史、揭露作者存在等後設手法，探究其中所傳達的概念。全
文共 3 小節：1.前言——形式是一種有意義的姿態；2.主宰的面具——遊戲性與開放性的符碼；3.
結論——創作者與讀者表白權利的永久更新。

[20] 本文自「現代性」、「鄉土性」以及讀者定位的角度閱讀李喬文學。全文共 7 小節：1.現代性與鄉
土性；2.關於文學的大眾性問題；3.長篇小說與短篇小說；4.實驗性短篇的定位；5.家族的故事與
家族論之故事；6.胎內幻想與母親；7.〈人球〉的時代。正文前有「前言」，正文後有「結論」。

401. 鄭清文　如何建立臺灣文學——以李喬爲例[21]　第五屆臺灣文化國際學術研討會——李喬的文學與文化論述　臺北，臺南　臺灣師範大學臺灣文學研究所，長榮大學臺灣研究所主辦　2007 年 4 月 27—29 日

402. 鄭清文　從李喬小說談如何建立臺灣文學　李喬的文學與文化論述：第五屆臺灣文化國際學術研討會論文集　臺北　臺灣師範大學臺灣文化及語言文學研究所　2007 年 12 月　頁 25—41

403. 李永熾　尋回自我主體、創造新我：以李喬文化論爲中心[22]　第五屆臺灣文化國際學術研討會——李喬的文學與文化論述　臺北，臺南　臺灣師範大學臺灣文學研究所，長榮大學臺灣研究所主辦　2007 年 4 月 27—29 日

404. 李永熾　他者的文化、文化的自我——李喬的文化論述　李喬的文學與文化論述：第五屆臺灣文化國際學術研討會論文集　臺北　臺灣師範大學臺灣文化及語言文學研究所　2007 年 12 月　頁 45—61

405. 周慶塘　李喬作品所呈現的文化意義：以 80 年代短篇小說爲例[23]　第五屆臺灣文化國際學術研討會——李喬的文學與文化論述　臺北，臺南　臺灣師範大學臺灣文學研究所，長榮大學臺灣研究所主辦　2007 年 4 月 27—29 日

406. 周慶塘　李喬作品所呈現的文化意義——以八〇年代短篇小說爲例　李喬的文學與文化論述：第五屆臺灣文化國際學術研討會論文集　臺北　臺灣師範大學臺灣文化及語言文學研究所　2007 年 12 月　頁 63—104

407. 張修慎　臺灣知識份子李喬的文化論述：與戰前「臺灣文化」論述的接軌[24]

---

[21] 本文自李喬小說歸納臺灣文學的特色與其建立問題。

[22] 本文以探討李喬文化論述的觀點爲旨。全文共 5 小節：1.前言；2.方法論；3.李喬眼中的他者文化；4.臺灣文化的自我追尋；5.結語

[23] 本文觀察李喬的文化著作與小說互相詮釋的現象，直指李喬作品所呈現的文化意義。全文共 7 小節：1.前言；2.描寫孤兒意識的變貌及比較前後統治者的〈小說〉；3.「臺奸」及密告文化的〈告密者〉；4.連結母親土地及喚醒歷史記憶的〈泰姆山記〉；5.反省與反抗的文化觀——〈孽龍記〉；6.文化、土地的認同——「〈死胎〉與我」；7.結語。

[24] 本文著眼於李喬的「臺灣文化」論述研究，並將之與戰前知識分子的文化論述做比較，藉此釐清

第五屆臺灣文化國際學術研討會——李喬的文學與文化論述　臺北，臺南　臺灣師範大學臺灣文學研究所，長榮大學臺灣研究所主辦　2007年4月27—29日

408. 張修慎　臺灣知識份子李喬的文化論述——與戰前「臺灣文化」論述的接軌　李喬的文學與文化論述：第五屆臺灣文化國際學術研討會論文集　臺北　臺灣師範大學臺灣文化及語言文學研究所　2007年12月　頁105—131

409. 李進益　異筆同書臺灣情：李喬、鄭清文小說比較[25]　第五屆臺灣文化國際學術研討會——李喬的文學與文化論述　臺北，臺南　臺灣師範大學臺灣文學研究所，長榮大學臺灣研究所主辦　2007年4月27—29日

410. 李進益　異筆同書臺灣情——李喬、鄭清文小說比較　臺灣語文與教學研討會暨論文發表會　高雄　高雄師範大學文學院主辦　2007年6月10日

411. 李進益　異筆同書臺灣情——李喬、鄭清文小說比較　李喬的文學與文化論述：第五屆臺灣文化國際學術研討會論文集　臺北　臺灣師範大學臺灣文化及語言文學研究所　2007年12月　頁265—285

412. 杜國清　從李喬作品探討臺灣文學外譯問題　第五屆臺灣文化國際學術研討會——李喬的文學與文化論述　臺北，臺南　臺灣師範大學臺灣文學研究所，長榮大學臺灣研究所主辦　2007年4月27—29日　本文從李喬作品探討臺灣文學外譯問題。全文共5節：1.什麼是臺灣文學？；2.臺灣文學的主體性與傳統；3.李喬作品與臺灣文學主體性；4.李喬作品在翻譯上的問題；5.臺灣文學外譯的展望。

413. 杜國清　從李喬作品探討臺灣文學外譯問題　李喬的文學與文化論述：第

「本土文化」與「民族意識」的內涵。全文共5小節：1.前言；2.知識分子的定義；3.「臺灣文化」的基本內涵與生成關係4.李喬心中關於「臺灣文化」實踐的問題；5.結語。
[25]本文比較李喬、鄭清文兩人在小說創作領域的共性與殊性，並歸納其對於臺灣文學的貢獻。

五屆臺灣文化國際學術研討會論文集　臺北　臺灣師範大學臺灣
文化及語言文學研究所　2007 年 12 月　頁 329—342

414. 劉慧真　　影音李喬：文化論述的社會實踐[26]　第五屆臺灣文化國際學術研討
會——李喬的文學與文化論述　臺北，臺南　臺灣師範大學臺灣
文學研究所，長榮大學臺灣研究所主辦　2007 年 4 月 27—29 日

415. 劉慧真　　文化論述的社會實踐——影音李喬初探　李喬的文學與文化論
述：第五屆臺灣文化國際學術研討會論文集　臺北　臺灣師範大
學臺灣文化及語言文學研究所　2007 年 12 月　頁 465—499

416. 賴松輝　　現代主義文學與李喬早期小說[27]　第五屆臺灣文化國際學術研討會
——李喬的文學與文化論述　臺北，臺南　臺灣師範大學臺灣文
學研究所，長榮大學臺灣研究所主辦　2007 年 4 月 27—29 日

417. 賴松輝　　現代主義與李喬早期的小說　李喬的文學與文化論述：第五屆臺
灣文化國際學術研討會論文集　臺北　臺灣師範大學臺灣文化及
語言文學研究所　2007 年 12 月　頁 557—604

418. 馮建彰　　「寓啓蒙於批評」論李喬評論的現代性[28]　第五屆臺灣文化國際學
術研討會——李喬的文學與文化論述　臺北，臺南　臺灣師範大
學臺灣文學研究所，長榮大學臺灣研究所主辦　2007 年 4 月 27—
29 日

419. 馮建彰　　臺灣現代性的未竟之業——以民族誌書寫的角度解讀李喬評論及
其文化批評的技術　李喬的文學與文化論述：第五屆臺灣文化國
際學術研討會論文集　臺北　臺灣師範大學臺灣文化及語言文學

---

[26]本文以李喬擔任主持人的六個電視節目爲探討對象，整理、回顧李喬參與媒體工作的歷史脈絡。
　全文共 5 節：1.研究動機與目的；2.「影音李喬」之界定；3.「影音李喬」文本說明；4.閱讀「影
　音李喬」：議題的開展；5.結論「影音李喬」：未完成的文本。

[27]本文討論現代主義文學對李喬早期小說的影響，及其小說所運用的現代小說手法，反應的現代人
　精神狀態。全文共 6 節：1.前言；2.李喬小說研究方法；3.李喬與寫實主義；4.李喬小說與現代主
　義文學；5.李喬小說與現代人精神狀態；6.結論。

[28]本文藉由分析民族誌的反思性特色，來觀照李喬的民族誌書寫下的現代性敘事內容。全文共 6
　節：1.前言；2.李喬評論作品鳥瞰及其文字風格；3.以民族誌的眼光審視李喬評論；4.李喬評論李
　的現代性敘事；5.李喬評論的文化批評技術；6.結論：臺灣現代性的未竟之業。

研究所　2007 年 12 月　頁 717—744

420. 鄭清文　從李喬的小說談臺灣文學的建立　文學臺灣　第 63 期　2007 年 7
月　頁 15—34

421. 侯作珍　現代人的精神病理室：論李喬的短篇心理小說　第一屆現代臺日
文學與城鄉意象研討會　臺南　南華大學環境與藝術研究所，南
華大學中日思想研究中心，臺灣文學館　2007 年 9 月 29—30 日

422. 劉慧真　從蕃仔林出發——文學地景與主體性史觀的建構　第五屆苗栗縣
文學・多元共生・研討會論文集　苗栗　苗栗縣國際文化觀光局
2007 年 12 月　頁 133—144

423. 錢鴻鈞　李喬長篇作品的分類與創作思維　第五屆苗栗縣文學・多元共
生・研討會論文集　苗栗　苗栗縣國際文化觀光局　2007 年 12 月
頁 187—205

424. 葉石濤　七〇年代臺灣文學的回顧〔李喬部分〕　葉石濤全集・隨筆卷二
臺南，高雄　國立臺灣文學館，高雄市文化局　2008 年 3 月　頁
59—70

425. 李靜玫　《臺灣文化》、《臺灣新文化》、《新文化》中政治文學論述的
強化與質變〔李喬部分〕　《臺灣文化》、《臺灣新文化》、
《新文化》雜誌研究（1986.6—1990.12）：以新文化運動及臺語
文學、政治文學論述爲探討主軸　臺北　國立編譯館　2008 年 7
月　頁 178—182，189—190

426. 胡民祥　從文學視野窺探臺灣原住民族群的社會生活——戰後原住民文學
與覺醒〔李喬部分〕　臺灣文學評論　第 9 卷第 1 期　2009 年 1
月　頁 177

427. 楊雅儒　紀實・存在・硬頸精神——論李喬小說中的飲食書寫[29]　客家飲食
文學與文化國際學術研討會　臺北，苗栗　中央大學文學院主辦

---

[29]本文提出李喬小說中飲食書寫的特徵，探討其隱含的抽象意涵及對生命的深層啓發，以理解李喬
相關書寫的目的。全文共 5 小節：1.飢餓的靈魂；2.文化紀實；3.命運與抉擇；4.「硬頸／鱒魚」
之臺灣精神；5.結語。

2009 年 12 月 13—14 日

428. 楊雅儒　　紀實‧存在‧硬頸精神——論李喬小說中的飲食書寫　飯碗中的雷聲——「客家飲食文學與文化國際學術研討會」論文集　臺北　二魚文化公司　2010 年 9 月 31 日　頁 240—261

429. 鄭清文　　李喬的文學成就[30]　第十四屆臺灣文學家牛津獎暨李喬文學學術研討會　臺北　真理大學人文學院臺灣文學系　2010 年 12 月 18 日

430. 鄭清文　　鋼索的高度——李喬的文學成就　文學臺灣　第 78 期　2011 年 4 月　頁 218—230

431. 丁威仁　　李喬小說理論研究[31]　第十四屆臺灣文學家牛津獎暨李喬文學學術研討會　臺北　真理大學人文學院臺灣文學系　2010 年 12 月 18 日

432. 丁威仁　　李喬小說理論初探——以《小說入門》爲討論主軸　第十四屆臺灣文學家牛津獎暨李喬文學學術研討會資料彙集　臺北　真理大學人文學院臺灣文學系　2011 年 6 月　頁 61—75

433. 陳依婷　　以榮格的理論建構李喬潛意識世界[32]　第十四屆臺灣文學家牛津獎暨李喬文學學術研討會　臺北　真理大學人文學院臺灣文學系　2010 年 12 月 18 日

434. 陳依婷　　以榮格的理論建構李喬的潛意識世界　第十四屆臺灣文學家牛津獎暨李喬文學學術研討會資料彙集　臺北　真理大學人文學院臺灣文學系　2011 年 6 月　頁 76—91

分論

◆單行本作品

---

[30] 本文後改篇名爲〈鋼索的高度——李喬的文學成就〉。
[31] 本文旨在透過《小說入門》研究李喬的小說創作觀。全文共 6 小節：1.前言；2.小說本質論——真實的虛構；3.小說語言——人間煙火味；4.小說批評論——爲人生而讀；5.小說創作論——經驗的重組；6.結論。
[32] 本文旨在透過榮格的理論以探討李喬及其作品的認同意識。全文共 6 小節：1.前言；2.客家人面具下的潛意識；3.反抗「厭惡」的情結爲認同；4.隱藏在集體潛意識下的原型；5.結論；6.參考資料。

論述

《小說入門》

435. 葉石濤　《小說入門》序　自立晚報　1986 年 1 月 3 日　10 版

436. 葉石濤　序　小說入門　臺北　時報文化公司　1986 年 3 月　頁 1—7

437. 葉石濤　《小說入門》序　葉石濤全集‧評論卷三　臺南，高雄　國立臺灣文學館，高雄市文化局　2008 年 3 月　頁 323—326

438. 張素貞　小說人現身說法——李喬的《小說入門》　文訊雜誌　第 24 期　1986 年 6 月　頁 31—35

439. 鄭則之　《小說入門》　中央日報　1998 年 4 月 8 日　22 版

《臺灣人的醜陋面——臺灣人的自我檢討》

440. 張炎憲　一個族群的自我批判——《臺灣人的醜陋面》序　臺灣人權五十分　第 19 期　1988 年 4 月　頁 98—99

441. 林政華　由臺灣的族群性格談到根本教育之道　臺灣文學教育耕穫集　臺北　文史哲出版社　2002 年 3 月　頁 55—63

442. 游勝冠　等待理論化的後殖民思考：論李喬的《臺灣人的醜陋面》[33]　第五屆臺灣文化國際學術研討會——李喬的文學與文化論述　臺北，臺南　臺灣師範大學臺灣文學研究所，長榮大學臺灣研究所主辦　2007 年 4 月 27—29 日

443. 游勝冠　等待理論化的後殖民思考——論李喬的《臺灣人的醜陋面》　李喬的文學與文化論述：第五屆臺灣文化國際學術研討會論文集　臺北　臺灣師範大學臺灣文化及語言文學研究所　2007 年 12 月　頁 133—151

444. 山田敬三　關於李喬先生的自我檢討[34]　第五屆臺灣文化國際學術研討會—

---

[33] 本文自後殖民的角度閱讀《臺灣人的醜陋面》，並思考臺灣被殖民歷史及臺灣人精神史理論化的可能性。全文共 6 小節：1.序論；2.去中國化的出發點；3.依賴殖民者的孤兒意識；4.被殖民者的生存之道；5.殖民地他者的複製；6.結論。

[34] 本文將魯迅、周作人、柏楊與李喬的文化論述放置於全球化的情境下進行討論，論述其中的關聯與異質性，並提出問題予以省思。全文共 6 小節：1.痼疾與膺懲；2.對「支那民族性」的反駁；3.柏楊《醜陋的中國人》；4.李喬《臺灣人的醜陋面》；5.文化流向的逆轉；6.臺灣新文化與語言的

　　　　　　　─李喬的文學與文化論述　臺北，臺南　臺灣師範大學臺灣文學研究所，長榮大學臺灣研究所主辦　2007 年 4 月 27─29 日

445. 山田敬三　　關於李喬先生的自我檢討　李喬的文學與文化論述：第五屆臺灣文化國際學術研討會論文集　臺北　臺灣師範大學臺灣文化及語言文學研究所　2007 年 12 月　頁 153─163

《臺灣文學造型》

446. 彭瑞金　　現身說法──序李喬的《臺灣文學造型》　臺灣文學造型　高雄　派色文化出版社　1992 年 7 月　頁 6─12

447. 杜文靖　　定位臺灣文學的「臺灣文學評論專集」〔《臺灣文學造型》部分〕　文訊雜誌　第 84 期　1992 年 10 月　頁 92

《文化心燈：李喬文化評論選粹》

448. 林衡哲　　《文化心燈》序　自立晚報　2001 年 2 月 15 日　17 版

《文化‧臺灣文化‧新國家》

449. 曾貴海　　改革者的臺灣文化革命行動宣言──序李喬《文化‧臺灣文化‧新國家》　文學臺灣　第 38 期　2001 年 4 月　頁 6─7

450. 曾貴海　　讀李喬《文化‧臺灣文化‧新國家》　文學臺灣　第 64 期　2007 年 10 月　頁 6─10

詩

《臺灣，我的母親》

451. 利玉芳　　從土地走進臺灣的史詩，李喬《臺灣，我的母親》　自立晚報　1996 年 2 月 4 日　17 版

散文

《鍾肇政全集‧書簡集 3》

452. 鍾肇政　　鍾肇政序　鍾肇政全集‧書簡集 3　桃園　桃園縣文化局　2002 年 11 月　頁 3

問題。

453. 莊紫蓉　　「我有十分寂寞的感覺」——閱讀鍾肇政給李喬書信有感　鍾肇政全集・書簡集 3　桃園　桃園縣文化局　2002 年 11 月　頁 602—609

454. 錢鴻鈞　　編輯後記　鍾肇政全集・書簡集 3　桃園　桃園縣文化局　2002 年 11 月　頁 610—614

小說
《飄然曠野》

455. 鍾肇政　　《飄然曠野》裡的李喬　自由青年　第 35 卷第 4 期　1966 年 2 月 16 日　頁 24

456. 鍾肇政　　《飄然曠野》裡的李喬　鍾肇政全集・隨筆集 4　桃園　桃園縣文化局　2002 年 11 月　頁 354—357

《戀歌》

457. 鍾肇政　　《戀歌》序　戀歌　臺北　水牛出版社　1968 年 6 月　頁 1—4

458. 鍾肇政　　序——李喬著《戀歌》　鍾肇政全集・隨筆集 1　桃園　桃園縣文化局　2004 年 11 月　頁 410—412

459. 張默芸　　生活中，誰沒有愛呢？——評李喬小說集《戀歌》　福建文學 1982 年第 12 期　1982 年 12 月　頁 62—63

460. 張默芸　　生活中，誰沒有愛呢？——讀李喬短篇小說集《戀歌》　鄉戀・哲理・親情　廈門　鷺江出版社　1986 年 7 月　頁 172—177

《山女——蕃仔林故事集》

461. 莊園〔鄭清文〕　　作家的起點　臺灣文藝　第 57 期　1978 年 1 月　頁 71—83

462. 鄭清文　　作家的起點　臺灣文學的基點　高雄　派色文化出版社　1992 年 7 月　頁 49—66

463. 彭瑞金　　悲苦大地泉甘土香——李喬的《蕃仔林故事》　臺灣文藝　第 57 期　1978 年 1 月　頁 101—116

464. 彭瑞金　　悲苦大地泉甘土香——李喬的《蕃仔林故事》　泥土的香味　臺

北　東大圖書公司　1980 年 4 月　頁 73—92

465. 彭瑞金　悲苦大地泉甘土香——李喬的《蕃仔林故事》　認識李喬　苗栗　苗栗縣立文化中心　1993 年 6 月　頁 53—71

466. 彭瑞金　悲苦大地泉甘土香——李喬的《蕃仔林故事》　李喬短篇小說全集・資料彙編　苗栗　苗栗縣立文化中心　2000 年 1 月　頁 122—139

《山園戀》

467. 易　安　《山園戀》　省政文藝評介選輯　臺中　臺灣省政府新聞處　1972 年 6 月　頁 177—183

468. 易　安　評《山園戀》　文壇　第 146 期　1972 年 8 月　頁 28—31

《痛苦的符號》

469. 花　村　試評《痛苦的符號》——兼及李喬的寫作意向　臺灣文藝　第 57 期　1978 年 1 月　頁 85—99

《恍惚的世界》

470. 劉立化　李喬的《恍惚的世界》　青年戰士報　1974 年 11 月 22 日　8 版

471. 鄭清文　李喬的《恍惚的世界》　書評書目　第 19 期　1974 年 11 月　頁 121—132

472. 鄭清文　《恍惚的世界》　新書月刊　第 8 期　1984 年 5 月　頁 50

473. 鄭清文　李喬的《恍惚的世界》　臺灣文學的基點　高雄　派色文化出版社　1992 年 7 月　頁 17—35

474. 鄭清文　李喬的《恍惚的世界》　認識李喬　苗栗　苗栗縣立文化中心　1993 年 6 月　頁 38—52

475. 鄭清文　李喬的《恍惚的世界》　李喬短篇小說全集・資料彙編　苗栗　苗栗縣立文化中心　2000 年 1 月　頁 98—112

《李喬自選集》

476. 林柏燕　評李喬、王鼎鈞、蔡文甫自選集　書評書目　第 33 期　1976 年 1 月　頁 37—43

477. 林柏燕　　評李喬、王鼎鈞、蔡文甫自選集　文學印象　臺北　大林出版社
　　　1978 年 8 月　頁 215—226

《結義西來庵——噍吧哖事件》

478. 彭瑞金　　讀《結義西來庵》　民眾日報　1978 年 10 月 21 日　8 版

479. 彭瑞金　　讀《結義西來庵》　泥土的香味　臺北　東大圖書公司　1980 年
　　　4 月　頁 217—219

480. 丘秀芷　　《結義西來庵——噍吧哖事件》　中央日報　1978 年 10 月 25 日
　　　10 版

481. 沈明進　　評李喬《結義西來庵——噍吧哖事件》　中央日報　1979 年 3 月
　　　4 日　10 版

482. 李新民　　《結義西來庵——噍吧哖事件》書摘　近代中國　第 11 期　1979
　　　年 6 月　頁 193—198

483. 花　村　　談李喬《結義西來庵》一書裡調子的運用　中外文學　第 8 卷第 5
　　　期　1979 年 10 月　頁 148—152

484. 花　村　　談李喬《結義西來庵》一書裡調子的運用　認識李喬　苗栗　苗
　　　栗縣立文化中心　1993 年 6 月　頁 72—78

《寒夜》

485. 彭瑞金　　臺灣客家作家作品裡的土地三書——《笠山農場》、《滄溟行》
　　　與《寒夜》　客家學術研討會　屏東　美和技術學院通識教育中
　　　心　2002 年 5 月 25 日

486. 彭瑞金　　臺灣客家作家作品裡的土地三書——《笠山農場》、《滄溟行》
　　　與《寒夜》　臺灣文學史論集　高雄　春暉出版社　2006 年 8 月
　　　頁 51—76

487. 彭欽清　　論《寒夜》中的食人情節　2002 苗栗客家文化月——第 2 屆臺灣
　　　客家文學研討會論文集　苗栗　苗栗縣政府　2003 年 10 月　頁
　　　35—41

488. 最相葉月著；李喬譯　　《寒夜》書評——刻畫臺灣客家半世紀苦難　臺灣

日報　2006 年 2 月 22 日　12 版

489. 陳玲芳　文建會「中書外譯」計劃收成——李喬代表作《寒夜》日文版出
　　　　　爐　臺灣日報　2006 年 2 月 22 日　12 版

490. 賴素鈴　李喬《寒夜》日文版發表，譯工細膩得令人感動　民生報　2006
　　　　　年 2 月 22 日　A11 版

491. 柯孟潔　河洛歌仔戲劇本《臺灣，我的母親》之研究——以小說「寒夜三
　　　　　部曲」之一《寒夜》與黃英雄《臺灣，我的母親》及河洛歌仔戲
　　　　　舞臺演出本《臺灣，我的母親》之探討[35]　臺灣民俗藝術彙刊　第
　　　　　3 期　2006 年 8 月　頁 68—88

492. 楊　翠　《寒夜》作品賞析　閱讀文學地景・小說卷（上）　臺北　行政
　　　　　院文建會　2008 年 4 月　頁 364—365

493. 朱雙一　從遷移到扎根：海與山的交會——臺灣文學「土地」情結的產生
　　　　　與傳衍〔《寒夜》部分〕　臺灣文學與中華地域文化　廈門　鷺
　　　　　江出版社　2008 年 9 月　頁 92—95

494. 段馨君　臺灣客家文學中的客家婚禮儀式〔《寒夜》部分〕　贛南師範學
　　　　　院學報　2009 年第 5 期　2009 年 10 月　頁 23—28

495. 楊淇竹　誰的土地？誰的歸屬？——賽珍珠《大地》與李喬《寒夜》之文
　　　　　本比較[36]　第十四屆臺灣文學家牛津獎暨李喬文學學術研討會　臺
　　　　　北　真理大學人文學院臺灣文學系　2010 年 12 月 18 日

496. 楊淇竹　誰的土地？誰的歸屬？——賽珍珠《大地》與李喬《寒夜》之文
　　　　　本比較　第十四屆臺灣文學家牛津獎暨李喬文學學術研討會資料
　　　　　彙集　臺北　真理大學人文學院臺灣文學系　2011 年 6 月　頁

---

[35] 本文比較分析李喬小說《寒夜》、黃英雄改編《寒夜》而成的歌仔戲劇本《臺灣，我的母親》及
河洛歌仔戲舞臺演出本之劇情異同。全文共 4 小節：1.前言；2.小說「寒夜三部曲」之一《寒夜》
與黃英雄的《臺灣，我的母親》以及河洛歌仔戲舞臺演出本《臺灣，我的母親》劇情內容；3.小
說「寒夜三部曲」之一《寒夜》與黃英雄的《臺灣，我的母親》以及河洛歌仔戲舞臺演出本《臺
灣，我的母親》之情節比較分析；4.結語。
[36] 本文旨在比較《大地》與《寒夜》「土地」意象的內涵。全文共 5 小節：1.前言；2.土地的思
想：從農村聚落開始；3.土地的原型：大地之母的淵源；4.土地，一個身分的歸屬；5.結論。

114—139

《孤燈》

497. 鄭清文　　《孤燈》　民眾日報　1980 年 1 月 21 日　12 版

498. 鄭清文　　《孤燈》　臺灣文學的基點　高雄　派色文化出版社　1992 年 7
　　　　　　　月　頁 311—314

499. 謝里法　　從大戰後日本「戰爭文學」看李喬的《孤燈》　臺灣文藝　第 88
　　　　　　　期　1984 年 5 月　頁 23—37

500. 李　黎　　不滅之燈——讀李喬的《孤燈》　大江流日夜　香港　三聯書店
　　　　　　　1985 年 2 月　頁 156—159

501. 許俊雅　　記憶與認同——臺灣小說的二戰經驗書寫：戰爭經驗與國族認同
　　　　　　　——回家的路〔《孤燈》部分〕　臺灣文學研究學報　第 2 期
　　　　　　　2006 年 4 月　頁 83—86

502. 許俊雅　　記憶與認同——臺灣小說的二戰經驗書寫：戰爭經驗與國族認同
　　　　　　　——回家的路〔《孤燈》部分〕　評論三十家：臺灣文學 30 年菁
　　　　　　　英選 1978—2008（下）　臺北　九歌出版社　2008 年 6 月　頁
　　　　　　　508—511

503. 三木直大著；陳玟君譯　　試論《孤燈》——李喬小說的歷史敘述與文學虛
　　　　　　　構　臺灣大河小說家作品學術研討會論文集　臺南　國家臺灣文
　　　　　　　學館籌備處　2006 年 12 月　頁 179—197

《荒村》

504. 陳　凌　　生命追尋的遁世覺悟——試析李喬小說《荒村》女主角彭燈妹的
　　　　　　　心路歷程　「人文、學術、跨世紀」學術研討會　臺北　真理大
　　　　　　　學人文學院主辦　1999 年 6 月 5 日

505. 盛　鎧　　《荒村》中的歷史與現實　歷史與現代性：一九七〇年代臺灣文
　　　　　　　學與美術中的鄉土運動[37]　輔仁大學比較文學研究所　博士論文

---

[37] 本文探討李喬小說《荒村》中的歷史觀及社會意識，分析其受現代性浪潮影響的藝術表現。全文
共 4 小節：1.歷史小說：過去與現在的交融；2.「必需的必然」：土地問題與資本的原始累積；3.

宋文里教授指導　2005 年 6 月　頁 188—209

506. 盛　　鎧　　讓未來通過過去來到現在：李喬《荒村》中的歷史及其現實意義
　　　　　　　第四屆苗栗縣文學故鄉與他鄉研討會論文集　苗栗　苗栗縣文化
　　　　　　　局　2006 年 12 月　頁 183—202

507. 楊淇竹　　記憶迷思──《寒夜續曲》歷史符號之影像再現[38]　臺灣文學評論
　　　　　　　第 8 卷第 4 期　2008 年 10 月　頁 134—150

508. 林淑慧　　日治時期啓蒙運動的再現──鍾肇政《滄溟行》、李喬《荒村》
　　　　　　　的歷史敘事[39]　第六屆臺灣文化國際學術研討會──臺灣文學的大
　　　　　　　河：歷史、土地與新文化（臺北場）　臺北　臺灣師範大學，長
　　　　　　　榮大學主辦　2009 年 9 月 4—5 日

509. 林淑慧　　日治時期啓蒙運動的再現：《滄溟行》、《荒村》的歷史敘事
　　　　　　　臺灣學誌　第 3 期　2011 年 4 月　頁 75—96

510. 周麗卿　　日據時代臺灣殖民法律的內化與反思──鍾肇政《滄溟行》與李
　　　　　　　喬《荒村》的比較研究[40]　東吳中文線上學術論文　第 8 期　2009
　　　　　　　年 12 月　頁 39—58

《情天無恨──白蛇新傳》

511. 宋澤萊　　李喬宗教思想摸象──序《白素貞逸傳》　臺灣時報　1983 年 6
　　　　　　　月 20 日　12 版

512. 宋澤萊　　序──李喬宗教思想摸象　情天無恨──白蛇新傳　臺北　前衛
　　　　　　　出版社　1983 年 9 月　頁 9—13

歷史的重複以及人與世界的一同成長；4.「微弱的彌賽亞的力量」：現代性的藝術反思。

[38] 《寒夜續曲》為《荒村》改編的電視劇本，本文從歷史敘事的觀點出發，比較文本與劇本之差異。

[39] 本文就史料的轉化、演講的氣圍與啓蒙意義、主題人物的真實與想像等層面爬梳文本。全文共 5 章：1.前言；2.臺灣文化協會與農民運動史料的轉化；3.演講的氣圍與啓蒙意義；4.主題人物的真實與想像；5.結語。

[40] 本文以鍾肇政《滄溟行》及李喬《荒村》為研究文本，試圖提出臺灣主體性內涵的問題與多元詮釋。全文共 6 小節：1.問題意識：從電影《海角七號》的日本記憶談起；2.殖民地臺灣的日本法律溯源；3.現代性與殖民性──小說文本的日本法律觀差異；4.世代差異：皇民化世代的記憶與認同；5.作為戒嚴時代的後殖民文本；6.結語：臺灣主體性的思索。

513. 宋澤萊　　序——李喬宗教思想摸象　情天無恨——白蛇新傳　臺北　草根
　　　出版公司　1996 年 4 月　頁 15—19

514. 〔文訊雜誌〕　　文苑短波——李喬新著《情天無恨》出版　文訊雜誌　第 3
　　　期　1983 年 9 月　頁 11

515. 應鳳凰　　風中的林木〔《情天無恨——白蛇新傳》部分〕　文訊雜誌　第 3
　　　期　1983 年 9 月　頁 170—174

516. 胡萬川　　一番隨喜——序《情天無恨》　情天無恨——白蛇新傳　臺北
　　　前衛出版社　1983 年 9 月　頁 1—8

517. 胡萬川　　一番隨喜——序《情天無恨》　情天無恨——白蛇新傳　臺北
　　　草根出版公司　1996 年 4 月　頁 5—13

518. 向陽等[41]　　情天無恨——李喬作品《情天無恨——白蛇新傳》討論會　新書
　　　月刊　第 15 期　1984 年 12 月　頁 52—58

519. 林濁水　　族類‧律法與悲劇：試論李喬《白蛇新傳》　自立晚報　1992 年
　　　6 月 7 日　10 版

520. 林濁水　　族類、律法與悲劇：試論李喬《白蛇新傳》　認識李喬　苗栗
　　　苗栗縣立文化中心　1993 年 6 月　頁 160—166

521. 林濁水　　族類、律法與悲劇——試論李喬《情天無恨》　情天無恨——白
　　　蛇新傳　臺北　草根出版公司　1996 年 4 月　頁 411—418

522. 彭瑞金　　人、妖交纏，佛法解不開的人間情慾——解讀李喬的《情天無
　　　恨》　當代臺灣情色文學研討會　臺北　中國青年寫作協會主辦
　　　1996 年 1 月 28 日

523. 彭瑞金　　人、妖交纏，佛法解不開的人間情慾——解讀李喬的《情天無
　　　恨》（1—6）　臺灣新聞報　1996 年 5 月 23—28 日　19 版

524. 彭瑞金　　人、妖交纏，佛法解不開的人間情慾——解讀李喬的《情天無
　　　恨》　蕾絲與鞭子的交歡：當代臺灣情色文學論　臺北　時報文

---

[41]與會者：許銘義、林芳玫、施芳瓏、許郁珣、林郁容、陳培榕、李文建、紀有德、林深靖、陳更
生、王麗芬、楊慶芳、謝斐如、李金蓮、楊樵、林文義、向陽；主持人：呂昱；紀錄：成丹橘。

化出版公司　1997 年 3 月　頁 167—193

525. 彭瑞金　人、妖交纏，佛法解不開的人間情慾——解讀李喬的《情天無恨》　驅除迷霧找回祖靈：臺灣文學論文集　高雄　春暉出版社　2000 年 5 月　頁 319—340

526. 許素蘭　愛在失落中蔓延——李喬《情天無恨》裡情愛的追尋、幻滅與轉化　文學臺灣　第 21 期　1997 年 1 月　頁 186—201

527. 徐碧霞　李喬《情天無恨》之新意探討　臺灣文藝　第 173 期　2000 年 12 月　頁 10—21

528. 鄭清文　多情與嚴法——試探李喬《白蛇新傳》的文學與宗教（上、中、下）　自由時報　2001 年 6 月 14—16 日　39 版

529. 鄭清文　多情與嚴法——試探李喬《白蛇新傳》的文學與宗教　多情與嚴法　臺北　玉山社出版公司　2004 年 5 月　頁 83—98

530. 黃伯和　李喬《情天無恨》書中的宗教素材與神學反省　道雜誌　第 3 期　2001 年 8 月　頁 73—80

531. 范金蘭　李喬的小說《情天無恨——白蛇新傳》[42]　「白蛇傳故事」型變研究　政治大學中國文學系　碩士論文　陳錦釗教授指導　2003 年 1 月　頁 176—187

532. 邱子修　醒悟還是了悟？——《白蛇傳》文本互涉的跨文化評析[43]　第五屆臺灣文化國際學術研討會——李喬的文學與文化論述　臺北，臺南　臺灣師範大學臺灣文學研究所，長榮大學臺灣研究所主辦　2007 年 4 月 27—29 日

533. 邱子修　醒悟還是了悟？——《白蛇傳》文本互涉的跨文化評析　李喬的文學與文化論述：第五屆臺灣文化國際學術研討會論文集　臺北

---

[42] 本文分析李喬小說《情天無恨——白蛇新傳》改寫白蛇傳故事的新意，探討其宗教及人性關懷的創意與哲思。

[43] 本文以李喬《情天無恨》、李碧華《青蛇》與嚴歌苓的《白蛇》中的女主角為意符，所呈現其自我超越，他者反詰，到模糊性別界線與主／客體來探索其他可能的象徵層面。全文共 6 節：1.前言；2.《白蛇傳奇》之現代版本；3.李喬的《情天無恨：新白蛇傳》（1983）；4.李碧華的《青蛇》（1986）；5.嚴歌苓的《白蛇》（1999）；6.結論。

臺灣師範大學臺灣文化及語言文學研究所　2007 年 12 月　頁 643
—666

534. 李　斌　　法與情的錯誤對決：論李喬的小說《情天無恨——白蛇新傳》
常州工學院學報　2010 年第 6 期　2010 年 12 月　頁 13—17

《告密者——李喬短篇小說自選集》

535. 葉石濤　　大河小說的種籽——短評《告密者》　聯合文學　第 13 期　1985
年 11 月　頁 218—219

536. 葉石濤　　大河小說的種籽　臺灣文學的困境　高雄　派色文化出版社
1992 年 7 月　頁 153—154

537. 葉石濤　　大河小說的種籽　葉石濤全集・評論卷三　臺南，高雄　國立臺
灣文學館，高雄市文化局　2008 年 3 月　頁 315—316

538. 陳永興　　對臺灣作家的敬愛和期待——序李喬短篇小說集《告密者》　告
密者　臺北　自立晚報文化出版部　1986 年 12 月　頁 6—8

539. 高天生　　詛咒與夢魘：臺灣小說中的《告密者》　自立晚報　1987 年 9 月
1 日　10 版

540. 陳　遼　　百年臺灣文學發展論——臺灣文學五「性」〔《告密者——李喬
短篇小說自選集》部分〕　百年中華文學史論：1898—2011　上
海　華東師範大學出版社　1999 年 9 月　頁 72

541. 金良守　　權力與監視：李喬《告密者》為中心　第五屆臺灣文化國際學術
研討會——李喬的文學與文化論述　臺北，臺南　臺灣師範大學
臺灣文學研究所，長榮大學臺灣研究所主辦　2007 年 4 月 27—29
日

《共舞》

542. 鄭清文　　李喬的變貌——序《共舞》　共舞　臺北　學英文化公司　1985
年 11 月　頁 1—5

543. 鄭清文　　李喬的變貌——序《共舞》　臺灣文學的基點　高雄　派色文化
出版社　1992 年 7 月　頁 161—165

544. 張素貞　現代的浮世繪：評李喬的《共舞》[44]　文訊雜誌　第 22 期　1986
　　　年 2 月　頁 173—177

545. 張素貞　李喬短篇小說集《共舞》　細讀現代小說　臺北　東大圖書公司
　　　1986 年 10 月　頁 101—106

546. 張素貞　李喬短篇小說集《共舞》　認識李喬　苗栗　苗栗縣立文化中心
　　　1993 年 6 月　頁 79—84

547. 張素貞　現代的浮世繪——評李喬的《共舞》　李喬短篇小說全集‧資料
　　　彙編　苗栗　苗栗縣立文化中心　2000 年 1 月　頁 140—145

548. 王德威　錯亂的人生舞步——評李喬《共舞》　聯合文學　第 16 期　1986
　　　年 2 月　頁 145

549. 王德威　錯亂的人生舞步——評李喬《共舞》　閱讀當代小說：臺灣‧大
　　　陸‧香港‧海外　臺北　遠流出版公司　1991 年 9 月　頁 40—42

《藍彩霞的春天》

550. 彭瑞金　打開天窗說亮話[45]　藍彩霞的春天　臺北　五千年出版社　1985 年
　　　12 月　頁 1—12

551. 彭瑞金　打開天窗說亮話——為《藍彩霞的春天》作註　自立晚報　1986
　　　年 1 月 18 日　10 版

552. 彭瑞金　依舊陰霾的春天——評李喬著《藍彩霞的春天》　臺灣文藝　第
　　　98 期　1986 年 1 月　頁 17—25

553. 彭瑞金　打開天窗說亮話　瞄準臺灣作家　高雄　派色文化出版社　1992
　　　年 7 月　頁 181—192

554. 彭瑞金　依舊陰霾的春天——評李喬著《藍彩霞的春天》　認識李喬　苗
　　　栗　苗栗縣立文化中心　1993 年 6 月　頁 85—94

555. 彭瑞金　打開天窗說亮話　藍彩霞的春天　臺北　遠景出版公司　1997 年
　　　7 月　頁 1—12

---

[44] 本文後改篇名為〈李喬短篇小說集《共舞》〉。
[45] 本文後改篇名為〈依舊陰霾的春天——評李喬著《藍彩霞的春天》〉。

556. 阿　　圖　　春天在鐵窗裡　藍彩霞的春天　臺北　五千年出版社　1985 年 12 月　頁 13—18

557. 阿　　圖　　春天在鐵窗裡　藍彩霞的春天　臺北　遠景出版公司　1997 年 7 月　頁 13—18

558. 吳重達　　文學與政治永遠分不開？——聞李喬《藍彩霞的春天》被禁有感　新觀點叢書　第 1 期　1986 年 3 月　頁 37—38

559. 苦　　苓　　《藍彩霞的春天》　文藝月刊　第 201 期　1986 年 3 月　頁 80—82

560. 苦　　苓　　《藍彩霞的春天》　書中書　臺北　希代書版公司　1986 年 9 月　頁 25—27

561. 荻　　宜　　李喬《藍彩霞的春天》——80 年代前葉查禁又解禁的名著　文訊雜誌　第 146 期　1997 年 12 月　頁 36—37

562. 劉至瑜　　臺灣作家筆下的妓女形象——以呂赫若〈冬夜〉、黃春明〈莎喲娜啦・再見〉、王禎和《玫瑰玫瑰我愛你》和李喬《藍彩霞的春天》為例[46]　臺灣人文　第 4 期　2000 年 6 月　頁 1—20

563. 彭瑞金　　戲談「賺食」之於文學〔《藍彩霞的春天》部分〕　臺灣日報　2000 年 8 月 27 日　31 版

564. 歐宗智　　小說哲學的建構——談《藍彩霞的春天》反抗意識與象徵意義　臺灣新聞報　2001 年 6 月 14 日　20 版

565. 歐宗智　　小說哲學的建構——談李喬《藍彩霞的春天》的象徵意義與反抗意識　走出歷史的悲情：臺灣小說評論集　臺北　臺北縣文化局　2002 年 12 月　頁 83—87

566. 歐宗智　　小說哲學的建構——《藍彩霞的春天》的象徵意義與反抗意識　臺灣大河小說家作品論　臺北　前衛出版社　2007 年 6 月　頁 53

---

[46]本文以作家筆下的妓女形象，分析其象徵臺灣人的苦難與諷刺殖民者迫害的創作方法。全文共 5 小節：1.前言；2.簡介〈冬夜〉、〈莎喲娜啦・再見〉、《玫瑰玫瑰我愛你》和《藍彩霞的春天》；3.〈冬夜〉、〈莎喲娜啦・再見〉、《玫瑰玫瑰我愛你》和《藍彩霞的春天》時代背景；4.臺灣作家筆下的妓女形象；5.結論。

—58

567. 盧翁美珍　　李喬《藍彩霞的春天》與李昂《殺夫》之比較　文華學報　第
11 期　2002 年 10 月　頁 1—27

《慈悲劍》

568. 楊　　照　　一顆拒絕衰老的心——評李喬的《慈悲劍》　文學的原像　臺北
聯合文學出版社　1995 年 5 月　頁 47—50

《埋冤 1947 埋冤》

569. 彭瑞金　　歷史文學的掙扎與蛻變——拒絕在虛構、真實間擺盪的《埋冤
1947 埋冤》　臺灣文學與社會——第二屆臺灣本土文化國際學術
研討會論文集　臺北　臺灣師範大學文學院國文學系，人文教育
研究中心　1995 年 4 月　頁 365—377

570. 彭瑞金　　歷史文學的掙扎與蛻變——拒絕在虛構、真實間擺盪的《埋冤
1947 埋冤》（1—15）　民眾日報　1996 年 6 月 19 日—7 月 3 日
27 版

571. 彭瑞金　　歷史文學的掙扎與蛻變——拒絕在虛構、真實間擺盪的《埋冤
1947 埋冤》　臺灣文藝　第 157 期　1996 年 10 月　頁 8—19

572. 彭瑞金　　歷史文學的掙扎與蛻變——拒絕在虛構、真實間擺盪的《埋冤
1947 埋冤》　驅除迷霧找回祖靈：臺灣文學論文集　高雄　春暉
出版社　2000 年 5 月　頁 137—159

573. 李永熾　　臺灣古拉格的囚禁與脫出——《埋冤 1947 埋冤》序　臺灣文藝
第 130 期　1995 年 8 月　頁 34—41

574. 李永熾　　臺灣古拉格的囚禁與脫出——《埋冤 1947 埋冤》序　埋冤 1947
埋冤　臺北　海洋臺灣出版社　1995 年 10 月　頁 1—14

575. 包黛瑩　　本土十大好書出爐——李喬《埋冤 1947 埋冤》等書入選　中國時
報　1996 年 1 月 16 日　24 版

576. 楊　　照　　大河滔滔，續流不絕——讀李喬《埋冤 1947 埋冤》　自立晚報
1996 年 2 月 2 日　23 版

577. 松尾直太　　略論《埋冤 1947 埋冤》裡的漢音日語與其日語對照　臺灣文藝
第 154 期　1996 年 4 月　頁 105—118

578. 宋澤萊　　忍向屍山血海求教訓——試介鍾逸人、李喬的二二八長篇小說[47]
臺灣新文學　第 11 期　1998 年 12 月　頁 230—270

579. 歐宗智　　臺灣女性的自我發現——談李喬《埋冤 1947 埋冤》的葉貞子與鍾
瓊玉（上、下）　臺灣時報　2000 年 5 月 18—19 日　16 版

580. 歐宗智　　臺灣女性的自我發現——談李喬《埋冤 1947 埋冤》的葉貞子與鍾
瓊玉　為有源頭活水來　臺北　清傳商職文教基金會　2001 年 2
月　頁 73—77

581. 歐宗智　　臺灣女性的自我發現——談李喬《埋冤 1947 埋冤》的葉貞子與鍾
瓊玉　走出歷史的悲情：臺灣小說評論集　臺北　臺北縣文化局
2002 年 12 月　頁 76—82

582. 歐宗智　　臺灣女性的自我發現——《埋冤 1947 埋冤》的葉貞子與鍾瓊玉
臺灣大河小說家作品論　臺北　前衛出版社　2007 年 6 月　頁 46
—52

583. 歐宗智　　本土小說裡的族群情節——以《怒濤》、《埋冤 1947 埋冤》、
《浪淘沙》為例　臺灣文學評論　第 2 卷第 1 期　2002 年 1 月
頁 78—83

584. 歐宗智　　本土小說裡的族群情結——以《怒濤》、《埋冤 1947 埋冤》、
《浪淘沙》為例　走出歷史的悲情：臺灣小說評論集　臺北　臺
北縣文化局　2002 年 12 月　頁 134—144

585. 歐宗智　　本土小說中的族群情結——以《怒濤》、《埋冤 1947 埋冤》、
《浪淘沙》為例　臺灣大河小說家作品論　臺北　前衛出版社

---

[47]本文分析介紹鍾逸人《辛酸六十年》及李喬《埋冤 1947 埋冤》這 2 部同以二二八事件為主題的長篇文學作品。全文共 12 小節：1.既是歷史也是文學；2.《辛酸六十年（上）（下）》中的重要事件；3.二七部隊建軍經過；4.《辛酸六十年（上）（下）》的文學本質；5.給我們的啟示；6.李喬的《埋冤一九四七埋冤》；8.《埋冤》裡的鍾瓊玉；9.《埋冤》中的葉貞子；10.《埋冤》的文學技巧及其成就；11.《埋冤》給我們的啟示；12.第二波鄉土文學的典範。

2007 年 6 月　頁 27—37

586. 歐宗智　《埋冤 1947 埋冤》的族群寬容　走出歷史的悲情：臺灣小說評論集　臺北　臺北縣文化局　2002 年 12 月　頁 138—140

587. 陳芳明　後戒嚴時期的後殖民文學——臺灣作家的歷史記憶之再現（一九八七——一九九七）〔《埋冤 1947 埋冤》部分〕　中華現代文學大系（貳）・臺灣一九八九—二○○三評論卷（一）　臺北　九歌出版社　2003 年 10 月　頁 245—246

588. 洪英雪　李喬《埋冤 1947 埋冤》[48]　第 2 屆苗栗文學燿日明月研討會　苗栗　苗栗縣文化局，中興大學中研所主辦　2004 年 7 月 29—30 日

589. 洪英雪　論《埋冤一九四七埋冤》的寫作模式與主題意識　弘光人文社會學報　第 5 期　2006 年 11 月　頁 41—62

590. 賴松輝　歷史事實？小說虛構？——論李喬《埋冤・一九四七・埋冤》的歷史修辭[49]　華醫社會人文學報　第 11 期　2005 年 6 月　頁 43—56

591. 申惠豐　鄉土與救贖——《埋冤一九四七埋冤》中的土地辯證[50]　臺灣歷史小說中的土地映像——土地意識的回歸、認同與實踐　靜宜大學中國文學系　碩士論文　陳明柔教授指導　2005 年 7 月　頁 63—88

592. 施莉荷　二二八小說的女性傷痛書寫〔《埋冤 1947 埋冤》部分〕　臺灣文學日日春　臺中　晨星出版公司　2005 年 9 月　頁 190

593. 紀心怡　小說？歷史？還是小說——《埋冤・一九四七・埋冤》的定調[51]

---

[48] 本文以時間、空間及「以字擬音」的行文風格等探討《埋冤 1947 埋冤》的特殊寫作模式，並析論其於二二八事件中確立臺灣人立場的主題意識。全文共 5 小節：1.前言；2.回歸歷史現場的文學構設技巧；3.《埋冤一九四七埋冤》的主題意識；4.文學與歷史的對話；5.餘論。

[49] 本文探討小說帶進歷史後，真相與虛構並列，產生虛構小說的逼真。全文共 3 小節：1.前言；2.臺灣主體性與歷史書寫形式；3.歷史修辭

[50] 本文分析李喬歷史小說《埋冤 1947 埋冤》，探索其中隱含的文化理念。全文共 5 小節：1.作家的道德與抉擇；2.多面的歷史——記憶的競寫現象；3.土地意識與文化除魅；4.回歸土地——符號誤識與非符號性認同；5.小結

[51] 本文從文學詩意語言的角度，析解《埋冤 1947 埋冤》的內容及寫作技巧，探討其美學價值。全

　　　　　　　　　文學臺灣　第 60 期　2006 年 10 月　頁 154—184

594. 許嘉雯　　　論李喬《埋冤 1947 埋冤》敘事的社會功能[52]　新竹教育大學語文
　　　　　　　　學報　第 13 期　2006 年 12 月　頁 165—179

595. 陳建忠　　　歷史敘述與美學意識形態：李喬《埋冤 1947 埋冤》與林燿德
　　　　　　　　《1947 高砂百合》的「二二八」歷史小說比較[53]　第五屆臺灣文化
　　　　　　　　國際學術研討會——李喬的文學與文化論述　臺北，臺南　臺灣
　　　　　　　　師範大學臺灣文學研究所，長榮大學臺灣研究所主辦　2007 年 4
　　　　　　　　月 27—29 日

596. 陳建忠　　　李喬《埋冤一九四七埋冤》與林燿德《一九四七高砂百合》的
　　　　　　　　「二二八」歷史小說比較　李喬的文學與文化論述：第五屆臺灣
　　　　　　　　文化國際學術研討會論文集　臺北　臺灣師範大學臺灣文化及語
　　　　　　　　言文學研究所　2007 年 12 月　頁 223—263

597. 陳國偉　　　李喬歷史敘述的複雜美學：以《埋冤 1947 埋冤》為例[54]　第五屆
　　　　　　　　臺灣文化國際學術研討會——李喬的文學與文化論述　臺北，臺
　　　　　　　　南　臺灣師範大學臺灣文學研究所，長榮大學臺灣研究所主辦
　　　　　　　　2007 年 4 月 27—29 日

598. 陳國偉　　　從語言復調到民族想像——李喬《埋冤一九四七埋冤》的歷史敘
　　　　　　　　事與再現　李喬的文學與文化論述：第五屆臺灣文化國際學術研

文共 4 小節：1.從嘓叭哖到二二八：李喬歷史小說的書寫經驗；2.召喚歷史・重反真實：《埋冤一
九四七埋冤》營造的時代氛圍；3.想像生命・書寫記憶：《埋冤一九四七埋冤》小說的情感表
現；4.虛構的真相：《埋冤一九四七埋冤》的美學意義。

[52] 本文一改過去討論文本真偽問題，思索更有意義之文本的社會功能。全文共 4 小節：1.前言；2.
文本的歷史闡釋；3.「見證」的敘事功能；4.結語。

[53] 本文旨在探討《埋冤 1947 埋冤》與《1947 高砂百合》的後殖民、後現代意義及其美學形式。全
文共 5 小節：1.前言；2.後殖民加後現代：臺灣歷史小說的詮釋框架與創作語境；3.誰是歷史的主
體？：《埋冤》與《高砂百合》中受難族群的建構與解構；4.關於暴力的敘事，或敘事暴力？：
《埋冤》與《高砂百合》中的再現系統與美學意識形態；5.結語：從解釋權爭奪戰到文學倫理學
的建立。

[54] 本文探討李喬《埋冤一九四七埋冤》文本中透過書寫語言與意圖上的真實性需求，建構出具有真
實意義的歷史，打造現代民族國家的想像形式。全文共 6 節：1.文學家李喬？歷史家李喬？；2.
《埋冤一九四七埋冤》的複調美學；3.歷史的雙翼：敘事、意圖與再現；4.語言：真實性／合法性
的確保；5.打造：現代民族國家的想像形式；6.結語。

討會論文集　臺北　臺灣師範大學臺灣文化及語言文學研究所
2007 年 12 月　頁 407—440

599. 彭瑞金　　生命的救贖，還是歷史的釋放？《埋冤 1947 埋冤》的再探索[55]
第五屆臺灣文化國際學術研討會——李喬的文學與文化論述　臺
北，臺南　臺灣師範大學臺灣文學研究所，長榮大學臺灣研究所
主辦　2007 年 4 月 27—29 日

600. 彭瑞金　　生命的救贖，還是歷史的釋放？——《埋冤一九四七埋冤》的再
探索　李喬的文學與文化論述：第五屆臺灣文化國際學術研討會
論文集　臺北　臺灣師範大學臺灣文化及語言文學研究所　2007
年 12 月　頁 535—555

601. 蕭愉配　　認同扭曲下的被殖民者心靈轉變——以陳火泉的〈道〉和李喬
《埋冤》為討論對象　成大清大臺灣文學研究生研討會　臺南
成功大學臺灣文學所主辦　2007 年 12 月 22—23 日

602. 朱雙一　　80 年代以來鄉土文學的延續和演變——「二二八」小說和「50 年
代白色恐怖使」作品〔《埋冤 1947 埋冤》部份〕　臺灣文學創作
思潮簡史　臺北　人間出版社　2011 年 5 月　頁 364—365

《李喬短篇小說精選集》

603. 歐宗智　　禁忌、荒誕、意識流與象徵——談《李喬短篇小說精選集》的特
色　臺灣文學評論　第 2 卷第 1 期　2002 年 1 月　頁 38—40

604. 歐宗智　　禁忌、荒誕、意識流與象徵——談《李喬短篇小說精選集》的特
色　走出歷史的悲情：臺灣小說評論集　臺北　臺北縣文化局
2002 年 12 月　頁 88—93

605. 歐宗智　　禁忌、荒誕、意識流與象徵——談《李喬短篇小說精選集》的特
色　臺灣大河小說家作品論　臺北　前衛出版社　2007 年 6 月
頁 59—64

---

[55]本文從李喬《埋冤一九四七埋冤》中耙梳其歷史敘事。全文共 4 節：1.前言：一九四七年二二八
事件的歷史沉澱與文學「醒」思；2.「埋冤」勇闖歷史蜂窩；3.從歷史拼貼到釋放；4.清算、掩
埋、集體釋放。

《重逢——夢裡的人：李喬短篇小說後傳》

606. 紀俊龍　李喬《重逢——夢裡的人》探析[56]　第五屆臺灣文化國際學術研討會——李喬的文學與文化論述　臺北，臺南　臺灣師範大學臺灣文學研究所，長榮大學臺灣研究所主辦　2007 年 4 月 27—29 日

607. 紀俊龍　李喬《重逢——夢裡的人》探析　李喬的文學與文化論述：第五屆臺灣文化國際學術研討會論文集　臺北　臺灣師範大學臺灣文化及語言文學研究所　2007 年 12 月　頁 343—389

608. 許素蘭　文學‧作為一種自傳：《重逢——夢裡的人：李喬短篇小說後傳》的「後設」意圖[57]　第五屆臺灣文化國際學術研討會——李喬的文學與文化論述　臺北，臺南　臺灣師範大學臺灣文學研究所，長榮大學臺灣研究所主辦　2007 年 4 月 27—29 日

609. 許素蘭　文學，作為一種自傳——《重逢——夢裡的人‧李喬短篇小說後傳》的「後設」意圖　李喬的文學與文化論述：第五屆臺灣文化國際學術研討會論文集　臺北　臺灣師範大學臺灣文化及語言文學研究所　2007 年 12 月　頁 391—405

《情歸大地》

610. 張倩瑋　《一八九五》歷史——李喬《情歸大地》　新臺灣新聞週刊　第 659 期　2008 年 11 月　頁 70—73

611. 羅　融　作家李喬‧義民史觀‧電影《一八九五》　人本教育札記　第 235 期　2009 年 1 月　頁 57—59

612. 張怡寧　歷史書寫中的一八九五：李喬《情歸大地》與閻延文《臺灣風雲》的比較研究　第六屆臺灣文化國際學術研討會——臺灣文學的大河：歷史、土地與新文化（臺北場）　臺北　臺灣師範大學，長榮大學主辦　2009 年 9 月 4—5 日

---

[56]本文透過巴赫金的「對話」概念，解釋《重逢—夢裡的人》中出現的多方交談之敘述現象。全文共 6 節：1.探尋冥奧夢境的起點；2.《重逢》的基礎——短篇小說的回顧；3.《重逢》艱屯璀璨的生命歷程；4.《重逢》的歸鄉意識；5.《重逢》李喬小說的創作世界；6.《重逢》的餘韻。

[57]本文探究李喬《重逢——夢裡的人‧李喬短篇小說後傳》文本中的後設意圖。

613. 朱嘉雯　　臺灣糖的母土意象——由《情歸大地》延伸探討日據時期的蔗園
　　　　　　　精神　客家飲食文學與文化國際學術研討會　臺北，苗栗　中央
　　　　　　　大學文學院主辦　2009 年 12 月 13—14 日

614. 蔡造珉　　論從《情歸大地》到《一八九五》之差異性[58]　博雅教育學報　第
　　　　　　　5 期　2009 年 12 月　頁 115—127

615. 黃惠禎　　母土與父國：李喬《情歸大地》與《一八九五》電影改編的認同
　　　　　　　差異[59]　臺灣文學研究學報　第 10 期　2010 年 4 月　頁 183—210

616. 林明昌　　　而今客家作主人——李喬《情歸大地》與電影《一八九五》[60]
　　　　　　　愛、理想與淚光——文學電影與土地的故事（下）　臺南　國立
　　　　　　　臺灣文學館　2010 年 12 月　頁 359—383

《格理弗 Long Stay 臺灣》

617. 劉慧真　　理論旅行與在地關照：李喬《格理弗 long stay 臺灣》研究　第十
　　　　　　　四屆臺灣文學家牛津獎暨李喬文學學術研討會　臺北　真理大學
　　　　　　　人文學院臺灣文學系　2010 年 12 月 18 日

《咒之環》

618. 李永熾　　　脫出《咒之環》　咒之環　臺北　印刻文學生活雜誌出版公司
　　　　　　　2010 年 7 月　頁 4—8

619. 李永熾　　　脫出《咒之環》　文學臺灣　第 76 期　2010 年 10 月　頁 306—
　　　　　　　311

620. 申惠豐　　臺灣歷史的悲劇與鬧劇——論李喬《咒之環》中的歷史視野[61]　第
　　　　　　　十四屆臺灣文學家牛津獎暨李喬文學學術研討會　臺北　真理大
　　　　　　　學人文學院臺灣文學系　2010 年 12 月 18 日

---

[58] 本文探討李喬小說《情歸大地》及洪智育將之改編的電影《一八九五》間的差異。全文共 5 小節：1.前言；2.從寫實到寬恕；3.從父棄到母愛；4.加深愛情刻畫；5.結論。

[59] 本文從李喬原著《情歸大地》與改編電影《一八九五》的互文性出發，探析這 2 種文本於認同上的差異。全文共 5 小節：1.前言；2.土地、鄉土、國土；3.生命與母土的結合；4.父國與父權體制；5.結論。

[60] 本文簡介李喬所撰寫的小說《寒夜三部曲》以及劇本《情歸大地》。

[61] 本文探討《咒之環》的激進態度。全文共 4 小節：1.前言；2.臺灣歷史的悲劇性；3.輪迴的罪惡：臺灣歷史的鬧劇；4.代結語：從詛咒中脫出。

621. 申惠豐　　未完成的臺灣（人）・受詛咒的臺灣（人）──李喬《咒之環》
　　　　　　　初探　第十四屆臺灣文學家牛津獎暨李喬文學學術研討會資料彙
　　　　　　　集　臺北　真理大學人文學院臺灣文學系　2011 年 6 月　頁 13─
　　　　　　　25

622. 蔡造珉　　論李喬《咒之環》的創作意念與寫作手法[62]　第十四屆臺灣文學家
　　　　　　　牛津獎暨李喬文學學術研討會　臺北　真理大學人文學院臺灣文
　　　　　　　學系　2010 年 12 月 18 日

623. 蔡造珉　　論李喬《咒之環》的創作意念與寫作手法　第十四屆臺灣文學家
　　　　　　　牛津獎暨李喬文學學術研討會資料彙集　臺北　真理大學人文學
　　　　　　　院臺灣文學系　2011 年 6 月　頁 26─42

文集

《李喬短篇小說全集》

624. 鄭清文　　文化沙漠正在綠化中──關於《李喬短篇小說全集》的出版　自
　　　　　　　由時報　2000 年 4 月 24 日　39 版

625. 鄭清文　　文化沙漠正在綠化中──關於《李喬短篇小說全集》的出版　小
　　　　　　　國家大文學　臺北　玉山社出版公司　2000 年 10 月　頁 306─
　　　　　　　307

◆多部作品

《飄然曠野》、《戀歌》

626. 葉石濤　　評李喬的兩本書：《飄然曠野》、《戀歌》　葉石濤評論集　臺
　　　　　　　北　蘭開書局　1968 年 9 月　頁 107─114

627. 葉石濤　　評李喬的兩本書：《飄然曠野》、《戀歌》　幼獅文藝　第 180
　　　　　　　期　1968 年 12 月　頁 107─114

628. 葉石濤　　評李喬的兩本書　葉石濤作家論集　高雄　三信出版社　1973 年
　　　　　　　3 月　頁 217─228

---

[62]本文旨在探究《咒之環》的主題性與創作手法。全文共 4 小節：1.前言；2.主題呈現──從詛咒
　到重生；3.寫作手法；4.結論。

629. 葉石濤　　評李喬的兩本書：《飄然曠野》、《戀歌》　臺灣鄉土作家論集　臺北　遠景出版公司　1979 年 3 月　頁 205—210

630. 葉石濤　　評李喬的兩本書：《飄然曠野》、《戀歌》　認識李喬　苗栗　苗栗縣立文化中心　1993 年 6 月　頁 27—37

631. 葉石濤　　評李喬的兩本書——《飄然曠野》、《戀歌》　李喬短篇小說全集‧資料彙編　苗栗　苗栗縣立文化中心　2000 年 1 月　頁 87—97

632. 葉石濤　　評李喬的兩本書——《飄然曠野》、《戀歌》　葉石濤全集‧評論卷一　臺南，高雄　國立臺灣文學館，高雄市文化局　2008 年 3 月　頁 247—258

《寒夜三部曲》——寒夜、荒村、孤燈

633. 鄭清文　　「高山鱒」的故事——評李喬「寒夜三部曲」　民眾日報　1978 年 9 月 22 日　12 版

634. 謝松山　　簡介「寒夜三部曲」　文學界　第 4 期　1982 年 1 月　頁 59—65

635. 應鳳凰　　文學園林〔《寒夜》、《荒村》、《孤燈》部分〕　臺灣時報　1982 年 3 月 25 日　12 版

636. 彭瑞金　　大地的悲愴樂章——李喬的「寒夜三部曲」　文訊雜誌　第 6 期　1983 年 12 月　頁 275—280

637. 彭瑞金　　大地的悲愴樂章——「寒夜三部曲」　廿世紀臺灣代表性人物（上）　臺北　望春風文化公司　2001 年 4 月　頁 99—108

638. 花　村　　大地人生——試析李喬的「寒夜三部曲」　文學界　第 9 期　1984 年 2 月　頁 178—195

639. 張良澤　　台湾文学の近況——「寒夜三部曲」を中心として[63]　中國研究月

---

[63] 本文以《臺灣文藝》與大河小說爲中心，序列吳濁流、鍾理和、鍾肇政、李喬等人以闡述吳濁流精神之傳承，並分析李喬「寒夜三部曲」的特色與集大成之意義。全文共 11 小節：1.前言——台灣文學的正味；2.吳濁流精神；3.鍾理和的遺志；4.「台灣文芸」雑誌；5.その他の文芸雑誌；6.鍾肇政的快著；7.李喬的三部作；8.「寒夜三部曲」之一——「寒夜」；9.「寒夜三部曲」之二——「荒村」；10.「寒夜三部曲」之三——「孤燈」；11.結論。後由廖爲智中譯爲〈臺灣文學之近況——以「寒夜三部曲」爲中心〉。

　　　　　　　　報　第 442 期　1984 年 12 月　頁 1—11

640. 張良澤著；廖爲智譯　　臺灣文學之近況——以「寒夜三部曲」爲中心[64]　臺
　　　　　　　　灣文學、語文論集　彰化　彰化縣立文化中心　1996 年 7 月　頁
　　　　　　　　34—55

641. 若林正丈著；葉石濤譯　　歷史與文學[65]　臺灣文藝　第 96 期　1985 年 9 月
　　　　　　　　頁 32—38

642. 若林正丈著；葉石濤譯　　現代史沃野初探　三腳馬（臺灣現代小說選 3）
　　　　　　　　臺北　名流出版社　1986 年 8 月　頁 115—121

643. 若林正丈著；葉石濤譯　　現代史沃野初探　李喬短篇小說全集‧資料彙編
　　　　　　　　苗栗　苗栗縣立文化中心　2000 年 1 月　頁 237—249

644. 潘亞暾，汪義生　　臺灣長河小說中兩座相互輝映的豐碑——比較「臺灣
　　　　　　　　人」和「寒夜」兩個三部曲　當代文壇　1987 年第 4 期　1987 年
　　　　　　　　4 月　頁 66—70

645. 許水綠　　筆尖指向現實——臺灣文學作品與社會生命〔《寒夜》、《荒
　　　　　　　　村》、《孤燈》部分〕　臺灣新文化　第 13 期　1987 年 10 月
　　　　　　　　頁 57

646. 關連閣　　李喬及其「寒夜三部曲」　現代臺灣文學史　瀋陽　遼寧大學出
　　　　　　　　版社　1987 年 12 月　頁 656—670

647. 陳萬益　　母親的形象和象徵——「寒夜三部曲」初探　第一屆當代中國文
　　　　　　　　學國際學術會議　新竹　清華大學中研所，新地文學基金會主辦
　　　　　　　　1988 年 6 月 25—26 日

648. 陳萬益　　母親的形象和象徵——「寒夜三部曲」試探　中華現代文學大
　　　　　　　　系‧評論卷 1　臺北　九歌出版社　1989 年 5 月　頁 683—701

---

[64] 本文爲〈台湾文学の近況——「寒夜三部曲」を中心として〉之中譯版。全文共 11 小節：1.前言
——臺灣文學之實質；2.吳濁流精神；3.鍾理和之遺志；4.《臺灣文藝》的信息；5.本土文學新氣
象；6.鍾肇政之快著；7.李喬三部曲；8.「寒夜三部曲」之一——《寒夜》；9.「寒夜三部曲」之
二——《荒村》；10.「寒夜三部曲」之三——《孤燈》；11.結論。

[65] 本文論及《寒夜》、《荒村》、《孤燈》部分，後改篇名爲〈現代史沃野初探〉。

649. 陳萬益　　母親的形象和象徵——「寒夜三部曲」初探　南瀛文學選・評論卷（二）　臺南　臺南縣文化局　1992 年 6 月　頁 329—349

650. 陳萬益　　母親的形象和象徵——「寒夜三部曲」初探　認識李喬　苗栗　苗栗縣立文化中心　1993 年 6 月　頁 126—142

651. 陳萬益　　母親的形象和象徵——「寒夜三部曲」初探　于無聲處聽驚雷　臺南　臺南市立文化中心　1996 年 5 月　頁 19—40

652. 陳萬益　　Image and Symbolism of the Mother in Wintry Night Trilogy（母親的形象和象徵——「寒夜三部曲」初探）　Taiwan Literature: English Translation Series　第 13 期　2003 年 7 月　頁 159—176

653. 賴復霄　　臺灣小說與臺灣精神——以李喬「寒夜三部曲」為例　臺灣文化季刊　第 9 期　1988 年 6 月　頁 39—43

654. 古繼堂　　六十年代臺灣現實主義作家的卓越代表——李喬　臺灣小說發展史　臺北　文史哲出版社　1989 年 7 月　頁 440—453

655. 林衡哲　　漫談李喬的「寒夜三部曲」　雕出臺灣文化之夢　臺北　前衛出版社　1989 年 7 月　頁 247—251

656. 齊邦媛　　人性尊嚴與天地不仁——李喬「寒夜三部曲」　臺灣春秋　第 1 卷第 11 期　1989 年 8 月　頁 328—335

657. 齊邦媛　　人性尊嚴與天地不仁——李喬「寒夜三部曲」　千年之淚　臺北　爾雅出版社　1990 年 7 月　頁 179—201

658. 齊邦媛　　人性尊嚴與天地不仁——李喬「寒夜三部曲」　認識李喬　苗栗　苗栗縣立文化中心　1993 年 6 月　頁 143—159

659. 潘亞暾　　臺灣人民反殖民的悲壯戰歌——讀李喬的「寒夜三部曲」　臺灣春秋　第 1 卷第 11 期　1989 年 9 月　頁 328—335

660. 齊邦媛　　寫給土地的家書——讀李喬「寒夜三部曲」　臺灣春秋　第 1 卷第 12 期　1989 年 10 月　頁 328—337

661. 齊邦媛　　寫給土地的家書——讀李喬「寒夜三部曲」（上、下）　聯合報　1990 年 7 月 7—8 日　29 版

662. 黃重添　　孤兒的歷史與歷史的孤兒〔《寒夜》、《荒村》、《孤燈》部分〕　臺灣長篇小說論　福州　海峽文藝出版社　1990 年 5 月　頁 30—38

663. 黃重添　　孤兒的歷史與歷史的孤兒〔《寒夜》、《荒村》、《孤燈》部分〕　臺灣長篇小說論　臺北　稻禾出版社　1992 年 8 月　頁 33—41

664. 齊邦媛　　時代的聲音——吳濁流、鍾肇政、李喬、陳千武　千年之淚　臺北　爾雅出版社　1990 年 7 月　頁 7—10

665. 黃　娟　　從蕃仔林看歷史——試論「寒夜三部曲」（上、下）[66]　自立晚報　1991 年 4 月 14，21 日　5 版

666. 黃　娟　　從蕃仔林看歷史——試論「寒夜三部曲」　政治與文學之間　臺北　前衛出版社　1993 年 5 月　頁 117—143

667. 黃　娟　　從蕃仔林看歷史——試論「寒夜三部曲」　政治與文學之間　臺北　前衛出版社　1995 年 4 月　頁 117—143

668. 張文智　　「臺灣文化建構運動」與臺灣認同體系〔《寒夜》、《荒村》、《孤燈》部分〕　當代文學的臺灣意識　臺北　自立晚報社文化出版部　1993 年 6 月　頁 67—70

669. 彭瑞金　　臺灣客家文學的可能性及其以女性為主導的特質〔《寒夜》、《荒村》、《孤燈》部分〕　客家臺灣文學論　苗栗　苗栗縣立文化中心　1993 年 6 月　頁 96—99

670. 彭瑞金　　臺灣客家文學的可能性及其以女性為主導的特質〔《寒夜》、《荒村》、《孤燈》部分〕　臺灣文學探索　臺北　前衛出版社　2003 年 4 月　頁 196—200

671. 徐進榮　　李喬「寒夜三部曲」中「燈妹」的涵意　文學臺灣　第 7 期　1993 年 7 月　頁 115—122

---

[66]本文析論「寒夜三部曲」3 部小說內容及人物。全文共 5 部分：1.前言；2.《寒夜》；3.《荒村》；4.《孤燈》；5.結語。

672. 楊　照　歷史大河中的悲情——論臺灣的「大河小說」〔《寒夜》、《荒村》、《孤燈》部分〕　四十年來中國文學　臺北　聯合文學出版社　1995 年 6 月　頁 182—187

673. 楊　照　歷史大河中的悲情——論臺灣的「大河小說」〔《寒夜》、《荒村》、《孤燈》部分〕　文學、社會與歷史想像：戰後文學史散論　臺北　聯合文學出版社　1995 年 10 月　頁 92—110

674. 楊　照　歷史大河中的悲情——論臺灣的「大河小說」〔《寒夜》、《荒村》、《孤燈》部分〕　臺灣文學二十年集 1978—1998：評論二十家　臺北　九歌出版社　1998 年 3 月　頁 461—477

675. 楊　照　從「鄉土寫實」到「超現實」——八〇年代的臺灣小說〔《寒夜》、《荒村》、《孤燈》部分〕　臺灣文學發展現象：五十年來臺灣文學研討會文集（二）　臺北　行政院文建會　1996 年 6 月　頁 147—148

676. 簡素琤　愛爾蘭文藝復興時期的文學與李喬「寒夜三部曲」女性形象在建國神話的寓義　明倫學報　第 1 期　1996 年 12 月　頁 77—84

677. 鄭清文　文學類——「寒夜三部曲」推薦理由　百人百書百緣——百位名家推薦百本好書　臺北　賴國洲書房　1997 年 9 月　頁 40

678. 齊邦媛　文學類——「寒夜三部曲」推薦理由　百人百書百緣——百位名家推薦百本好書　臺北　賴國洲書房　1997 年 9 月　頁 40

679. 楊　照　以小說捕捉臺灣歷史的本質〔《寒夜》、《荒村》、《孤燈》部分〕　中國時報　1998 年 1 月 20 日　27 版

680. 邱花妹　寒夜中燃起摯愛——李喬　天下雜誌　第 200 期　1998 年 1 月　頁 142

681. 羅秀菊　大河小說在臺灣的發展——兼談李喬的「寒夜三部曲」　臺灣文藝　第 163、164 期合刊　1998 年 8 月　頁 49—57

682. 齊邦媛　李喬「寒夜三部曲」中難忘的人物（上、下）　聯合報　1998 年 9 月 24—25 日　37 版

683. 齊邦媛　　李喬「寒夜三部曲」中難忘的人物　霧漸漸散的時候　臺北　九歌出版社　1998 年 10 月　頁 289—294

684. 歐宗智　　臺灣島的悲憤與血淚——綜論李喬「寒夜三部曲」（上、中、下）　民眾日報　1999 年 8 月 19—21 日　17 版

685. 歐宗智　　臺灣島的悲憤與血淚——綜論李喬「寒夜三部曲」　爲有源頭活水來　臺北　清傳商職文教基金會　2001 年 2 月　頁 49—53

686. 歐宗智　　臺灣島的悲憤與血淚——綜論李喬「寒夜三部曲」　走出歷史的悲情：臺灣小說評論集　臺北　臺北縣文化局　2002 年 12 月　頁 43—48

687. 鍾肇政　　臺灣文學精萃〔《寒夜》、《荒村》、《孤燈》部分〕　新世紀閱讀通行證　臺北　賴國洲書房　1999 年 10 月　頁 144

688. 王慧芬　　李喬的悲苦大地　臺灣客籍作家長篇小說中人物的文化認同　東海大學中國文學系　碩士論文　洪銘水教授指導　1999 年　頁 223—296

689. 歐宗智　　傳統客家女性的堅忍形象——談「寒夜三部曲」的燈妹　明道文藝　第 287 期　2000 年 2 月　頁 124—128

690. 歐宗智　　傳統客家女性的堅忍形象——談「寒夜三部曲」的燈妹　爲有源頭活水來　臺北　清傳商職文教基金會　2001 年 2 月　頁 69—72

691. 歐宗智　　傳統客家女性的堅忍形象——談「寒夜三部曲」的燈妹　走出歷史的悲情：臺灣小說評論集　臺北　臺北縣文化局　2002 年 12 月　頁 70—75

692. 歐宗智　　土地意識與天人合一——「寒夜三部曲」的特異主題　自由時報　2000 年 3 月 6 日　39 版

693. 歐宗智　　土地意識與天人合一——談「寒夜三部曲」的特異主題　爲有源頭活水來　臺北　清傳商職文教基金會　2001 年 2 月　頁 66—68

694. 歐宗智　　土地意識與天人合一——談「寒夜三部曲」的特異主題　走出歷史的悲情：臺灣小說評論集　臺北　臺北縣文化局　2002 年 12 月

頁 66—69

695. 歐宗智　　天災人禍的沉痛控訴——「寒夜三部曲」的吃與餓　書評雜誌第 46 期　2000 年 6 月　頁 15—19

696. 歐宗智　　天災人禍的沉痛控訴——談「寒夜三部曲」的吃與餓　爲有源頭活水來　臺北　清傳商職文教基金會　2001 年 2 月　頁 62—65

697. 歐宗智　　天災人禍的沉痛控訴——「寒夜三部曲」的吃與餓　走出歷史的悲情：臺灣小說評論集　臺北　臺北縣文化局　2002 年 12 月　頁 61—65

698. 鍾肇政　　淺談「大河小說」〔《寒夜》、《荒村》、《孤燈》部分〕　鍾肇政全集・隨筆集 2　桃園　桃園縣文化局　2000 年 12 月　頁 356—358

699. 歐宗智　　臺灣人心中永遠的痛——談「寒夜三部曲」的殖民壓迫與反抗意識　爲有源頭活水來　臺北　清傳商職文教基金會　2001 年 2 月　頁 54—57

700. 歐宗智　　臺灣人心中永遠的痛——談「寒夜三部曲」的殖民壓迫與反抗意識　走出歷史的悲情：臺灣小說評論集　臺北　臺北縣文化局　2002 年 12 月　頁 49—54

701. 歐宗智　　複雜多面的人性思考——「寒夜三部曲」的漢奸文化與異國友誼　爲有源頭活水來　臺北　清傳商職文教基金會　2001 年 2 月　頁 58—61

702. 歐宗智　　複雜多面的人性思考——談「寒夜三部曲」的漢奸文化與異國情誼　臺灣文學評論　第 1 卷第 1 期　2001 年 7 月　頁 102—105

703. 歐宗智　　複雜多面的人性思考——「寒夜三部曲」的漢奸文化與異國友誼　書評　第 54 期　2001 年 10 月　頁 6—9

704. 歐宗智　　複雜多面的人性思考——談「寒夜三部曲」的漢奸文化與異國情誼　走出歷史的悲情：臺灣小說評論集　臺北　臺北縣文化局　2002 年 12 月　頁 55—60

705. 歐宗智　複雜多面的人性思考──「寒夜三部曲」的漢奸文化與異國情誼　臺灣大河小說家作品論　臺北　前衛出版社　2007 年 6 月　頁 40 ──45

706. 王丹荷　「寒夜」描寫先民墾殖艱辛愛鄉情濃　青年日報　2002 年 3 月 2 日　15 版

707. 羅文嘉　「寒夜」適味、美意的文化小點　聯合報　2002 年 4 月 1 日　39 版

708. 陳文芬　《寒夜》紅了，李喬願獻作公共財　中國時報　2002 年 4 月 4 日　14 版

709. 彭瑞金　客家人的寒夜　自由時報　2002 年 4 月 8 日　33 版

710. 彭志明　「寒夜三部曲」照見李喬心靈　臺灣日報　2002 年 8 月 10 日　13 版

711. 歐宗智　追求文學的極致──談「寒夜三部曲」與《浪淘沙》的宗教情懷　走出歷史的悲情：臺灣小說評論集　臺北　臺北縣文化局　2002 年 12 月　頁 105──118

712. 應鳳凰　李喬的「寒夜三部曲」　臺灣文學花園　臺北　玉山社出版公司　2003 年 1 月　頁 101──105

713. 莊華堂　客家與故鄉認同──戰後臺灣客家小說家筆下的鄉愁[67]　2003 客家文學研討會　臺北　臺灣客家公共事務協會，臺北市客家公共事務協會　2003 年 11 月 28 日　頁 65──85

714. 張典婉　女性發聲的年代〔《寒夜》、《荒村》、《孤燈》部分〕　臺灣客家女性　臺北　玉山社出版公司　2004 年 4 月　頁 165──167

715. 鄭清文　「寒夜」貫穿臺灣人的血淚紀錄──臺灣人墾荒歷史的重現　多情與嚴法　臺北　玉山社出版公司　2004 年 5 月　頁 74──78

716. 王萬睿　「寒夜三部曲」　最愛一百小說　臺北　聯經出版公司　2004 年

---

[67] 本文以吳濁流、鍾理和、鍾肇政、李喬、吳錦發、莊華堂等戰後的客籍小說家爲研究對象，以「鄉愁」爲主題，探討其作品展現世代間的「客家」、「故鄉」特質之傳承與流變。本文論及李喬《寒夜三部曲》部分。

5 月　頁 50—51

717. 申惠豐　　鄉土顯影——「寒夜」與《沈淪》中的土地意識〔《寒夜》、
　　　　　　　《荒村》、《孤燈》部分〕　臺灣歷史小說中的土地映像——土
　　　　　　　地意識的回歸、認同與實踐　靜宜大學中國文學系　碩士論文
　　　　　　　陳明柔教授指導　2005 年 7 月　頁 44—62

718. 許素蘭　　臺灣，我的母親——李喬「寒夜三部曲」裡孤兒意識的消解與故
　　　　　　　鄉意象的浮現　臺灣大河小說家作品學術研討會論文集　臺南
　　　　　　　國家臺灣文學館籌備處　2006 年 12 月　頁 199—217

719. 岡崎郁子　探討李喬「寒夜三部曲」裡之日語表現方法以及那時代性　第
　　　　　　　五屆臺灣文化國際學術研討會——李喬的文學與文化論述　臺
　　　　　　　北，臺南　臺灣師範大學臺灣文學研究所，長榮大學臺灣研究所
　　　　　　　主辦　2007 年 4 月 27—29 日

720. 楊　翠　　「寒夜三部曲」中的女性形象　第五屆臺灣文化國際學術研討會
　　　　　　　——李喬的文學與文化論述[68]　臺北，臺南　臺灣師範大學臺灣文
　　　　　　　學研究所，長榮大學臺灣研究所主辦　2007 年 4 月 27—29 日

721. 楊　翠　　「大地母親」的多重性——論李喬《寒夜三部曲》、《情天無
　　　　　　　恨》、《藍彩霞的春天》中的女性塑像　李喬的文學與文化論
　　　　　　　述：第五屆臺灣文化國際學術研討會論文集　臺北　臺灣師範大
　　　　　　　學臺灣文化及語言文學研究所　2007 年 12 月　頁 605—642

722. 陸敬思　　臺灣歷史上一個社區的發展：分析李喬的「寒夜三部曲」[69]　第五
　　　　　　　屆臺灣文化國際學術研討會——李喬的文學與文化論述　臺北，
　　　　　　　臺南　臺灣師範大學臺灣文學研究所，長榮大學臺灣研究所主辦

---

[68]本文鎖定李喬筆下的「大地母親」形象，以三部文本作為討論主體。全文共 5 節：1.緒論；2.善
良母神・生命本體——《寒夜三部曲》中「燈妹」的豐饒意象；3.摧毀法海・昇華母神——《情
天無恨——白蛇新傳》中對「法理中心」的解構與「人界」的重構；4.復仇母神・反抗自救——
《藍彩霞的春天》中的「反抗哲學」與「春天」隱喻；5.結論。

[69]本文針對《寒夜三部曲》的傳統文化描述，社會價值的敘事以及政治內涵的表現，加以詮釋。全
文共 4 節：1.想像性的社區，文化的多層文本性，與歷史的淺／深層再現；2.「命」在華文論述的
普遍性，在形塑文化共同體的功能，及它的真面目；3.「孝」：一種寫實主義的再現；4.結尾。

2007 年 4 月 27—29 日

723. 陸敬思　　臺灣歷史上一個社區的發展——分析李喬的《寒夜三部曲》　李
　　　　　　　　喬的文學與文化論述：第五屆臺灣文化國際學術研討會論文集
　　　　　　　　臺北　臺灣師範大學臺灣文化及語言文學研究所　2007 年 12 月
　　　　　　　　頁 699—716

724. 沈曉雯　　大河小說的建國意識形態——以李喬「寒夜」為例　當代臺灣小
　　　　　　　　說的神話學解讀　暨南大學中國語文學系　碩士論文　黃錦樹教
　　　　　　　　授指導　2007 年 9 月　頁 99—106

725. 陳鴻逸　　一種歷史的認同與實踐——談李喬「寒夜三部曲」的土地之敘事
　　　　　　　　書寫　第五屆苗栗縣文學‧多元共生‧研討會論文集　苗栗　苗
　　　　　　　　栗縣國際文化觀光局　2007 年 12 月　頁 89—100

726. 許惠文　　「發現」美麗島：清治開發史與殖民大躍進——「寒夜三部
　　　　　　　　曲」、《臺灣人三部曲》　戰後非原住民作家的原住民書寫　靜
　　　　　　　　宜大學中國文學系　碩士論文　陳建忠教授指導　2008 年 7 月
　　　　　　　　頁 17—27

727. 明田川聰士　李喬《寒夜三部曲》中福克納作品的影響　臺灣文學與文化
　　　　　　　　——第九屆國際青年學者漢學會議　臺北　臺灣大學臺灣文學研
　　　　　　　　究所，哈佛大學東亞系主辦　2010 年 7 月 9—10 日

728. 楊　　照　歷史大河中的悲情——論臺灣的「大河小說」[70]　霧與畫：戰後臺
　　　　　　　　灣文學史散論　臺北　麥田出版公司　2010 年 8 月　頁 142—156

729. 聶雅婷　　「寒夜三部曲」當中的主體際性的建構[71]　第十四屆臺灣文學家牛
　　　　　　　　津獎暨李喬文學學術研討會　臺北　真理大學人文學院臺灣文學
　　　　　　　　系　2010 年 12 月 18 日

---

[70]本文專論臺灣大河小說的特殊性格，以臺灣三部最具代表性的大河小說作品——鍾肇政《臺灣人
三部曲》、李喬《寒夜三部曲》與東方白《浪淘沙》為例。

[71]本文以「主體際性」為研究觀點，探述《寒夜三部曲》所展現的你／我溝通與交流圖像。全文共
4 小節：1.由「主體際性」出發；2.由《寒夜三部曲》看「主體際性」；3.「主體際性」開展——
召喚你與我參與介入；4.結論。

730. 晶雅婷　由《寒夜三部曲》看李喬「主體際性」的建構　第十四屆臺灣文學家牛津獎暨李喬文學學術研討會資料彙集　臺北　真理大學人文學院臺灣文學系　2011 年 6 月　頁 92—113

731. 應鳳凰，傅月庵　李喬——「寒夜三部曲」　冊頁流轉——臺灣文學書入門 108　臺北　印刻文學生活雜誌出版公司　2011 年 3 月　頁 112—113

732. 朱雙一　70 年代鄉土文學的創作主題和實績——臺灣歷史「大河小說」的創作〔《寒夜》、《荒村》、《孤燈》部分〕　臺灣文學創作思潮簡史　臺北　人間出版社　2011 年 5 月　頁 330—331

《山女——蕃仔林故事集》、《寒夜三部曲——寒夜、荒村、孤燈》

733. 彭瑞金　從族群特性看客家文學的發展——臺灣客家作家作品的特質　客家臺灣文學論　苗栗　苗栗縣立文化中心　1993 年 6 月　頁 35—39

734. 彭瑞金　從族群特性看客家文學的發展——臺灣客家作家作品的特質　臺灣文學探索　臺北　前衛出版社　2003 年 4 月　頁 142—145

《藍彩霞的春天》、《「死胎」與我》

735. 李漢偉　臺灣小說的「政治之悲」模式探索——「控訴／冤情的政治之悲模式」〔《藍彩霞的春天》、〈「死胎」與我〉部分〕　臺灣小說的三種悲情　臺北　駱駝出版社　1997 年 10 月　頁 133—138

《寒夜三部曲——寒夜、荒村、孤燈》、《藍彩霞的春天燈》、〈山中〉

736. 張典婉　臺灣客家文學中對女性角色描述原型〔《寒夜》、《荒村》、《孤燈》、《藍彩霞的春天》、〈山中〉部分〕　臺灣文學中客家女性角色與社會發展　世新大學社會發展研究所　碩士論文　李松根教授指導　2002 年 7 月　頁 29—32

《埋冤 1947 埋冤》、《泰姆山記》

737. 〔許俊雅編〕　編選序——小說中的「二二八」〔《埋冤 1947 埋冤》、〈泰姆山記〉部分〕　無語的春天：二二八小說選　臺北　玉山社出

版公司　2003 年 9 月　頁 12—35

738. 許俊雅　　　小說中的「二二八」〔《埋冤 1947 埋冤》、〈泰姆山記〉部分〕
　　　　　　　　見樹又見林——文學看臺灣　臺北　渤海堂文化公司　2005 年 2
　　　　　　　　月　頁 204—224

《孤燈》、〈德星伯的幻覺〉、〈如夢令〉

739. 許俊雅　　　記憶與認同——臺灣小說的二戰經驗書寫：文學作品中的二戰
　　　　　　　　（太平洋戰事）記憶——瘋狂與死亡〔《孤燈》、〈德星伯的幻
　　　　　　　　覺〉、〈如夢令〉部分〕　臺灣文學研究學報　第 2 期　2006 年 4
　　　　　　　　月　頁 71—74

740. 許俊雅　　　記憶與認同——臺灣小說的二戰經驗書寫：文學作品中的二戰
　　　　　　　　（太平洋戰事）記憶——瘋狂與死亡〔《孤燈》、〈德星伯的幻
　　　　　　　　覺〉、〈如夢令〉部分〕　評論三十家：臺灣文學 30 年菁英選 1978
　　　　　　　　—2008（下）　臺北　九歌出版社　2008 年 6 月　頁 495—498

《情天無恨——白蛇新傳》、〈家鬼〉、〈水鬼‧城隍〉、〈尋鬼記〉、〈孟婆湯〉、〈休羅祭〉

741. 彭瑞金　　　臺灣新文學的民間信仰態度及其影響〔《情天無恨——白蛇新
　　　　　　　　傳》、〈家鬼〉、〈水鬼‧城隍〉、〈尋鬼記〉、〈孟婆湯〉、〈休羅祭〉
　　　　　　　　部分〕　臺灣文學史論集　高雄　春暉出版社　2006 年 8 月　頁
　　　　　　　　43—47

《埋冤 1947 埋冤》、《重逢——夢裡的人》、〈耶穌的眼淚〉、〈玉門地獄〉

742. 陳國偉　　　從邊緣傾向中心：客家族群書寫的在場性表述〔《埋冤 1947 埋
　　　　　　　　冤》、《重逢——夢裡的人》、〈耶穌的眼淚〉、〈玉門地獄〉部分〕
　　　　　　　　想像臺灣：當代小說中的族群書寫　臺北　五南圖書出版公司
　　　　　　　　2007 年 1 月　頁 164—234

《藍彩霞的春天》、《告密者》

743. 林開忠，李舒中　　「說辭的殖民性」：從李喬文本探討臺灣殖民現象[72]　第五屆臺灣文化國際學術研討會——李喬的文學與文化論述　臺北，臺南　臺灣師範大學臺灣文學研究所，長榮大學臺灣研究所主辦　2007 年 4 月 27—29 日

744. 林開忠，李舒中　　李喬「反抗」論述的探索——兼論臺灣的殖民性問題　李喬的文學與文化論述：第五屆臺灣文化國際學術研討會論文集　臺北　臺灣師範大學臺灣文化及語言文學研究所　2007 年 12 月　頁 501—534

《寒夜三部曲——寒夜、荒村、孤燈》、《情天無恨——白蛇新傳》、《共舞》、〈尋鬼記〉、〈家鬼〉、〈水鬼‧城隍〉

745. 廖淑芳　　「風」與「諷」：李喬作品的本土書寫及其現代性轉貌[73]　第五屆臺灣文化國際學術研討會——李喬的文學與文化論述　臺北，臺南　臺灣師範大學臺灣文學研究所，長榮大學臺灣研究所主辦　2007 年 4 月 27—29 日

746. 廖淑芳　　「風」與「諷」——由李喬作品的鬼敘事論其風土書寫及現代轉折　李喬的文學與文化論述：第五屆臺灣文化國際學術研討會論文集　臺北　臺灣師範大學臺灣文化及語言文學研究所　2007 年 12 月　頁 667—698

《寒夜三部曲——寒夜、荒村、孤燈》、《埋冤 1947 埋冤》

747. 陳文雅　　女性形象與家國寓言——以李喬「寒夜三部曲」及《埋冤 1947 埋冤》為例[74]　臺灣學研究　第 3 期　2007 年 6 月　頁

---

[72]本文以李喬的小說《藍彩霞的春天》、《告密者》為文本，來探討戰後臺灣的殖民現象。全文共 3 節：1.前言；2.李喬的「反抗哲學」——從閱讀《藍彩霞的春天》談起；3.暫時性的結論。

[73]本文透過有關民俗書寫的鬼題材小說，探討及說明其作品中「風土」的特質與其後期「反諷」轉貌之間隱在的關聯。全文共 6 節：1.小說家的題材轉向與「反諷」的現代；2.命運與意志的對決與排除——由《寒夜三部曲》中的吊頸樹談起；3.鬼與風——鬼題材創作中辯證的民間風土；4.小說家書寫的沉重與輕盈——由《寒夜三部曲》到《情天無恨——白蛇新傳》的技進於道；5.輕盈與救贖——論轉變風格的《共舞》；6.小結。

[74]本文以李喬小說「寒夜三部曲」裡的燈妹及《埋冤 1947 埋冤》中的葉貞子為探討對象，分析其如何運用女性形象建構國族認同。全文共 4 小節：1.前言；2.土地認同——為生存而努力的燈妹；3.民族認同——走出認同迷宮的葉貞子；4.結論。

　　　　　34—47

《孤燈》、《藍彩霞的春天》、〈小說〉、〈泰姆山記〉、〈回家的方式〉

748. 李　喬　　當代臺灣小說的「解救」表現　李喬文學文化論集（一）　苗栗　苗栗縣文化局　2007 年 10 月　頁 84—89

單篇作品

749. 邵　僩　　多餘之癢——評〈多餘的下午〉　自由青年　第 37 卷第 11 期　1967 年 6 月　頁 21—22

750. 鍾肇政等[75]　　第三屆「臺灣文學獎」評選結果揭曉〔〈那棵鹿仔樹〉〕　臺灣文藝　第 18 期　1968 年 1 月　頁 52—59

751. 兩　峰　　從丁令威談到李喬〈那棵鹿仔樹〉　臺灣文藝　第 20 期　1968 年 7 月　頁 32—34

752. 鍾肇政　　中國文學往何處去——李喬作〈故鄉故鄉〉讀後（上、下）　中國時報　1968 年 3 月 15—16 日　9 版

753. 鍾肇政　　中國文學往何處去——李喬作品〈故鄉故鄉〉讀後　鍾肇政全集・隨筆集 3　桃園　桃園縣文化局　2001 年 4 月　頁 563—573

754. 鄭清文　　讀〈人球〉　臺灣文藝　第 29 期　1970 年 10 月　頁 71—72

755. 鄭清文　　讀〈人球〉　臺灣文學的基點　高雄　派色文化出版社　1992 年 7 月　頁 103—108

756. 白冷等[76]　　大家談〈飄然曠野〉　文藝月刊　第 24 期　1971 年 6 月　頁 179—187

757. 白冷等　　大家談〈飄然曠野〉　李喬短篇小說全集・資料彙編　苗栗　苗栗縣立文化中心　2000 年 1 月　頁 196—209

758. 葉石濤　　談現代小說裡的母子關係〔〈飄然曠野〉部分〕　書評書目　第 65 期　1978 年 9 月　頁 79

---

[75] 評論者：鍾肇政、巫永福、廖清秀、林鍾隆、文心、鄭清文、江上、鄭煥。

[76] 合評者：白冷、鄭德基、凌埕、張藝中、楊永慶、哲承、尹滿錦、北辰、曾門、蔡薰如、林儀、江夏、楊靜思、凌凡。

759. 葉石濤　　談現代小說裡的母子關係〔〈飄然曠野〉部分〕　葉石濤全集‧
　　　　　　　　評論卷二　臺南，高雄　國立臺灣文學館，高雄市文化局　2008
　　　　　　　　年3月　頁87—88

760. 白　冷　　我讀〈婚禮與葬禮〉　青溪　第49期　1971年7月　頁67—71

761. 白　冷　　我讀〈婚禮與葬禮〉　李喬短篇小說全集‧資料彙編　苗栗　苗
　　　　　　　　栗縣立文化中心　2000年1月　頁149—152

762. 鄭明娳　　〈兇手〉附註　六十年短篇小說選　臺北　大江出版社　1972年
　　　　　　　　3月　頁91—93

763. 鄭明娳　　〈兇手〉附註　六十年短篇小說選　臺北　爾雅出版社　1972年
　　　　　　　　4月　頁91—93

764. 鄭明娳　　〈兇手〉附註　六十年短篇小說選　臺北　爾雅出版社　1981年
　　　　　　　　7月　頁91—93

765. 壹闡提　　我讀《六十年短篇小說選》〔〈兇手〉部分〕　年度小說選資料
　　　　　　　　篇　臺北　爾雅出版社　1983年2月　頁143

766. 盛　鎧　　共同體的失落：李喬〈兇手〉中的社會悲劇　第五屆臺灣文化國
　　　　　　　　際學術研討會——李喬的文學與文化論述　臺北，臺南　臺灣師
　　　　　　　　範大學臺灣文學研究所，長榮大學臺灣研究所主辦　2007年4月
　　　　　　　　27—29日　本文以〈兇手〉為文本，探討李喬對社會議題的關注
　　　　　　　　與人道關懷理想。全文共5小節：1.〈兇手〉：具體且真實的故
　　　　　　　　事；2.逼真且具詩意的寫實美學；3.社會的悲劇與雇傭勞動的問
　　　　　　　　題；4.契約的辯證性與現代社會的矛盾；5.〈兇手〉的具體性。

767. 盛　鎧　　共同體的失落——李喬〈兇手〉中的社會悲劇　李喬的文學與文
　　　　　　　　化論述：第五屆臺灣文化國際學術研討會論文集　臺北　臺灣師
　　　　　　　　範大學臺灣文化及語言文學研究所　2007年12月　頁165—190

768. 張恆豪　　我讀〈我不要〉　臺灣文藝　第35期　1972年4月　頁80

769. 張恆豪　　我讀〈我不要〉　李喬短篇小說全集‧資料彙編　苗栗　苗栗縣
　　　　　　　　立文化中心　2000年1月　頁153—154

770. 葉石濤　論臺灣小說裡的喜劇意義（上、下）〔〈我不要〉部分〕　臺灣日報　1975 年 5 月 29—30 日　9 版

771. 葉石濤　論臺灣小說裡的喜劇意義〔〈我不要〉部分〕　作家的條件　臺北　遠景出版公司　1981 年 6 月　頁 27—31

772. 葉石濤　論臺灣小說裡的喜劇意義〔〈我不要〉部分〕　葉石濤全集・評論卷一　臺南，高雄　國立臺灣文學館，高雄市文化局　2008 年 3 月　頁 375

773. 顏元叔　《人間選集》讀後感〔〈蜘蛛〉部分〕　文學經驗　臺北　志文出版社　1972 年 7 月　頁 57—58

774. 顏元叔　臺灣小說裡的日本經驗〔〈桃花眼〉部分〕　中外文學　第 2 卷第 2 期　1973 年 7 月　頁 109—114

775. 張素貞　臺灣小說中的抗戰經驗（上、中、下）〔〈桃花眼〉部分〕　中央日報　1997 年 7 月 7—9 日　18 版

776. 覃　思　析李喬〈含笑遠山〉　新夏　第 36 期　1973 年 11 月　頁 24—27

777. 覃　思　析李喬的〈含笑遠山〉　李喬短篇小說全集・資料彙編　苗栗　苗栗縣立文化中心　2000 年 1 月　頁 155—163

778. 林柏燕　評〈孟婆湯〉　書評書目　第 10 期　1974 年 2 月　頁 81—82

779. 林柏燕　〈孟婆湯〉附註　六十二年短篇小說選　臺北　爾雅出版社　1974 年 3 月　頁 17—20

780. 李者佺　忿忿不平的冥府冤魂——李喬的〈孟婆湯〉　我愛黑眼珠——臺灣優秀小說賞析　北京　北京工商出版社　1995 年 2 月　25—39

781. 李者佺　忿忿不平的冥府冤魂——李喬的〈孟婆湯〉　李喬短篇小說全集・資料彙編　苗栗　苗栗縣立文化中心　2000 年 1 月　頁 181—195

782. 陳克環　李喬〈阿憨妹上樹了〉　書評書目　第 21 期　1975 年 11 月　頁 117—119

783. 彭　斯　從心性狀貌透視李喬的小說〈人的極限〉兼談現代小說　中華文

藝　第 70 期　1976 年 12 月　頁 6—15

784. 洪醒夫　〈哭聲〉賞析　大家文學選・小說卷　臺中　明光出版社　1981
年 10 月　頁 314—316

785. 洪醒夫　李喬〈哭聲〉賞析　洪醒夫全集・評論卷　彰化　彰化縣文化局
2001 年 6 月　頁 167—170

786. 王幼華　李喬作品解析〔〈哭聲〉〕　土地的戀歌　苗栗　苗栗縣立文化
中心　1997 年 12 月　頁 151—152

787. 葉石濤，彭瑞金；許素貞記錄　評論街——五、六月份小說對談〔〈太太
的兒子〉部分〕　臺灣時報　1982 年 7 月 30 日　12 版

788. 葉石濤，彭瑞金；許素貞記錄　五、六月份臺灣時報副刊小說對談評論
〔〈太太的兒子〉部分〕　葉石濤全集・評論卷七　臺南，高雄
國立臺灣文學館，高雄市政府文化局　2008 年 3 月　頁 116—117

789. 彭瑞金　荒謬的人生舞臺：李喬〈小說〉簡介　自立晚報　1982 年 12 月
17 日　10 版

790. 彭瑞金　荒謬的人生舞臺——〈小說〉簡介　1982 年臺灣小說選　臺北
前衛出版社　1983 年 2 月　頁 47—49

791. 彭瑞金　荒謬的人生舞臺——談〈小說〉　李喬短篇小說全集・資料彙編
苗栗　苗栗縣立文化中心　2000 年 1 月　頁 171—173

792. 葉石濤　一九八二年的臺灣小說界〔〈小說〉部分〕　小說筆記　臺北
前衛出版社　1983 年 1 月　頁 97—98

793. 葉石濤　一九八二年的臺灣小說界（上、中、下）〔〈小說〉部分〕　自
立晚報　1983 年 2 月 7—9 日　10 版

794. 葉石濤　序〔〈小說〉部分〕　1982 年臺灣小說選　臺北　前衛出版社
1983 年 2 月　頁 7—8

795. 葉石濤　一九八二年的臺灣小說界〔〈小說〉部分〕　葉石濤全集・隨筆
卷一　臺南，高雄　國立臺灣文學館，高雄市文化局　2008 年 3
月　頁 340－342

796. 周　寧　　喜悅之種種編序〔〈小說〉部分〕　七十一年短篇小說選　臺北　爾雅出版社　1983 年 2 月　頁 2

797. 周　寧　　喜悅之種種——《七十一年短篇小說選》編序〔〈小說〉部分〕　年度小說選資料篇　臺北　爾雅出版社　1983 年 2 月　頁 118

798. 周　寧　　〈小說〉附註　七十一年短篇小說選　臺北　爾雅出版社　1983 年 2 月　頁 70—73

799. 巫永福　　試談〈告密者〉　笠　第 131 期　1986 年 2 月　頁 91—93

800. 巫永福　　試談〈告密者〉　風雨中的常青樹　臺北　中央書局　1986 年 12 月　頁 174—177

801. 巫永福　　試談〈告密者〉　巫永福全集・評論卷 2　臺北　傳神福音文化公司　1996 年 5 月　頁 153—158

802. 巫永福　　試談〈告密者〉　巫永福精選集・評論卷　臺北　巫永福文化基金會　2010 年 12 月　頁 93—96

803. 彭瑞金　　導讀〈小說〉　二十世紀臺灣文學金典：小說卷 （戰後時期・第一部）　臺北　聯合文學出版社　2006 年 1 月　頁 213—214

804. 趙映顯　　李喬，〈小說〉裡殖民地記憶[77]　第五屆臺灣文化國際學術研討會——李喬的文學與文化論述　臺北，臺南　臺灣師範大學臺灣文學研究所，長榮大學臺灣研究所主辦　2007 年 4 月 27—29 日

805. 趙映顯　　李喬，〈小說〉裡殖民地記憶　李喬的文學與文化論述：第五屆臺灣文化國際學術研討會論文集　臺北　臺灣師範大學臺灣文化及語言文學研究所　2007 年 12 月　頁 441—463

806. 吳錦發　　聖潔的與卑劣的——評李喬的〈死胎與我〉　自立晚報　1989 年 3 月 10 日　14 版

807. 吳錦發　　聖潔的與卑劣的——評李喬的〈死胎與我〉　1988 臺灣小說選　臺北　前衛出版社　1989 年 5 月　頁 143—147

---

[77]本文考察李喬〈小說〉中的日治時代的殖民地經驗反映。全文共 3 節：1.李喬文學世界與「反抗」；2.〈小說〉與 "荒謬"；3.結語：離散者李喬。

808. 吳錦發　聖潔的與卑劣的——評李喬的〈「死胎」與我〉　李喬短篇小說
　　　全集·資料彙編　苗栗　苗栗縣立文化中心　2000 年 1 月　頁
　　　174—178

809. 李紅雨　〈荒村〉作品鑒賞　臺港小說鑒賞辭典　北京　中央民族學院出
　　　版社　1994 年 1 月　頁 329—332

810. 鄭清文　小說部分編後感〔〈玉門地獄〉部分〕　一九九三臺灣文學選
　　　臺北　前衛出版社　1994 年 2 月　頁 108—109

811. 鄭清文　渡船頭的孤燈——臺灣文學的堅守精神〔〈修羅祭〉部分〕　四
　　　十年來中國文學　臺北　聯合文學出版社　1995 年 6 月　頁 522

812. 鄭清文　渡船頭的孤燈——臺灣文學的堅守精神〔〈修羅祭〉部分〕　鄭
　　　清文和他的文學　臺北　麥田出版公司　1998 年 6 月　頁 240—
　　　244

813. 張恆豪　二二八的文學詮釋——比較〈泰姆山記〉與〈月印〉的主題意識
　　　臺灣文學與社會——第二屆臺灣本土文化國際學術研討會論文集
　　　臺北　臺灣師範大學文學院國文學系，人文教育研究中心　1996
　　　年 4 月　頁 351—363

814. 張恆豪　二二八的文學詮釋——比較〈泰姆山記〉與〈月印〉的主題意識
　　　臺灣文藝　第 159 期　1997 年 10 月　頁 66—78

815. 許素蘭　〈泰姆山記〉導讀　客家文學精選集·小說卷　臺北　天下遠見
　　　出版公司　2004 年 4 月　頁 327—330

816. 高敏馨　**錯誤! 超連結參照不正確。**[78]　蘭女學報　第 9 期　2004 年 4 月
　　　頁 1—15

817. 郭慧華　族群融合的神話——試論〈泰姆山記〉　鍾肇政小說中的原住民
　　　圖像書寫　臺灣師範大學國文學系在職進修碩士班　碩士論文

[78]本文以〈泰姆山記〉為研究文本，分析小說中人物的心理狀態、人物間的關係，探究人物與土地的關聯。全文共 3 小節：1.在人與自己的部分，可以看到的是知識份子對於理想的追尋以及在磨難之中命境界的提升；2.在人與人的部分，可以看到的是原住民的真誠與外省人的逼迫；3.在人與土地的部分，可以看到的是人與土地的依戀以及還諸大地的滿足。

　　　　　　許俊雅教授指導　2004 年　頁 217—227

818. 陳龍廷　　一座臺灣文學聖山的追尋：李喬〈泰姆山記〉的互文性解讀[79]　第五屆臺灣文化國際學術研討會——李喬的文學與文化論述　臺北，臺南　臺灣師範大學臺灣文學研究所，長榮大學臺灣研究所主辦　2007 年 4 月 27—29 日

819. 陳龍廷　　一座臺灣文學聖山的追尋——李喬〈泰姆山記〉的互文性解讀　李喬的文學與文化論述：第五屆臺灣文化國際學術研討會論文集　臺北　臺灣師範大學臺灣文化及語言文學研究所　2007 年 12 月　頁 191—222

820. 錢鴻鈞　　〈泰姆山記〉與《插天山之歌》的比較：李喬、鍾肇政文學風格初探[80]　第五屆臺灣文化國際學術研討會——李喬的文學與文化論述　臺北，臺南　臺灣師範大學臺灣文學研究所，長榮大學臺灣研究所主辦　2007 年 4 月 27—29 日

821. 錢鴻鈞　　從批評《插天山之歌》到創作〈泰姆山記〉——論李喬的傳承與定位　李喬的文學與文化論述：第五屆臺灣文化國際學術研討會論文集　臺北　臺灣師範大學臺灣文化及語言文學研究所　2007 年 12 月　頁 287—326

822. 許俊雅　　賽夏族矮靈祭的傳說——李喬小說〈巴斯達矮考〉　讀你千遍也不厭倦——坐看臺灣小說　臺北　師大書苑　1997 年 3 月　頁 65—74

823. 李漢偉　　從「山女」到「金水嬸」——農業社會女性的悲劇探索〔〈山女〉部分〕　民眾日報　1992 年 10 月 9 日　23 版

824. 李漢偉　　臺灣小說的「女性之悲」模式探索——農業社會女性的悲劇探索

---

[79] 本文透過分析〈泰姆山記〉的敘事結構，提示文本互文性作為閱讀方法的內涵。全文共 4 小節：1.結構、次序、時態；2.歷史、敘事、複數的文本；3.泰姆山、翻譯、意涵；4.結語。

[80] 本文將李喬的個人評論、書信文獻與小說文本作一對照閱讀，建構李喬的精神史，並提出鍾肇政與李喬的文學定位及傳承。全文共 5 小節：1.前言；2.李喬對《插天山之歌》的批評；3.創作〈泰姆山記〉的脈絡與回歸鍾肇政原意；4.《插天山之歌》與〈泰姆山記〉的比較；5.結論：鍾肇政與李喬的文學定位與傳承。

〔〈山女〉部分〕　臺灣小說的三種悲情　臺北　駱駝出版社
1997 年 10 月　頁 82—83

825. 鄭清文　放生的巧合〔〈大蟳〉部分〕　中華日報　1998 年 1 月 1 日　16
版

826. 莫　渝　李喬〈千言序遠行〉解讀　熱愛生命　苗栗　苗栗縣立文化中心
1999 年 6 月　頁 56—59

827. 陳玉玲　李喬〈昨日水蛭〉導讀　臺灣文學讀本（一）　臺北　玉山社出
版公司　2000 年 11 月　頁 178—180

828. 盧翁美珍　從精神分析學派觀點論李喬的〈昨日水蛭〉[81]　文華學報　第 12
期　2003 年 6 月　頁 53—74

829. 莊金國　多彈它幾遍——評十一月份「臺灣日日詩」篇〔〈臺灣，我的母
親〉部分〕　臺灣日報　2001 年 12 月 31 日　25 版

830. 陳政彥　臺灣母語史詩寫作初探——李喬〈臺灣，我的母親〉析論　第 4
屆臺灣客家文學研討會　苗栗　苗栗縣政府主辦　2004 年 12 月
14 日

831. 李欣倫　疾病小說中的「異」想世界：施叔青、李喬、張大春小說中的
「虛擬」病例[82]　戰後臺灣疾病書寫研究　中央大學中國文學系
碩士論文　康來新教授指導　2003 年 1 月　頁 59—68

832. 李欣倫　疾病小說中的「異」想世界：施叔青、李喬、張大春小說中的
「虛擬」病例　戰後臺灣疾病書寫研究　臺北　大安出版社
2004 年 11 月　頁 74—90

833. 莫　渝　導讀〈「寒夜三部曲」概要〉　寒風的啓示　苗栗　苗栗縣文化
局　2003 年 12 月　頁 16—17

---

[81] 本文以心理學角度分析〈昨日水蛭〉，探討作者、角色及讀者的心靈。全文共 6 小節：1.弁言；2.
關於「精神分析學派」；3.病態恐懼；4.〈昨日水蛭〉內容介紹；5.〈昨日水蛭〉內容分析；6.結
語。

[82] 本文關注作家以病名爲人生百態命名的意義。全文共 5 小節：1.小說家的醫學想像；2.戀物，微
物強迫症：施叔青《微醺彩妝》；3.溝通腺素分泌失調症候群：張大春〈病變〉；4.臺灣男作家版
「嬰兒固幼症」：李喬〈恐男症〉；5.小說病理學的「異」樣紋身。

834. 〔彭瑞金編選〕　　〈母親的畫像〉賞析　國民文選・小說卷 2　臺北　玉山
　　　社出版公司　2004 年 7 月　頁 324—325

835. 潘玲玲　　民間傳說的再生——以李喬〈水鬼・城隍〉為例　國文天地　第
　　　251 期　2006 年 4 月　頁 56—59

836. 廖純瑜　　以「鹹菜」密碼解讀客家人的生活面面觀〔〈鹹菜婆〉〕　客家
　　　飲食文學與文化國際學術研討會　臺北，苗栗　中央大學文學院
　　　主辦　2009 年 12 月 13—14 日

837. 廖純瑜　　以「鹹菜」密碼，解讀客家文化之內涵〔〈鹹菜婆〉〕　飯碗中
　　　的雷聲——「客家飲食文學與文化國際學術研討會」論文集　臺
　　　北　二魚文化公司　2010 年 9 月 31 日　頁 227—228

838. 張怡寧　　國家機器和文化認同的辯證：李喬話劇話本〈羅福星〉（1972）
　　　中的民族意識與國體想像[83]　第七屆全國臺灣文學研究生學術論文
　　　研討會　臺南　國立臺灣文學館主辦　2010 年 10 月 2—3 日

839. 張怡寧　　國家機器與文化認同的辯證：李喬話劇劇本〈羅福星〉（1972）
　　　中的民族意識與國體想像　第七屆全國臺灣文學研究生學術論文
　　　研討會論文集　臺南　國立臺灣文學館　2010 年 11 月　頁 377—
　　　406

多篇作品

840. 花　村　　李喬〈山女〉與〈蕃仔林的故事〉的比較　中華文藝　第 64 期
　　　1976 年 6 月　頁 94—99

841. 花　村　　〈山女〉與〈蕃仔林的故事〉的比較　李喬短篇小說全集・資料
　　　彙編　苗栗　苗栗縣立文化中心　2000 年 1 月　頁 164—170

842. 葉石濤，彭瑞金；許素貞記錄　　在自我挑戰中前進——葉石濤、彭瑞金對
　　　談（下）——老作家拈花一笑亦有三千世界〔〈尾椎骨風波〉、

---

[83] 本文透過李喬劇本〈羅福星〉的析論，觀照其與時代的對話，探究李喬在文學作品中如何再現臺灣抗日圖像，及抗日群眾的漢民族意識和國體想像。全文共 5 小節：1.前言；2.向歷史靠岸：李喬歷史文學創作緣起／源起；3.身體與身分：血統論下的漢民族意識；4.舊朝與新國：反抗行動中的國體想像；5.結論。

　　　　　　〈演出〉部分〕　民眾日報　1979 年 9 月 13 日　12 版

843. 葉石濤，彭瑞金；許素貞記錄　　在自我挑戰中前進——葉石濤、彭瑞金眾
　　　　　　副小說對談評論〔〈尾椎骨風波〉、〈演出〉部分〕　葉石濤全
　　　　　　集・評論卷六　臺南，高雄　國立臺灣文學館，高雄市政府文化
　　　　　　局　2008 年 3 月　頁 403—405

844. 鄭清文　　文學作品的社會性與藝術性〔〈人球〉、〈修羅祭〉部分〕　首
　　　　　　都早報　1989 年 6 月 4 日　7 版

845. 鄭清文　　文學作品的社會性與藝術性〔〈人球〉、〈修羅祭〉部分〕　李
　　　　　　喬短篇小說全集・資料彙編　苗栗　苗栗縣立文化中心　2000 年
　　　　　　1 月　頁 250—252

846. 黎湘萍　　新生代：從懷疑到遊戲——懷疑主題——從「傷痕」到「遊戲」
　　　　　　〔〈小說〉、〈告密者〉部分〕　揚子江與阿里山的對話——海
　　　　　　峽兩岸文學比較　上海　上海文藝出版社　1995 年 12 月　頁 296
　　　　　　—297

847. 黎湘萍　　從懷疑到遊戲——沉重的敘事：傷痕文學的雙重話語價值〔〈小
　　　　　　說〉、〈告密者〉部分〕　文學臺灣——臺灣知識者的文化敘事
　　　　　　與理論想像　北京　人民文學出版社　2003 年 3 月　頁 210—211

848. 郭誌光　　上帝已死資本家不死：勞工自我異化後的瘋狂〔〈人球〉、〈蛻
　　　　　　變〉、〈火〉部分〕　戰後臺灣勞工題材小說的異化主題（1945
　　　　　　—2005）　清華大學臺灣文學研究所　碩士論文　陳萬益教授指
　　　　　　導　2006 年 8 月　頁 52—54

849. 黃小民　　在《重逢》之前——李喬後設小說的創作軌跡[84]　第十四屆臺灣文
　　　　　　學家牛津獎暨李喬文學學術研討會　臺北　真理大學人文學院臺
　　　　　　灣文學系　2010 年 12 月 18 日

850. 黃小民　　在《重逢》之前——李喬後設小說的創作軌跡　第十四屆臺灣文

---

[84]本文旨在探述〈小說〉、〈孽龍記〉、〈死胎與我〉、〈耶穌的淚珠〉等 4 篇作品後設書寫的軌
跡。全文共 3 小節：1.關於短篇小說的梳理；2.《重逢》概論；3.凸顯後社創作手法。

學家牛津獎暨李喬文學學術研討會資料彙集　臺北　真理大學人
文學院臺灣文學系　2011 年 6 月　頁 43—60

作品評論目錄、索引

851.〔編輯部〕　　作品評論引得　李喬自選集　臺北　黎明文化公司　1975 年
　　　5 月　〔1〕頁

852.〔臺灣文藝〕　　李喬作品評論引得　臺灣文藝　第 57 期　1978 年 1 月　頁
　　　121—122

853.〔文學界〕　　李喬作品評論引得　文學界　第 4 期　1982 年 10 月　頁 39
　　　—40

854. 方美芬，許素蘭　　李喬作品評論引得　認識李喬　苗栗　苗栗縣立文化中
　　　心　1993 年 6 月　頁 177—189

855. 方美芬，許素蘭　　李喬作品評論引得　李喬集（臺灣作家全集）　臺北
　　　前衛出版社　1994 年 3 月　頁 337—347

856. 許素蘭編；李喬增訂　　李喬小說評論引得　李喬短篇小說全集・資料彙編
　　　苗栗　苗栗縣立文化中心　2000 年 1 月　頁 382—393

857. 徐碧霞　　李喬作品評論表　李喬小說《情天無恨——白蛇新傳》新意探論
　　　真理大學臺灣文學系　學士論文　彭瑞金教授指導　2001 年 5 月
　　　29—34 頁

858. 盧翁美珍　　有關「寒夜三部曲」之報章、期刊評論或報導　李喬「寒夜三
　　　部曲」人物研究　彰化師範大學國文學系　碩士論文　彭維杰教
　　　授指導　2004 年　頁 323—330

859. 吳慧貞　　李喬短篇小說評論資料表　李喬短篇小說主題思想和象徵藝術研
　　　究　東海大學中國文學系　碩士論文　李金星教授指導　2004 年
　　　頁 176—186

其他

860. 彭瑞金　　「牽手」與「山路」〔《臺灣政治小說選》〕　自立晚報　1983
　　　年 11 月 25 日　10 版

國家圖書館出版品預行編目資料

臺灣現當代作家研究資料彙編. 27, 李喬 / 彭瑞金編
選. -- 初版. -- 臺南市：臺灣文學館, 2012.03
　　面；　　公分
ISBN 978-986-03-2106-7(平裝)

1.李喬　2.傳記　3.文學評論

863.4　　　　　　　　　　　　　　　　101004853

【臺灣現當代作家研究資料彙編】27
李喬

發 行 人／　李瑞騰
指導單位／　行政院文化建設委員會
出版單位／　國立台灣文學館
　　　　　　地址／70041 台南市中西區中正路 1 號
　　　　　　電話／06-2217201　　　　傳真／06-2218952
　　　　　　網址／www.nmtl.gov.tw　　電子信箱／pba@nmtl.gov.tw

總 策 畫／　封德屏
顧　　問／　林淇瀁　張恆豪　許俊雅　陳信元　陳義芝　須文蔚　應鳳凰
工作小組／　王雅嫻　杜秀卿　翁智琦　陳欣怡　陳恬逸
　　　　　　黃寁婷　詹宇霈　羅巧琳
編　　選／　彭瑞金
責任編輯／　王雅嫻
校　　對／　王雅嫻　翁智琦　陳逸凡　黃敏琪　黃寁婷　趙慶華　潘佳君
計畫團隊／　財團法人台灣文學發展基金會
美術設計／　翁國鈞・不倒翁視覺創意
印　　刷／　松霖彩色印刷事業有限公司

著作財產權人／國立台灣文學館
本書保留所有權利。欲利用本書全部或部分內容者，須徵求著作財產權人同意或書面授
權。請洽國立台灣文學館研典組（電話：06-2217201）

經銷展售／　國家書店松江門市（02-25180207）
　　　　　　國立台灣文學館—雪芙瑞文學咖啡坊（06-2214632）
　　　　　　文建會員工消費合作社（02-23434168）
　　　　　　南天書局（02-23620190）　　　唐山出版社（02-23633072）
　　　　　　府城舊冊店（06-2763093）　　　台灣的店（02-23625799）
　　　　　　啓發文化（02-29586713）　　　三民書局（02-23617511）
　　　　　　草祭二手書店（06-2216872）　　五南文化廣場（04-22260330）

初版一刷／2012 年 3 月
定　　價／新臺幣 410 元整
　　　　　　第一階段 15 冊新臺幣 5500 元整　第二階段 12 冊新臺幣 4500 元整
GPN／1010100541（單本）
　　　1010000407（套）
ISBN／978-986-03-2106-7（單本）
　　　978-986-02-7266-6（套）

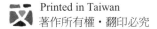